구운몽
사씨남정기

구운몽
사씨남정기

초판 1쇄 발행 | 2017년 03월 15일
초판 3쇄 발행 | 2023년 09월 05일

지은이 | 김만중

발행인 | 김선희 · 대 표 | 김종대
펴낸곳 | 도서출판 매월당
책임편집 | 박옥훈 · 디자인 | 윤정선 · 마케터 | 양진철 · 김용준

등록번호 | 388-2006-000018호
등록일 | 2005년 4월 7일
주소 | 경기도 부천시 소사구 중동로 71번길 39, 109동 1601호
        (송내동, 뉴서울아파트)
전화 | 032-666-1130 · 팩스 | 032-215-1130

ISBN 979-11-7029-149-7 (03810)

· 잘못된 책은 바꿔드립니다.
· 책값은 뒤표지에 있습니다.

이 도서의 국립중앙도서관 출판시도서목록(CIP)은 서지정보유통지원시스템 홈페이지
(http://seoji.nl.go.kr)와 국가자료공동목록시스템(http://www.nl.go.kr/kolisnet)에서
이용하실 수 있습니다.(CIP제어번호 : CIP2017004934)

월드클래식 시리즈 11

구 운 몽
사 씨 남 정 기

김만중 지음

박지원 지음 | 박지훈 옮김

1매월당
MAEWOLDANG

차례

사씨남정기

구운몽

성진이 여덟 선녀를 만나고 꿈속에서 양소유로 환생하다

    천하에 명산이 다섯 있으니, 동쪽은 동악인 태산泰山이요, 서쪽은 서악인 화산華山이요, 가운데는 중악인 숭산崇山이요, 남쪽은 남악인 형산衡山이요, 북쪽은 북악인 항산恒産이니 이를 일컬어 오악五岳이라 한다. 오악 중에 형산이 중국에서 가장 멀리 떨어져 있는데, 그 남쪽에 구의산이 있고, 북쪽에 동정호洞廷湖가 있으며, 소상강瀟湘江 물이 삼면을 두르고 있어 마치 조상이 의젓하게 가운데 있고 자손들이 그 주위에 둘러서서 읍揖(인사하는 예禮의 하나로, 두 손을 맞잡아 얼굴 앞으로 들어 올리고 허리를 앞으로 공손히 구부렸다가 몸을 펴면서 손을 내림)하고 있는 듯하였다. 형산의 일흔두 봉우리가 더러는 우뚝 솟아 하늘을 향해 곤두서 있고, 더러는 가팔라서 구름을 자를 듯하며 기이하고 준수한 풍채를 지닌 대장부와 같이 산 전체가 수려하고 맑고 시원하여 원기元氣(만물이 자라는데 근본이 되는 정기)가 스미지 않은 곳이 없었다. 그중 오직 다섯 봉우리가 가장 높으니 축융봉, 자개봉, 천주봉, 석름봉, 연화봉이 그것인데, 그 모습이 유별나게 우뚝 솟아 있고 산세가 매우 높아 항상 구름과 안개에 묻혀 있어 하늘이 아주 맑고 햇빛이 밝지 않으면 사람이 그 근사한 진면목을 볼 수가 없었다. 태조(우임금)께서 홍수를 다스리고 형산에 올라 비석을 세워 공덕을 기록하였는데, 그때 새긴 하늘 글[天書]의 신비한 글과 글씨가 수많은 세월이 지났지만 완연히 남아 없어지지 않았다. 또 진나라 때 선녀 위 부인(진晉나라의 사도司徒 위서의 딸)이 도를 깨치고 신선이 되어 승천한 후, 옥황상제의 명을 받아 선동仙童과 선녀仙女를 거느리고 내려와 이곳 형산을 평정하였으니 이를 일컬어 남악 위 부인이라고 하였다. 이 밖에 예로부터 전해져 내려오는 신령스럽고 기이한 자취와 신기한 일은 이루 다 헤아리지 못할 정도였다.

당나라 때에 한 고승이 서역 천축국天竺國(인도)에서 중국으로 들어와 형산의 빼어난 경치를 사랑하여 연화봉 아래에 초암草庵(갈대나 짚, 풀 따위로 지붕을 엮은 암자)을 짓고 살며, 대승법大乘法(불교에서 소승법과 더불어 두 가지 큰 유파 중 하나로, 소승불교가 개인의 해탈을 강조하는데 비해 대승불교는 인간 전체의 평등과 성불을 강조함)을 강론하여 중생을 교화教化(부처의 진리로 사람을 가르쳐 착한 마음을 가지게 함)하고 귀신을 다스렸다. 그러자 서역 종교가 크게 일어나 세상 사람이 다 공경하여 '생불生佛이 세상에 나오셨다.' 하였다. 부유한 사람은 재물을 내놓고 가난한 사람은 힘을 모아 첩첩이 둘러싸인 산봉우리를 깎고 끊어진 골짜기에 다리를 세우며, 재목을 모으고 장인匠人들을 고용하여 법당을 활짝 여니, 그윽하고 아름다우며 고요하여 그 뛰어난 경치는 말로 다 표현할 수 없을 정도였다. 일찍이 두보杜甫(중국 당나라 때 최고의 시인으로 시

성詩聖이라 불림)가 시에서 이렇게 읊었다.

> 절문은 동정호의 들판을 향해 높이 열리고
> 법당 기둥은 적사호赤沙湖에 박히었다
> 오월의 찬바람은 부처의 뼈를 시리게 하고
> 온종일 하늘[天上] 음악이 향로에서 피어나는구나

이 화상은 오직 손에 〈금강경〉 한 권만을 지니고 있는데, 그를 두고 육여화상六如和尙 혹은 육관대사六觀大師라고 하였다. 육관 대사의 문하에는 제자 수백 명이 있었는데 계율을 다 지켜 신통력을 얻은 자가 삼 백여 명이었다. 그 가운데 성진性眞이라는 젊은 제자가 있었는데 얼굴은 하얀 눈처럼 밝고 정신은 가을 물처럼 맑아서 나이 겨우 스물에 삼장경문三藏經文(부처의 말씀인 경, 보살의 말씀인 율, 계율을 기록한 논 등)을 통달하였다. 총명하고 지혜롭기가 무리 중에서 단연 빼어나, 대사가 지극히 사랑하여 장차 그에게 의발衣鉢(가사袈裟와 바리때를 아울러 이르는 말)을 전하고자('의발을 전한다.'는 것은 스승이 제자에게 법통을 전한다는 뜻임) 하였다.

대사가 제자들과 더불어 큰 법을 강론할 때마다, 동정호의 용왕이 흰 옷 입은 노인의 모습으로 법석法席(설법, 독경, 강경講經, 법화法話 따위를 행하는 자리)에 참여하여 경문을 듣곤 하였다.

하루는 대사가 제자들을 불러 말하였다.

"동정 용왕이 여러 번 경을 들었는데 아직 답례를 못 하였다. 내가 늙고 병들어 산문山門을 나서지 않은 지 십여 년이라, 내 몸은 산문 밖에 나가기가 쉽지 않구나. 너희 중에 누가 나를 대신하여 수부水府(용궁)에 들어가 용왕께 인사를 올리고 사례하고 돌아오겠는가?"

성진이 두 번 절하며 말하였다.

"소승이 비록 불민不敏하오나 명을 받잡겠습니다."

대사가 크게 기뻐하며 허락하였다. 이에 성진이 일곱 근이나 되는 가사袈裟(승려가 입는 옷)를 떨쳐입고 육환장六環杖(승려가 짚는, 고리가 여섯 개 달린 지팡이)을 이끌고 표연히 동정호를 향하여 떠나갔다.

성진이 떠나고 얼마 후에 문을 지키는 도인道人이 대사께 아뢰었다.

"남악의 위진군 낭랑朗朗(천녀天女, 여신女神, 혹은 왕비나 귀족의 아내를 높여 부르는 말)이 여덟 선녀를 보내어 벌써 문 밖에 이르렀습니다."

대사가 들어오라 하니 여덟 선녀가 차례로 들어와 대사가 앉은 자리를 세 번 돌며 신선의 꽃을 땅에 뿌린 후 무릎을 꿇고 위 부인衛夫人의 말씀을 전하였다.

"상인上人(지덕을 갖춘 승려의 높임말)께서는 산 서쪽에 계시고 저는 산 동쪽에 있어 사는 곳이 서로 가깝고 먹는 음식도 서로 인접해 있지만 천도天道의 일이 많아 한 번도 법석에 나아가 경문을 듣지 못하였으니, 사람을 대하는 지혜가 부족하고 이웃을 사귀는 도리를 어겼습니다. 이에 시비들을 보내어 대사의 안부를 여쭙고 아울러 하늘 꽃과 신선의 과일, 그리고 칠보七寶와 비단으로 구구한 정성을 표합니다."

그러고는 각각 가지고 온 선과仙果와 보물을 대사께 드리니, 대사가 친히 받아 시자侍子(시중드는 이)에게 주어 불전에 공양하라 하고 합장하며 사례하고 말하였다.

"노승이 무슨 공덕이 있기에 이렇듯 상선上仙의 풍성한 선물을 받으리오?"

하고 재齋를 베풀어 여덟 선녀를 대접하고, 예를 갖추어 두 번 절하고 보냈다.

여덟 선녀가 대사께 하직하고 산문 밖에 나와 서로 손을 잡고 말하였다.

"이 남악 형산은 물 하나 산 하나가 다 우리 집 것이 아닌 게 없지만 육관대사가 절을 세운 뒤로는 동서로 분명하게 나뉘어 연화봉의 아름다운 경치를 지척에 두고도 구경하지 못한 지 오래되었다. 이제 우리 낭랑의 명을 받아 이 땅에 왔으니 만나기 힘든 좋은 기회이며, 또 봄빛이 좋고 해가 저물지 않았으니 이 좋은 때를 맞아 저 높은 대에 올라 흥을 타며 시를 읊어 풍경을 구경하고 돌아가 궁중의 자매들에게 자랑하는 것이 어떠한가?"

하니, 모두 그 말이 옳다고 하였다.

이에 서로 손을 이끌고 천천히 걸어 정상에 올라 폭포수의 근원을 굽어보고 물줄기를 좇아 도로 내려와 돌다리에 이르니 이때는 바로 춘삼월이었다. 화초는 골짜기에 만발하고 구름과 붉은 안개가 자욱한데 새들의 다채로운 소리는 생황을 연주하는 듯하여 봄기운이 사람의 마음을 들뜨게 하였다. 여덟 선녀가 자연히 몸과 마음이 산란하고 춘흥春興(봄철에 절로 일어나는 흥과 운치)이 일어나 차마 떠나지 못하여 돌다리에 걸터앉아 물을 굽어보니 여러 골짜기의 물이 다리 밑에 모여 넓은 못을 이루었는데 그 맑음이 마치 광릉의 보배인 거울을 새로 닦은 듯하였다. 여덟 선녀의 아름답고 고운 얼굴이 물 가운데 비치어 완전히 한 폭의 미인도 같았다. 여덟 명이 그림자를 희롱하며 반하여 날이 저무는 줄을 미처 깨닫지 못하였다.

이때 성진이 동정호에 이르러 물길을 열고 수정궁水晶宮에 들어가니 용왕이 크게 기뻐하며 몸소 문무文武 여러 신하들을 거느리고 궁문 밖까지 나와 맞이하여 상좌에 앉혔다. 성진이 엎드려서 감사하다는 대사의 말씀을 낱낱이 아뢰니 용왕이 공경하여 사례하고 잔치를 크게 베풀어 대접하는데, 진귀한 과일과 신선의 채소는 인간 세상의 음식이 아니었다.

용왕이 손수 잔을 들어 성진에게 권하자 성진이 말하였다.

"술은 사람의 정신을 헤치는 것이라 불가佛家에서는 크게 경계하는 것이니 감히 마시지 못하겠습니다."

용왕이 말하였다.

"불가의 오계(속세에 있는 신자들이 지켜야 할 다섯 가지 계율로, 살생하지 말라, 훔치지 말라, 음행淫行하지 말라, 거짓말하지 말라, 술 마시지 말라를 말함) 가운데에 술 금하는 게 있다는 것을 내가 어이 모르겠소? 그러나 과인의 술은 인간 세상의 해로운 약과는 크게 달라서, 사람의 기운을 화창하게만 할 뿐 마음을 어지럽게 하지는 않는다오. 상인은 어찌 과인의 성의를 생각지 않는단 말이오?"

용왕이 지성으로 권하니 성진이 감히 사양하지 못하고 석 잔 술을 연거푸 마신 후에 용왕께 하직하고 수궁을 나와 바람을 타고 연화봉으로 향하였다. 산 아래에 당도하니 취기가 크게 올라 눈앞이 어지러워 자책하며 생각하였다.

'만일 사부께서 나의 취한 얼굴을 보시면 반드시 무거운 벌을 내리실 것이다.'

성진이 즉시 냇가로 가서 가사를 벗어 모래 위에 놓고 손으로 맑은 물을 쥐어 얼굴을 씻는데, 문득 기이한 향내가 바람결에 코를 자극하는 게 아닌가. 난초나 사향노루 냄새도 아니고 화초나 대나무 냄새도 아니었다. 정신이 저절로 몹시 흔들리며, 더럽고 지저분한 기운이 금세 없어졌다가 살아나고, 그윽하게 풍겨오는 부드러운 기운이 점차 약해지는데 도저히 무어라 말로 표현할 수가 없었다. 이에 성진이 생각하였다.

'이 물 상류에 무슨 꽃이 피었기에 이처럼 강렬한 향기가 물에서 풍긴단 말인가?'

다시 의복을 단정하게 입고 물을 따라 올라가니, 그때까지 여덟 선녀가 돌다리 위에 머물러 있다가 마침내 성진과 마주치게 되었다. 성진이 육환장을 놓고 합장하며 재배하고 말하였다.

"여보살님들은 잠깐 빈승貧僧의 말씀을 들어주십시오. 천승賤僧은 연화도량 육관대사의 제자로서 사부의 명을 받아 산을 내려갔다가 돌아오는 길입니다. 이 좁은 돌다리 위에 보살님들이 앉아 계셔서 남녀가 길을 나누어 지나갈 수 없으니, 잠시 연꽃 같은 발걸음들을 움직이시어 제가 돌아갈 수 있도록 길을 빌려주십시오."

여덟 선녀가 절하며 말하였다.

"우리는 남악 위 부인 낭랑의 시녀인데 부인의 명을 받아 연화 도량 육관대사께 문안하고 돌아오는 길에 잠시 이 다리 위에서 머물던 중입니다. 《예기》에 이르기를 '길을 갈 때 남자는 왼편으로 가고, 여자는 오른편으로 간다.'고 하였습니다. 이 다리가 심히 좁고 첩 등이 먼저 와 앉았으니 도인께서 다리를 통해 가는 것은 예에 맞지 않습니다. 원컨대 다른 길을 구하십시오."

성진이 말하였다.

"물은 깊고 다른 길은 없는데 어느 길로 가라 하십니까?"

선녀가 말하였다.

"옛날 달마대사는 갈댓잎을 타고 큰 바다를 건넜다고 하니 화상께서 진실로 육관대사의 제자라면 반드시 신통한 도술이 있을 것입니다. 그런데 어찌 이렇게 작은 냇물을 건너지 못하여 아녀자와 길을 다투십니까?"

성진이 웃으며 대답하였다.

"여러 낭자의 뜻을 살펴보니 이는 반드시 값을 받고 길을 빌려 주고자 하는 것 같은데, 빈승은 본디 가난한 중이라 다른 보화는 없고 마침 여덟 개의 구슬이 있으니 낭자께 이걸 드려 길을 사고자 합니다."

말을 마치고 손을 들어 복숭아꽃 한 가지를 꺾어 선녀 앞에 던지니, 여덟 꽃봉오리가 땅에 떨어져 밝은 구슬로 변하여 그 빛이 땅에 가득하고 상서로운 기운은 하늘에 사무치니 향내가 천지에 진동하였다.

여덟 선녀가 그제야 일어나 움직이며 말하였다.

"과연 육관대사의 제자구나."

하며 각각 구슬 한 개씩 손에 쥐고 성진을 돌아보며 빙그레 웃고 몸을 솟구쳐 바람을 타고 공중으로 올라갔다. 성진이 돌다리 위에서 눈을 들어보니 여덟 선녀는 간 곳이 없었다. 이윽고 구름이 흩어지고 향기로운 바람도 모두 사라지니 성진이 마음을 진정하지 못하여 홀린 듯 취한 듯 돌아와 용왕의 말씀을 대사께 아뢰자, 대사가 말하였다.

"어찌 늦었는가?"

성진이 대답하였다.

"용왕이 매우 후하게 대접하고 심히 만류하기에 차마 떨치지 못하여 지체하였습니다."

대사가 대답하지 않고 물러가 쉬라고 하였다.

성진이 자기가 거처하던 선방으로 돌아오니 날은 이미 어두워졌으나 여덟 선녀를 본 후부터는 고운 말소리가 귀에 쟁쟁하고 아름다운 모습이 눈에 아른거려 앞에 앉아 있는 듯, 옆에서 당기는 듯 마음이 황홀하여 진정치 못하다가 문득 생각하였다.

'남자로 태어나서 어려서는 공자와 맹자의 글을 읽고 자라서는 요순 같은 임금을 섬겨, 전쟁에 나가면 백만 대군을 거느려 적진을 횡행하고, 평화로울 때는 재상이 되어 몸에는 비단옷을 입고 옥대를 두르고 궁궐에 조회하고 눈으로 아리따운 색을 보고 귀로 좋은 풍류 소리를 들으며, 은혜와 덕택이 백성에게 미치고 공명을 후세에 전하면 그것이야말로 진실로 대장부의 일일 텐데 슬프다,

우리 불가는 다만 한 바리(바리때) 밥과 한 병 물과 서너 권 경문과 백팔염주뿐이구나. 그 도가 비록 높고 깊지만 적막하기 그지없다. 내가 최상의 법을 깨닫고 대사의 도통을 이어받아 연화대(연꽃 모양으로 만든 자리, 부처님이 앉는 자리) 위에 앉는다 해도 넋이 한 번 불꽃 속에 흩어지면 그 누가 한낱 성진이 세상에 났던 줄 알리오.'

이런저런 생각으로 잠을 이루지 못하는 사이에 밤은 이미 깊어 가고 있었다. 눈을 감으면 여덟 선녀가 앞에 서 있고 깜짝 놀라 눈을 떠보면 이미 간 곳이 없었다. 성진이 크게 뉘우쳐 생각하였다.

'불법佛法 공부는 뜻을 바르게 하는 것이 으뜸 행실이라 내가 출가한 지 십 년이 되었지만 한 번도 이를 어기거나 허튼 마음을 먹지 않았는데, 이제 갑자기 깨끗하지 못한 마음이 생겨 이렇게 되었으니 어찌 나의 앞날이 해롭지 않겠는가.'

향로에 향을 다시 피우고 방석에 꿇어앉아 정신을 가다듬어 염주를 굴리며 고요히 일천 부처를 염송하는데 갑자기 창밖에서 동자가 급히 불렀다.

"사형은 주무십니까? 사부께서 부르십니다."

성진이 깜짝 놀라며 생각하였다.

'깊은 밤에 나를 부르시니 분명히 무슨 까닭이 있겠구나.'

동자를 따라 바삐 방장(고승이 거처하는 처소)으로 들어가니 대사가 모든 제자를 모아 놓고 등불을 대낮같이 밝히고 큰 소리로 꾸짖었다.

"성진아, 네 죄를 아느냐?"

성진이 크게 놀라 뜰에 엎드려 말하였다.

"소승이 사부를 섬긴 지 십 년이 되었지만 일찍이 한 번도 불순하거나 공손하지 않은 일이 없었으니 지은 죄를 알지 못하겠습니다."

대사가 말하였다.

"중의 공부에는 세 가지가 있으니 몸 공부, 말씀 공부, 마음 공부가 그것이다. 네 용궁에 가 술을 마셔 취하고 돌다리에서 여인들과 만나 언어를 수작하고 꽃을 던져 희롱하였으며, 돌아온 후에도 그 아름다운 모습을 그리워하다가 마침내 세상의 부귀와 영화에 마음을 빼앗겨 불가의 고요하게 살아가는 것을 싫어하게 되었으니, 이는 세 가지 공부가 한꺼번에 망가진 것이다. 너는 더 이상 여기에 머무를 수 없다."

성진이 머리를 조아리고 울며 말하였다.

"스승님! 소승이 정말 죄를 지었습니다. 그렇지만 주계酒戒(술을 삼가라는 훈계)를 파한 것은 용왕이 억지로 권했기 때문에 마지못해 마신 것이고, 여덟 선녀와 언어를 수작한 것은 길을 빌리기 위함이었으며 다른 뜻은 없었습니다. 그리고 선방에 돌아온 후에 비록 한순간 망령된 생각이 일어나 마음을 잡지 못하였으나 곧바로 스스로 잘못을 뉘우쳐 뜻을 바르게 하였습니다. 소승에게 죄가 있거든 종아리를 치실 일이지 어찌 차마 내치려고만 하십니까? 사부님을 우러러보아 소승 나이 열두 살에 부모를 버리고 사부님을 의지하여 머리를 깎았으니 이곳 연화도량이 곧 소승의 집인데 여기를 버리고 어디로 가라고 하십니까?"

대사가 말하였다.

"네 스스로 가고자 하기에 가라 하는 것이다. 네가 정말 여기에 머물고자 한다면 누가 너를 가게 하겠느냐? 네가 또 '어디로 가리오?' 하니 네가 가고자 하는 그곳이 곧 네가 갈 곳이다."

그러고 나서 대사가 큰 소리로 말하였다.

"황건역사(신장의 하나로, 힘이 세다고 함)는 어디에 있느냐?"

별안간 공중에서 신장神將(화엄경을 보호하는 신장으로, 곧 불법佛法을 지키는 신장)이 내려와 엎드려 명을 기다리니, 대사가 분부하였다.

"너는 이 죄인을 데리고 풍도(지옥 중의 하나로 죽음을 관장하는 신이 사는 곳)에 가서 염라대왕께 내어주고 오라."

성진이 이 말을 듣고 눈물을 비 오듯 흘리고 머리를 무수히 두드리며 말하였다.

"사부, 사부님은 들으십시오. 옛날 아난존자(석가모니의 사촌 동생이며 십대 제자 가운데 한 사람)는 창녀에게 가서 잠자리를 함께하여 몸을 섞었지만, 석가모니 부처님께서는 죄로 여기지 않으시고 다만 설법하여 가르쳤습니다. 소승이 비록 죄가 있으나 아난존자와 비교하면 오히려 가벼운데 어찌하여 풍도로 가라 하십니까?"

대사가 말하였다.

"아난존자는 요술에 넘어가 창녀를 가까이 하였지만 마음은 어지럽지 않았다. 그런데 너는 속세의 부귀를 흠모하는 뜻이 생겼으니 어찌 윤회의 괴로움을 면할 수 있겠느냐?"

성진이 울기만 할 뿐 저승으로 갈 뜻이 없자 대사가 위로하여 말하였다.

"마음이 깨끗하지 못하면 산속에 있어도 도를 이루기가 어렵고,

근본을 잊지 않는다면 속세에 있더라도 돌아올 길이 있을 것이다. 네가 만일 언제든 돌아오고자 하면 내가 손수 데려올 테니 의심하지 말고 떠나거라.”

성진이 하는 수 없이 불상과 사부에게 절하고 여러 동문들과 이별한 후 황건역사를 따라 저승으로 향하였다. 음혼관陰魂關(영혼이 저승으로 들어갈 때 통과하는 문)에 들렀다가 망향대望鄕臺(저승의 귀신들이 올라가서 이승 사람들의 행적을 살핀다는 높다란 대)를 지나 풍도성에 도달하니 성문을 지키던 귀졸鬼卒이 어찌 왔느냐며 물었다.

“이 죄인은 어떤 죄인이요?”

황건역사가 대답하여 말하였다.

“육관대사의 명으로 이 죄인을 데려왔노라.”

라고 하니 귀졸이 즉시 길을 열어주었다. 곧바로 삼라전(염라대왕의 궁전)에 이르러서도 똑같이 말하자, 염라대왕이 일이 바빠 황건역사에게 되돌려 보내려 하였다. 성진이 전각 아래 나아가 무릎을 꿇으니 염라대왕이 물었다.

“성진 상인이여, 그대의 몸은 남악에 있었지만 이름은 이미 지장보살(중생을 교화하는 보살)의 명부에 기록되어 있어서 머지않아 큰 도를 깨달아 연좌에 오를 것이다. 그러면 모든 중생들이 그대의 은덕을 입으리라 기대하였는데 무슨 일로 이곳에 이르렀는가?”

성진이 크게 부끄러워하며 말하였다.

“제가 아직 도를 깨치지 못해 길에서 우연히 남악 선녀들을 만난 후 마음에 둔 까닭에 스승께 죄를 지어 대왕의 명을 기다리고 있습니다.”

염라대왕이 곁에 있는 사람들을 시켜 지장보살에게 말씀을 올렸다.

"남악 육관대사께서 제자 성진을 처벌하라고 보냈사오나 다른 죄인과는 다르니 어찌 했으면 좋겠습니까?"

지장보살이 말하였다.

"수행하는 사람이 오고 가는 것은 오직 그 사람의 원대로 할 것이니 어찌 구태여 내게 묻습니까?"

염라대왕이 즉시 성진의 죄에 대해 처분을 내리려 하는데 두어 귀졸이 들어와 아뢰었다.

"문 밖에 황건역사가 또 육관대사의 명령을 받아 죄인 여덟을 데려왔습니다."

이 말을 들은 성진은 매우 놀랐다. 염라대왕이 죄인들을 불러들이자 남악 선녀 여덟 명이 들어와서 마루 아래 무릎을 꿇자 염라대왕이 물었다.

"남악 선녀들아, 선가(신선이 사는 집)에 무궁한 경치와 기쁨이 있거늘 어찌하여 이곳에 왔느냐?"

여덟 선녀가 부끄러워하며 대답하였다.

"첩 등이 위 부인 낭랑의 명을 받아 육관대사께 문안하고 돌아오는 길에 성진 화상을 만나 언어로 수작한 일이 있었습니다. 대사께서는 저희들이 부처의 깨끗한 땅을 더럽혔다고 우리 부중府中 (높은 벼슬아치의 집안)에 기별하여 마침내 첩 등을 잡아 이리로 보냈습니다. 첩 등의 괴로움과 즐거움이 오로지 대왕의 손에 달렸으니, 원컨대 자비를 베푸시어 좋은 땅에 돌아가게 해주십시오."

염라대왕이 저승사자 아홉 명을 불러 각각 은밀하게 분부하여 보내더니, 갑자기 전각 앞에 큰 바람이 일어나 모든 사람들을 공중으로 날려 사면팔방으로 흩어지게 하였다.

성진이 사자를 따라 팔랑팔랑 가볍게 바람에 실려 한 곳에 이르니 바람이 그치며 발이 땅에 닿았다. 정신을 가다듬고 보니 푸른 산이 사방에 둘러 있고 시냇물이 감싸 흐르는데 대나무 울타리와 초가집이 수풀 사이에 여러 채 있었다.

사자가 성진을 이끌고 한 집에 이르러 문 밖에 세워둔 채 안으로 들어간 후 성진이 한동안 서서 들으니 이웃 사람들이 서로 이렇게 말하였다.

"양 처사(벼슬을 않고 지내는 선비) 부부가 나이 오십에 처음으로 아이를 가지니 세상에 드문 일이야. 그런데 임신한 지 오래 되었는데 아이 울음소리가 나지 않으니 걱정이군."

성진은 이 말을 듣고 자기를 이르는 말 같아서 확실히 양 처사의 자식으로 태어날 줄 알고 문득 생각하였다.

'내가 이미 인간 세상에 태어나게 되어 여기에 왔지만 분명 정신만 왔을 것이고, 육신은 연화봉에서 화장되었을 것이다. 내 나이가 어려 아직 제자가 없으니 어느 누가 내 사리를 거둘 것인가?'

이렇게 생각하며 사뭇 마음이 처량한데, 사자가 나와 손을 저어 부르면서 말하였다.

"이 땅은 대당국大唐國 회남도淮南道 수壽 땅이고 이 집은 양 처사의 집이다. 처사는 너의 부친이요, 부인 유 씨는 네 모친이며, 너는 전생의 인연으로 이 집에 태어났으니 어서 속히 들어가 태어나기 좋은 시각을 놓치지 말라."

성진이 들어가 보니 양 처사는 갈건을 쓰고 베옷 차림으로 대청 위에 앉아 약탕관을 앞에 놓고 약을 달이고 있는데 향기가 코를 찔렀다. 방 안에는 부인의 신음소리가 나고 사자가 성진을 재촉하여 들어가라 하는데 성진이 머뭇거리며 들어가지 않자 사자가 뒤에서 등을 밀치는 바람에 마당 한가운데 엎어졌다. 그 순간 정신이 아득하여 천지가 뒤집히는 것만 같아 소리를 질렀다.

"사람 살려."

그러나 말은 이루지 못하고 소리만 목구멍에서 나오는데 곧 아기 울음소리였다.

산파가 축하하며 말하였다.

"아기 울음소리가 크니 작은 낭군이십니다."

처사가 약사발을 가지고 들어와 부부가 크게 기뻐하였다.

이후로 성진이 배고프면 울고 울면 젖 먹이니, 처음에는 마음으로 연화봉을 기억하였지만 점점 자라면서 부모의 정을 알게 되자 전생의 일은 아득하게 잊고 기억하지 못하였다.

처사가 아들의 골격이 빼어난 것을 보고 머리를 쓰다듬으며 말하였다.

"이 아이는 분명히 하늘나라 사람으로 이곳에 귀양 왔을 게야." 하고 이름을 소유라 하고 자는 천리라 하였다.

인간 세상의 세월이 물 흐르듯 하여 소유의 나이가 열 살이 되자 얼굴은 옥을 다듬어 놓은 것 같고 눈은 샛별 같았으며, 문장을 크게 이루어 지혜가 어른보다 나았다.

하루는 처사가 유 씨에게 말하였다.

"나는 본래 세상 사람이 아닌데 그대와 세속의 인연이 있어 이 땅에 오래 머물렀소. 봉래산 신선이 자주 편지하여 오라고 하였지만 그대가 외로울까 봐 가지 않았는데, 이제 아들의 영특함이 이러하니 그대가 의지할 곳을 얻었소. 틀림없이 늙어서 부귀영화를 누릴 것이니 나를 그리워하지 마시오."

라고 하더니 하루는 여러 도사가 처사의 집에 모여 흰 용과 푸른 학을 타고 깊은 산으로 들어갔다. 그 후로 어쩌다 공중에서 처사가 편지를 보냈지만 마침내 영영 집으로 돌아오지는 않았다.

화음천에서 진채봉을 만나다

양 처사가 떠난 후에 어머니와 아들이 서로 의지하며 세월을 보냈다. 몇 해가 지나자 소유의 재주와 명성이 크게 소문나서 고을 태수가 신동이라며 조정에 추천하였다. 하지만 소유는 모친을 두고 떠나기가 어려워 벼슬에 나아가지 않았다. 소유가 열다섯 살에 이르러 얼굴은 반악(중국 진晉나라의 문인이며 미남으로 여인들의 사랑을 받았음) 같고, 기상은 청련(시인 이백의 아호) 같고, 문장은 연허(당나라의 문인 연국공 장설과 허국공 소정을 동시에 이르는 말) 같고, 시재詩才는 포사(중국 서주西周의 마지막 왕인 유왕의 애첩으로 후에 유왕의 왕비가 됨) 같고, 필법은 종왕(명필인 종요와 왕희지를 같이 이르는 말) 같고, 제자백가(중국 춘추시대 말기부터 전국시대에 걸친 여러 학파의 총칭)와 구류삼교(한나라 때의 유명한 아홉 가지 사상 및 유가·불가·도가의 세 종교)와 천문지리와 육도삼략(전쟁에 대한 책)과 활쏘기와 칼 쓰기 등에 정통하지 않은 게 없으니, 마치 전생부터 수행한 사람 같아서 세상의 속된 사람과는 비교할 바가 아니었다.

하루는 소유가 모친에게 아뢰었다.

"부친께서 하늘로 돌아가실 때 저에게 집안을 맡기셨는데 지금

집이 가난하여 모친께서 근심하시니 제가 만일 집 지키는 개처럼 지내며 공명功名(공을 세워서 자기의 이름을 널리 드러냄)을 구하지 않는다면 부친께서 기대하신 뜻이 아닐 겁니다. 이제 서울에서 과거시험을 치러 선비를 뽑는다고 하니 제가 잠시 어머니 슬하를 떠나 서유西遊(서쪽으로 유람한다는 뜻인데 여기서는 과거를 보러 간다는 말)를 할까 합니다.”

유 씨는 자식의 기상이 만만치 않음을 보고 비록 먼 길을 떠나 이별하는 게 애석하긴 하였으나 말리지 못하였다.

양생이 서동(책 읽으며 옆에서 시중드는 아이) 한 명과 나귀 한 필로 모친께 하직하고 여러 날 만에 화주 화음현에 이르니 장안이 점점 가까워오는지라 산천의 경치가 매우 화려하였다. 과거 볼 날짜가 아직 넉넉하므로 양생이 하루 수십 리씩만 길을 가고 산수를 찾거나 고적을 유람하니 나그네의 행차가 심심하지 않았다.

문득 눈을 들어 멀리 바라보니 버드나무 수풀이 푸릇푸릇한 사이로 작은 누각이 비치는데 매우 그윽하고 아름다웠다. 채찍을 내리고 말을 끌며 천천히 나아가니 푸른 버드나무 가지가 가늘고 길어 땅에 드리운 것이 마치 실을 풀어 바람에 나부끼는 듯하여 아주 볼 만하였다.

양생이 생각하였다.

‘우리 초나라 땅에 비록 아름다운 나무들이 많지만, 이런 버들은 보지 못하였다.’

하고 〈양류사楊柳詞〉를 지어 읊으니 그 글은 다음과 같았다.

버들이 푸르러 마치 베를 짠 듯하니
긴 가지 그림 같은 누각에 드리웠구나
원컨대 그대는 부지런히 심어라
이 나무 가장 멋지구나

버들은 어찌하여 푸르고 푸른가
긴 가지 비단 기둥에 드리웠구나
원컨대 그대는 부질없이 꺾지 마라
이 나무 가장 정이 많구나

시를 읊는 소리가 맑고 청아하여 마치 쇠를 두드리고 옥을 깨뜨리는 듯하였다. 봄바람이 그 소리를 거두어 누각 위로 올려 보내니, 누각 위의 미인이 한참 봄잠에 빠졌다가 시를 읊는 소리에 놀라 깨어 창문을 열고 난간에 기대어 사방을 둘러보다가 우연히 양생과 눈이 마주치게 되었다. 그 미인의 구름 같은 머리가 귀밑까지 드리웠고 옥비녀는 반쯤 기울어졌으며 아직 졸린 듯한 모습이 너무도 천연스럽게 아름다워 이루 말로 표현하기 어렵고 그림으로도 비슷하게 그리지 못할 것이다. 두 사람이 서로 바라보기만 하고 말이 없는데, 양생의 서동이 따라와 말하였다.

"저녁밥이 다 되었으니 행차하십시오."

미인이 곧 창문을 닫고 안으로 들어가자 천연한 향내가 코를 스칠 뿐이었다. 양생이 서동을 크게 원망하였지만 다시 만나기는 어려울 것을 짐작하고 서동을 따라 객점(길손이 음식을 사 먹거나 쉬던

집)으로 돌아왔다.

원래 이 미인의 성은 진秦 씨로서 진 어사의 딸이며 이름은 채봉이었다. 일찍이 모친을 여의고 다른 형제가 없이 홀로 부친을 모시고 있는데 아직 혼인을 언약한 곳이 없었다. 이때 진 어사는 일 때문에 서울에 가고 소저(아가씨를 일컫는 말로 여기서는 진채봉을 이름) 혼자 집을 지키고 있다가 천만뜻밖에 양생을 만나 그 풍채와 재주를 보고 심신이 황홀하여 마음속으로 생각하였다.

'여자가 장부를 만나 섬기는 것은 평생의 큰일로서, 일생의 영광과 치욕과 즐거움과 고생이 달려 있다. 탁문군(한漢나라의 여류 문인이며 사마상여의 아내, 눈썹이 길고 완만하게 구부러져 있어 멀리서 보면 산처럼 아름다웠다고 함)은 과부이면서도 사마상여를 따라갔다. 지금 내가 처녀의 몸으로 스스로 배필을 정한다는 게 옳은 일은 아니지만 부녀의 절개를 지키기 위해서는 해롭지 않은 일이라고 생각한다. 더구나 이 사람의 성명과 주소도 알지 못하는데 부친께 여쭈어 의논한 다음에 매파(중매쟁이)를 보내려 한들 동서남북 어느 곳에서 다시 찾을 수 있겠는가?'

급히 편지지를 펴서 두어 줄 글을 쓰고 봉하여 유모에게 주며 말하였다.

"이것을 가지고 객점으로 가서 나귀를 타고 내 집 누각 아래에 와 〈양류사〉를 읊던 상공을 찾아 전하고, 내가 인연을 맺어 일생을 의탁하고 싶다는 뜻을 알리게나. 이는 내 일생을 결정짓는 큰일이니 부디 소홀히 해서는 안 되네. 이 선비의 얼굴이 옥과 같이 아름다워 무리 가운데에서도 구별될 것이니, 부디 직접 만나보고 전해 주게나."

유모가 말하였다.

"삼가 소저께서 명하신 대로 전하겠지만, 이후에 노야老爺(어른을 높여 이르는 말)께서 물으시면 무엇이라 하오리까?"

"그건 내가 감당할 일이니 자네는 염려하지 말게."

유모가 나가다가 다시 들어와 말하였다.

"만일 낭군이 이미 장가를 들었거나 혹시 정혼한 곳이 있다면 어찌 하겠습니까?"

소저가 한참 생각하다가 말하였다.

"불행히도 혼인을 하였다면 내 거리낌 없이 그 둘째 아내라도 되겠네. 하지만 이 사람의 나이가 젊어서 아직 아내는 없을 걸세."

유모가 객점에 가 〈양류사〉를 읊던 상공을 찾으니 양생이 마침 객점 밖에 나섰다가 노파가 자기를 찾는 것을 보고 바삐 물었다.

"〈양류사〉는 제가 읊었는데 무슨 일로 찾으시오?"

유모가 양생의 모습을 보고는 대번에 의심하지 않고 말하였다.

"여기는 말씀드릴 곳이 못 됩니다."

양생이 절하고 유모를 객방으로 안내하여 찾아온 뜻을 물으니 유모가 되물었다.

"낭군께서는 〈양류사〉를 어디에서 읊으셨습니까?"

양생이 대답하였다.

"소생은 먼 지방 사람이라 처음으로 서울에 와 풍경을 두루 구경하다가 큰길 북쪽 작은 누각 앞에 있는 수양버들 숲이 하도 아름다워 우연히 시를 읊었지요. 그런데 노파는 어찌 물으시오?"

"낭군께서는 그때 누구를 보셨습니까?"

"소생이 다행히 때마침 선녀가 누각 위에서 강림한 순간을 만나니, 아리따운 거동과 기이한 향내가 내 옷에 풍기고 있소이다."

"낭군께 바로 말씀드리겠습니다. 그 집은 우리 진 어사 댁이고 그 여자는 우리 집 소저입니다. 소저가 총명하고 지혜로워 사람을 알아보는 능력이 있어 낭군을 한 번 보자마자 일생을 맡기고자 하지만 진 어사 어른께서 서울에 계셔 여쭤보는 사이에 낭군께서 떠나신다면 어디에서 다시 찾을 수 있겠습니까? 이런 까닭에 부끄러움을 무릅쓰고 일생의 큰일을 위하여 저를 보내 낭군의 성씨와 고향을 묻고 혼인 여부를 알아오라 하셨습니다."

양생이 이 말을 듣고 기쁜 빛이 얼굴에 가득 차 고마워하며 말하였다.

"소생이 소저의 눈에 들었다니 그 은혜를 어이 잊겠소. 소생은 초나라 사람이고 집에 노모가 계시니 화촉의 예식은 양가 부모께 아뢰어 행하겠지만, 혼인의 언약은 지금 한 마디 말로 정하리다. 화산華山이 영원히 푸르고 위수渭水가 끊어지지 않듯 내 마음 변치 않으리다."

유모가 매우 즐거워하며 소매에서 작은 봉투를 꺼내 건네자 양생이 떼어 보니 〈양류사〉 한 수였다.

그 시는 다음과 같았다.

누각 앞에 수양버들 심어
낭군의 말을 매어 머물게 하려는데

어찌하여 꺾어다 채찍을 만들어
재촉하여 장대(진나라 궁전 이름) 길로 가려 하십니까

양생이 보고 나서 이 글의 참신하면서도 은근함에 크게 감탄하
여 칭찬하며 말하였다.
"비록 옛날에 시를 잘하던 왕우승과 최학사라도 이보다 낫지는
못할 것입니다."
즉시 편지지를 꺼내 한 수를 지어 유모에게 주었다.
그 시는 다음과 같았다.

수양버들이 천만 가지나 하니
가지가지마다 곡진한(매우 정성스러운) 마음이 맺혔구나
원컨대 달 아래 끈(월하노인, 즉 중매를 뜻함)을 묶어
봄소식을 전하고자 하노라

유모가 이를 받아 몸에 감추고 객점 문을 나가는데 양생이 도로
불러 말하였다.
"소저는 진나라 사람이요 소생은 초나라 사람이니 한 번 헤어지
고 나면 산천이 떨어져 소식을 통하기가 어렵소. 하물며 오늘 일
은 중매도 없이 이루어진 일이니 오늘 밤 달빛을 타 소저의 얼굴
을 볼 수 있겠는지요? 소저의 시에도 이러한 뜻이 담겨 있으니 유
모는 소저에게 이를 아뢰시오."
유모가 갔다가 즉시 돌아와 양생에게 말하였다.

"우리 소저가 낭군이 화답한 시를 보고 매우 감격하셨고, 낭군께서 달빛 아래에서 만나자는 약속을 전하자 소저가 '남녀가 혼례 전에 서로 만남은 예가 아닌 줄 알지만, 이제 상공께 의탁하려 하니 어찌 그 뜻을 순종하지 않겠습니까? 그러나 밤에 서로 만나면 사람의 의심을 받을 것이요, 부친께서도 아시면 그릇되다 여기실 것이니 밝은 날 중당中堂에서 잠깐 만나 약속을 정하는 것이 좋을 듯합니다.' 라고 말하였습니다."

양생이 감탄하여 말하였다.

"소저의 밝은 소견과 옳은 뜻은 도저히 내가 미칠 수 없구려."
하고 거듭 당부하며 유모를 보냈다.

이날 객점에서 삼월의 밤이 유난히 긴 것을 한탄하며 잠을 이루지 못하고 닭 우는 소리를 기다리는데, 새벽녘에 갑자기 수많은 사람의 말소리가 물 끓듯 하며 서쪽에서 들렸다. 양생이 놀라서 길거리에 나가 보니 도로가 막히고 피난하는 사람들이 길에 모여 울음소리가 진동하였다. 이에 행인에게 물어보니 '서울에 변란이 생겨 신책장군 구사량이 황제라 칭하고, 천자는 양주로 피난하시니 관중關中이 매우 어지러워 적병들이 사방으로 흩어져 사람과 말을 약탈한다.'고 하였다. 또 이윽고 다시 전하여 말하기를 '함곡관을 닫아 사람들을 출입하지 못하게 하고 양민이든 천민이든 신분을 가리지 않고 징병한다.' 하거늘 양생이 크게 놀라 급히 서동을 데리고 남전산을 바라보며 깊은 산골로 들어가니 한 초가집이 있었다. 그 초가집에 흰 구름이 자욱하게 끼어 있고 학 우는 소리가 매우 맑아 분명 고결한 사람이 있을 것이라 짐작하고 찾아가니, 한 도인이 작은 책상을 기대고 비스듬히 앉아 있다가 양생을 보고 말하였다.

"그대는 필경 피난하는 사람이로구나."

양생이 그렇다고 하자 다시 물었다.

"혹시 그대는 회남 양 처사의 아들이 아닌가? 얼굴이 매우 닮았도다."

양생이 나아가 재배하며 눈물을 머금고 대답하였다.

"소생은 양 처사의 아들입니다. 아비를 이별하고 다만 어미를 의지하여 재주가 심히 미련하나 요행으로 과거를 보려 화음 땅에 이르렀는데 난리를 만나 살기를 도모하여 이곳에 와 도인을 만나 부친의 소식을 듣는 것은 하늘이 명하신 일입니다. 엎드려 빌건대 부친은 어디 계시며 건강은 어떠하십니까? 원컨대 한 말씀을 아끼지 마십시오."

도인이 웃으며 말하였다.

"그대의 부친이 나와 함께 사흘 전에 자각봉에서 바둑을 두다 갔는데 아주 평안하니 슬퍼하지 말라."

양생이 또 울며 청하여 말하였다.

"원컨대 도인의 도움으로 부친을 뵐 수 있게 해주십시오."

도인이 웃으며 말하였다.

"부자간 지극한 정이 중하나 신선과 범인凡人이 다르니 보기 어렵도다. 또 삼산三山이 막연하고 십주十洲가 아득하니 그대 부친의 거취를 어디 가서 찾겠는가. 그대는 부질없이 슬퍼 말고 여기서 머물며 난리가 평정된 후에 돌아가도 늦지 않을 것이야."

양생이 감사하며 눈물을 씻고 앉았는데 도사가 갑자기 벽 위의 거문고를 돌아보며 물었다.

"그대는 거문고를 탈 줄 아는가?"

"매우 좋아하지만 아직 어진 스승을 만나지 못하였습니다."

도인이 동자에게 일러 거문고를 가져다주며 타보게 하니 양생이 〈풍입송〉이란 곡을 연주했다. 도인이 웃으며 말하였다.

"손을 쓰는 법이 생동감 있고 가벼우니 가르칠 만하도다."

하고는 거문고를 옮겨 스스로 세상에 전하지 않는 옛 곡조를 차례로 연주하니, 맑고 그윽하여 인간 세상에서 듣지 못한 것이었다. 양생이 평소 음률을 좋아하고 총명함이 뛰어나서 한 번 들었다 하면 일일이 따라 하니 도인이 크게 기뻐하였다. 이에 또 벽옥퉁소를 내어 한 곡조를 불러 생을 가르치고 말하였다.

"지음知音(음률을 잘 아는 사람으로 서로의 마음이 통하는 친한 벗을 일컬음)을 만나기란 예로부터 어려운 법이거늘, 이제 거문고와 퉁소를 그대에게 주니 훗날 반드시 쓸 곳이 있으리라."

양생이 절하여 받고 아뢰었다.

"소자가 선생을 만나게 된 것은 분명 가친(남 앞에서 자기 아버지를 가리키는 말)이 길을 인도해 주심입니다. 원컨대 궤장(작은 책상과 지팡이)을 모셔 제자가 되고자 합니다."

도인이 웃으며 말하였다.

"자네는 인간의 부귀를 누리게 될 몸인데 어찌 이 늙은이를 좇아 바위구멍에서 살겠는가? 하물며 나중에 돌아갈 곳도 있으니 그대는 나와 같은 무리가 아니니라. 그렇지만 자네의 은근한 뜻을 차마 저버리지는 못하겠구나."

하고 팽조(중국 상고 시대에 칠백 년을 살았다는 전설적인 신선)의 방서方書(점술, 천문, 의술 등 방술을 기록한 책) 한 권을 내어주며 말하였다.

"이를 익히면 비록 수명을 연장하지는 못하겠지만, 병을 없게 하고 늙음을 물리칠 수는 있을 것이야."

양생이 다시 절하고 받은 후 물었다.

"선생께서 소자에게 인간 세상의 부귀를 누릴 거라고 예언하셨는데, 이에 인간 세상의 일을 여쭙습니다. 소자가 화음현에서 진 씨 여인을 만나 혼인을 의논하였는데 난리에 쫓겨 이곳에 이르렀으니 이 혼인이 이루어질 수 있겠습니까?"

도사가 크게 웃고 말하였다.

"혼인의 길이란 어둡기가 밤과 같으니 어찌 천기(하늘의 비밀)를 미리 말하겠는가? 그러나 그대의 아름다운 인연이 여러 곳에 있으니, 진 씨 여인에게만 연연하지 말지어다."

이날 도인을 모시고 석실에서 자는데 하늘이 채 밝기도 전에 도인이 양생을 깨워 말하였다.

"길은 이미 트였고 과거는 내년 봄으로 미루어졌다네. 대부인(양생의 모친)께서 문에 기대어 기다리시니 속히 돌아가게나."

하고는 여비를 차려주었다. 양생이 도인에게 백배사례(거듭 절하며 고마워함)하고, 거문고와 퉁소와 방서를 거두어 산을 내려오며 돌아보니 도인의 집은 간 곳이 없었다.

양생이 어제 산에 들어올 때엔 버들꽃이 아직 지지 않았는데 하룻밤 사이에 물색이 훌쩍 변하여 바위 사이에 국화가 만발하였기에, 양생이 이상하게 여겨 사람에게 물으니 이미 팔월이었다. 전에 묵었던 객점을 찾아가니 난리를 겪은 후에 인가가 쓸쓸하여 옛날과 다르고, 서울을 구경하러 모여든 선비들이 어지러이 내려오기에 소식을 물어보니 천자께서 여러 도의 병사와 말들을 모아 다섯 달 만에 비로소 역적을 평정하고 과거는 내년 봄으로 연기되었다고 하였다.

양생이 진 어사의 집을 찾아가니 버들 수풀은 완연한데 아름다웠던 누각과 어여뻤던 담은 불에 타 없어졌고, 사방이 황량하여 닭 우는 소리 하나 들리지 않았다. 오래도록 버들가지를 붙들고 진 소저의 〈양류사〉를 읊으며 눈물을 흘렸지만 이미 어찌할 바가 없어 객점에 가 주인에게 물었다.

"길 건너편 진 어사의 가솔家率들이 어디로 갔나요?"

주인이 탄식하며 말하였다.

"상공께서는 알지 못하시는군요. 진 어사는 서울에 가시고 소저가 늙은 종을 거느리고 집에 있었는데, 어사는 역적의 벼슬을 받았다 하여 관군이 서울을 회복한 후에 처형되었고 소저는 서울로 잡혀갔습니다. 사람들이 말하기를 참변을 당하였다고도 하고 더러는 적몰(죄인의 재산을 몰수하고 그 가족까지도 처벌하는 것)하여 궁녀가 되었다고도 합니다. 오늘 아침에 죄 지은 가족들이 영남 땅의 노비가 되어 이 앞으로 많이 지나갔는데 혹시 진 소저도 그 중에 들어 있을지도 모르겠습니다."

양생이 이 말을 듣고 눈물을 흘리며 마음속으로 생각하였다.

'남전사 도인이 진 씨와의 혼사를 어둡기가 밤 같다고 하더니 소저는 이미 죽었을 가능성이 높겠구나.'

이날 종일 방황하다가 밤에 한잠도 이루지 못하였다. 다시 물을 곳이 없어서 행장을 차려 수주로 돌아가니, 어머니 유 씨가 집에 있으면서 서울이 요란하다는 소문을 듣고 아들이 이미 죽은 줄로만 알았다가 다시 만나자 서로 붙들고 울기를 다시 태어난 사람 보듯 하였다. 그 해가 지나가고 새해 봄이 되자 양생이 다시 서울로 나아가 공명을 구하고자 하니 유 씨가 말하였다.

"작년에 서울에 갔다가 위험한 일을 겪었고, 네 나이 아직 젊으니 공명을 구하는 것은 급하지 않지만, 이제 네가 서울로 가는 것을 말리지 않는 것은 내가 생각이 있어서이다. 네 나이 열여섯에 정혼한 데 없고 이곳 수주는 궁벽한 작은 고을이라 어찌 현숙한 처녀가 있어 네 배필을 구하겠느냐. 내 외사촌 누이동생은 성이 두 씨로서 서울 자청관이란 절에 출가하여 도사가 되었는데, 나이를 헤아려 보면 아직 살아 있을 듯도 하구나. 아주 생각이 깊은 사람으로 재상가宰相家에 왕래하지 않은 데가 없으니, 내 편지를 보여주면 분명 성의껏 도와줄 것이니 이를 유념하여라."

양생이 화음현 진 소저의 이야기를 전하고 슬픈 빛을 보이자 유 씨가 한탄하며 말하였다.

"아름답지만 인연이 없어서 죽었을 것 같구나. 살았다 해도 만날 길이 없으니 생각을 끊고 새로 아름다운 인연을 맺어서 내 바라는 마음을 위로하여라."

양생이 절하고 명령을 받아 출발한 지 여러 날 만에 낙양에 이르렀는데, 갑작스런 소나기를 만나 남문 밖 주점에 들어갔다.

주인이 물었다.

"상공께서는 술을 드시렵니까?"

양생이 말하였다.

"좋은 술을 가져오게."

주인이 술을 가져오니 양생이 여거푸 여러 잔을 마시고 말하였다.

"자네네 술이 비록 좋으나 상품은 아닐세."

주인이 말하였다.

"이 가게의 술은 이보다 좋은 것이 없습니다. 상공께서 상품의 술을 구하신다면 성 안의 천진교 술집에서 파는 낙양춘이란 술이 있는데, 한 말 값이 일만 전이나 됩니다."

양생이 생각하기를,

'낙양은 옛날부터 제왕의 도읍이요, 천하에서 가장 번화한 땅이다. 내가 작년에 다른 길로 가는 바람에 이곳의 경치를 보지 못하였는데, 이번에는 그냥 지나지 않으리라.'

하고 술값을 계산한 후에 나귀를 타고 천진교로 향하였다.

술집에서 계섬월을 만나다

양생이 낙양성으로 들어가니 번화하고 화려한 모습이 정말 듣던 것과 같았다. 낙수는 도성을 가로질러 마치 흰 깁(명주실로 바탕을 조금 거칠게 짠 비단)을 펼쳐놓은 듯하고, 천진교는 물에 걸치고 앉아 마치 무지개를 비껴놓은 듯하고, 붉은 용마루와 푸른 기와는 하늘에 솟구쳐 그림자가 물속에 떨어졌으니 참으로 천하에서 으뜸가는 곳이었다. 양생은 이전 술집 주인이 말하던 주루(酒樓)(비교적 큰 규모의 술집)임을 알고 나귀를 재촉하여 누각 앞으로 나아가니 금으로 장식한 안장과 빠른 말들이 길을 가득 메웠고, 누각 위의 온갖 풍악 소리는 공중에서 내려왔다. 양생은 하남부윤(지방관청의 우두머리)이 잔치를 베푸는가 하여 서동을 시켜 알아보라 하였다. 서동이 말하기를,

"성 안의 여러 귀공자가 이름난 기녀들을 모아 놓고 봄 경치를 구경한다고 합니다."

양생이 이 말을 듣고 취흥을 이기지 못하고 나귀에서 내려 바로 누각으로 올라가니, 소년 십여 명이 미녀 수십 명과 더불어 앉아 담소하며 큰 잔을 기울이고 있었는데 의관이 선명하고 몸가짐은

의젓하였다. 소년들이 양생의 수려한 모습을 보고는 모두 일어나 읍하고 자리를 나누어 앉아 서로 통성명하였는데, 윗자리에 앉은 노생이라는 자가 양생에게 물었다.

"양 형의 행색을 보니 분명히 과거를 보러 가는 듯싶소."

양생이 대답하였다.

"형의 말과 같습니다."

또 왕생이란 자가 말하였다.

"양 형이 과거를 보려 한다면 비록 청하지 않은 손님이지만 오늘 모임에 참석해도 해가 되지는 않을 것입니다."

양생이 말하였다.

"두 형의 말을 들어보니 여러 형들이 오늘 모인 목적은 술잔을 나누기 위해서만이 아니라, 시사(시인들의 모임)를 맺어 문장을 비교하기 위함인 듯합니다. 저는 초나라의 미천한 선비로 나이도 어린 데다 소견이 좁으니 비록 다행스럽게도 과거시험에는 참여하였으나, 여러 형들의 화려한 모임에 참여함이 극히 외람됩니다."

모인 사람들이 양생의 말씨가 공손한 데다 나이도 어린 것을 보고는 업신여겨 웃으며 말하였다.

"우리 모임은 시사를 맺기 위한 것이라기보다 양 형이 말한 대로 문장을 겨루기 위한 모임에 가깝습니다. 형은 뒤늦게 왔으니 시를 지어도 좋고 짓지 않아도 좋소이다. 잠시 함께 술이나 마시도록 하시지요."

술잔을 재촉하자 모든 풍악이 일시에 울렸다. 양생이 눈을 들어 기녀들을 보니 이십여 명이 각각 악기를 잡고 풍악을 즐기고 있었지만 오직 한 사람만이 단정히 앉았는데, 용모가 아름다워 참으로 나라의 제일가는 미녀였고 마치 선녀가 인간 세상에 내려온 듯하였다. 양생이 정신이 황홀하여 술잔 잡는 것도 잊고 그 미인을 자주 돌아보자 그 미인도 양생을 바라보았다. 그러다가 다시 자세히 보니 그 미인 앞에 화전華箋(남의 편지를 높여 이르는 말)에 글 쓴 것이 많이 쌓여 있는 것을 보고 양생이 좌중을 향해 말하였다.

"화전이 필시 여러 형들의 훌륭한 작품일 테니, 한 번 볼 수 있겠습니까?"

사람들이 대답하기도 전에 그 미인이 일어나 화전을 가져와 양생 앞에 놓았다. 양생이 대강 십여 장의 시를 열람하니 그 가운데 좋고 나쁜 것, 미숙한 것과 무르익은 것도 있었는데 대부분 평범하였고 썩 좋은 글귀는 없었다. 양생이 혼자 생각하기를,

'낙양에 재주 있는 선비가 많다던데 이제 보니 빈말이로군.'

하고 시를 미인에게 돌려주고는 모두를 향하여 공손히 말하였다.

"궁벽한 벽지의 미천한 선비가 상국上國의 높은 문장을 보지 못하다가 여러 형들의 주옥같은 글을 구경하니 어찌 즐겁지 아니하겠습니까?"

이때 사람들이 모두 취하여 흐뭇하게 크게 웃으며 말하였다.

"양 형은 다만 시구의 묘한 것만 알고, 그 가운데 더욱 묘한 일이 있는 줄은 모르는구려."

양생이 대답하였다.

"저는 형들의 사랑을 받아 함께 술 마시는 사이에 아주 친하게 되었는데, 어찌하여 제게 그 묘한 일을 말해 주지 않으십니까?"

왕생이 크게 웃으며 말하였다.

"형에게 말해도 해롭지 않습니다. 우리 낙양은 인재가 모인 곳이라 예로부터 과거를 보면 낙양 사람이 장원 아니면 방안(장원의 다음 자리)이나 탐화(방안의 다음 자리)를 합니다. 우리가 글짓기에서 그 이름은 얻었지만 우열을 스스로 정하지는 못하였습니다. 저 낭자의 성은 계요, 이름은 섬월인데 얼굴이 아름답고 노래와 춤 솜씨가 천하에 으뜸일 뿐 아니라 시문도 모르는 것이 없고 나아가 글을 보는 눈이 신통하여, 낙양 선비가 과거에 임하여 그 지은 글을 보고 당락을 정하기에 틀린 적이 없었습니다. 이런 까닭에 우리가 지은 시를 섬월에게 보여 그중에 눈에 드는 글을 풍류에 맞추어 노래 부름으로써 우열을 정하려 합니다. 더구나 저 낭자의 이름이 달 가운데 계수나무와 통하니, 새로운 과거에서 장원급제할 좋은 조짐도 있답니다. 양 형께서도 듣고 보니 묘한 일이지요?"

두생이라는 자가 말하였다.

"한 가지가 더 있습니다. 오늘 이 낭자가 노래 부르는 시의 주인을 낭자 집으로 보내어 오늘 밤 꽃다운 인연을 이루게 할 것이니 정말 묘한 일이 아니겠소? 양 형도 남자니까 흥미가 있거든 시 한 수를 지어 우리와 한 번 우열을 겨루어보지 않겠소?"

양생이 말하였다.

"여러 형의 아름다운 글들이 이루어진 지가 오래되었는데, 그중에서 낭자가 어느 시를 노래했는지요?"

왕생이 말하였다.

"섬월이 아직껏 맑은 소리를 아끼고 있는데 아마도 부끄러워하나 봅니다.”

양생이 말하였다.

“소제小弟(말하는 이가 대등한 관계에 있는 사람이나 윗사람을 상대하여 자기를 낮추어 지칭함)는 외지 사람이라 비록 한두 편의 시를 지어 보기는 했지만, 어찌 감히 여러 형과 더불어 재주를 겨룰 수가 있겠습니까?”

왕생이 큰 소리로 말하였다.

“양 형의 모습이 아름다운 여자 같더니 어이 이다지도 대장부다운 뜻이 없으십니까? 성인께서도 ‘어진 일 앞에서는 스승한테도 양보하지 않고 다투는 것이 군자’ 라 하셨는데, 양 형이 시 지을 재주가 없다면 모르겠지만 재주가 있다면 어찌 사양하려 하시오.”

양생이 겉으로는 사양하는 체하다가 계섬월의 용모를 보고는 시 쓰고 싶은 흥을 이기지 못하여 눈을 들어보니, 사람들이 앉은 자리 곁에 빈 화전이 많은지라 한 봉을 빼내어 붓을 날려 시를 지었다. 모두들 시상이 민첩하고 붓의 힘이 살아 움직이는 듯한 것을 보고 크게 놀랐다.

양생이 붓을 던지고 모두에게 말하였다.

“진실로 여러 형의 가르침을 청해야 하지만, 오늘은 계 씨 낭자가 시험관이니 마감 시간을 넘겼을까 두렵소이다.”

하고 글을 계섬월에게 보였다. 섬월이 추파를 던지며 바라보고는 맑은 노래를 부르기 시작하는데, 그 소리가 하늘로 올라가 여운이 공중에 퍼지니 진나라의 쟁과 조나라의 거문고 소리를 빼앗고 좌중의 사람들 모두가 낯빛이 변하였다.

그 시는 다음과 같다.

향기로운 티끌이 일고자 하고 저녁 구름이 많으니
고운 여인의 한 곡조 노래를 함께 기다리는구나
열두 거리 위에 봄은 늦어
버들꽃이 눈 같으니 근심을 어이 하리오

꽃가지가 미인의 단장을 부끄러워하니
섬세한 노래 부르지도 않았는데 입의 기운은 이미 향기롭구나
초나라 하채와 위나라 양성은 어디나 무방하나
다만 무쇠 같은 애간장을 얻을 수 있을까 두렵구나

주막집 저문 눈[雪]에 양주자사를 부르니
이것이 바로 수재秀才가 뜻을 얻은 때로구나
천고부터 이 글은 원래가 한 맥이니
선비로 하여금 풍류를 일삼게 하지 마라

초나라 손이 서쪽에서 놀다가 길이 진나라에 들었으니
주점에 와서 낙양의 봄을 취하였도다
달 가운데 계수나무를 누가 먼저 꺾을 것인가
오늘 문장은 주인이 있을 것이로다

사람들이 처음에는 양생의 나이가 어린 것을 보고 시를 짓지 못

할 것이라고 짐작해서 권했던 것인데, 이쯤에 이르러서는 양생의 시가 맑고도 새로우며 탁월해 계섬월의 눈에 드는 것을 보니 완전히 흥이 깨졌다. 양생에게 사양하기도 어렵고 약속을 저버리기도 어려워 서로 돌아보며 아무 말도 못 하고 있는데 양생이 이 분위기를 보고 일어나 하직하며 말하였다.

"제가 우연히 여러 형의 사랑을 입어 멋진 잔치에 참여했으니 참 다행한 일입니다. 하지만 갈 길이 너무 바빠서 종일토록 모실 수가 없으니 훗날 과거 합격 축하연 자리에서 남은 정을 나누었으면 합니다."

하고는 천연덕스럽게 누각을 내려가니 굳이 말리지 않았다. 양생이 막 나귀를 타려 하는데 계섬월이 따라와 말하였다.

"다리 남쪽에 잘 꾸민 담 밖에 앵두꽃이 만발한 집이 첩의 집이니, 낭군께서는 먼저 가셔서 제가 돌아갈 때까지 기다리십시오."

하고 즉시 누각에 올라가 사람들에게 물었다.

"여러 상공께서 첩을 천하게 여기지 않으시고 노래로 오늘 밤의 인연을 정해 주셨으니 이제 어찌하면 좋겠습니까?"

모인 사람들이 서로 의논하여 말하였다.

"양 씨는 원래부터 구경꾼에 불과하니 어찌 신경 쓸 필요가 있겠는가?"

이렇게들 말하였지만 모두가 섬월에게 사랑하는 마음을 두고 있어 어떻게 해야 할지 결정하지 못하자 섬월이 말하였다.

"사람이 신의가 없으면 어찌 옳다 하겠습니까? 이 자리에 기녀와 풍악이 부족하지 않으니 여러 상공께서는 남은 흥을 다 푸십시오. 저는 몸이 불편하여 더 이상 모시고 즐길 수가 없습니다.”

사람들이 이미 약속한 게 있으므로 섬월을 붙들지 못하였다.

양생이 성 남쪽 객점에 머물다가 날이 저물어 섬월의 집을 찾아가니 섬월이 이미 먼저 와서 대청에 촛불을 밝히고 양생을 기다리다가 둘이 서로 만나니 그 기쁨이 대단하였다.

섬월이 옥 술잔에 향기로운 술을 가득 붓고 〈금루의〉란 노래를 부르며 술을 권하니, 아름다운 자태와 부드러운 정은 사람의 애간장을 끊을 듯하였다. 서로 이끌고 잠자리에 드니 무산의 꿈(옛날 초나라 회왕이 무산의 선녀와 잠자리를 가진 일)과 낙수의 만남(조식이 낙수의 여신인 복비를 만난 일)도 이보다 정겹지는 못할 것이었다.

밤이 반쯤 지나자 섬월이 침상에서 양생에게 말하였다.

“첩의 몸을 이미 상공께 의탁하였으니 첩의 사정을 들어주십시오. 첩은 본래 소주 사람인데, 부친이 역승직을 지내시다가 불행하게도 타향에서 돌아가셨습니다. 집이 가난하고 고향이 멀어 반장返葬(객지에서 죽은 사람을 그가 살던 곳이나 고향으로 옮겨서 장사를 지냄) 할 길이 없어 계모가 많은 돈을 받고 저를 창가娼家에 팔았습니다. 부끄러움을 참고 지금까지 살아온 것은 하늘이 불쌍히 여겨주시길 바라던 차에 하루아침에 군자를 만나 밝은 하늘을 보게 되었습니다. 첩의 집은 장안으로 가는 큰 길거리에 있어 수레와 말의 소리가 밤낮 끊이지 않으니 어떤 사람인들 첩의 문 밖에서 멈추지 않을 수 있었겠습니까? 삼사 년 사이에 구름같이 많은 사람이 지나갔지만 낭군과 같은 분은 보지 못하였습니다. 낭군께서 첩을 더럽다고 여기지 않으신다면, 낭군을 위해 물 긷고 밥 짓는 종이 된다 해도 꼭 낭군을 따르고 싶습니다. 낭군의 뜻은 어떠하신지요?"

양생이 말하였다.

"내 뜻이 어찌 그대와 다르겠소? 다만 나는 가난한 서생으로 집에 노모를 모시고 있는데 그대와 해로하는 일은 노모의 뜻에 어긋나고, 첩으로 맞아들이는 것은 그대가 달가워하지 않을 일이오. 그렇다고 해도 온 세상을 통틀어서 그대만 한 여인을 얻기란 어렵다고 생각하오."

섬월이 말하였다.

"낭군께서는 무슨 말씀을 하십니까? 지금 천하에 재주 있는 사람들 중에 낭군보다 나은 이는 없으니 장원급제는 말할 것도 없고, 승상과 대장의 벼슬도 머지않아 이룰 것이니 어떤 천하 미인인들 낭군을 따르고자 아니하겠습니까? 저 섬월이 어찌 조금이라도 낭군의 사랑을 독차지하고자 하겠습니까? 낭군은 높은 가문의 어진 부인에게 장가드시되 그 후에, 원컨대 천첩을 버리지만 말아주십시오. 오늘부터 몸을 정결히 하여 명을 기다리겠습니다."

양생이 말하였다.

"지난 해 내 일찍이 화주를 지날 때 우연히 진 씨 여자를 만났는데 용모와 재주가 충분히 그대와 형제 될 만하였소. 하지만 진 씨가 이미 없으니 어디 가서 또 숙녀를 구하라고 하시오?"

섬월이 말하였다.

"낭군께서 말씀하시는 분은 분명 진 어사의 따님입니다. 진 어사는 이곳에서 벼슬하였고 진 낭자는 저와 매우 각별하였습니다.

낭자는 탁문군의 재모才貌(재주와 용모를 아울러 이르는 말)를 가지고 있어서, 낭군께서 그렇게 생각하시는 것도 무리는 아니나 이미 허사가 되었으니 다른 가문에서 구하십시오."

양생이 말하였다.

"예로부터 절세가인은 드물게 난다는데 진 씨와 섬월 두 사람이 한꺼번에 났으니 천지의 신령한 정기가 이미 다한 것 같소."

섬월이 크게 웃으며 말하였다.

"낭군의 말씀은 우물 안 개구리와 같습니다. 잠시 우리 창기娼妓 중에 떠도는 말을 낭군께 아뢰겠습니다. 현재 천하의 뛰어난 기생 세 사람이 있는데, 강남의 만옥연과 하북의 적경홍과 낙양의 계섬월입니다. 제가 계섬월이온데 저 혼자만 요행히 과분한 이름을 얻었으나 경홍과 옥연이야말로 당대의 절색입니다. 어찌 천하에 미인이 없겠습니까."

"내 생각에는 그 두 사람이 감히 계랑과 더불어 이름을 함께하는 것 같소."

"옥연은 사는 곳이 멀어 서로 만난 일은 없지만 남쪽에서 오는 사람들 중에 칭찬하지 않는 이가 없으니 결코 헛된 이름이 아니요, 경홍과 첩은 형제 같은 친구입니다. 경홍의 모든 사정을 낭군께 알려드리겠습니다. 경홍은 패주의 좋은 집안 여자인데 부모가 일찍 돌아가시자 숙모에게 의지하였습니다. 열네 살에 용모가 아름다워 하북 지방에 이름이 자자했습니다. 근처의 사람들이 처첩을 삼고자 하여 매파들이 문을 메웠지만 경홍은 숙모에게 모두 물리치라고 하였습니다. 모든 매파들이 경홍에게 '낭자는 동쪽으로 물리치고 서쪽으로 거절하여 아무 데도 허락하지 않으니 어찌 하여야 낭자의 뜻에 맞겠소? 재상의 첩이 되고자 하는 거요 아니면 절도사의 첩이 되고자 하는 거요? 그것도 아니면 이름난 선비를 따르고자 하는 거요?' 라고 물었습니다. 경홍이 대답하기를 '만일 진나라 시절에 기생을 이끌던 사안석謝安石 같으면 재상의 첩이 될 것이요, 삼국 시절에 음악을 사랑하던 주공근周公瑾 같으면 장수의 첩이 될 것이요, 현종 시절에 술에 취해 청평조를 지어 바치던 이태백 같으면 명사를 따를 것이요, 한나라 시절 녹기금(사마상여가 가지고 있었다고 전해지는 거문고)으로 봉황곡을 타던 사마상여 같은 인물이 있다면 선비를 따를 것이니 어찌 미리 정하겠소?' 하니 매파들이 크게 웃고 물러갔다 합니다. 경홍이 혼자 생각하기를 '궁벽한 시골 여자로서는 훌륭한 남자를 찾기가 어려울 것이다. 오직 기녀가 되어야만 영웅과 호걸을 많이 만나보아 마음에 드는 사람을 선택할 수 있다.' 하여 스스로 창가에 팔려서 한두 해가 채 못 되어 유명해졌습니다. 지난해 가을 하북의 열두 고을 자사들이 한자리에 모여 크게 잔치할 때, 경홍이 〈예상우의곡〉(신선들의 세계인 월궁月宮의 음악을 본떠 만들었다는 곡조로, 당나라 현종이 월궁에서 놀다가 찬 기운이 내리면서 서리와 이슬이 그들의 옷을 적셨는데, 대문을 지날 때 한곳을 바라보니 선녀들이 흰 옷을 입고 난새를 타고 음악에 맞추어 춤을 추는데 소리가 몹시 아름다워 돌아와서 지었다는 노래)으로 춤을 추니 함께 앉아 있던 수백 명 미인들이 빛을 잃었다 합니다. 잔치가 끝난 후 홀로 동작대에 올라 달빛을 받아 배회하며 옛사람을 조문하니 보는 사람들이 모두 선녀로 여겼답니다. 그러니 일반 가정이라고 어찌 좋은 처녀가 없겠습니까? 경홍이 일찍이 저와 함께 변주 상국사에 모여 마음을 터놓고 이야기할 때, 누구든지 마음에 드는 남자를 먼저 만나거든 서로 천거하여 함께 살자고 약속하였습니다. 저는 이제 낭군을 만나 소망이 이루어졌지만 경홍은 불행히도 산동 제후의 궁중에 들어갔으니, 비록 부귀가 극진하나 이것은 경홍의 소원이 아닙니다."

양생이 말하였다.

"창가에는 인재가 수두룩하겠지만 규중閨中에는 없을 것이오."

섬월이 말하였다.

"제 눈으로 보건대 진 낭자만한 사람이 없으니 낭군께 감히 천거할 수는 없지만 장안 사람들의 말을 들으면, 정 사도의 딸이 용모와 재주와 덕망이 요즘 여자들 가운데 으뜸이라고 하니 낭군께서 장안에 가시면 꼭 기억하여 찾아 물어보시기 바랍니다."

이와 같이 묻고 대답하는 사이에 날이 이미 밝았다. 두 사람이 일어나 몸단장을 마친 후에 계섬월이 양생에게 말하였다.

"이곳은 낭군이 오래 머물 곳이 아닙니다. 어제 여러 공자들이 자못 못마땅해 하는 눈치였으니 불미스런 일이 일어날까 두렵습니다. 그러니 어서 일찍 떠나십시오. 앞으로 모실 날이 많을 테니 어찌 정에 약한 아녀자의 태도를 보이겠습니까?"

양생이 감사하며 말하였다.

"금석과 같은 가르침을 마음에 새겨두겠소."

두 사람은 눈물을 뿌리며 헤어졌다.

여장을 하여 정경패를 만나다

　양생이 여러 날을 걸려 서울에 이르러 머물 곳을 정한 후에 과거 볼 날짜가 아직 멀어 주인에게 물었다.

　"자청관이 어디에 있습니까?"

　주인이 대답하였다.

　"저 춘명문 밖에 있습니다."

　양생이 즉시 예단을 갖추고 모친의 외사촌 두련사를 찾았다. 가서 보니 나이가 예순 정도 되었고 수행이 높아 자청관의 으뜸가는 여관女官이 되어 있었다. 양생이 예를 다한 후에 모친의 편지를 드리니 두련사가 안부를 묻고는 기쁨 반 슬픔 반으로 말하였다.

　"내가 그대의 모친과 헤어진 지 이십여 년이 되었구나. 그 후에 태어난 아들이 이렇듯 당당하니 인간 세월이 참으로 물과 같이 빠르구나. 내 나이 늙어 번잡한 것을 피하여 공동산에 들어가 신선이 되려고 하였으나, 언니의 편지 가운데 부탁하신 말씀이 있으니 그대를 위해 잠시 더 머물 것이다. 하지만 그대의 풍채가 신선과 같아서 요새 여자 중에 배필 될 만한 사람을 찾기 어려울 것 같아 내가 가만히 생각해 볼 것이니 훗날 다시 오너라."

양생이 말하였다.

"소자의 모친께서 연세가 많으십니다. 소자의 나이가 열여섯이나 아직 배필을 정하지 못하여 효도하지 못하고 있으니, 원컨대 숙모님은 십분 염려하십시오."

과거 날이 가까워졌지만 양생은 과거에는 마음이 없어 며칠 후에 두련사를 다시 찾아갔다. 두련사가 웃으며 말하였다.

"한 처자가 있는데 그 재주와 외모만 보면 참으로 양랑의 짝이지만 가문이 너무 높구나. 여섯 대에 걸쳐 공후 벼슬을 지냈고 삼대에 걸쳐 정승을 지낸 집안이다. 그대가 이번 과거에서 급제한다면 이 혼사를 의논할 수 있겠지만 그 전에는 말해도 소용이 없는 일이니 구태여 나를 찾아오지 말고 과거에 힘쓰도록 하여라."

"누구의 집입니까?"

"춘명문 안에 사는 정 사도 집이다. 붉은 문이 길에 닿아 있고 위에 계극棨戟(적흑색 비단으로 싼 나무창)을 설치해 놓은 집이다."

양생이 마음속으로 섬월이 일러주던 여자인 줄 알고 '어떤 여자이기에 두 나라 서울에서 이처럼 유명할까?' 하고 가만히 생각하다가 묻기를,

"정 씨 여자를 보신 적이 있으십니까?"

"어찌 보지 못하였겠느냐? 정 소저는 진실로 하늘나라 사람이요, 범인이 아니다. 어이 다 입으로 헤아리겠는가?"

"제가 스스로 자랑하는 것은 아니지만 이번 과거는 제 손 안에 있습니다. 다만 평생 바라는 바가 있어 처자의 모습을 보지 못하면 청혼하지 않으려 하니 사부께서는 자비를 베풀어 제가 한 번

보게 해주십시오."

두련사가 크게 웃으며 말하였다.

"재상 집안의 처자를 어찌 서로 본단 말이냐? 양랑이 이 노신의 말을 믿지 않고 의심하는구나."

"제가 어찌 감히 의심하겠습니까? 그러나 사람의 마음이 각자 다르니 사부의 눈이 어찌 저의 눈과 같겠습니까?"

"그렇지 않다. 봉황과 기린은 누구든지 그 상서로움을 아는 법이고 푸른 하늘과 밝은 태양은 사람마다 높고 밝은 줄을 아는데, 눈 없는 사람이 아니고서야 누가 미인의 아름다움을 모르겠는가?"

양생이 여전히 마음이 선뜻 내키지 않은 채 돌아왔다가 이튿날 일찍 일어나 다시 자청관에 가니 두련사가 웃으며 말하였다.

"양랑이 일찍 오는 걸 보니 무슨 까닭이 있는 모양이구나."

"아무래도 저는 정 소저를 보지 못하고는 의심할 수밖에 없습니다. 사부께서는 우리 모친의 간절한 부탁을 생각해서라도 꾀를 써서 잠시 보게 해주십시오."

두련사가 대답하여 말하였다.

"쉽지 않아, 쉽지 않아."

하더니 한동안 생각하다가 말하였다.

"양랑의 총명함이 출중하니 글공부하는 여가에 음률(소리와 음악의 가락)도 익혔느냐?"

양생이 대답하였다.

"제가 일찍이 기인奇人(재주가 신통하고 비범한 사람)을 만나 잠시 풍류 곡조를 배운 적이 있습니다."

"재상가의 깊은 문이 다섯 층이나 되고 화원의 담이 두어 길이나 되어 도저히 엿볼 수가 없다. 더구나 정 소저는 글을 읽고 예절을 익혀, 움직이고 머무는 것이 예법에 어긋나지 않아 도관道觀(도교의 사원)과 이원尼院(여승이 있는 절)에 가서 분향하지도 않고, 삼월 삼일에 곡강에 나가 놀지도 않으니 외간 사람이 어찌 만나볼 수 있겠는가? 오직 한 가지 방도가 있는데 그대가 들어줄지 걱정이 되는구나."

양생이 이 말을 듣고 일어나 재배하며 말하였다.

"정 소저를 볼 수만 있다면 하늘이라도 오를 것이요, 깊은 못이라도 들어가리니 무슨 일을 듣지 않겠습니까?"

"정 사도가 요즘 병 때문에 벼슬을 사양하고 정원의 숲과 음률에 재미를 붙였고, 그의 부인 최 씨는 거문고를 좋아하여 거문고를 잘 타는 객을 만나면 소저와 함께 곡조를 의논하였다. 정 소저는 날 때부터 총명하여 천하의 일을 모르는 게 없고, 특히 음률에 정통해서 사양師襄(노나라에서 음악을 담당하던 관리로, 경쇠[磬]와 거문고 연주에 뛰어나서 공자孔子가 그에게 거문고를 배웠다고 알려짐)과 종자기(초나라의 음악가이며 백아의 거문고 소리를 듣고 그 뜻을 알아차렸다는 인물로, 종자기가 죽자 백아는 자기 음악을 알아줄 사람이 없음을 슬퍼하여 더 이상 거문고를 연주하지 않았다고 함) 같은 사람도 이보다 낫지 못하며, 채문희가 끊어진 줄의 소리를 알아낸 정도는 정 소저한테는 신기한 일도 아니다. 새 곡조를 타는 사람이 있다는 소문을 들으면 최 부인이 꼭 청하여 소저로 하여금 그 곡조의 높고 낮음과 잘잘못을 일일이 평가하게 하고, 책상에 기대어 듣는 것으로 노후를 즐기고 있다. 그러니 내 생각에는 그대가 정말로 음률을 안다면 거문고 한 곡조를 익혀두었다가 나흘 후인 이월 그믐날은 신선 영보 도인의 탄신일이라 정 씨 댁에서 해마다 계집종을 시켜서 향촉(향과 초)을 우리 관중에 보내는데, 그대가 이때 잠시 여자 복장을 하고 거문고를 타서 저들이 듣게 하면 반드시 돌아가 최 부인에게 아뢸 것이고, 부인이 이 말을 들으면 초청할 듯하다. 정 씨 댁에 들어간 후에 소저를 보고 못 보는 것은 인연에 달렸으니 미리 예상하지는 못하겠지만 이것밖에는 다른 방법이 없구나. 더구나 그대의 용모가 곱고 입가에 아직 수염이 나지 않았으며, 우리 출가(번뇌에 얽매인 세속의 인연을 버리고 수행 생활에 들어감)한 사람 중에는 다리를 싸매지 않고 귀를 뚫지 않은 사람이 있으니 여자 복장을 하는 게 어렵지는 않을 것이야."

양생이 크게 감사하며 말하였다.

"분부대로 하겠습니다."

원래 정 사도는 다른 자녀가 없고 소저 하나만 길렀다. 최 부인이 해산할 때 정신이 혼미한 가운데 한 선녀가 명주 한 개를 가지고 방에 들어오는 것을 보고 소저를 낳았기에 이름을 경패라 하였다. 용모와 재덕이 세상 사람과 같지 않아 배필을 맺어주기가 어려워서 이미 혼인시킬 나이가 되었지만 정혼한 곳이 없었다.

하루는 부인이 소저의 유모를 불러 말하였다.

"오늘은 영보 도인의 탄신일이니 향촉을 가지고 자청관에 다녀오되, 옷과 다과를 가지고 가서 두련사께 드려라."

유모가 가마를 타고 많은 물건을 가지고 자청관에 가니, 두련사는 향촉을 받아 삼청전에 공양하고, 의복과 다과를 받아 재를 베풀고 유모를 대접하여 산문 밖에까지 나아가 배웅하였다. 유모가 가마를 타려다가 문득 삼청전 서편 복도 안에서 들려오는 거문고 소리가 맑아서 머뭇거리며 차마 떠나지 못하고 오래도록 귀를 기울여 들어보니 그 소리가 더욱 좋아서 두련사에게 말하였다.

"제가 부인을 모시면서 유명한 거문고 소리를 많이 들었지만, 이런 곡조는 듣지 못하였으니 어떤 사람인지 모르겠습니다."

두련사가 대답하였다.

"며칠 전에 초나라에서 나이 젊은 여관이 서울을 구경하고 여기에 와 머물며 이따금 거문고를 탔지만, 나는 그 실력을 알지 못하는데 그대가 칭찬하시니 틀림없이 잘 타는 솜씨인가 봅니다."

유모가 말하였다.

"저희 부인이 들으시면 반드시 청하실 것이니, 바라건대 사부님이 이 사람을 잡아두십시오."

라며 두세 번 당부하고 갔다.

두련사가 유모를 보내고 양생에게 이 말을 전하며 좋은 소식이 오기를 초조하게 기다리는 동안, 유모가 돌아가 부인께 고하였다.

"자청관에 어떤 여관이 거문고를 타는데 그 소리가 진실로 들음 직하였습니다."

부인이 이 말을 듣고 기뻐하며 말하였다.

"내 잠깐 듣고자 한다."

다음 날 정 씨 댁에서 작은 가마 하나와 시비 한 사람을 자청관에 보내어 두련사께 청하였다.

"나이 어린 여관이 거문고를 잘 탄다 하니, 원컨대 도인道人은 권하여 보내십시오."

두련사가 시비를 데리고 별당에 가 양생에게 물었다.

"최 부인께서 불러계시니 여관은 나를 위하여 잠깐 가봄이 어떠한가?"

양생이 말하였다.

"먼 지방 천한 몸이 존귀한 댁 출입이 어려우나 대사께서 권하시니 어찌 감히 사양하겠습니까?"

양생이 여도사의 옷차림을 하고 거문고를 안고 나서니, 마고선자(선녀의 이름)와 사자연(당나라 때의 여도사) 같아서 정 씨 댁에서 온 사람이 칭찬해 마지않았다.

양생이 가마에 올라 정 씨 댁에 가니 부인이 당상에 앉았는데 위의가 엄숙하였다. 양생이 거문고를 놓고 대청 아래에서 머리를 조아려 부인에게 인사를 하니 부인이 대청으로 올라오라 하여 자리를 내어주며 말하였다.

"어제 집안의 시비가 관중에 갔다가 신선의 풍류를 듣고 왔다고 말하기에 한 번 보고자 했는데 이제 그대의 맑은 거동을 대하게 되니 더러운 마음이 사라지는 것만 같구나."

양생이 자리를 피하며 대답하였다.

"빈도(덕이 적다는 뜻으로, 승려나 도사가 자기를 낮추어 이름)는 본래 오초(오나라와 초나라) 사람이라 구름처럼 정처 없이 다니다가, 천한 재주 때문에 뜻밖에 부인을 뵙게 되었습니다."

부인이 말하였다.

057

"사부께서 타는 것은 무슨 곡조요?"

양생이 대답하였다.

"빈도가 일찍 남전산에서 이인異人을 만나 수많은 곡조를 전수 받았지만, 모두가 옛사람의 소리라서 오늘날 사람이 듣기에는 적합하지 않은 듯합니다."

부인이 시비에게 양생의 거문고를 가져오게 하여 보더니 칭찬하여 말하였다.

"아주 좋은 재목이로다."

양생이 말하였다.

"이는 용문산 위 절벽에서 벼락에 꺾어진 지 백 년 된 오동나무라 나무의 성질이 다 없어져 단단하기가 금석 같으니 비록 천금을 주어도 바꾸지 못합니다."

이렇게 문답이 이루어져도 소저가 나오지 않자 양생이 조급한 마음이 들어 부인에게 말하였다.

"빈도가 비록 옛 소리를 배웠으나 스스로 좋고 나쁨을 알지 못합니다. 자청관에서 들으니까 소저께서 매우 총명하고 영특하여 곡조를 아는 것이 채문희보다 나으시다 하니 원컨대 빈도의 천한 재주가 어느 정도인지 가르침을 들어보고 싶습니다."

부인이 시비를 시켜 소저를 부르니 한참 후에 향기로운 바람이 패옥(귀한 사람의 좌우에 늘이어 차던 옥) 소리를 끌더니 비단 장막을 걷고 소저가 나와 부인 곁에 앉았다. 양생이 눈을 가다듬어 바라보니 태양이 아침에 솟아 오른 듯, 아리따운 연꽃이 물이 비낀 듯, 눈이 어지럽고 심신이 황홀하여 마음을 가라앉힐 수가 없었다.

소저와 거리가 먼 것을 꺼려 좀 더 가까이에서 보려고 양생이 부인에게 청하였다.

"빈도가 소저에게 가르침을 요청하고자 하는데 대청이 너무 넓어 자세히 듣지 못할까 두렵습니다."

부인이 시비한테 분부하여 자리를 가져오라 하니 시비가 자리를 옮겨 부인 가까이에 놓았다. 그런데 소저의 자리에서 멀지는 않으나 옆자리라 오히려 멀리서 바라보는 것만 못 하였다. 양생은 몹시 안타까웠으나 더 이상 요청하지 못하였다.

시비가 양생 앞에 상을 놓고 황금 향로에 향을 피우자 양생이 거문고를 안고 〈예상우의곡〉을 연주하니 소저가 칭찬하며 말하였다.

"아름답다, 이 곡조여! 당나라 현종 시절의 태평한 기상을 뚜렷이 보는 것만 같구려. 사람마다 이 곡을 타지만 이처럼 완전하게 아름답지는 못하였소. 그렇지만 이는 세속의 소리니 다른 곡조를 듣고자 합니다."

양생이 다시 한 곡을 타자 소저가 말하였다.

"매우 아름답지만 즐거우면서 음란하고 슬픔이 지나치니 이 곡은 진나라 후주의 〈옥수후정화〉라, 이는 망국의 소리니 다른 곡을 듣고 싶습니다."

양생이 다시 한 곡을 타자 소저가 말하였다.

"아름다워라, 이 곡조! 기뻐하는 듯하고 감격하는 듯하고 생각하는 듯하니 옛날 채문희가 오랑캐에게 잡혀가 아들을 낳았는데 조조가 그 몸값을 치러주고 고향으로 돌아갈 때, 그 아들과 이별하며 〈호가십팔박〉이란 곡을 지으니 이게 바로 그 곡이오. 소리는 들음직하지만 절개를 잃어버린 부인이 부끄러우니 청컨대 다른 곡을 타 보시오."

양생이 또 한 곡을 타니 소저가 말하였다.

"이는 왕소군의 〈출새곡〉(전한前漢 시절 원제元帝의 부인이었던 왕소군이 오랑캐에 끌려가면서 지은 곡)이오. 임금을 그리워하고 고향을 생각하며 신세를 슬퍼하고 화공(그림 그리는 사람)에게 아첨하지 않은 것을 원망하여 온갖 불평하는 마음이 이 곡조에 모여 있으니 비록 아름답지만 오랑캐 계집의 변방 소리니 올바른 소리는 아닌가 하오."

생이 또 한 곡조를 타자 소저가 낯빛을 고치며 말하였다.

"내가 아직까지 듣지 못한 소리니 사부는 보통 사람이 아니오. 이 곡조는 영웅이 때를 만나지 못하여 마음을 세상 밖으로 보내고 방탕한 가운데 충의의 기운을 머금었으니, 이것이 바로 혜중산(진나라 죽림칠현의 한 사람으로 본명은 혜강)의 〈광릉산〉이 아니오? 혜강이 화를 입어 동녘 저자에서 죽을 때 햇빛을 돌아보며 한 곡조 타며 말하기를 '원효니(혜강의 제자)가 내게 〈광릉산〉을 가르쳐 달라고 하였지만 아끼느라 전하지 않았더니 이제 내가 죽음으로써 〈광릉산〉은 끊어졌도다.' 하였소. 사부는 혜강의 넋을 보신 게 분명하오."

양생이 자리에서 일어나며 대답하였다.

"소저의 밝고 총명하심은 사양師襄이라도 미치지 못할 것입니다. 빈도가 스승에게서 들은 것도 역시 그 말씀과 같았습니다."

양생이 또 한 곡조를 타니 소저가 말하였다.

"아름답다, 이 곡조여! 높은 산이 우뚝 서 있고 흐르는 물이 넓고 넓어 신선의 자취가 속세를 뛰어넘었으니 이것은 백아의 〈수선조水仙操〉가 아니오? 백아의 넋이 이 사실을 안다면 종자기가 죽음을 한스러워하지 않을 것이오."

양생이 또 한 곡조를 타니 소저가 옷깃을 여미고 자리를 고쳐 앉으며 말하였다.

"성인이 난세를 만나 천하가 어수선하여 백성을 구하려 하니 공자가 아니면 누가 이 곡조를 지을 것이오? 이는 분명 〈의란조義蘭操〉입니다."

양생이 황금 향로에 향을 피우고 다시 한 곡조를 타니 소저가 말하였다.

"아까의 〈의란조〉는 비록 큰 성인께서 천하를 건지시는 지극한 성덕을 담았으나 오히려 때를 만나지 못하였는데, 이 곡조는 천지만물과 더불어 봄이 되었소. 이는 분명 순임금의 〈남훈南薰〉이오. 지극히 높고 아름다워서 더 이상 고상한 소리는 없을 것이오. 다른 곡이 있다 해도 더 듣고 싶지 않습니다."

양생이 자리를 고쳐 앉으며 말하였다.

"빈도가 들으니 풍류 곡조가 아홉 번 변하면 하늘의 신선이 내려온다 하니 지금까지 탄 것이 겨우 여덟 곡이니 아직 한 곡이 남았습니다."

다시 거문고를 떨쳐 현을 연주하니 곡조가 은은하고 날리는 기운을 흥분시켜 정원의 온갖 꽃이 일시에 봉오리가 벌어지고 제비와 꾀꼬리는 쌍으로 춤추었다. 소저가 푸른 눈썹을 갑자기 내려뜨려 추파(은근한 눈길)를 거두지 않고 오래도록 말이 없다가 문득 두어 번 눈을 들어 양생을 보고는 옥 같은 보조개에 붉은 기운이 올라 봄술에 취한 듯하더니 몸을 일으켜 안으로 들어갔다.

양생이 놀라 거문고를 밀치고 일어서서 오랫동안 정신을 차리지 못하자, 최 부인이 명하여 앉으라 하고 물었다.

"사부가 탄 소리는 무슨 곡조인고?"

"빈도가 비록 스승에게 소리를 배웠으나 이름은 듣지 못하였으니 소저의 가르침을 바랍니다."

소저가 오래도록 나오지 않자 부인이 시비를 시켜 물어보니 마침 감기 기운이 있어 편치 못하다 하는 것이었다.

양생은 정 소저가 자기 정체를 눈치 챘나 싶어 마음을 졸여 오랫동안 앉아 있지 못하고 하직하며 말하였다.

"소저의 귀한 몸이 불편하다 하시니 빈도 이만 물러가겠습니다."

부인이 금과 비단을 상으로 주니 양생이 받지 않고 말하였다.

"출가한 사람이 우연히 음률을 탔는데 어찌 감히 악공의 연주 값을 받겠습니까?"

머리를 조아려 하직하고 바람처럼 훌쩍 떠나갔다.

부인이 소저의 병을 물으니 이미 좋아졌다 하고, 소저는 침실로 들어가 시비에게 묻기를,

"춘랑의 병은 오늘 어떠하냐?"

시비가 대답하였다.

"병이 나아 소저께서 거문고 소리를 들으셨다는 소식을 듣고 오늘 처음으로 몸단장을 하였습니다."

춘랑은 성이 가 씨로 원래 서촉 사람이다. 그 아비는 서울 아전이 되어 정 사도의 집에 공이 많았는데 병으로 죽자 열 살 된 그 딸이 의지할 곳이 없어, 정 사도 부부가 가엾게 여겨 집안에 두어 소저와 함께 놀게 하였다. 나이 차이가 불과 몇 달에 불과하고 용모가 수려하여 온갖 아름다운 태도를 갖추었으니 단아하고 존귀한 모습이 소저에게는 미치지 못하지만 절세가인이요, 시 짓는 재주며 필법(글씨나 문장을 쓰는 법)과 길쌈과 바느질의 공교함이 소저와 비교해 위아래가 없었다. 소저가 동기처럼 사랑하여 잠시도 떠나지 않으니 겉으로는 주인과 종의 관계였지만 실은 친구였다. 본래의 이름은 초운이었으나 소저가 그 재주 많음을 보고 한유의 시구에서 따다가 춘운春雲으로 고치니 집안사람들이 춘랑이라고 불렀다.

이날 춘운이 소저에게 말하였다.

"시비들이 말하기를 거문고를 타는 여관이 중당에 왔는데 얼굴이 신선 같고 풍류 곡조를 소저께서 칭찬하셨다고 하기에 병을 잊고 나가 보았으면 하였더니 어찌 그리 빨리 가셨습니까?"

소저가 낯빛을 붉히고 말하였다.

"내 평생 몸 아끼기를 옥같이 하여 중문조차 나간 일이 없고, 친척들도 내 얼굴을 본 적이 없다는 것은 춘랑도 아는 바다. 그런데 하루아침에 간사한 사람한테 속아 반나절을 수작하여 씻기 어려운 욕을 당하였으니 어찌 얼굴을 들고 사람을 대할 수 있겠는가?"

춘랑이 놀라 말하였다.

"소저, 이 무슨 말씀이십니까?"

소저가 말하기를,

"아까 왔던 여관이 얼굴도 빼어나고 연주한 곡조들이 모두 세상에 없는 것이었는데, 다만……."

하고 말을 그치자 춘운이 물었다.

"다만 어떠하더이까?"

소저가 말하였다.

"여도사가 처음에는 〈예상우의곡〉을 연주하고 차차 올려 순임금의 〈남훈가〉를 타거늘, 내 하나하나 평론하고 계찰(오나라 사람)의 말을 인용하여 그만 듣고자 하였는데, 그가 한 곡조 더 있다며 새로운 소리를 연주하니 이는 사마상여가 탁문군을 유혹하던 〈봉구황〉 가락이라. 내가 그제야 이상해서 조심스레 살펴보니 용모와 몸가짐이 여자와 다르니 분명 간사한 사람이 여자의 인물을 엿보려고 변장한 게 틀림없어. 춘랑이 그 자리에 있었다면 처음부터 알아차렸을 텐데 말이야. 규중처녀의 몸으로 평생에 보지 못하던 사내와 반나절을 서로 마주하여 말을 주고받았으니 어찌 이런 일이 있을 수 있단 말인가? 차마 모친께도 이 말을 못 하였으니 춘랑이 아니면 누구에게 이 괴로운 심정을 이야기하겠는가?"

춘랑이 웃으며 말하였다.

"사마상여의 〈봉구황〉을 여자인들 타지 못하오리까? 소저께서는 술잔 속에 비친 활 그림자를 보고 놀라시는 것처럼 쓸데없는 걱정을 하십니다."

소저가 말하였다.

"그렇지 않아. 이 사람이 곡조를 연주할 때 모두 차례와 순서가 있었어. 무심코 연주하였다면 어찌 마지막에 〈봉구황〉을 탔겠느냐? 물론 여자 중에도 용모 맑고 아름다운 사람이 있는가 하면 씩씩한 이도 있지만 이 사람처럼 기상이 호방하고 시원시원한 이는 보지 못하였으니, 내 생각에는 과거 볼 날짜가 임박해 재주 있는 선비들이 사방에서 서울에 모여들고 있는데, 그중에서 내 명성을 듣고는 그릇된 생각을 가진 자가 있는 모양이야."

춘운이 웃으며 말하였다.

"그 사람이 남자라면 용모가 아름답고 기상이 호방하며 시원시원하고 음률에 정통하니 재주 없는 사람이 아닙니다. 혹시 진짜 사마상여가 아닐는지요?"

"비록 사마상여라 해도 나는 절대 탁문군은 되지 않을 것이야."

"소저는 그런 말씀을 하지 마십시오. 탁문군은 과부고 소저는 처녀이며, 탁문군은 뜻이 있어서 상여를 따랐고 소저는 그저 우연히 들었으니 어찌 탁문군과 비교할 수 있겠습니까?"

두 사람은 이렇게 종일토록 이야기하며 웃고 즐겼다.

하루는 소저가 모친을 모시고 중당에 앉아 있는데, 정 사도가 과거 급제자 명단을 가지고 희색이 만면하여 들어오며 부인에게 말하였다.

"딸아이의 혼사를 여태 정하지 못하여 밤낮으로 염려하였는데 오늘 어진 사위를 얻었소."

부인이 말하였다.

"어떤 사람입니까?"

사도가 말하였다.

"이번에 급제한 사람 중에 아름다운 사람이 있을까 하였는데 장원급제한 양소유는 회남 사람이고 나이는 열여섯이라오. 그가 지은 글을 여러 시관(과거시험 채점관)들이 칭찬하지 않는 사람이 없으니 단연코 재주 있는 사람이오. 듣자니 용모가 빼어나게 아름답고 아직 혼인하지 않았다고 하니 진실로 이 사람을 얻으면 어찌 즐겁지 않겠소."

"비록 그렇다 해도 얼굴을 보고 정하시는 게 옳습니다."

"그 또한 어렵지 않소이다."

정경패가 가춘운을 시켜 양소유를 끌리다

소저가 방에 돌아와 부친 정 사도가 하던 말을 춘운에게 전해 주었다.

"지난번 거문고를 타던 여도사가 스스로 초나라 사람이라 하고 나이가 열예닐곱쯤 되어 보였는데, 회남은 초나라 땅이요 나이도 비슷하니 정말 의심하지 않을 수 없구나. 이 사람이 그 사람이면 반드시 우리 집에 올 테니 네가 자세히 보고 나에게 이르라."

"첩이 그 여관을 보지 못하였으니 양 장원을 본다고 한들 어찌 알겠습니까? 제 생각에는 소저께서 문 안에서 몸소 엿보시는 것이 좋을 듯합니다."

"한 번 욕을 본 후에 다시 볼 뜻이 있겠는가."

두 사람이 서로 보며 웃었다.

이때 양소유가 회시會試(2차 시험)와 전시殿試(순위를 정하기 위해 회시 합격자들을 놓고 임금이 직접 치르는 시험)에서 계속 장원하여 한림원에 들어가니 그 명성이 서울 장안에 자자해 딸 가진 귀족 집안에서 청혼하는 사람들이 구름 같았지만 양소유는 모두 물리쳤다. 예부(의례를 맡아보던 관청)의 권 시랑(벼슬 이름)을 찾아가 정 사도 집에서 구혼하는 편지를 받아서 소매에 넣고 정 사도 집으로 가는데, 머리에는 계수나무 꽃을 꽂고 신선의 풍류를 좌우에 감싸고 정 사도 집 문에 다다르니 사도가 최 부인을 돌아보고 말하였다.

"양 장원이 왔구려."

별당으로 청하여 서로 보는데 정 씨 집안사람들 가운데 소저 한 사람만 빼고 모두 와서 보았다.

춘운이 최 부인을 모시고 있는 사람한테 말하였다.

"주인마님께서 부인과 나누시는 말씀을 들으니, 지난번 여기 와서 거문고 타던 여관이 양 장원의 외사촌 누이라고 하는데 과연 닮은 데가 있는지 궁금하구나."

시비가 말하였다.

"정말 그렇습니다. 얼굴과 몸가짐이 똑같으니 세상에 외사촌 형제가 이렇게 흡사한 경우도 있군요."

춘운이 곧 소저에게 말하였다.

"소저께서 사람 보는 눈이 정말 정확합니다."

소저가 말하였다.

"다시 가서 무슨 말씀을 나누시는지 듣고 오라."

춘운이 갔다가 얼마 후에 와서 말하였다.

"주인마님께서 구혼한다는 말을 하시자 양 장원이 일어나 절하며 말하기를 '부족한 제가 서울에 와서 따님이 정숙하고 기품 있다는 말을 듣자마자 그만 망령된 생각이 나서 권 시랑의 편지를 받아 가지고 왔습니다. 하지만 문벌의 차이가 푸른 구름과 흐린 물 같고, 인품의 차이가 봉황과 오작(까마귀와 까치) 같아서 부끄럽고 조심스러워 감히 바칠 수가 없습니다.' 하고 소매에서 편지를 꺼내어 드리니 주인마님께서 보고 매우 기뻐하시며 술과 안주를 재촉하셨습니다."

소저가 크게 놀라 말하였다.

"이런 대사를 어찌 그리 쉽게 처리하실까?"

이때 별안간 시비가 들어와서,

"부인께서 부르십니다."

하여 소저가 명을 받아 나아가니 부인이 말씀하였다.

"양 장원은 정말 재주 있는 사람이다. 네 부친이 이미 약혼하여 우리 늙은 부부가 영원히 의지할 수 있게 되었으니 다시는 근심이 없구나."

소저가 말하였다.

"시비의 말을 들으니 양 장원의 얼굴이 지난날 거문고를 타던 여관과 비슷하다는데 그러합니까?"

부인이 말하였다.

"그렇다. 그 여관의 선풍도골(신선의 풍채와 도인의 골격이란 뜻으로, 남달리 뛰어나고 고아高雅한 풍채를 이르는 말)이 세상에 뛰어나 잊을 수 없어서 사람을 시켜 다시 초청하려 하였으나 일이 많아 그리 못 하였는데 양 장원의 얼굴이 분명히 똑같으니 이것으로도 양 장원의 아름다움을 알 것 같구나."

소저가 말하였다.

"양 장원이 비록 아름답다고는 하지만 소녀한테는 꺼리는 바가
있어서 혼인하고 싶지 않습니다."

부인이 놀라 말하였다.

"참 이상한 일이구나. 너는 재상가 규중처녀요, 양 장원은 회남
사람이라 아무런 상관도 없는데 무슨 꺼림이 있겠느냐?"

소저가 말하였다.

"소녀의 일이 부끄러워 차마 모친께 아뢰지 못하였습니다. 지난
번에 온 여관이 바로 양 장원인데 변장하고 거문고를 탄 이유는
제 얼굴을 보기 위함이었습니다. 소녀는 그 간계에 빠져 반나절이
나 말을 주고받았으니 어찌 꺼림이 없겠습니까?"

부인이 매우 놀라며 미처 대답하지 못하는 사이에 사도가 양 장
원을 보내고 기쁜 낯빛으로 들어오며 말하였다.

"경패야, 네가 오늘 훌륭한 남편감을 얻으니 아주 기쁘구나."

부인이 말하였다.

"딸아이의 뜻은 우리 부부와 다릅니다."

그러고는 소저의 말을 전하자 사도가 다시 소저에게 물어 〈봉구
황〉을 연주하던 말을 듣고는 더욱 기뻐 크게 웃으며 말하였다.

"양 장원은 정말 풍류를 아는 남자로구나. 옛날 왕유란 학사가
악공의 옷을 입고 태평공주 집에 가서 비파를 타 장원급제를 구하
였다는 이야기가 지금까지 아름다운 일로 전하는데, 양 장원이 숙
녀를 구하기 위해 잠시 여장을 하였으니, 이는 정말로 정 많은 재
자(재주가 뛰어난 젊은 남자)가 장난친 일인데 무엇이 해롭단 말이
냐? 더구나 너는 양 한림이 여자인 줄 알고 보았으니 탁문군이 문

안에서 엿본 것과는 전혀 다른데 거리낄 게 뭐가 있단 말이냐?"

"소녀의 마음에는 부끄러울 게 없지만 그 사람한테 그렇게 속았다는 게 한이 됩니다."

사도가 크게 웃으며 말하였다.

"그거야 늙은 아비가 알 바가 아니니 훗날 양 한림에게 물어보아라."

최 부인이 말하였다.

"양생이 혼기를 언제로 정하자고 합니까?"

사도가 부인에게 말하였다.

"납채納采(신랑 집에서 신부 집에 혼인을 구하거나 또는 그 의례)는 관습대로 하고 친영親迎(신랑이 신부의 집에 가서 신부를 직접 맞이하는 의식)은 가을 이후에 대부인을 모셔오기를 기다리고자 하오."

사도가 길일(좋은 날)을 택하여 양 장원의 채례采禮(혼인할 때에 사주단자의 교환이 끝난 후 정혼이 이루어진 증거로 신랑 집에서 신부 집으로 예물을 보냄)를 받았다. 그때부터 양 한림이 사도 집 화원 별당에 거처를 정하고 사도 부부에게 사위의 예를 지켰다.

하루는 소저가 춘운의 침실을 지나다 보니 춘운이 비단신에 모란꽃을 수놓다가 봄기운을 이기지 못하고 수틀에 기대어 졸고 있었다. 소저가 방에 들어가 수놓은 것을 보고 그 꼼꼼함에 감탄하고, 접혀진 작은 종이에 글이 써 있어서 펴보니 춘운이 수놓은 꽃신을 읊은 것이었다.

그 글의 내용은 다음과 같았다.

옥 같은 사람과 친해진 것을 안타깝게 여기니
걸음마다 따라다니며 잠시도 떨어지지 않는구나
촛불 끄고 비단 장막에서 띠를 풀 때가 되면
마침내 상아 침상 아래 버리실 테지

이 시를 보고 나서 소저가 생각하기를,

'춘랑의 시가 아주 발전하였구나. 신은 자기로 비유하고 옥 같은 사람은 나를 가리킴이니 언제나 함께하다가 내가 결혼하여 남편을 따라갈 때 자기를 버릴까 슬퍼하니 춘랑이 나를 사랑하는구나.'

하고 다시 보고 웃으며 말하였다.

"춘랑이 내 침상에 함께 오르기를 소망하였으니 나와 더불어 한 사람을 섬기고자 하는구나. 이 아이의 마음이 변하였다."

춘랑을 깨우지 않고 당상堂上에 올라가 부인을 보니 마침 시비를 데리고 양 한림의 음식을 준비하고 있기에 소저가 말하였다.

"양 한림이 우리 집에 온 후로 모친께서 한림의 의복과 음식을 장만하시느라 많이 힘드시니 마땅히 소녀가 대신해야 하지만 도리에 맞지 않습니다. 춘운이 이미 장성하여 무슨 일이든지 충분히 잘할 것이니 제 생각에는 춘운을 화원에 보내어 양 한림을 편히 보살피게 하는 게 좋을 듯합니다."

부인이 말하였다.

"춘운의 기질로 무슨 일인들 못 하겠느냐만 그 애 아비가 우리 집에 공로가 있고 그 애의 됨됨이가 남보다 빼어나 너희 아버지께서 늘 어진 배필을 구해 주려 하셨는데, 이제 너를 따라가게 한다면 그 애가 원치 않을 게다."

소저가 말하였다.

"그 애의 뜻은 저를 떠나지 않는 것입니다."

"시비가 신행길에 따라가는 일은 흔한 예이긴 하나, 춘운의 재주와 모습이 남보다 빼어나니 함께 가게 한다는 건 마땅한 일이 아닌 듯하구나."

소저가 웃으며 말하였다.

"양생은 먼 지방에서 온 열여섯의 서생으로 석 자 거문고를 가지고 재상집의 깊고 깊은 중당에 와 규중처녀를 희롱한 사람이니, 그런 기상으로 어찌 한 여자의 손에서 늙겠습니까? 양생이 장차 승상부를 호령하게 되면 몇 여자를 거느리게 될지 알겠습니까?"

이와 같이 문답하고 있을 때 사도가 들어와 앉으니 부인이 소저의 말을 전하고서 또 이르기를,

"제 생각으로는 전혀 합당한 일이 아닙니다. 혼인 전에 아름다운 첩을 먼저 보내는 것은 더욱 불가한 일이라고 여겨집니다."

사도가 말하였다.

"춘운의 재모가 딸아이와 비슷한 데다 서로 사랑하는 사이니 떨어지지 않게 하는 것이 마땅할 듯하고, 이미 함께 시집갈 바에야 먼저 보내고 나중에 보내는 게 무슨 차이가 있겠소. 춘운을 먼저 보내 양랑이 적적하지 않도록 위로하는 게 옳지 않은 일은 아니지만, 예를 갖추지도 않고 그냥 보낸다는 것은 너무 서두르는 것 같고 예를 갖추기로 하면 혼인 전이라 마땅치 않으니 어찌하면 좋단 말인가?"

소저가 말하였다.

"소녀의 뜻으로는 춘운의 몸을 빌려 소녀의 분을 풀고자 하니 십삼형한테 이리이리하라 하십시오."

사도가 크게 웃고 말하였다.

"이 계책이 가장 좋구나."

사도의 여러 조카 중에 십삼랑이란 자가 있는데 아주 어질고 호탕하여 익살을 잘하므로 양 한림이 가장 사랑하였다.

소저가 방에 들어가 춘운에게 말하였다.

"춘랑아, 내가 너와 함께 머리털이 이마를 덮었을 때 꽃가지를 놓고 다투며 날이 저물도록 놀았는데 나 이제 남의 집에 시집가게 되었구나. 이제 너도 어리지 않음을 아는데 종신대사(평생에 관계되는 큰일이라는 뜻으로, 결혼을 이르는 말)를 염려해야 할 것이야. 어떤 사람을 섬기고자 하느냐?"

춘운이 대답하였다.

"천첩이 낭자의 은혜를 갚을 길이 없으니 이 목숨이 다하도록 소저를 모시고자 합니다."

소저가 말하였다.

"내 본디 춘랑이 내 마음과 같음을 잘 알고 있다. 나 이제 너와 더불어 의논할 일이 있구나. 양랑이 거문고 곡조로 나를 속인 것은 씻기 어려운 부끄러움인데 네가 아니면 분을 씻을 길이 없구나. 우리 집 산장이 종남산 깊은 골짜기에 있어서 서울과 아주 가까운 땅이지만 경치가 그윽하고 깊숙하여 인간 세상 같지 않다. 이곳을 빌려 네 혼인인 양 화촉을 밝히고 십삼랑과 더불어 이리이리하면 충분히 양랑을 속일 수 있으니 나를 위하여 수고해 주지 않겠느냐?"

춘운이 말하였다.

"소저의 말씀을 어찌 감히 순종하지 않겠습니까만 훗날 낯을 들기가 어려울까 그게 두렵습니다."

소저가 말하였다.

"남을 속이고 부끄러워하는 것이 오히려 남한테 속고 부끄러워하는 것보다 낫지 않겠어?"

춘랑이 그렇게 하겠다고 허락하였다.

한림 벼슬이 평소 한가하여 궁궐에서 근무하는 외엔 밖에 나아가 친구들과 함께 술집에서 술에 취할 때도 있고, 성 밖에 나아가 꽃과 버들 구경을 하기도 하였다.

하루는 정십삼이 양생에게 말하였다.

"성 남쪽에서 멀지 않은 곳에 산천이 아름답고 경치가 좋으니 한 번 구경함이 어떠하오?"

한림이 말하였다.

"바로 그게 내 뜻입니다."

드디어 술병을 차고 십여 리를 가 맑은 시내에 이르러 소나무 숲을 헤치고 들어가 술잔을 주거니 받거니 하였다. 이때는 봄과 여름의 중간이라 산꽃이 어지럽게 떨어져 물결을 따라 내려오니 영락없이 무릉도원이라 경치가 매우 아름다웠다.

정생이 말하였다.

"이 물은 자각봉에서 내려오는데 여기서부터 십여 리를 올라가

면 괴이한 땅이 있어, 꽃 피고 달 밝은 밤이면 신선의 풍류 소리가
난다 하오. 그러나 내 일찍이 보지 못하였으니 형과 함께 찾아가
보고 싶소."

양생이 본래 신기한 것을 좋아하는 성품인지라 이 말을 듣고 크
게 기뻐하였다. 그때 갑자기 정십삼 집의 종이 급히 달려와 말하
였다.

"우리 낭자께서 병환이 나서 낭군을 어서 오시라 합니다."

정십삼이 급히 일어나며 말하였다.

"형과 함께 선경仙境(경치가 신비스럽고 그윽한 곳)을 찾아볼까 하
였는데 집안의 우환으로 이루지 못하게 되니, 제가 신선과는 인연
이 없나 봅니다."
하고 급히 집으로 돌아갔다.

양생은 비록 외로웠지만 흥이 식지는 않아서 흐르는 물을 따라
점점 들어가니 경치가 더욱 빼어났다. 문득 바라보니 물 위로 계
수나무 잎이 떠내려 오는데 그 위에 시가 씌어 있어 서동한테 건
져오게 하여 읽어보니 다음과 같았다.

　신선의 개가 구름 밖에서 짖으니
　아마도 양랑이 왔는가

양생이 매우 이상하게 여겨 '이 위에 어찌 인가가 있겠으며, 이
시가 어찌 범상한 시이겠는가?' 라고 생각하며 더욱 깊이 들어가니
서동이 말하였다.

"날이 이미 늦어 성 안으로 돌아가지 못하겠습니다."

양생이 그 말을 듣지 않고 또 십 리쯤 가니 날은 이미 저물고 달이 떠올라 달빛을 따라가는데 잘 곳을 얻지 못해 비로소 당황해하였다. 문득 보니 열 살 남짓 되어 보이는 푸른 옷을 입은 계집아이가 물가에서 옷을 빨다가 양생을 보자 황급히 달려가며 외쳤다.

"낭자님! 낭군께서 오십니다."

양생이 이 말을 듣고 이상하게 여겨 수십 걸음을 걸어가 산을 돌아서자 작은 집이 한 채 있는데 계수나무가 있어 매우 정갈하고 깨끗하였다. 한 여자가 달빛을 띠고 푸른 복숭아꽃 아래에 서 있다가 양생이 오는 것을 보고는 정중히 예를 갖추어 말하였다.

"양랑께서는 어찌 이다지 늦게야 오십니까?"

양생이 그 여자를 보니 몸에는 홍초의를 입었고 머리엔 비취 비녀를 꽂았으며 허리엔 백옥으로 된 패(노리개)를 찼는데, 날씬하고 고운 맵시며 가볍게 나부끼는 모습이 참으로 신선 같았다.

양생이 황망히 답례하고 말하였다.

"소생은 속세의 사람으로 월하노인의 기약이 없었는데 늦게 왔다고 선녀께서 꾸짖으시니 어찌 된 일입니까?"

그 미인이 말하였다.

"정자 위에 오르시어 조용히 말씀을 나누셨으면 합니다."

양생을 인도하여 정자에 올라 자리를 나누어 앉았다. 계집아이가 주안상을 들여오자 그 미인이 탄식하며 말하였다.

"옛일을 말씀드리려니 마음이 슬퍼집니다. 첩은 본래 요지瑤池 서왕모의 시녀요, 당신의 전생은 하늘의 신선이셨습니다. 그런데 당신이 옥황상제의 명령으로 서왕모를 뵈러 갔다가 우연히 첩을 만나 신선의 과일로 서로 희롱하자 서왕모께서 노하시어 상제께 아뢰었습니다. 그래서 낭군은 인간 세상으로 귀양 보내고 첩은 그나마 죄가 가벼워 이 산중에 와 있는데 낭군이 화식火食을 하신 까닭에 전생 일을 알지 못하시는군요. 상제께서 첩의 죄를 용서하셔서 곧 승천하라는 분부가 계셨지만 낭군을 만나 전생의 회포를 풀고자 하는 까닭에 선관에게 부탁하여 한 달 기한을 얻었습니다. 첩은 정녕 낭군이 오늘 오실 줄을 알았습니다."

이때 달은 높고 은하수는 기울었으니 밤이 깊어 서로 이끌어 잠자리에 나아가니 마치 유신과 완조가 천태산에서 선녀를 만난 듯 황홀하여 이루 형용할 길이 없었다. 두 사람이 오랫동안 바라던 회포를 다 풀지도 못하였는데 산새가 지저귀고 동방에 빛이 밝아 오니 미인이 일어나 양생에게 말하였다.

"오늘은 첩이 꼭 요지로 돌아가야 할 기한입니다. 선관이 데리러 올 것이니 낭군께서 먼저 돌아가시지 않는다면 우리 모두에게 허물이 있을 것입니다."

하고 어서 가기를 재촉하며 덧붙였다.

"낭군이 만일 옛정을 잊지 않으신다면 다시 만나 뵈올 날이 있을 것입니다."

하고 이별의 시를 비단 수건에 써서 양생에게 주니 그 내용은 다음과 같았다.

서로 만나니 꽃이 하늘에 가득하고

서로 헤어지니 꽃이 물에 떠 있구나
봄빛은 꿈속에 있고
흐르는 물은 천 리에 아득하도다

이에 양생이 한삼汗衫 소매를 찢어 시를 써서 그 글에 화답하였다.

하늘의 바람이 패옥을 불어 날리니
흰 구름은 무슨 일로 흩어지는가
무산의 다른 날 밤 비에
양왕의 옷을 적시고자 하노라

　미인이 글은 받아서 품에 품고 재삼 재촉하였다.
　"때가 점점 늦어지니 낭군은 어서 가십시오."
하거늘 서로 눈물을 뿌리고 헤어졌다. 산을 내려오며 묵던 곳을 바라보니 새벽 구름이 온 골짜기마다 가득하여 마치 요지의 꿈같이 몽롱하였다.
　양한림이 돌아온 후에 생각하였다.
　'선녀가 비록 귀양살이의 기한이 차 하늘로 돌아간다고 하지만, 어찌 오늘 꼭 떠난다고 할 수 있겠나. 내 잠깐 산중에 머물러 몸을 숨기고 있다가 선관이 와 맞이하는 것을 본 후에 내려와도 늦지 않을 것이다.'
하고 이날 밤새도록 잠을 이루지 못하다가 일찍 일어나 다른 사람에게 알리지 않고 서동과 함께 자각봉 길을 찾아 선녀를 만난 곳에 이르니, 복숭아꽃이며 물 흐르는 경치는 분명한데 텅 빈 정자는 적막할 뿐 외롭게 사람의 자취가 없어 종일 배회하다가 눈물만 뿌리고 돌아왔다.

며칠 후에 정십삼이 양생을 보고 말하였다.

"지난번 집사람의 병 때문에 양 형과 함께 놀지 못하여 지금껏 한이 남았는데, 비록 복숭아꽃이 떨어졌다 하지만 남쪽의 버들 그림자가 매우 좋으니 형과 함께 꾀꼬리 소리를 듣고 싶구려."

두 사람이 나란히 말을 타고 성을 나와 수풀이 우거진 깊은 곳을 찾아 풀을 깔고 앉아 서로 술잔을 나누었다. 양생이 눈을 들어 보니 거친 언덕 위에 오래된 무덤이 있는데 절반은 무너졌고 좌우로 꽃을 많이 심었거늘 양생이 탄식하며 말하였다.

"인생이 마침내는 저리로 돌아갈 것이니 살았을 때 어찌 술에 취하지 않을 수 있겠습니까?"

정생이 말하였다.

"형은 이 무덤을 모르시오? 이게 바로 장여랑의 무덤이오. 장여랑이 살았을 때 용모가 아주 빼어났는데 스무 살에 죽으니 사람들이 몹시 슬퍼하여 이곳에 묻고 꽃을 심어주었다오. 우리 그녀의 무덤에 술을 부어 꽃다운 영혼을 위로합시다."

양생이 본래 정이 많은 사람이라 정생과 함께 무덤에 나아가 술을 뿌리고 옛일을 슬퍼하며 시를 지어 맑게 읊었다. 정생이 갑자기 무덤 무너진 곳에서 한삼에 쓴 글을 얻어 가지고 읊으며 말하였다.

"어떤 부질없는 사람이 시를 써서 장여랑의 무덤에 넣었는가?"

양생이 보니 자신이 한삼 소매를 찢어 선녀에게 써준 시였다. 마음속으로 놀라며 생각하였다.

'원래 장여랑의 영혼이 선녀라 하고 나와 서로 만난 것이다.' 하고 마음이 심히 편치 못하여 땀이 나 등이 젖고 머리털이 하늘로 솟더니 장여랑의 모습을 떠올리고 다시 생각하기를,

'아름답기가 저와 같고, 정 많기가 저와 같으니, 귀신과 신선을 가릴 것이 무엇인가?'

잠시 정생이 없는 틈을 타 술을 들어 다시 뿌리고 가만히 빌면서 말하였다.

"이승과 저승의 길이 비록 다르지만 정은 막히지 않았으니 오늘 저녁 서로 만나기를 바라오."

빌기를 마치고 정생과 함께 돌아왔다.

이날 양 한림은 화원에서 밤이 깊도록 선녀를 생각하다가 잠을 못 이루었는데, 나무 그림자가 창에 가득하고 달빛이 몽롱한 가운데 인기척이 있는 듯하여 창을 열어보니 수풀 사이에 한 미인이 깨끗이 단장하고 달빛 아래 서 있었다. 자세히 보니 바로 자각봉에서 만났던 선녀였다. 한편으로 반갑고 한편으로는 놀라 내달아 옥 같은 손을 이끌자, 미인이 사양하며 말하였다.

"이미 첩의 근본을 아셨으니 낭군께서는 첩을 싫어하시는 마음이 어찌 없으시겠습니까? 처음에 첩이 낭군을 만났을 때 바른 대로 말씀드렸어야 하지만 낭군께서 두려워하실까 봐서 신선인 것처럼 꾸며 하룻밤 잠자리를 모셨습니다. 그 영광이 지극하여 앞으로 마른 뼈가 썩지 않을 것입니다. 낭군께서 오늘 첩의 무덤을 찾아와

돌보시고 술을 뿌려 외로운 영혼을 위로해 주시니 그 감격을 이기지 못하여 한 번 뵙고 고마운 마음을 표현할 따름입니다. 어찌 감히 귀신의 썩은 몸을 가지고 또다시 군자를 가까이 하겠습니까? 한 번도 지나친 일인데 어찌 감히 거듭 모실 수 있단 말입니까?"

한림이 다시 소매를 잡고 말하였다.

"귀신을 싫어하는 자는 세속의 어리석은 사람이오. 사람이 귀신이 되고 귀신이 다시 사람이 되는 법이니 어찌 서로를 구별하겠으며, 내 뜻이 이와 같은데 어찌 그대가 차마 나를 버릴 수 있단 말이오?"

미인이 대답하였다.

"첩이 어찌 낭군을 버리겠습니까? 낭군께서 첩의 눈썹이 푸르고 뺨이 붉은 것을 보시고 사랑하셨지만, 이것은 모두 살아 있는 사람과 접촉하기 위해 거짓으로 꾸민 것입니다. 낭군께서 첩의 모습을 알고 보면 백골 몇 조각에 푸른 이끼가 끼었을 뿐이니, 어찌 차마 귀하신 몸으로 첩을 가까이 하려 하십니까?"

양생이 말하였다.

"부처님 말씀에 사람의 몸은 흙과 물과 불과 바람으로 만들어진 것이라고 하였으니, 어느 것이 진짜이고 어느 것이 가짜인가를 어찌 알겠소?"

하고 미인을 이끌고 잠자리에 나아가 밤을 함께하니 사랑하는 정이 전보다 갑절이나 더하였다.

양생이 말하였다.

"이제부터는 밤마다 만날 수 있겠소?"

"귀신과 사람의 접촉은 오직 정성에 달려 있습니다. 낭군께서 첩을 생각하신다면 첩이 어찌 감히 낭군께 의탁하지 않겠습니까?"

갑자기 새벽 북소리가 들리자 몸을 일으켜 천연스럽게 꽃 수풀 깊은 곳으로 들어가 버렸다.

이후부터는 밤마다 왕래하였다.

양생이 선녀를 만난 뒤로는 친구도 찾지 않고 고요히 화원에 머물러 오직 마음을 집중하여 다시 선녀 만나기만을 바랐다. 화원 문 밖에서 말발굽 소리가 나며 두 사람이 들어오는데, 앞에 오는 정십삼이 뒤따라오는 사람을 인도하여 양생한테 말하였다.

"이 사부는 태극궁의 두 씨 진인(도교의 진리를 깨달은 사람)이시오. 관상술이 옛날 원천강이나 이순풍과 맞먹으니 양 형의 관상을 보려고 함께 왔소이다."

양생이 진인에게 말하였다.

"오래전부터 높은 이름을 들었지만 인연이 없어 뵙는 것이 늦었습니다. 선생이 정 형의 관상을 자세히 보았을 텐데 어떠합니까?"

정생이 말하였다.

"선생이 소자를 보고 삼 년 내에 급제하여 여덟 고을의 자사가 된다 하시니 저에겐 만족스러운 일이오. 이 선생은 일찍이 틀린 적이 없으니 한 번 여쭈어 보시오."

양생이 말하였다.

"군자는 복을 묻지 않고 재앙을 묻는다 하니 선생은 바른 대로 말해 주십시오."

진인이 자세히 보다가 한참 만에 말하였다.

"양 선생의 눈썹이 빼어나고 봉황을 닮은 눈이 귀밑을 향해 있으니 반드시 벼슬이 정승에 오를 것이며, 귓불이 구슬 같고 희기가 분칠한 듯하니 천하에 이름이 날 것이요, 권세의 골격이 얼굴에 가득하니 병권을 잡아 그 위력으로 사방의 오랑캐를 진정시킬 것이며, 만리나 되는 넓은 땅에 제후로 봉해질 것이니 모든 일에 흠이 없을 것입니다. 그렇지만 목전에 비명횡사할 액이 있으니 저를 만나지 않았다면 위태로웠을 것입니다."

양생이 말하였다.

"길흉화복은 각각 그 사람이 행한 대로 만들어지는 것이지만 질병만은 마음대로 할 수 없는 일이니 도대체 무슨 병으로 궂은 일이 생긴단 말입니까?"

진인이 대답하였다.

"이는 보통의 재액이 아닙니다. 푸른빛이 두 눈썹 사이를 꿰뚫었고, 사악한 기운이 눈 밑을 침입하였으니, 상공은 혹시 내력이 분명치 않은 노비를 집안에 두고 계신 것은 아닙니까?"

양생이 마음속으로 장여랑이 빌미가 되는 줄 알았으면서도 사랑하는 마음 때문에 놀라는 기색이 없이 대답하였다.

"그런 일은 없습니다."

진인이 말하였다.

"그렇다면 혹시 오래된 사당에 들어가서 마음으로 감동되었거나 꿈속에서 귀신과 만난 일이라도 있습니까?"

양생이 대답하였다.

"그런 일도 없습니다."

정생이 말하였다.

"선생은 일찍이 틀린 말을 한 적이 없으니 자세히 생각해 보십시오."

양생이 대답하지 않자 진인이 말하였다.

"사람은 양기(밝은 기운)로 몸을 이루었고 귀신은 음기(어두운 기운)로 그 바탕을 이루었으니, 불과 물이 서로 용납하지 못하는 것과 같은 이치입니다. 그런데 임자 없는 귀신의 기가 지금 상공의 몸에 들어가 있으니 사흘 후 골수에 들면 상공의 생명은 오래갈 수 없습니다. 죽더라도 제가 진즉에 말해 주지 않았다는 말은 하지 마십시오."

양생이 속으로 생각하였다.

'진인의 말이 근거가 있기는 하지만 장여랑과 내가 서로 사랑하는 정이 지극하니 어찌 나를 해할 리가 있겠는가? 초나라 양왕이 신녀를 만나 자리를 함께하였고, 노충은 귀신 부인에게서 자식을 낳았는데 내게 무슨 화가 있겠는가?'

양생이 진인에게 말하였다.

"사람이 오래 살고 일찍 죽는 것이 모두 태어날 때부터 정해져 있소. 내가 정말로 장수나 정승이 되고 부귀를 누릴 상이라면 귀신인들 어쩌겠습니까?"

진인이 정색하며 말하였다

"상공이 일찍 죽든 오래 살든 나는 아무런 상관이 없습니다."
하고 소매를 떨치고 가버리니 양생도 굳이 붙들지 않았다.

진인이 돌아간 후 정생이 양생을 위로하여 말하였다.

"양 형은 원래 복된 사람이라서 반드시 신명이 도와줄 것이니 어찌 귀신을 염려하겠소? 이따금 거짓말로 사람 마음을 흔들어 놓으니 가증한 일이오."

하고 술을 가져와 저물도록 함께 마시고 몹시 취해서야 헤어졌다.

한림이 술이 취하여 누웠다가 밤에 일어나 앉아 향을 피우고 장여랑이 오기를 기다렸지만, 삼경이 되어도 아무런 자취가 없어 책상을 치며 말하였다.

"하늘이 밝아오는데 장여랑은 왜 오지 않는 걸까?"

하고 촛불을 끄고 자려고 하는데 창밖에서 느닷없이 울며 말하는 소리가 들렸다. 자세히 들으니 장여랑의 소리였다.

"낭군이 요사스러운 도사의 부적을 머리에 감추었으니 첩이 감히 접근하지 못하겠습니다. 비록 낭군께서 첩을 물리치려는 뜻이 아닌 줄은 알지만 아름다운 인연이 다하고 요사한 악귀가 희롱하는 것입니다."

한림이 매우 이상하게 여겨 머리를 만져보니 과연 상투 사이에 무언가가 있었다. 열어보니 붉은 글씨로 쓴 부적이었다. 한림이 크게 노하며 꾸짖어 말하였다.

"요망한 자가 내 일을 망쳐 놓았구나."

부적을 찢고 여랑을 잡으려 하니 여랑이 말하였다.

"첩은 이제부터 영원히 이별하니 낭군은 부디 옥체를 편안히 보전하십시오."

양생이 몹시 놀라 일어나 문을 열고 보니 이미 흔적도 없이 사라지고 다만 섬돌 아래 글 하나가 있었다. 즉시 떼어보니 장여랑이 지은 이별시였다.

그 시는 다음과 같았다.

옛날 아름다운 기약을 찾아 채색 구름을 밟으셨고
다시 맑은 술잔 들어 거친 무덤에 부으셨네
깊은 정성 본받지도 못했는데 은혜 먼저 끊어졌으니
낭군을 원망치 않고 정 낭군 십삼을 원망합니다

한림이 장여랑의 시를 붙잡고 한 번 나직이 읊고는 장여랑의 시에 차운하여 한 수를 지어서 주머니 속에 감추고는 탄식하여 말하였다.

"시는 이루어졌지만 누구한테 주지?"

그 시는 다음과 같았다.

차디차게 바람을 몰아 신묘한 구름 위에 올라가니
꽃다운 영혼이 외로운 옛 무덤에 머물러 있다고 말하지 마라
동산에 백 가지 꽃이 피었고 꽃 밑엔 달이 밝은데
고인이 어디선들 그대를 생각하지 않으리

한림이 다시 생각하였다.

'장여랑이 정 형을 매우 원망한 걸 보면 이는 정십삼이 한 일이야. 비록 악의로 한 일은 아니겠지만 내 좋은 인연을 방해하고 없

앤 것은 도사의 요술이 아니라 바로 정십삼의 소행이니 내 반드시 욕을 뵈리라.'

하고 날이 밝기를 기다려 정십삼의 집을 찾았지만 이미 나가고 없었다. 계속해서 사흘을 찾았으나 한 번도 만나보지 못하고 장여랑의 소식은 더욱 묘연하였다. 양 한림이 자각봉에 가서 찾아보려고 해도 정령은 이미 돌아갔을 것이고, 남쪽 교외에 있는 묘에 가서 찾고자 하나 귀신의 음성과 용모를 접촉하기가 어려운 일이고, 어디 물어볼 만한 데도 없고 마땅한 방법도 없었다. 답답하고도 우울해 침식(자고 먹는 것)을 다 폐하였다. 하루는 사도 내외가 술과 안주를 차려놓고 양 한림을 초대하여 정담을 나누며 술을 마시다가 사도가 말하였다.

"양랑의 몸이 어찌 그리 초췌한가?"

"정십삼 형과 연일 과음하였더니 술병인가 봅니다."

문득 정생이 들어오자 양 한림이 눈을 부릅뜬 채 보기만 하고 말을 않으니 정생이 먼저 물었다.

"양 형이 요즘 벼슬 일로 바빴는가, 아니면 심사가 좋지 못하신가, 고향 생각으로 괴로웠는가, 아니면 술을 지나치게 마셨는가 심신이 어찌 그리 초췌하고 쓸쓸해 보이시오?"

양 한림이 작은 소리로 말하였다.

"나그네가 어찌 그렇지 않겠소."

사도가 양생에게 물었다.

"집안의 비복들이 말하기를 그대가 어떤 여자와 화원에서 이야기를 나눈다고 하니 이 말이 사실인가?"

"화원에 어찌 왕래하는 사람이 있겠습니까? 전한 사람이 잘못 본 것입니다."

정생이 말하였다.

"양 형은 숨기지 마시오. 형이 두 진인의 말을 가로막고 거동이 수상하기에 두 진인이 준 부적을 형의 상투 속에 감추고 화원 수풀 속에 숨어서 보니, 귀신 하나가 형의 창밖에서 울고 갑디다. 그런데도 형이 내게 고마움을 표하기는커녕 화를 내시니 어찌된 일이시오?"

양생이 숨기기 어렵다는 것을 알고는 정 사도에게 말하였다.

"이 일은 정말 이상한 일이니 장인어른께 모두 고하겠습니다." 하고는 여자를 만났던 전후 이야기를 다 말씀드렸다.

"십삼 형이 한 일이 저를 사랑해서 한 일인 줄은 압니다. 하지만 장여랑이 비록 귀신이나 유순하고 정이 많아 사람을 해칠 리가 없는데 괴상한 부적을 써서 못 오게 하니 정말 안타깝지 않을 수 없습니다."

사도가 듣고는 크게 웃으며 말하였다.

"양랑의 풍채가 마치 송옥(초나라 사람으로 양왕의 명으로 〈신여부〉를 지음) 같으니 〈신여부〉를 지을 만하다. 내가 양랑을 속이는 것이 아니라 젊었을 적에 우연히 소옹(한나라 때의 도술가)의 도술을 배워 귀신을 부릴 수 있으니, 이제 양랑을 위하여 장여랑의 혼을 불러내어 내 조카의 죄를 씻고자 하는데 어떠하냐?"

양생이 말하였다.

"장인어른께서 비록 도술이 용하시나 귀신을 어찌 낮에 부르시겠습니까? 사위를 희롱하십니까? 어찌 그런 일이 있을 수 있겠습니까?"

사도가 말하였다.

"보거라."

사도가 파리채로 병풍을 치며 말하였다.

"장여랑은 어디 있느냐?"

홀연히 병풍 뒤에서 한 여자가 표연히 나오며 웃음을 머금고 부인 뒤에 서는데 양생이 보니 분명히 장여랑이었다. 눈을 번쩍 떠 사도와 정생을 보며 한참 있다가 말하였다.

"사람이냐 귀신이냐? 귀신이면 어찌 대낮에 나타난단 말이오?"

사도와 부인은 웃음을 참지 못하고 정생은 너무 웃다 쓰러져 일어나지를 못하였다. 사도가 말하였다.

"내가 이제 진실을 말하겠다. 이 여자는 신선도, 귀신도 아니고 내 집에서 양육한 가 씨 여자니 이름은 춘운이다. 요사이 양랑이 우리 집 화원에서 몹시 외롭게 지내기에 가 씨로 하여금 받들게 한 것이다. 본래는 우리 늙은 부부가 좋은 뜻을 가지고 한 일인데 젊은 아이들 사이에서 서로 장난하여 양랑의 마음을 괴롭게 하였도다."

정생이 크게 웃고 말하였다.

"전후 두 차례나 길을 가리켜 인도한 것은 모두 그대를 위한 것이었소. 좋은 중매한테 사례는 하지 않고 도리어 원수를 삼으려고 하니 양 형은 정말로 어리석은 사람이오."

양생도 크게 웃고 말하였다.

"장인어른께서 저 여자를 제게 보내셨고 정 형은 중간에서 놀린 죄만 있을 뿐인데 무슨 공이 있겠습니까?"

정생이 말하였다.

"내 정말로 놀리긴 놀렸지만 계책을 낸 사람이 있으니 어찌 나 혼자만의 죄라 하리오?"

양생이 사도를 향하여 말하기를,

"원래 장인어른께서 생각한 것이군요."

사도가 웃으며 말하였다.

"머리털이 누렇게 된 내가 어찌 아이 적 장난을 하였겠나? 그대가 억지 짐작을 하는구나."

양생이 정십삼에게 말하였다.

"정 형이 아니라면 어떤 사람이 나를 속였겠소?"

정십삼이 말하였다.

"성인이 이르시기를 '네게서 나온 것은 네게로 돌아온다.' 하였으니 양 형이 스스로 어떤 사람을 속였는지 잘 생각해 보시오."

양생이 말하였다.

"나는 지은 죄 없으니 무슨 허물이오?"

정생이 말하였다.

"사나이가 계집이 되어 삼 척 거문고로 규중처녀를 희롱했으니 사람이 신선되며 귀신 됨도 이상하지 않습니다."

양생이 멍하니 있다가 이내 깨닫고는 크게 웃으며 말하였다.

"옳소이다, 옳소이다."

하고 부인을 향하여 사례하며 말하였다.

"소자가 따님에게 죄 지은 일이 있었는데 이제 보니 그 작은 원 망을 잊지 않고 있었군요."

사도와 부인이 크게 웃었다.

양생이 춘운을 돌아보며 말하였다.

"춘랑이 분명 교활하거니와 사람을 섬기려고 하면서 속이기부 터 하는 것은 부녀자의 도리라 할 수 있소?"

춘운이 꿇어앉아 대답하였다.

"저는 장군의 명령만 듣고 천자의 조서는 듣지 못하였습니다."

양생이 은근히 감탄하며 말하였다.

"옛날 신녀는 아침에 구름이 되고 낮엔 비가 되었다는데, 이제 춘랑은 아침에 선녀가 되고 저녁엔 귀신이 되니 맞수가 될 만하 오. 강한 병사에 약한 장수가 없다더니 부관이 이와 같다면 그 대 장은 안 봐도 알겠구려."

이날 여러 사람들이 즐기며 종일토록 술에 취하였다. 춘운이 새 신부로 말석(맨 끝 좌석)에 참여하여 날이 저물도록 있다가 초롱을 들고 양생을 모시고 화원으로 돌아갔다.

양 한림이 사신으로 가다가
계섬월을 다시 만나다

양 한림이 조정에 말미를 얻어 모친을 모셔 오려 했는데 이때 나라에 일이 많고, 토번吐蕃이란 도적이 변방을 노략질하였다. 하북의 세 절도사는 스스로 연왕, 위왕, 조왕이라 칭하며 조정을 배반하니 천자께서 근심하여 모든 신하들을 모으고 이 일을 의논하였으나 조정의 가득한 신하들이 마땅한 대책을 내지 못하자 한림학사 양소유가 아뢰었다.

"옛날 한무제漢武帝는 조서詔書를 내려 남월南越 왕의 항복을 받았으니, 원컨대 폐하는 급히 조서를 내리시고 만약 항복하지 않으면 치는 것이 옳습니다."

천자께서 옳다 하시어 양 한림으로 하여금 조서의 초를 잡게 하니, 그 문장이 마치 샘물이 용솟음치는 듯하고 붓놀림은 바람과도 같아 순식간에 받들어 올리니 천자께서 크게 기뻐하며 말하였다.

"이 글이 은혜와 위엄을 두루 갖추어 천자께서 내리는 조서로서의 격조를 지녔으니 미친 도적이 반드시 굴복할 것이로다."

조서가 각 도에 내리자 조나라와 위나라가 조서를 보자마자 순식간에 굴복하여 왕호王號(왕의 칭호)를 없애고 표表(마음에 품은 생각을 적어서 임금에게 올리는 글)를 올려 사죄하고 깁 일만 필과 말 이천 필을 조공으로 바쳤다. 하지만 연왕은 거리가 멀고 군대가 강한 것을 믿고는 항복하지 않았다.

천자께서 양 한림을 불러 공을 기리고 칭찬하며 말하였다.

"하북의 세 진영이 조정에 순종하지 않은 지 무려 백 년이나 되어 덕종 황제께서 십만 병력으로 정벌하였지만 조금도 꺾이지 않더니, 이제 경이 한 편의 글로 두 나라의 항복을 받아냈으니 십만 군병보다 낫다."

하고 깁 삼천 필과 말 오십 필을 상으로 주고 장차 벼슬을 높이고자 하니 양 한림이 사양하며 아뢰었다.

"아직 연나라가 복종하지 않았는데 신이 무슨 공으로 승진의 명을 받을 수 있겠습니까? 원하옵건대 한 무리의 병사를 주시면 진군해 죽음으로써 나라의 은혜를 갚고자 합니다."

천자께서 그 뜻을 장하게 여겨 대신에게 뜻을 묻고 병사를 주려 하자 신하들이 모두 아뢰었다.

"마땅히 양소유를 연나라에 보내 이해를 따져 설득하시되, 그래도 거역한다면 병사로 치시옵소서."

천자께서 옳다고 여겨 양소유를 사신으로 삼아 절월節鉞(임금의 위엄을 상징하는 것으로 명령을 어기는 자에 대한 생살生殺의 권한을 상징함)을 가지고 연나라에 나아가라고 명하였다.

양 한림이 물러나와 정 사도를 찾아뵈니 정 사도가 말하였다.

"변방의 절도사가 교만하여 조정을 거역한 지는 오래된 일이로다. 양랑이 한낱 서생으로 불측不測(미루어 헤아릴 수 없음)한 땅에 들어갔다가 뜻밖의 환란이라도 당한다면 어찌 나 한 사람만의 근심이겠는가? 내 늙고 병들어 조정 의논에 참여하지는 못했지만 상소하여 다투고자 하네."

양생이 이를 말리며 말하였다.

"장인어른께서는 염려 마십시오. 변방 절도사가 난을 일으킨 것은 조정의 정치가 어지러운 때를 틈타 방자한(무례하고 건방진) 탓입니다. 이제 조정이 맑고 밝으며 천자께서 진무鎭撫(난리를 일으킨 백성들을 진정시키고 어루만져 달램)하셔서 조와 위 두 나라가 이미 귀순하였으니 연나라 혼자 무슨 일을 할 수 있겠습니까? 제가 지금 가면 결코 나라를 욕되게 하지는 않을 것입니다."

부인이 말하였다.

"좋은 사위를 얻은 후로 늙은이 기쁨과 노여움을 위로받았는데 이제 어찌될지 알 수 없는 땅에 가니 어찌 슬프지 않겠는가? 바라건대 빨리 성공하고 돌아오시게."

한림이 화원에 들어가 행장을 차려 떠나려 할 때, 춘운이 소매를 잡고 눈물을 흘리며 말하였다.

"상공께서 한림원에 숙직하러 가실 때에 첩이 일찍 일어나 이부자리를 싸 놓고 관복을 받들어 입힐 때면, 첩을 자주 돌아보아 사랑하던 빛을 띠셨는데, 이제 만 리 이별을 당하여서는 어찌 한 마디도 없으십니까?"

양생이 크게 웃고 말하였다.

"대장부가 나랏일을 맡아 어찌 사사로운 감정을 생각하겠소? 춘랑은 쓸데없이 상심해 꽃다운 얼굴을 상하게 말고 소저를 모시고 잘 있다가 내가 공을 이루고 말만 한 황금 인印(관직의 표시로 차고 다니던 쇠나 돌로 된 조각물)을 차고 오는 모습을 기다리시오.”

한림이 여러 날 만에 낙양에 이르렀다. 낙양은 한림이 열여섯 살 서생으로 베옷차림에 초라한 나귀를 타고 지나갔던 땅이었다. 이제 1년 만에 옥절玉節(옥으로 만든 표식으로 관직을 증명함)을 세우고 네 필 말이 끄는 수레를 몰아, 낙양 현령이 길을 정돈하고 하남 부윤이 앞을 안내하니 온 길에 광채가 비치어 구경하는 사람들마다 신선 같다고 하였다.

한림이 서동을 시켜 계섬월의 소식을 알아보게 하니 그 집의 문이 잠긴 지가 이미 오래였다. 마을 사람들이 말하였다.

“계랑이 지난 해 봄에 어느 먼 지방의 상공이 와서 자고 간 후로는 병이 들어 손님을 맞지 않고 관가의 잔치에 여러 번 불러도 가지 않더니, 거짓으로 미친 척하고 도사의 옷을 입고 정처 없이 다니기 때문에 어디 있는지 알지 못합니다.”

서동이 돌아와 알리자 한림이 비통해 마지않았다. 이날 한림이 객관에서 묵고 있는데 부윤이 기녀 십여 명을 잘 골라서 붉은 옥으로 장식하여 접대하게 하니 천진의 주루에서 보던 자도 끼어 있었다. 한림이 거들떠보지도 않고 떠나면서 벽에다 시 한 수를 써놓았는데 다음과 같았다.

비가 천진을 지나니 버들 빛이 새로운데
경치는 완전히 지난 봄 그대로이다

가엾다! 네 필 말로 돌아옴이 늦었으니
누각에 이르렀으나 옥 같은 사람은 보이지 않는구나

붓을 던지고 수레에 올라 떠나니 모든 기녀들이 몹시 부끄러워하며 그 시를 베껴다 부윤에게 보였다. 부윤이 모든 기녀들에게 물어 한림이 마음에 둔 곳이 어딘지 알아내 방을 붙이고 계섬월을 찾아 한림이 다시 돌아올 때까지 기다리게 하였다.

한림이 연나라에 이르니 서울에서 멀리 떨어진 지역의 사람들이 그와 같은 풍채를 본 적이 없어, 가는 곳마다 수레를 세워 길을 메우니 한림의 위풍이 크게 떨쳤다.

한림이 연왕을 접견하여 당나라의 위엄과 덕을 당당하게 앞세우고 이해를 따져 설득하는데 언변이 도도하고 물결을 뒤집는 듯하였다. 연왕이 기가 꺾여 마음으로 복종하여 즉시 글을 올려 왕의 칭호를 없애고 귀순하겠다고 하였다. 연왕이 잔치를 벌여 전송하며 황금 일천 냥과 좋은 말 열 필을 주었지만 받지 않고 연나라를 떠나 서쪽으로 돌아왔다.

한림이 십여 일을 행차하여 한단 땅에 이르니 한 나이 어린 서생이 혼자 말을 타고 가다가 사신의 행차를 보고 말에서 내려 길가에 섰는데, 한림이 멀리서 보고 말하였다.

"저 말이 분명히 준마로다."

한림이 소년을 자세히 보니 얼굴은 위개와 반악(둘 다 진나라의 미남)이라도 미치지 못할 듯하였다. 한림이 생각하기를,

'두 서울을 두루 다녔지만 이처럼 아름다운 소년은 본 적이 없

다. 반드시 재주 있는 사람일 것이로다.'

하고 시중꾼에게 분부하여 소년을 데려오도록 하였다. 한림이 역관에 도착하니 소년이 뒤따라 와서 뵈니 한림이 크게 기뻐하며 물었다.

"길에서 우연히 반악의 풍채를 보고 문득 사랑하는 마음이 생겼지만 혹시 나를 돌아보지 않을까 걱정하였는데 이제 버리지 않으니 정말 다행이오. 그대의 성명을 들었으면 하오."

소년이 대답하였다.

"소생은 북방 사람인데 성은 적이요 이름은 백란입니다. 궁벽한 시골에서 자라나 스승과 벗이 없어서 글과 칼을 모두 배우지 못하였지만, 나를 알아주는 사람을 위하여 죽고자 하는 마음을 지니고 있습니다. 지금 상공께서 하북을 지나시니 위엄이 천둥과 벼락 같고 은혜가 따뜻한 봄날 같아서 제 스스로 재주 없다는 것을 헤아리지 않은 채 문하에 의탁하여, 그 옛날 맹상군의 식객처럼 닭 우는 소리와 개 짖는 소리 내는 재주로나마 모시려고 하였습니다. 그런데 상공께서 굽어 살피시고 불러주시기까지 하니 얼마나 다행인지 모르겠습니다."

한림이 다행스럽게 여겨 말하였다.

"같은 소리는 서로 화답하고 같은 기운은 서로 찾는다고 하였는데, 우리 둘의 뜻이 같다니 정말 유쾌한 일이로다."

이후로 적생과 말고삐를 나란히 하고 함께 가니 먼 길을 가는 괴로움을 잊어버렸다. 낙양에 이르러 천진의 주루를 지날 때 옛일을 생각하고 정을 이기지 못할 때 한 여자가 누상의 주렴을 걷으며 난간을 의지하여 바라보는데 한림이 자세히 보니 계섬월이었다. 기뻤지만 말을 못 하고 객관에 이르니 섬월이 이미 와서 기다리고 있었다.

섬월이 한편으로는 슬프고 한편으로는 기쁨을 이기지 못하여 눈물을 흘리며 이별한 뒤의 일을 이야기하였다.

"상공께서 떠나신 후에 공자公子, 왕손王孫의 모임과 태수, 현령의 잔치에 동東으로 보채이고 서西로 거역하였지만 이리저리 시달림을 많이 당하였고 괴로움과 치욕스러움 또한 적지 않아 아예 머리를 깎고 병이 들었다는 핑계로 겨우 모면하여 성동으로 피하고 산골짜기에 들어가 숨어 있었습니다. 그러다가 지난번 상공께서 이곳을 지나시며 첩을 생각하는 시를 지으셨다면서 현령이 몸소 첩의 집에까지 와서 옛집으로 돌아가 있으라고 간곡히 청해 집에 돌아오니, 첩이 비로소 제 몸도 소중하다는 것을 알았습니다. 이렇게 천진 주루의 누상에서 상공의 모습을 바라보고 있으니 누가 계섬월의 팔자를 부러워하지 않겠습니까? 상공께서 장원급제하여 한림학사가 되신 줄은 이미 알고 있습니다만 부인은 얻으셨는지요?"

한림이 정 소저와 정혼한 사실을 말하였다.

"비록 화촉 아래에서 서로 보지 못하였으나 소저의 재주와 용모는 섬월의 말과 같으니, 어진 중매의 은혜를 어찌 다 갚겠는가?"

한림이 이날 섬월과 함께 옛정을 나누고 즉시 떠나지 못하여 이틀을 더 머물렀다. 한림이 섬랑을 만난 후로 연일 적생을 보지 못하였는데 서동이 가만히 한림에게 말하였다.

"적생 수재는 좋은 사람이 아닙니다. 소인이 우연히 보니 섬월 낭자와 함께 사람이 없는 곳에서 서로 희롱하고 있었습니다. 섬월 낭자가 이미 상공을 따랐으니 전과는 분명히 다른 몸인데 제 어찌 감히 무례할 수 있습니까?"

한림이 말하였다.

"적생은 본디 어진 사람이라 그렇지 않을 것이요, 더욱이 계랑은 의심할 것이 없으니 네가 잘못 본 것이다."

서동은 불평하며 물러갔다가 곧 다시 와서 말하였다.

"상공께서는 소인이 잘못 본 것이라 말씀하시지만 두 사람이 지금 서로 희롱하고 있으니 몸소 가서 보시면 아실 것입니다."

한림이 서동을 따라 객관 서쪽 행랑채를 지나가 보니 두 사람이 낮은 담을 사이에 두고 서로 웃으며 손을 잡고 희롱하고 있었다. 한림이 점점 가까이 다가가서 그 말을 들어보려 하자 적생은 놀라 달아나고 섬월은 한림을 보고 부끄러워 말을 못 했다.

한림이 물었다.

"예전에도 적생과 친한 사이였는가?"

섬월이 대답하였다.

"첩이 적생의 누이와 결의형제하여 그 정이 동기와 같았기에 적생을 만남에 반가워 안부를 물었던 것입니다. 첩이 기방에서 자라 남녀 간에 어려워할 줄을 몰라 손을 잡고 은밀한 말을 나누어 상공께서 보시고 의심하시니 첩의 죄가 백 번 죽어 마땅합니다."

한림이 말하였다.

"내 그대를 의심하지 않으니 꺼리지 마라."

하고 생각하니,

'적생이 나이 어려 내 얼굴 보기를 어려워할 것이니 내가 불러다 위로해 주어야겠다.'

하고 사람을 시켜 찾았지만 어디로 갔는지 알 수 없었다.

한림이 크게 뉘우치고 말하였다.

"옛날 초나라 장왕은 갓끈을 끊어 신하의 죄를 감추었는데, 나는 애매한 일을 따지려다가 아름다운 선비를 잃었도다. 이제야 자책한들 무슨 소용이 있겠는가?"

이날 밤 한림이 섬월과 함께 옛이야기를 하며 연거푸 술잔을 기울이다 촛불을 끄고 잠자리에 드니 사랑하는 마음이 더욱 깊었다. 아침 햇빛이 동쪽 창을 비치고서야 비로소 한림이 머리를 들어보니 섬월이 먼저 일어나 거울 앞에서 단장을 하고 있었다. 놀라서 일어나 자세히 보니 푸른 눈썹과 맑은 눈, 구름 같은 귀밑과 꽃 같은 보조개, 가는 허리와 연약한 모습은 섬월과 비슷하였지만 섬월이 아니었다. 한림은 너무 놀랐지만 짐작하지 못하였다.

적경홍과 인연을 맺고
난양공주의 배필로 지목되다

한림이 급히 물었다.

"미인은 누구시오?"

"첩은 본디 하북 사람입니다. 제 성명은 적경홍으로 섬랑과 함께 결의형제한 사이였는데 지난 밤 계랑이 제게 와서 '마침 몸이 아파 상공을 모시기 어려우니 대신하여 내 죄를 면해 줘.'라고 했습니다. 결국 계랑한테 속아서 이렇게 된 것입니다."

그때 갑자기 계랑이 들어와서 한림에게 말하였다.

"상공께서 새 신부 얻으신 것을 축하합니다. 전에 적경홍을 천거한 적이 있는데 첩의 말씀이 어떠합니까?"

한림이 말하였다.

"얼굴을 보니 듣던 것보다 훨씬 낫다."

하고 문득 경홍의 모습을 살펴보니 적생과 같기에 물어보았다.

"아마도 적생은 적 낭자의 오라비인가 보구나. 내가 적 형에게 죄를 지은 일이 있는데 지금 어디에 있는가?"

경홍이 대답하였다.

"첩에게는 본래 형제가 없습니다."

한림이 다시 경홍을 보다가 이내 깨달아 크게 웃으며 말하였다.

"한단의 길에서 나를 따라온 사람도 적 낭자요, 서쪽 담장에서 계랑과 은밀하게 속삭이던 사람도 적 낭자였던 게로군. 그런데 왜 적 낭자가 남복을 하고 나를 속였는지 알 수가 없구나."

경홍이 대답하였다.

"제가 어찌 감히 상공을 속이겠습니까? 제가 비록 비천하지만 항상 군자를 섬기고자 하였는데, 연왕이 첩의 명성을 잘못 듣고 명주 한 섬으로 궁중에 머물게 하였습니다. 하지만 입은 맛있는 음식을 싫어하고 몸은 비단옷을 천하게 여겼으니, 그것들은 제가 바라던 게 아니었습니다. 괴로운 마음은 마치 새장에 갇혀 있는 외로운 새와 같았는데 저번에 연왕이 상공을 초청하여 궁중에서 잔치를 열 때, 우연히 주렴(구슬 따위를 꿰어 만든 발) 속에서 엿보니 상공께서는 제가 평생 따르고 싶어 하던 바로 그분이었습니다. 상공께서 연왕과 헤어질 때 즉시 도망쳐서 따라가고 싶었지만 연왕이 알아채고 따라올까 두려워, 상공께서 떠나신 지 열흘을 기다렸다가 연왕의 천리마를 훔쳐 타고 남복하고 상공을 따라 이틀 만에 한단에 도착했습니다. 그때 바로 상공께 사실을 말씀드리려 했으나 일이 번거롭게 될 것을 염려해 미처 말씀드리지 못하였습니다. 이곳에 온 이유는 한나라 시절 당희(후한의 홍농왕 첩으로 정절을 지킨 여인)를 본받아 상공을 한 번 웃게 해드리기 위함이었습니다. 이제 제 소원이 이미 이루어졌으니 계랑과 함께 살다가 상공께서 부인을 얻으실 때를 기다려 서울에 가 축하드리겠습니다."

한림이 말하였다.

"적 낭자의 높은 뜻은 양월공의 홍불기(양월공의 시녀였으나 기생이 되었고 후에 이정에게 반하여 같이 살았음)라도 미치지 못할 것이로다. 다만 내게 이위공(당나라의 이정)과 같은 재주가 없다는 게 부끄럽구나."

이날 두 미인과 함께 밤을 지내고 이별할 무렵, 한림이 두 사람에게 말하였다.

"남들의 이목이 있어 함께 가지 못하니 가정을 이룬 연후에 찾으리라."

한림이 길을 떠나 서울에 도착하여 복명復命(명령을 받고 일을 처리한 사람이 그 결과를 보고함)하니 연나라의 표문表文(외교 문서의 하나)과 조정에 바치는 금과 은, 비단이 동시에 당도하였다. 천자께서 한림의 공을 표창하여 제후에 봉하려고 하였으나 한림이 극구 사양하는 바람에, 예부상서를 제수하여 한림학사를 겸하게 하고 후한 상을 내렸다.

천자께서 한림의 문학을 좋아하여 아무 때나 불러 경서經書와 사기史記를 토론하니 이 때문에 상서가 숙직하는 날이 많았다. 하루는 야대夜對(왕이 밤중에 신하를 불러 경연을 베풀던 일)를 마치고 한림원에 돌아오니 밝은 달은 대궐 동산 위로 떠올랐으나 물시계 눈금은 흐릿하였다. 양 상서가 높은 누각에 올라 난간에 기대어 달빛을 구경하는데 갑자기 바람결에 얼핏 퉁소 소리가 들려와 귀를 기울여 들었으나 희미하여 어떤 곡조인지 분간할 수가 없었다. 상서가 관리를 불러 술을 기울이며 푸른 옥으로 된 퉁소를 꺼내어

두어 곡을 부니 맑은 소리가 하늘에 올라 마치 봉황이 우는 듯하였다. 그때 갑자기 청학 한 쌍이 대궐에 날아와 곡조에 맞춰 배회하며 춤을 추니 여러 관리들이 기이하게 여겨 서로 말하였다.

"왕자 진(주나라 영왕의 태자)이 인간 세계로 내려왔구나."

본래 양 상서가 들은 통소 소리는 보통 사람의 곡조가 아니었다. 한편 황태후께 두 아들과 한 딸이 있는데 지금의 천자와 월왕과 난양공주였다. 공주를 낳을 때 태후께서 꿈에서 신선의 꽃과 붉은 진주를 보았는데, 공주가 자라면서 옥 같은 얼굴과 난초 같은 태도는 인간 사람이 아니요, 민첩한 재주와 늠름한 풍채는 천상의 신선과 같아서 속세의 태도는 조금도 없고 문장이며 길쌈과 바느질 솜씨가 늘 남들보다 뛰어났다.

또 기이한 일이 있었다. 측천황후 시절에 서역의 대진국에서 황후에게 백옥 통소를 조공으로 바치니, 만든 모습이 기묘할 뿐만 아니라 누구도 그 소리를 들은 사람이 없었다. 공주가 밤에 꿈을 꾸니 선녀가 한 곡조를 가르치기에, 공주가 꿈에서 깨어 그 통소를 불어보니 소리가 청아하여 세상에 듣지 못하던 곡조였다. 황제와 태후께서 사랑하여 항상 달 밝은 밤이면 불게 하니 그때마다 청학이 내려와 춤을 추었다. 태후와 천자께서 기이하게 여겨 진나라 목공穆公의 딸 농옥의 일을 생각하고 꼭 소사(농옥의 남편이며 통소의 달인, 통소로 백학을 불러 마당에서 춤추게 했다고 함)와 같은 부마를 얻으려는 까닭에 공주가 이미 장성했는데도 혼처를 구하지 못하고 있었다.

이날 한림이 우연히 달 아래에서 한 곡조를 불면서 한 쌍의 청학을 길들이고 있었는데, 곡조가 그치자 청학은 옥당玉堂(화려한 전당이나 궁전을 비유적으로 이르는 말)으로 날아갔다. 대궐 안의 사람들이 모두 말하기를 '양 상서가 퉁소를 부니 신선의 학이 내려왔다.' 라고 하였다. 천자께서 이 말을 들으시고 공주의 인연이 양 한림인 것을 알고, 태후께 문안하며 아뢰었다.

"예부상서 양소유의 나이가 난양과 서로 어울리고 문장과 풍류가 조정 신하 중에서 제일이니 천하를 다니며 가려도 그런 사람은 없을 것입니다."

태후께서 매우 기뻐하며 말씀하셨다.

"소화簫和의 혼처를 정하지 못하여 밤낮으로 염려했는데 양 상서야말로 하늘이 정한 배필이로다."

소화는 난양공주의 이름이니 백옥 퉁소에 '소화'란 두 글자가 새겨져 있어서 그렇게 이름 붙인 것이다.

태후께서 말씀하셨다.

"양 상서는 분명 풍류재사지만 그 얼굴을 보고 정하고자 하노라."

천자께서 말씀하셨다.

"어렵지 않습니다. 후일 양 상서를 별전으로 불러 조용하게 문장을 강론할 테니 주렴 안에서 보십시오."

태후도 그렇게 하는 게 좋겠다고 하였다.

천자께서 봉래전에 자리를 잡고 내관을 시켜 양 상서를 부르게 하였다. 내관이 한림원에 가 물어보니 '금방 나갔다.'고 하여 정사도의 집으로 찾아갔으나 거기에도 오지 않았다고 하였다.

이때 양 상서는 정십삼과 함께 장안의 주루에서 술을 마시면서 이름난 기생 주랑과 옥로에게 노래를 부르게 하고 있었다. 그런데 뜻밖에 내관이 명패를 가지고 달려 들어오니 정십삼은 놀라서 도망가고, 양 상서는 취한 눈이 몽롱한 채로 천천히 일어나 두 기생에게 관복을 입히라 하고 내관을 따라 천자를 뵈러갔다. 천자께서 자리를 내주고 역대 제왕들의 치란흥망治亂興亡과 만고의 문장명필을 의논할 때 상서가 고금의 제왕을 역력히 의논하고 문장을 차례로 헤아리니, 천자께서 크게 기뻐하며 말씀하셨다.

"시를 짓는 것은 비록 제왕에게 긴요한 일은 아니라지만, 우리 선왕들은 모두 여기에 뜻을 두셔서 제왕이 지으신 시문이 세상에 전하고 있다. 그대가 고금 시인의 우열을 논하여 보라. 제왕의 시 중에서는 누가 제일이고, 신하의 시 중에서는 누가 제일인가?"

상서가 고하였다.

"임금과 신하가 시가詩歌를 서로 부르고 화답한 것은 순임금과 고요(순임금의 신하)로부터 시작하니 이는 지금 의논할 바가 아닙니다. 한고제(한나라 제1대 황제인 유방)의 〈대풍가〉와 한무제(전한의 제7대 황제인 유철)의 〈추풍사〉와 위무제(후한 말기의 정치인으로 위나라 건국의 기초를 닦은 조조)의 '월명성희月明星稀(달이 밝으면 별빛은 희미해짐)'는 제왕 중에서 으뜸입니다. 위나라의 조자건, 진나라의 육기, 남조의 도연명과 사령운 등이 시로 유명하거니와 근래 문장이 왕성하기로는 우리 당나라 시절만 한 때가 없고, 그중에서도 현종 황제 때가 최고입니다. 제왕의 문장으로는 현종 황제가 제일이고, 시인의 시로는 이백이 첫째입니다."

천자께서 말씀하셨다.

"경의 생각이 짐의 뜻과 같도다. 짐이 늘 태백학사의 〈청평조〉며 〈행락사〉를 볼 때마다 같은 시대에 살지 못한 것을 한탄하였는데 이제 경을 얻었으니 짐이 어찌 이태백을 부러워하겠는가?"

이때 궁녀 십여 명이 좌우로 갈라서서 천자를 모셨는데 천자께서 말씀하셨다.

"이들은 궁중에서 문서와 문필을 관리하고 있으니 이른바 여중서女中書이다. 자못 글 지을 줄을 아는데 학사의 아름다운 글씨를 얻어서 보배로 삼고자 하니 경은 모름지기 두어 수를 지어 저들의 공경하고 사모하는 마음을 저버리지 말라. 짐도 경의 붓 놀리는 솜씨를 보고 싶도다."

궁녀를 시켜 어전에 있던 유리 벼룻집이며 백옥 필통이며 옥으로 만든 두꺼비 연적을 양 상서 앞에 옮겨놓고 여러 궁인이 이미 대령하고 있었다. 각각 꽃무늬 종이며 비단 수건이며 비단 부채 등을 내놓자 상서가 술 취한 흥을 타고 붓을 휘두르니 바람과 비가 놀라고 구름과 안개가 일어나는 듯하였다. 절구絕句도 짓고 율시律詩도 지으며, 한 수도 짓고 두 수도 지으니 붓 놀리는 기세가 생기 있고 활발하여 용이 꿈틀거리고 봉황이 나는 것 같아 나무 그림자가 옮겨지기도 전에 이미 다 썼다. 궁녀가 차례차례 어전에 바치니 천자께서 칭찬을 그치지 않으시면서 여러 궁녀에게 말씀하셨다.

"학사가 수고하였으니 모두 잔을 바쳐라."

모든 궁녀들이 명을 받아 황금잔과 백옥생과 유리종과 앵무잔을 받들어 드리니 상서가 연거푸 십여 잔을 마시고 봄빛이 얼굴에 가득하게 취해 곧 넘어질 것만 같거늘 천자께서 술을 그치라 명하고 여러 궁녀에게 이르셨다.

"학사의 시는 한 구절이 천금의 값어치가 있으니 세상에 없는 보배이다. 《시전》에 '나무 과실을 던지면 보배 구슬로 갚는다.' 하였는데, 너희들은 무슨 물건으로 보답하겠느냐?"

모든 궁녀가 금비녀도 빼고 패옥도 풀며 반지, 귀걸이, 금팔찌, 향주머니 따위를 어지럽게 던졌다. 천자께서 어린 내관에게 명하여 양소유가 쓰던 어전의 필연筆硯(붓과 벼루)과 궁녀들의 답례품을 거둬서 상서와 함께 돌려보내셨다. 상서가 하직하고 내관에 의지해서 대궐 밖으로 나와 말에 오르니 이미 흠뻑 취한 상태였다.

정 사도의 화원으로 돌아오자 춘운이 관복을 벗기면서 물었다.

"상공은 어디 가셨다가 이렇게 취하셨습니까?"

상서가 대답하지 않고 상으로 내리신 모든 어전 필연筆硯과 장신구들을 들여놓으며 춘운에게 말하였다.

"이 물건은 천자께서 그대에게 내리신 것들이야. 내가 얻은 것이 한무제의 총애를 받던 동방삭과 비교해서 어떠한가?"

춘운이 왜 이렇게 취하셨는지 다시 물었으나 양생은 이미 코 고는 소리가 우레 같았다.

다음 날 늦게 일어나 겨우 빗질하고 세수하는데 문지기가 황급히 들어와 아뢰었다.

"월왕 전하께서 오셨습니다."

상서가 놀라며 생각하였다.

'월왕께서 오신 것은 반드시 까닭이 있을 것이다.'

황급히 나가서 맞이하니 월왕은 나이가 스물 남짓 되었는데 얼굴이 마치 하늘 사람 같았다.

상서가 물었다.

"대왕께서 누추한 곳에 오셨으니 분부하실 일이 있으신지요?"

월왕이 말하였다.

"항상 상서의 덕을 흠모했으나 다니는 길이 달라 뜻을 펴지 못하였는데 이제 황상의 명을 받아 왔소이다. 천자께서 누이를 두셨는데 나이 장성하였으나 아직 혼인하지 못한 바, 상서의 재주와 덕망을 공경하고 사랑하셔서 혼인을 맺어 형제가 되려 하시기에 먼저 와서 알려드리오. 뒤따라 명이 있을 것입니다."

상서가 이 말을 듣고 매우 놀라며 대답하였다.

"황상의 은혜가 이와 같으니 미천한 저로서는 그 복을 놓치고 싶지 않습니다. 하오나 이미 정 사도의 딸에게 폐백을 드렸으니 이 사정을 말씀드려주십시오."

월왕이 말하였다.

"삼가 황상께 아뢰기는 하겠소. 하지만 상공의 재주를 사랑하시는 황상의 마음을 저버리는 것이 안타깝소이다."

상서가 말하였다.

"이것은 인륜에 관계된 것이라 어쩔 수 없으니 곧 대궐에 나아가 죄를 청하겠습니다."

월왕이 즉시 하직하고 일어나 돌아갔다.

상서가 정 사도에게 이 사정을 말하니 춘운이 이미 먼저 들어가 알린 뒤라 온 집안이 당황하여 어쩔 줄 몰랐다. 상서가 말하였다.

"장인어른께서는 걱정하지 마십시오. 비록 불초하나 송홍(후한 광무제가 사위로 삼으려 했으나 거절함)의 죄인이 되지 않겠습니다. 천자께서 성스럽고 밝으셔서 법을 지키고 예를 중하게 여기시니 신하된 자의 윤리와 기강을 어지럽힐 리가 없습니다. 설마 무슨 일이야 있겠습니까?"

이때 태후께서 봉래전에서 양 상서를 보신 후에 기쁨이 가득하여 천자께 말씀하셨다.

"이 사람이야말로 난양공주의 배필이니 달리 의심할 일이 없다." 라고 하시며 월왕을 시켜 먼저 가서 통지하게 해놓고는 천자께서 뒤이어서 상서를 불러서 말하려고 하였다. 천자께서 별전에 있다가 문득 양 상서의 글과 필법의 신묘했던 일을 생각하고는 내관을 시켜 여중서들이 받은 글을 모아서 가져오게 하셨다.

궁녀들이 이미 그 글을 깊이 간수하였는데 오직 한 궁녀만이 상서의 글이 쓰인 부채를 들고 제 침실에 들어가 가슴에 품고는 종일토록 울면서 먹지도 자지도 않았다. 이 궁녀의 성은 진 씨요 이름은 채봉이니 화음당 진 어사의 딸이다. 어사가 비명횡사한 후에 가산은 몰수되고 대궐에 잡혀와 궁의 노비가 되었는데, 궁중 사람들이 진 씨가 예쁘다는 말을 하자 천자께서 보시고 사랑하여 후궁에 봉하려 하였다.

이때 진 씨가 황후의 극진한 총애를 받았는데, 진 씨가 너무 아름다운 것을 꺼린 나머지 황후가 천자께 말하였다.

"진 씨 집 딸의 재주와 용모는 서로 견줄 만한 것이 없을 정도로 뛰어나니 폐하를 모시기에 적합합니다. 하지만 폐하께서 진 씨의 아비를 죽이고 그 딸을 가까이 하시면 '제왕이 형벌을 준 사람을 가까이 하지 않는다는 뜻'에 합당하지 않은 듯합니다."

천자께서 이 말을 옳게 여겨 진 씨에게 물었다.

"글을 배웠느냐?"

진 씨가 대답하기를,

"약간은 압니다."

천자께서 여중서로 삼아 궁중의 문서를 맡아보게 하고, 황태후의 궁에 가서 난양공주를 모시면서 함께 책도 읽고 글씨도 쓰게 하였다. 공주가 채봉의 재주를 매우 사랑하여 정이 형제와 같아서 잠시도 떨어지지 못하였다.

이날도 태후를 모시고 봉래전에 가 다른 궁녀들과 천자를 모시다가 양 상서를 보았다. 상서의 이름과 용모가 진 씨의 뼈에 새겨졌기에 몰라볼 리가 없었다. 하지만 양소유는 진 씨가 살았는지 죽었는지 알지 못한 데다가 천자의 앞이라 감히 눈을 돌리지 못해 진 씨를 알아보지 못하였다. 진 씨는 두 사람의 마음이 서로 같지 않고 이전의 인연을 이룰 길이 없다는 게 슬퍼서, 부채를 가지고 와서 읽고 또 읽었다.

그 시는 다음과 같았다.

비단 부채 둥글둥글하여 밝은 달과 같으니
아름다운 사람의 옥 같은 손처럼 정갈하구나
오현금 속에 따뜻한 바람이 많으니
품과 소매 속에 드나들어 그칠 때가 없도다

또 한 시는 다음과 같았다.

　　비단 부채 둥글어 달을 에운 듯하니
　　아름다운 사람의 옥 같은 손을 서로 따르는구나
　　꽃 같은 얼굴을 수고롭게 가리지 마라
　　봄빛은 인간 세계에서도 알지 못하나니

진 씨가 첫 번째 시를 읽고 말하였다.

"양랑이 내 마음을 모르는구나. 내가 어찌 궁중에서 천자의 총애 받기를 바라겠는가?"

두 번째 시를 읽고 말하였다.

"다른 사람은 내 모습을 못 보지만 양랑만은 나를 잊지 않으신 것 같구나. 시의 뜻이 이와 같건만 정말 지척이 천 리로구나."

그리고 집에 있을 적에 〈양류사〉를 화답하던 일을 생각하고는 정을 이기지 못해 붓을 들어 부채 위에 시 한 수를 써놓고 다시 읊조렸다. 그때 갑자기 태감이 천자의 명을 받아 부채를 가지러 왔다고 하기에 진 씨가 크게 놀라 말하였다.

"나는 이제 죽었구나."

태감이 진 씨에게 말하였다.

"천자께서 양 상서의 시를 다시 보고 싶어 하시기에 가지러 왔는데 어찌 된 연유로 놀라느냐?"

진 씨가 울면서 말하였다.

"팔자가 기박한 사람이 죽을 때가 되었는지 양 상서의 글 아래에다 잡스러운 글을 더해 죽을죄를 지었소. 황상께서 보시면 죽음을 면치 못할 것이니 차라리 자결하겠소. 죽은 뒤에 거두어다 묻어나 주십시오."

태감이 말하였다.

"어찌 그런 말을 하는가? 성상께서는 인자하시니 죄로 여기지 않으실 수도 있으며, 설령 진노하신다 해도 내가 힘써 볼 테니 나를 따라오라."

진 씨가 울면서 태감을 따라가니 태감이 진 씨를 어전 문 밖에 기다리게 하고, 모든 글을 성상께 올렸다. 상이 글들을 보다가 진 씨의 부채에 이르렀는데 아래에 다른 사람의 글이 있거늘 태감에게 물으니 태감이 고하였다.

"진 씨가 신에게 말하기를 '황상께서 다시 찾으실 줄 모르고 아래에다 잡스러운 글을 썼다.' 하며 황공한 나머지 자결하려는 것을 말려서 데리고 왔습니다."

상이 그 글을 다시 보니 다음과 같았다.

비단 부채 둥글어 가을 달 같으니
일찍이 누각 위에서 부끄러워하던 일을 생각하노라
지척에 두고도 알아보지 못할 것을 미리 알았더라면
그대가 자세히 보게 할 걸 후회하노라

상이 말씀하시기를,

"진 씨가 분명 사연이 있다. 어느 곳에서 누굴 보았다는 말인가?"

다시 보시고 이르되,

"진 씨의 재주가 볼 만하구나."

하고 태감을 시켜 진 씨를 불러오게 하니 진 씨가 섬돌 아래에서 머리를 조아리며 말하였다.

"소첩이 죽을죄를 지었사오니 원컨대 빨리 죽여주십시오."

상이 말씀하셨다.

"바른대로 고하면 죄를 용서할 것이니 누구와 사사로운 정분을 두었더냐?"

진 씨가 고하여 말하였다.

"황상께서 하문下問하시니 제가 어찌 감히 숨기겠습니까? 첩의 집안이 잘못되지 않았을 때 양 상서가 과거를 보러 서울에 가다가 첩의 집 앞을 지나가게 되었습니다. 그때 만나 〈양류사〉로 서로 화답하여 마음을 통하고 혼인 약속을 하였습니다. 성상께서 봉래전에서 양 상서를 만나실 때 첩은 상서를 알아보았지만 상서는 저를 알아보지 못하였기에 옛일을 생각하며 신세를 슬퍼하다가 우연히 미친 글을 써서 황상께서 보시게 하였으니, 제 죄는 일만 번 죽어 마땅합니다."

천자께서 불쌍히 여겨 말씀하셨다.

"네가 〈양류사〉를 지어 혼인 약속을 했다 하니 그 내용을 기억하겠느냐?"

진 씨가 종이와 붓을 청하여 바로 써서 올리니 상이 보시고 놀라 말씀하셨다.

"진 씨의 죄가 무겁기는 하나 재주는 매우 아깝구나. 원래 너를 용서할 수 없으나 내 누이가 매우 사랑하는 까닭에 특별히 용서한다. 너는 나라의 은혜를 생각하여 정성을 다해 내 누이를 모시도록 해라."

하고 부채를 도로 주시니 진 씨가 머리를 조아려 은혜에 감사하고 물러나왔다.

천자께서 태후를 모시고 함께 계시는데 월왕이 돌아와 양소유 만난 일을 보고하니 태후께서 좋아하지 않으면서 말씀하셨다.

"상서 양소유는 벼슬이 상서에까지 이르렀으니 마땅히 조정 일을 잘 알 텐데 어찌 이렇게도 꽉 막혔단 말인가?"

"양소유가 폐백을 보냈다 하나 혼인한 것과는 다르니 잘 타이르면 듣지 않을 리가 없습니다."

천자께서 이튿날 예부상서 양소유를 부르니 소유가 명을 받들고 뵈었다. 천자께서 말씀하셨다.

"내 누이동생의 재주가 보통 사람과 달라 그대의 배필이 되기에 합당하여 동생을 시켜 내 마음을 전하였는데, 그대가 폐백을 드린 곳이 있다고 하여 사양했다니 이것은 그대가 잘못 생각한 것이다. 과거에는 제왕들이 부마(임금의 사위)를 선택하면 그 사람의 본처를 내보냈다. 이런 까닭에 왕헌지는 죽을 때까지 후회했고 송홍 같은 사람은 임금의 명을 따르지 않았다. 하지만 내 마음은 옛날의 제왕과는 다르다. 내가 천하 사람의 임금이요 아비가 되어서 어떻게 그른 일로 아랫사람을 가르칠 수 있겠는가? 지금 경이 정 씨 집에 혼사를 물리면 정 씨 집 딸은 자연히 다른 데 시집갈 수가 있을 것이다. 그러면 조강지처를 내친다는 혐의도 없을 테니 윤리에 무슨 문제가 있겠는가?"

상서가 머리를 조아리고 말하였다.

"성상께서 신을 죄 주지 않으시고 이렇게 깨우쳐주시니 은혜가 끝이 없습니다. 하오나 신의 사정은 다른 사람과는 다릅니다. 신은 나이 어린 서생으로 서울에 와서 곧바로 정 씨 집에 의지하였습니다. 납폐納幣만 드린 것이 아니라 정 사도와 장인과 사위의 관계를 맺은 지 오래되었고 남녀가 서로 만나기도 했습니다. 오늘까지 신부로 맞이하지 않은 것은 나라에 일이 많아 노모를 모셔오지 못하여 후일을 기다렸기 때문입니다. 신이 이제 성상의 분부를 순순히 따른다면 정 씨 여인은 죽기로 수절할 것이니 어찌 국정國政에 해롭지 않겠습니까?"

상이 말씀하셨다.

"경의 사정이 비록 그렇다 하나 대의로 따진다면 경과 정 씨 여인은 부부의 도리가 없는데 정 씨 여인이 어찌 다른 혼처를 의논하지 못한단 말인가? 지금 내가 경과 혼인을 맺으려는 것은 짐이 경을 소중히 여겨 형제가 되려는 것뿐만 아니라 태후께서 경의 재주와 덕망을 들으시고 힘써 주장하시기 때문이다. 경이 계속 고집한다면 태후께서 분명히 진노하실 것이니 짐도 마음대로 할 수 없는 일이다."

상서가 더욱 머리를 조아리고 힘써 사양하자 천자께서 말씀하셨다.

"혼인은 대사大事여서 한 마디로 결정할 수는 없다. 훗날을 기다려 보기로 하고 지금은 나와 바둑이나 두며 소일하기로 하자."

내관을 시켜 바둑판을 가져오게 해서 조용히 반나절을 보내고 끝냈다. 상서가 돌아와 정 사도를 뵈니 사도 얼굴에 슬픈 기색이 가득한 채 말하였다.

"황태후께서 조서를 내려 내게 양랑의 폐백을 돌려보내라 하시기에 춘운에게 주어 화원에 가져다 두었네. 딸아이의 신세를 생각하면 그 참혹함을 어떻게 말로 다하겠는가. 내 처는 너무 놀란 나머지 병을 얻어 정신을 차리지 못하는구나."

상서가 이 말을 듣고 정신이 아득하여 말하였다.

"어찌 이런 일이 있을 수 있습니까? 제가 마땅히 상소해서 다투면 어찌 조정에서 공론이 없겠습니까?"

사도가 말리며 말하였다.

"양랑이 두 번이나 명을 거역하였는데 이제 또 상소하면 반드시 무거운 죄를 받을 것이니 순순히 따름이 좋을 듯하네. 그리고 양랑이 내 화원에서 계속 거처하는 것은 어려울 것 같으니 비록 섭섭하더라도 다른 곳으로 옮기는 게 좋겠네."

상서가 대답하지 않고 화원으로 가니 춘운이 상서의 폐백을 받들어 돌려주며 말하였다.

"천첩은 소저의 명으로 상공을 모시면서 소저가 오시기만을 기다렸습니다. 지금 소저의 일이 어긋났으니 첩 또한 상공을 하직하고 돌아가 소저를 모시겠습니다."

"내가 이제 상소하여 힘껏 사양한다면 황상께서 허락하실 것이고, 설사 허락하지 않으실지라도 여자가 시집오면 남편을 따라야 하는데, 그대가 어찌 나를 버린단 말인가?"

"첩이 비록 민첩하지 못하나 여필종부의 뜻을 어이 모르겠습니까. 하지만 천첩의 사정은 다릅니다. 첩은 소저를 모시면서 함께 죽고 함께 살자고 맹세했습니다. 그러니 제가 소저를 따르는 것은 형체와 그림자의 관계와도 같습니다. 형체가 이미 가버렸는데 어찌 그림자만 홀로 남아 있을 수 있겠습니까?"

"그대의 마음은 아름답다 할 만하다. 그러나 그대의 몸은 소저와 다르다. 소저는 동서남북으로 좋은 혼처를 구해도 무방한 일이나, 그대가 소저를 따라 다른 남자를 섬긴다면 여자의 정절이 있다고 할 수 있겠는가?"

"상공이 이렇게 말씀하시는 것은 우리 소저를 잘 몰라서 하시는 말씀입니다. 소저는 이미 정한 계획이 있습니다. 우리 어르신과 부인을 슬하에서 모시다가 백 년이 지난 후에 머리를 자르고 불문에 의탁하여 부처님께 빌어서 다음 생에서 몇 번을 태어나더라도 여자 몸이 되지 않게 해달라고 하실 것입니다. 제 앞길도 이와 같습니다. 상공이 첩을 다시 만나보려 하신다면 폐백이 소저의 방으로 돌아가야만 다시 의논하실 수 있을 것입니다. 그렇지 않으면 오늘이 곧 죽어 영원히 이별하는 때입니다. 제가 천한 재질로 상공의 사랑하심을 입은 지 이미 일 년이 넘었습니다. 은혜를 갚을 길이 없으니 오직 다음 세상에서 견마犬馬가 되기를 원합니다. 바라건대 상공께서는 부디 몸조심하십시오."

하고 한동안 흐느끼다가 재배하고 안으로 들어가니 상서도 슬프고 참혹함을 이기지 못하여 침식寢食(잠자고 먹는 일)을 폐하더니 다음 날 매우 격렬한 어조로 상소를 올렸다. 그 글은 다음과 같았다.

한림학사 겸 예부상서 양소유는 머리를 조아려 절하며 황제 폐하께 아뢰옵니다. 대개 인륜은 왕정王政의 근본이요, 혼인은 인륜의 대사여서 왕정을 잃으면 나라가 그릇되고 혼인을 삼가지 않으면 가도家道가 망하니, 어찌 혼인을 삼가여 왕정을 구하지 않겠습니까? 소신이 바야흐로 정 씨 여자와 혼인을 정하여 납채하였는데 천만뜻밖에 부마로 봉하고자 하시어 황태후의 명으로 이미 받은 납채를 내어주라 하시니 이는 예로부터 듣지 못하던 바입니다. 원컨대 폐하께서는 왕정과 인륜을 살펴 정 씨와의 혼인을 하락하여 주십시오.

상이 보시고 태후께 아뢰니 태후께서 보시고 몹시 노하여 양 상서를 옥에 가두었다. 그러자 조정 대신들이 모두 상께 간하니 상이 말씀하시기를,

"나 또한 양소유가 받는 벌이 너무 무겁다고 생각하지만 태후께서 진노해 계시니 용서할 수가 없다."

태후께서 양 상서를 괴롭히기 위해서 몇 달 동안이나 일을 내리지 않으시니 정 사도도 황공하여 대문을 닫고 손님을 맞이하지 않았다.

출전 중에 심요연과 용왕의 딸 백능파를 만나다

이때 토번이 중국을 업신여겨 군사 사십만 명을 동원해 잇달아 변방의 여러 군을 함락시키고, 선봉이 위교에 가까워지니 서울이 들썩들썩하였다. 상이 조정 대신을 불러 의논하시니 여럿이 아뢰었다.

"서울에 있는 군대가 수만 명을 넘지 못하고 너무 급해서 변방의 군대도 부를 수가 없습니다. 잠시 서울을 버리고 관중으로 행차하시어 여러 도의 병마를 모아들인 후에 잃은 땅 회복을 도모하십시오."

상이 머뭇거리며 결정하지 못하고 말씀하셨다.

"양소유가 계책을 잘 세우고 또한 결단을 잘 내리니 전에 삼진의 항복을 받은 것도 바로 양소유의 공이었다."

하시고 즉시 들어가 태후께 여쭈었다.

"조정에는 양소유가 아니면 도적을 당할 사람이 없다 하오니, 비록 죄가 있으나 국사를 먼저 생각하십시오."

태후께서 허락하자 즉시 사자使者(명령이나 부탁을 받고 심부름하는 사람)를 보내어 양 상서를 불러 말씀하셨다.

"도적이 급하여 경이 아니면 제어하지 못할 것이니 어찌하면 좋은가?"

상서가 대답하였다.

"서울은 종묘와 궁궐이 있는 곳이니 한 번 버리시면 천하의 인심이 흔들려 수습하기 매우 어렵습니다. 태종 황제 때에도 토번이 회흘과 연합하여 백만 군사가 서울을 침범하였는데 그때의 군대는 지금보다도 더 미약했지만 곽자의가 혼자 말을 타고 나가서 적을 물리쳤습니다. 신이 비록 재주가 없으나 수천 군사를 얻어 죽기를 각오하고 싸워 오랑캐를 물리치겠습니다."

천자는 본래 양 상서가 재주 있다는 것을 알고 있기에 곧 경기 지역의 삼만 군대를 이끌고 적을 막으라고 명하였다. 상서가 삼군을 지휘하여 위교를 건너 오랑캐의 선봉과 싸워 좌현왕을 쏘아 사로잡으니 적군이 일시에 후퇴하였다. 상서가 쫓아가 세 번 싸워 세 번 다 이기니 벤 머리가 삼만에다 빼앗은 전투용 말이 팔천 필이나 되었다. 서울에 승전 소식을 알리니 천자께서 매우 기뻐하시어 양 상서를 조정으로 불러들여 공을 의논하려 하시자 상서가 군중에서 상소를 올렸다.

"적병이 패주하였다지만 벤 머리의 수가 십분의 일도 되지 않습니다. 지금 적병의 대군이 서울에 머물러 있어 다시 침범할 마음을 가지고 있으니 바라건대 각 진의 병마를 징발하여 날랜 기세를 타고 깊숙이 들어가 오랑캐 왕을 사로잡고 그 나라를 멸망시켜 자손의 근심을 영원히 없애고자 합니다."

천자께서 그 글을 보고 매우 기뻐하여 양소유의 직책을 높여 어사태우 겸 병부상서 정서대원수를 제수하시고 상방보검上方寶劍(천자께서 쓰시던 보배로운 칼)과 붉은 화살과 통천어대通天御帶(천자께서 두르던 띠)를 주시고, 백모황월(흰 소의 꼬리를 장대 끝에 매단 깃발과 황금으로 꾸민 도끼)을 주어 삭방·하남·산남·농서 등에서 병마를 조달하여 쓰라 하셨다.

양 상서가 대군 이십만 명을 모아 택일하여 군기軍旗(군대를 상징하는 깃발)에 제사 지내고 길을 떠나니, 병법은 《육도》(주나라 태공망이 지은 책)를 따랐고 진세는 팔괘를 벌렸으니 정숙하고 명령은 엄하며 분명하였다. 도적 쳐부수기를 마치 대나무 쪼개듯 거칠 것이 없어 몇 달 동안에 토번에게 빼앗겼던 고을 이십여 성을 되찾았다. 군대가 계속 행군하여 적석산 아래에 도착했을 때였다. 갑자기 한바탕 회오리바람이 말 앞에서 일어나고 까치가 울면서 진을 뚫고 날아가기에, 상서가 말 위에서 점을 치고 말하였다.

"곧 적국 사람이 우리 진을 습격하겠지만 결국은 좋은 일이 생길 징조다."

하고 군대를 주둔시킨 후 산 아래에 진을 치고 사방에 나무를 깎아 둘러 세우고 삼각으로 뾰족하게 깎은 쇠붙이를 바닥에 깔았다. 또한 삼군을 경계하여 잠자지 말고 엄하게 방비하도록 하였다.

이날 밤에 상서가 장막 가운데 앉아 불을 밝히고 병서를 보는데, 진 밖을 돌며 순찰하는 소리를 들으니 막 삼경이었다. 그때 갑자기 한 줄기 찬바람이 불어 촛불을 끄고 서늘한 기운이 들어오더니 한 여자가 공중에서 내려왔는데 서릿발 같은 비수가 손에 들려 있었다. 상서가 자객인 것을 알고 얼굴빛도 변하지 않고 물었다.

"여자는 어떤 사람이기에 이 밤에 군중軍中에 들어왔느냐?"

"토번국 찬보의 명을 받아 원수의 머리를 가지러 왔소이다."

"대장부가 어찌 죽음을 두려워하겠느냐? 내 머리를 베어가라."

여자가 검을 버리고 상서 앞에 나와 머리를 조아리며 말하였다.

"귀인께서는 놀라지 마십시오. 첩이 어찌 감히 귀인을 해치겠습니까?"

상서가 부축하여 일으키며 말하였다.

"이미 검을 가지고 군중에 들어와서 해치지 않는 것은 무슨 까닭인가?"

"첩의 근본을 모두 아뢰고자 하는데 서서 말씀드리기는 어려울 듯싶습니다."

상서가 자리를 주며 다시 물었다.

"낭자는 어떤 사람이며, 지금 나를 찾은 것은 무슨 가르칠 일이라도 있어서인가?"

양 상서가 그 여자를 보니 구름 같은 머리를 높다랗게 올려 금비녀를 꽂았고, 소매가 좁은 긴 갑옷에는 패랭이꽃을 수놓았고, 발에는 봉의 머리를 수놓은 신을 신었고, 허리에는 용천검을 차고 있었다. 자연 그대로의 절세미인이 마치 한 송이 해당화 같으니 아비를 대신하여 남장하고 전쟁터에 나간 목란이 아니면, 주인을 위해 적의 침소에 들어가 금합을 훔치던 홍선이었다. 찾아온 까닭을 묻자 여자가 대답하였다.

"첩은 본래 양주 사람으로 조상 때부터 당나라 사람입니다. 어렸을 때 부모를 잃고 한 여도사를 따라 제자가 되었습니다. 그 여도사가 도술이 있어 제자에게 검술을 가르쳤는데 그들의 이름은 진해월, 금채홍, 심요연으로, 요연이 바로 첩입니다. 삼 년 만에 재주를 모두 배워 바람을 타고 번개를 좇아 천리를 가게 되었습니다. 세 명의 검술이 위아래가 없지만 스승께서 원수를 갚거나 악인을 죽이려 할 때면 해월과 채홍만 보내고 첩은 보내지 않으시기에 첩이 물었습니다. '똑같이 사부의 가르침을 받았는데 제게만 은혜 갚을 기회를 주지 않으시니 제 재주가 두 사람만 못 해서 그러십니까?' 그러자 스승이 말씀하셨습니다. '너는 본래 우리 무리가 아니다. 후일 꼭 올바른 길을 얻을 것인데 내가 관여할 바가 아니다. 만약 채홍이나 해월처럼 사람의 목숨을 죽여 해친다면 네 앞길에 해로울 것이라 너를 시키지 않은 것이다.' 첩이 또 물었습니다. '정녕 그렇다면 제게 검술을 가르치셔서 어디에 쓰시려는 것입니까?' 스승이 말씀하셨습니다. '네 전생의 인연이 당나라에 있는데 그 사람은 큰 귀인이다. 그런데 너는 변방 나라에서 태어났으니 서로 만날 수가 없다. 네게 검술을 가르친 것은 이 검술로 그 귀인을 만나게 하기 위함이다. 훗날 백만 군중의 창검 사이에서 좋은 인연을 이룰 것이다.' 하였습니다. 지난달에 스승이 말씀하시기를 '지금 당나라 천자께서 대장을 보내 토번을 정벌하니 찬보가 사방에 방을 내걸고 천금으로 자객을 모집하여 네 인연을 해치려 하고 있다. 너는 빨리 가서 토번국의 여러 자객과 겨루어 한편으로는 당나라 장군을 위기에서 구하고 다른 한편으로는 네 인연을 이루어라.' 하시기에 첩이 토번국으로 가서 찬보를 만나니 먼저 온 자객 십여 명과 검술을 겨루게 하였습니다. 첩이 십여 명의 상투를 베어 올리니 찬보가 매우 기뻐하며 첩을 보내 상서를 해치라 하고, 성공하는 날에는 귀비貴妃에 임명한다 했습니다. 첩이 지금 상서를 만나보니 스승의 말씀이 맞는지라 원컨대 제일 낮은 종이라도 되어 가까이에서 모시고 싶습니다."

상서가 아주 기뻐하며 말하였다.

"그대가 이미 내 목숨을 위급한 데서 구해 주고 몸으로 섬기고자 하니 이 은혜를 어찌 다 갚겠소? 오직 백년해로(부부가 되어 한평생을 사이좋게 지내고 즐겁게 함께 늙음)하기만을 바랄 뿐이오."

하고는 이날 밤에 상서가 요연과 잠자리를 함께하니 창과 칼의 빛으로 화촉을 대신하고 조두(옛날 군에서 냄비와 징의 겸용으로 쓰던 기구로, 낮에는 취사할 때, 밤에는 진지의 경계를 위하여 두드리는데 사용함) 소리를 금슬琴瑟(거문고와 비파)로 삼았다. 군영에 달빛이 밝고 옥문관(서역으로 통하는 옛 관문으로 감숙성에 있음) 밖에 봄빛이 가득하니 깊은 밤 비단 장막에 각별한 사랑이 넘쳤다.

상서가 그 즐거움에 푹 빠져서 사흘 동안이나 나오지 않고 장수들을 만나지 않았다. 이에 심요연이 말하였다.

"군중은 부녀자가 오래 머물 만한 곳이 아니니 물러가렵니다."

상서가 말하였다.

"심랑을 어찌 보통 여자와 비교하겠소? 좋은 전략과 묘책을 내게 가르쳐주길 바라는데 어찌 버리고 가려 하오?"

요연이 말하였다.

"상공의 신묘한 무예로 남은 적을 무찌르는 것쯤이야 썩은 나무

부러뜨리는 것보다 쉬운 일인데 걱정할 게 뭐가 있겠습니까? 첩이 스승의 명을 받고 여기에 왔지만, 아직 스승께 하직 인사를 올리지 못하였습니다. 돌아가 스승을 뵙고 상공의 군대가 돌아갈 때를 기다렸다가 따라가겠습니다."

상서가 말하였다.

"그러는 게 좋겠으나 그대가 떠난 뒤에 다른 자객이 오면 어떻게 막아낸단 말이오?"

요연이 말하였다.

"자객이 비록 많지만 첩의 적수는 없었습니다. 첩이 상공께 귀순했다는 걸 알면 다른 사람은 감히 오지 못할 것입니다."

이어서 심요연은 허리춤에서 묘아환妙兒丸이란 구슬을 꺼내주며 말하였다.

"이 물건은 찬보의 상투에 매달렸던 구슬이니 사자를 시켜 찬보에게 보내 첩이 그에게 돌아가지 않는다는 것을 알리십시오."

상서가 말하였다.

"그 밖에 내게 가르쳐줄 만한 말이 또 있소?"

요연이 대답하였다.

"앞으로 반사곡(뱀이 서린 듯 구불구불하고 긴 골짜기)을 지나셔야 할 텐데 길은 좁고 좋은 물도 없으니 조심해서 행군하시고 우물을 파서 군사에게 먹이십시오."

심요연은 말을 마치자 하직 인사를 하였다. 상서가 만류하였지만 요연이 한 번 몸을 솟구치자 보이지 않았다.

상서가 여러 장수를 모아 놓고 요연의 말을 전하니 여러 사람들

이 축하하며 말하기를,

"장군의 복이 하늘처럼 많아서 천신이 와 도우신 것입니다."

즉시 사자使者를 가려서 행군하여 여러 날 만에 구슬을 토번에 보내고, 어느 큰 산 아래에 도착하였는데 길이 매우 좁아 겨우 말 한 필이 지나갈 만하였다. 그렇게 수백 리를 가서야 겨우 조금 넓은 곳이 나오기에 울타리를 만들고 군대를 쉬게 하였다. 군사들이 오랫동안 고생한 탓에 산 아래 맑은 물이 있음을 보고 앞다투어 물을 마셨는데 온몸이 파래지면서 말을 하지 못하고 떨면서 죽어갔다. 상서가 매우 놀라서 몸소 물가에 가서 물을 보니 깊고도 푸르러서 그 속을 알 수가 없고 찬 기운이 넘실대고 있거늘 상서가 매우 의심하며 생각하였다.

'이곳이 바로 요연이 말한 반사곡이로다.'

군사들을 시켜서 우물을 파게 했는데 열 길 남짓을 팠지만 한 군데서도 샘이 나오지 않았다. 상서가 깊이 고민하다가 삼군을 호령하여 그곳을 떠나 진군하려고 하자 갑자기 산의 앞뒤에서 북소리가 진동하며 오랑캐 군대가 험한 곳을 점거하여 길을 막으니 관군은 물러날 수도 없고 나아갈 수도 없었다. 상서가 진영에서 적을 물리칠 계책을 생각해 내지 못하고 밤이 되어 의자에서 잠깐 졸았는데 문득 기이한 향기가 코에 가득하더니 여동女童(여자 아이) 둘이 앞에 와 섰는데 그 모습이 아주 기이하였다.

상서에게 말하였다.

"우리 낭자가 귀인을 청하여 가슴속에 품은 생각을 말씀드리고 싶어 합니다. 누추한 곳이지만 왕림해 주시기 바랍니다."

상서가 말하였다.

"그대들의 낭자는 어떤 사람인가?"

"우리 낭자는 동정호 용왕의 작은따님이신데 요즘 집을 떠나 이곳에 와서 계십니다."

"용이 사는 곳은 깊은 물속이고 나는 인간 세계의 사람이니, 가고 싶지만 어찌 갈 수 있겠는가?"

"밖에 말이 와 왔으니 귀인이 그 말을 타시면 수부(용궁의 다른 말)로 가시는 게 어렵지는 않으실 것입니다."

상서가 여동을 따라가 보니 총마(회색털이 몸 전체에 퍼져 있는 말) 한 필에 금안장을 얹었고 종자 십수 명의 복색이 매우 화려하였다. 상서가 말에 오르자 순식간에 물속으로 들어가 큰물에 도착하니 궁궐이 장엄하고 화려하여 왕이 사는 곳 같았다. 문 지키는 군졸들은 물고기 머리에 새우 수염을 하여 인간 세상의 사람과 달랐다. 미녀 몇 명이 문을 열고 상서를 인도하여 궁중에 이르니, 궁궐 중앙에 흰 옥으로 만든 의자를 남쪽을 향하여 놓았는데 시녀가 상서에게 앉으라고 청하며 계단 아래에 비단 자리를 깐 후 안으로 들어갔다. 이윽고 시녀 십여 명이 한 여자를 에워싸고 왼쪽 행랑을 따라 중앙에 다다르니 그 여자의 아름다운 모습은 신선과 같고 입은 옷의 화려함은 세상에는 없는 것이었다.

시녀 한 명이 긴소리로 말하였다.

"동정호 용왕의 따님께서 양 원수께 뵙기를 청합니다."

상서가 놀라 피하고자 했으나 시녀 두 사람이 좌우에서 붙들어 다시 의자에 앉히고 용녀가 네 번 절하고 일어나니 패물 소리가 쟁쟁하였다. 상서가 당에 올라오라고 청하자 용녀가 여러 번 사양하다가 작은 자리를 만들어 앉았다.

상서가 말하였다.

"소유는 속세의 평범한 사람이고 낭자는 존귀한 신령이십니다. 그런데 지금 예의를 차리는 모습이 아주 공손하니 그 까닭을 모르겠습니다."

용녀가 일어나 재배하고 말하였다.

"첩은 동정호 용왕의 작은딸입니다. 첩이 처음 태어났을 때 부왕이 상계(옥황상제가 계신 하늘나라)에 조회하러 갔다가 장 진인(도를 깨달은 사람)을 만나 첩의 팔자를 물으셨는데 진인이 말씀하시기를 '이 따님은 전생에 신선의 집안에서 내려와 지금은 용신이 되었으나 다시 사람의 몸을 얻을 것입니다. 인간 세계에서 큰 귀인의 첩이 되어 일생 동안 부귀와 영화를 누리다가 끝내 부처님의 세계에 돌아갈 것입니다.' 라고 말씀하셨답니다. 우리 용신이 물속 세계에서는 으뜸이지만 사람이 되는 것을 귀하게 여기고 신선과 부처를 매우 공경합니다. 첩의 맏형이 경수 용왕의 며느리가 되었다가 부부 사이가 좋지 않아 개가改嫁(결혼하였던 여자가 남편과 사별하거나 이혼하여 다른 남자와 결혼함)하여 유진군(당나라 전기 소설 《유의전》의 주인공 유의)의 처가 되었는데 온 친척이 공경하여 대접을 받으니 다른 형제와는 달랐습니다. 첩은 깨달음을 얻어 가문의 영광이 장차 형님보다 위인지라, 부왕께서 돌아와 진인의 말씀을 전하자 궁중이 모두 축하하였습니다. 첩이 자라나니 남해 용왕의 아들 오현이 첩이 아름답다는 말을 듣고 그 아비인 왕에게 말해서 우리 집안에 청혼하였습니다. 동정호는 남해 용왕이 다스리고 있기 때문에 그 말을 거역하면 욕을 당할까 두려워 부왕께서 친히 남해로 가서 장 진인의 말씀을 전하며 혼사를 사양하였습니다. 그런데 남해왕이 행실 그른 아들에게 푹 빠져 도리어 부왕의 말씀이 허망하다면서 혼사를 더욱 끈질기게 청해 왔습니다. 첩이 부모의 슬하에 있다가는 가문 전체가 욕을 당할 것만 같아, 부모를 떠나 몸을 피하여 가시덤불을 헤치고 홀로 오랑캐 땅에서 살면서 구차하게 세월을 보내고 있습니다. 부모님은 그들에게 '딸이 바라지 않아서 도망하여 나갔으니 아직도 미련이 있다면 딸한테 물어보십시오.'라고 말할 따름이었습니다. 이곳에 온 후에도 여러 차례 핍박을 당하였습니다. 미친 용이 몸소 군병을 이끌고 잡아가려고 하였습니다만 첩의 지극한 원통함과 괴로운 절개가 하늘과 땅을 감동시켜 못의 물이 얼음 지옥처럼 변해서 다른 수족(물에 사는 생물들)이 들어올 수 없게 되었습니다. 이 때문에 첩이 남은 목숨이나마 부지하여 군자를 기다릴 수 있었습니다. 제가 귀인을 누추한 곳에 들어오시게 한 것은 첩의 외로운 마음을 말씀드리기 위해서만이 아닙니다. 군대가 물이 없어 우물 파기에 고생하고 있지만 백 길을 파더라도 물을 얻을 수 없을 것입니다. 첩이 사는 못의 물은 예전에는 청수담이라고 불릴 만큼 좋은 물이었는데, 첩이 온 뒤로 물의 성질이 바뀌어서 이곳 사람들도 감히 마시지 못하게 되어 백룡담이라고 이름을 바꾸었습니다. 이제 귀인께서 이곳에 오셨으니 제가 평생토록 의탁할 곳이 생겨 이전의 괴로웠던 마음은 따뜻한 봄이 깊은 골짜기에 찾아온 듯 다 풀렸습니다. 이제부터는 물맛이 예전과 같을 것이니 온 군대가 먹어도 해가 없을 것이며 전에 마시고 병이 든 자들도 나을 것입니다."

상서가 말하였다.

"낭자의 말을 들으니 우리 둘의 인연은 이미 오래전에 하늘이 정한 연분이오. 아름다운 기약을 오늘 이룰 수 있겠소?"

용녀가 말하였다.

"첩의 자질이 변변치 못하면서도 군자께 제 몸을 허락한 지 이미 오래되었습니다. 하지만 지금 낭군을 모실 수 없는 세 가지 이유가 있습니다. 첫째, 부모님께 아뢰지도 않은 채 이렇게 구차스럽게 남자를 따르는 것은 옳지 않습니다. 둘째, 첩이 사람의 몸을 얻고 나서 군자를 모시고 싶은데 지금은 비늘과 껍데기가 있는 몸이라서 잠자리를 모실 수 없습니다. 셋째, 남해 용왕의 아들이 늘 사람을 보내어 이곳을 정탐하고 있는데 사악한 계교로 한바탕 소란이 있을까 두렵습니다. 낭군께서는 어서 진영으로 돌아가셔서 군대를 정비하여 큰 공을 이루시고 승전가를 부르면서 서울로 돌아가시면 제가 치마를 잡고 진수(하남성 밀현에서 발원하여 쌍박하와 가노하를 이루는 강)를 건너 그 뒤를 따르겠습니다."

상서가 말하였다.

"낭자의 말이 아름다우나 내 생각은 그렇지 않습니다. 낭자가 여기 온 것은 절개를 지키기 위함이고 높으신 부왕께서 저를 따르라 하셨기 때문이기도 합니다. 그런데 어찌 부모의 명이 없다고 하십니까? 낭자는 신령의 자손이요, 신이한 부류입니다. 인간과 신령 사이에 서로 드나들면서 가지 못하는 곳이 없으니 비늘과 껍데기가 있다는 게 무슨 문제가 되겠습니까? 제가 재주는 없으나 천자의 명을 받고 백만 대군을 이끌고 왔으니 풍백風伯(바람의 신)이 앞을 인도하고 해약海若(바다의 신)이 뒤를 지켜주니 남해의 어린아이 정도야 모기에 불과합니다. 만일 남해 태자가 분수를 모른다면 한낱 나의 보검을 더럽게 할 뿐입니다. 달이 밝고 바람이 맑으니 좋은 밤을 헛되이 보내지 마오."

마침내 용녀와 함께 잠자리에 드니 사랑하는 정이 두터웠다.

밤이 아직 새지 않았는데 갑자기 다급한 천둥소리에 수정궁이 몹시 흔들리고 시녀가 급하게 아뢰었다.

"큰 화가 생겼습니다. 남해 태자가 무수한 군병을 이끌고 맞은편 산에 진을 치고 양 원수와 자웅을 겨루고자 합니다."

용녀가 상서를 깨우며 말하였다.

"제가 처음에 낭군을 만류한 것은 바로 이런 일을 걱정했기 때문입니다."

상서가 크게 화를 내며 말하였다.

"남해 태자는 어찌 이다지도 무례하단 말인가?"

하고 소매를 떨치고 일어나 말에 올라 물 밖으로 박차고 나가니 남해군이 이미 백룡담을 에워싸고 있었다. 상서가 삼군을 지휘하여 태자와 서로 맞서자 남해 진중에서 북소리가 진동하더니 태자가 말을 박차고 나오며 큰 소리로 꾸짖어 말하였다.

"양소유 네가 남의 혼사를 망치고 남의 처자를 빼앗았으니, 맹세코 하늘과 땅 사이에 너와 함께 살 수가 없다."

상서도 달려 나가서 큰 소리로 웃으며 말하였다.

"동정 용왕의 따님은 태어날 때부터 이미 나를 따르기로 하늘에서 정하였기에 나는 오직 그 하늘의 명령에 순종할 따름이다."

태자가 매우 화가 나서 물속 생물들을 몰아 상서를 잡으라 하니 잉어 제독과 자라 참군이 뛰어서 달려들었다. 상서가 백옥 채찍을 한 번 들자 당나라 진중에서 일만 개의 화살이 일제히 발사되어 물속 생물들의 깨어진 비늘이며 떨어진 껍데기가 땅에 가득하여 눈처럼 널렸다. 태자는 몸에 몇 군데나 상처를 입어 변신하지 못하여 결국 사로잡히니, 상서가 징을 쳐 전투를 멈추게 하고 태자를 결박하여 진중으로 돌아오자 문지기가 아뢰었다.

"백룡담 낭자가 몸소 군대 앞에 와서 원수께 축하하고 장수와 병사들에게 음식을 보내 위로한다고 합니다."

상서가 매우 기뻐하며 들어오라 하였다. 용녀는 상서가 전투에서 이긴 것을 치하하고 술 천 섬과 소 만 마리로 군사들을 대접하니 군사들이 배불리 먹고 노래 부르는 소리가 진동하였다. 양 원수가 용녀와 함께 앉아 남해 태자를 끌어내니 감히 올려다보지 못하였다.

상서가 꾸짖어 말하였다.

"내가 천자의 명을 받들어 사방의 오랑캐를 평정하니 어떤 정령이든지 명령을 거역하지 않거늘, 어린아이가 하늘의 명령을 몰라보고 항거했으니 이는 스스로 죽고자 함이다. 내 허리에 찬 보검은 옛날 위징 승상이 경하의 용을 벤 것이다. 네 머리를 베어 삼군을 호령해야 할 것이지만 네 아비가 남해를 진정시키고 백성들에게 은혜를 베푼 것을 생각하여 특별히 용서한다. 이후로는 천명에 순종하고 미친 마음을 먹지 말라."

군중에 있는 약을 내어다가 태자의 상처에 발라주고 놓아 보내니 태자가 머리를 싸안은 채 마치 쥐가 숨듯이 돌아갔다. 문득 동남쪽에 상서로운 기운과 붉은 안개가 자욱하게 끼면서 깃발과 도끼(명령을 어긴 자를 임금을 대신해 죽일 수 있는 권한을 상징함)가 공중에서 내려왔다.

사자가 달려오며 아뢰었다.

"동정 용왕께서 양 원수가 남해 태자를 물리치고 공주를 구하셨다는 기별을 듣고 친히 와서 군졸을 치하하고자 하나, 함부로 경계를 넘을 수 없어서 응별전에서 잔치를 열어 원수께 잠시 오시기를 청합니다. 아울러 공주는 궁으로 돌아오라 하십니다."

상서가 말하였다.

"지금은 삼군을 이끌고 적국과 서로 대치해 있고, 동정호는 여기서 만리 밖에 떨어져 있으니 가고 싶지만 어찌 갈 수 있겠는가?"

사자가 말하였다.

"이미 수레를 준비하여 용 여덟 마리가 매고 있으니 용궁이야 반나절이면 다녀오실 수 있을 것입니다."

난양공주가 변장하여 정경패를 만나다

양 상서가 용녀와 함께 수레를 타자 신령스러운 바람이 수레를 몰아 공중으로 띄우니 어느새 인간 세계를 몇 천리나 벗어났는지 알 수가 없었다. 다만 굽어보니 흰 구름이 온 세상을 덮고 있었다. 순식간에 동정호에 도착하니 용왕이 마중 나와 주인과 손님의 예를 행하여 위의威儀가 엄숙하였다. 용왕이 물속 생물들을 모아 큰 잔치를 열어 상서의 승전과 용녀가 무사히 돌아온 것을 사례하며 상서께 말하였다.

"과인이 덕이 없어 한 딸을 두고 남에게 곤란한 일이 많았는데, 양 원수의 위엄과 덕망으로 근심을 없애니 어찌 즐겁지 않겠소."

상서가 대답하여 말하였다.

"다 대왕의 신령하심인데 무슨 사례를 하십니까?"

상서가 술에 취하자 뭇 음악이 연주되는데 가락이 지나치게 신나서 인간 세상의 것과 달랐다. 상서가 바라보니 앞에서는 좌우에 일천 명의 장수들이 칼과 창을 들고 북을 울리면서 나아오고, 비단옷을 입은 미녀들이 여섯 줄을 맞추어 춤을 추니 웅장하고 화려하여 볼 만하였다.

용왕에게 물었다.

"이 춤은 인간 세계에서 보지 못했던 것인데 무슨 곡조입니까?"

용왕이 말하였다.

"이 곡은 이곳에도 예전에는 없던 것이오. 과인의 맏딸이 경하로 시집갔다가 욕을 당했을 때, 전당강에 사는 아우가 경하에 가서 싸워 이기고 딸을 데려오자 궁중 사람들이 이 곡을 만들어 전당파진악錢塘破陳樂과 귀주환궁악貴主還宮樂이라고 하여 이따금 궁중 잔치에서 연주하였소. 이제 원수가 남해 태자를 물리치고 부녀가 재회한 일이 전날과 비슷하기에 이 곡을 연주하고 이름을 바꿔 원수파진악元帥破陳樂이라 한다오."

상서가 매우 기뻐하며 왕에게 아뢰었다.

"유 선생은 어디 계신지요? 한 번 만나 뵐 수 있습니까?"

용왕이 말하였다.

"지금 유랑은 영주의 선관이 되었는데 맡은 일 때문에 마음대로 올 수가 없습니다."

술이 아홉 차례 돈 후에 상서가 왕에게 하직하며 말하였다.

"군중에 일이 많아 한가롭게 머물지 못하겠습니다."

하며 낭자를 돌아보고 후일을 기약하였다.

용왕이 상서를 궁전 문 밖까지 전송하였다. 상서가 문득 눈을 들어보니 산 하나가 매우 높고 빼어난데 다섯 봉우리가 구름 속에 숨어 있기에 용왕에게 물었다.

"저 산의 이름은 무엇입니까? 제가 천하를 두루 다녔지만 화산과 이 산만 보지 못하였습니다."

용왕이 대답하였다.

"원수는 이 산을 모를 것이오. 이 산이 바로 남악 형산입니다."

상서가 물었다.

"어떻게 하면 남악을 구경할 수 있겠습니까?"

"날이 아직 저물지 않았으니 잠깐 구경하여도 군영에 돌아갈 수 있을 것이오."

상서가 수레에 오르자 곧 산 아래 도착하였다. 지팡이를 짚고 돌길을 더듬어 올라가니 수많은 바위와 골짜기들이 다투듯 빼어나고 일만 물이 겨루듯 흐르니 두루 구경할 겨를이 없었다.

상서가 한탄하여 말하였다.

"어느 날에나 공을 이루고 은퇴하여 속세에서 한가로운 사람이 될 수 있을까?"

문득 바람결에 풍경 소리가 들리거늘 멀지 않은 곳에 절이 있다는 것을 알고 찾아 올라가니 절 하나가 있는데 건물이 아주 장엄하고 화려하였다. 노승이 당상에 앉아 설법하는 중이었는데, 눈썹이 길고 눈은 푸르며 골격이 맑고 빼어나니 속세의 사람이 아니었다. 모든 중들을 이끌고 당에서 내려와 상서를 맞으며 말하였다.

"산중에 사는 사람이라 귀와 눈이 어두워 대원수께서 오시는 것도 알지 못하고 멀리 마중을 못 했으니 용서하시길 빕니다. 원수께서 아직 돌아오실 때는 아니지만 기왕에 오셨으니 전殿에 올라 예불하시지요."

상서가 향을 피워 부처 앞에 절하고 전에서 내려오다가 발을 헛

디뎌 굴러 넘어졌다. 깜짝 놀라 정신을 차려보니 몸은 진중에서 의자에 기대어 앉았고 날이 이미 밝아 있었다. 상서가 장수와 병사들을 모아 놓고 물었다.

"그대들은 밤에 무슨 꿈을 꾸었느냐?"

여러 사람이 대답하였다.

"꿈에 원수를 모시고 귀신 병사들과 싸워 이겨 그 장수를 사로잡았으니 이는 분명히 오랑캐를 멸망시킬 좋은 징조입니다."

상서가 매우 기뻐하면서 꿈 이야기를 해주고 장수와 병사들을 이끌고 백룡담 위에 가서 살펴보니 고기비늘이 들판을 덮고 피가 냇물처럼 흐르고 있었다. 상서가 잔을 가지고 먼저 백룡담의 물을 떠서 마시고 병든 군사들도 마시게 하니 바로 병이 나았다. 군사와 말들을 배불리 먹여주니 즐거워하는 소리가 우레 같았다. 적병이 이 소식을 듣고 매우 두려워하며 모두 항복하고자 하였다,

상서가 전장에 나간 후부터 승전보가 잇달아 올라오니 상이 태후를 뵙고 양 상서의 공을 칭찬하며 말씀하셨다.

"양 소유의 공은 분양(곽자의로 토번을 평정한 공을 세움) 이후로 처음이라 돌아오기만 하면 마땅히 승상의 벼슬을 제수하려 합니다. 다만 아직 누이의 혼사를 정하지 못했으니 마음을 돌려 순종한다면 다행이지만 만일 고집을 피우면 공신功臣에게 죄를 주기도 어렵고 그렇다고 달리 처리할 방도가 없으니 염려스럽습니다."

태후께서 말씀하셨다.

"내가 들으니 정 씨 여자가 매우 아름답다 하고 이미 양 상서와 서로 얼굴을 대면하였다니 어찌 상서가 그 여자를 쉽게 버릴 수

있겠는가? 상서가 출정한 이때 정 씨 집에 조서를 내려 정 씨 여자를 다른 사람과 정혼시키는 것이 좋을 듯하네."

천자께서 한참 동안 곰곰이 생각하다가 결정을 내리지 못하고 나갔다. 이때 난양공주가 태후를 모시고 곁에 있다가 아뢰었다.

"마마의 말씀은 도리에 맞지 않습니다. 그 여자가 다른 집과 혼인을 하고 안 하고는 그 집안의 일인데 어찌 조정에서 지시할 수가 있겠습니까?"

태후께서 말씀하셨다.

"이 일은 네 일생이 달린 큰 문제라 원래 너와 의논하려고 했었다. 양 상서의 풍류와 문장은 조정에서 견줄 사람이 없을 만큼 탁월할 뿐만 아니라, 전날에 퉁소 한 곡조로 너와의 인연을 정한 지 오래되었으니 너는 절대로 양 씨 집 아닌 다른 집에서 신랑을 구할 수는 없다. 다만 양 상서가 정 씨 집과 혼사를 결정할 때 평범하게 혼인을 의논한 게 아니고 정분이 아주 깊어 피차 저버리지 못할 듯하니 참 어려운 일이다. 내 생각에는 양 상서가 조정에 돌아온 뒤에 너와의 혼사부터 치르고 나서 정 씨 여자를 첩으로 맞아들이면 상서도 다른 말이 없을 듯하다만 네가 못마땅해 할 것 같구나."

공주가 대답하였다.

"소녀 일생 투기를 알지 못하니 어찌 정 씨 여자를 받아들이지 못하겠습니까? 다만 양 상서가 처음에는 처로 맞았다가 나중에 첩으로 삼는다면 예법에 어긋날 듯합니다. 그뿐만이 아니라 정 사도도 여러 대에 걸친 재상 집안이니 딸을 남의 첩으로 주는 것을 원하지 않을 듯하고 보면, 이것은 마땅한 일이 아닌 것 같습니다."

태후께서 대답하시기를,

"그렇다면 네 생각은 어떻게 하자는 것이냐?"

공주가 대답하였다.

"소녀가 듣자하니 제후에게는 세 명의 부인이 있다고 했습니다. 양 상서가 공을 이루고 돌아오면 왕이나 제후가 될 것이니 두 부인을 두어도 무방할 것입니다. 그렇게 정 씨 여자도 처로 맞이하는 게 어떻겠습니까?"

태후께서 말씀하셨다.

"그럴 수는 없다. 둘 다 같은 여염의 여자라면 함께 처가 되어도 괜찮겠지만 너는 선왕의 귀한 딸이요, 지금 임금의 사랑하는 누이라서 그 신분이 가볍지 않은데 어떻게 일반 여염의 천한 여자와 함께 섬기겠느냐?"

공주가 말하였다.

"소녀 또한 소녀의 몸이 존귀하다는 것은 알지만 옛날 성스럽고 밝으신 제왕도 현인을 공경했고 천자 가운데에도 평민을 친구로 삼으신 분이 있습니다. 제가 들으니 정 씨 여자가 용모와 재덕을 갖추어 옛날의 열녀보다 더 뛰어나다고 합니다. 그게 정말이라면 제가 그 여자와 어깨를 나란히 하는 것이 어찌 욕되겠습니까? 다만 소문이란 게 사실보다 더하기 쉬운 법이니 제가 그 여자를 직접 만날 길이 있는지 알아보겠습니다. 그 여자의 용모와 재덕이 저보다 나으면 몸을 굽혀 우러르겠지만, 만약 소문보다 못하면 첩으로 삼든 종으로 삼든 오직 마마의 마음대로 하십시오."

이 말을 듣고 태후께서 감탄하며 말씀하셨다.

"여자는 본래 남의 재주를 시샘하는 법인데 너는 남의 재주를 아끼니 참으로 아름다운 마음씨로구나. 나도 한 번 정 씨 여자를 보고 싶으니 내일 정 사도 집에 명을 내려야겠다."

"마마의 명령이 있다 해도 그 여자는 병이 있다고 핑계를 대며 오지 않을 게 분명합니다. 그렇다고 재상가의 여자를 잡아들일 수도 없으니 제 생각에는 모든 도관과 비구니들에게 조용히 명을 내려 정 사도의 딸이 분향하러 올 때를 미리 알아두었다가 그때 한 번 보는 것이 어떠한지요?"

내관을 시켜 태후의 명으로 각처의 사원에 물어보니 정혜원의 여승이 말하였다.

"정 사도 집의 불사는 예전부터 저희 절에서 해오고 있습니다만 정 소저는 절에 오지 않습니다. 사흘 전에 양 상서의 첩인 가춘운이란 여자가 소저의 명으로 불사를 하고 갔습니다. 소저가 지은 글이 여기 있으니 이것을 태후 마마께 전해 주십시오."

내관이 돌아와서 이 말을 아뢰자, 태후께서 공주에게 말씀하셨다.

"그렇다면 정 씨 여자의 용모를 보기는 어렵겠구나."

하고 함께 그 글을 보니 다음과 같았다.

제자 정 씨 경패는 시비 춘운을 시켜 여러 부처님과 보살님께 삼가 머리 조아려 아룁니다. 저는 전생에 죄가 중해서 여자의 몸으로 태어났을 뿐만 아니라 형제도 없습니다. 양 씨의 폐백을 받고 몸을 허락하였는데 양 씨가 부마로 뽑히니 조정의 명은 엄한지라 어찌 양 씨를 따를 수 있겠습니까? 하늘의 뜻이 이 사람과 어긋나고 팔자를 바꾸어 다른 곳으로 시집간다는 게 의리상 못할 일이라, 영원히 부모님께 의지하다 남은 생애를 마칠까 합니다. 사나운 운명이지만 다행히 이렇게 한가한 틈을 얻어서 부처님께 정성을 드리며 머리 조아려 아룁니다. 바라옵건대 우리 부모의 연세가 백세를 넘게 해주시고, 저도 재앙 없는 몸으로 부모 앞에서 색동옷 입고 어리광 부리는 즐거움(춘추 시대 초나라의 노래자란 사람이 늙은 부모를 즐겁게 해드리려고 나이 일흔에 어린 아이가 입는 색동옷을 입고 재롱을 부린 일화)을 무궁토록 누리게 해주십시오. 부모가 돌아가신 뒤에는 향 피우고 경문을 읽으면서 부처님의 은혜에 보답할 것을 맹세합니다. 그리고 제가 부리는 종이 있는데 이름은 춘운입니다. 일찍이 저와 큰 인연이 있는데 신분은 주인과 종의 관계지만 실제는 친구입니다. 주인인 제 명령 때문에 저보다 먼저 양소유의 첩이 되었으나 일이 크게 잘못되어 남편을 떠나 제게 돌아왔으니, 생사고락(삶과 죽음, 괴로움과 즐거움을 통틀어 이르는 말)을 맹세코 함께하고자 합니다. 여러 부처님께 엎드려 바라옵건대 저희 두 사람을 불쌍히 여기셔서 윤회의 사슬에 얽혀 다시 태어날 때마다 여자 몸을 면하게 해주십시오. 제 죄악을 없애주시고 지혜와 복을 더하시어 좋은 곳에 다시 태어나 양소유와 즐거움을 누리게 해주십시오.

이 글을 보고 공주가 말하기를,

"한 사람의 혼사 때문에 두 사람의 인연을 끊으니 음덕陰德(남에게 알려지지 않게 행하는 덕행)에 해로울까 두렵습니다.”

라고 하니 태후께서 아무런 말씀도 하지 않으셨다.

이때 정 소저는 사도와 부인을 모시고 얼굴빛을 부드럽게 하고 말씀을 온화하게 하여 전혀 한탄하는 기색이 없었지만, 최 부인은 소저를 볼 때마다 슬픈 마음을 견디기 어려웠다. 춘운이 소저를 모시고 글쓰기와 잡기로 날을 보내면서 부인의 마음을 위로하며 세월을 보내는데 그마저 점점 시들해지면서 병이 드니 소저가 매우 걱정하였다. 소저가 부인의 마음을 위로해 드리려고 비복들에게 풍류하는 사람이며 온갖 볼거리들이 있는지 알아봐서 아뢰라고 하였다.

하루는 여동女童 하나가 족자 두 폭을 정 씨 집에 팔러 나왔는데 춘운이 가져다 보니 하나는 꽃밭의 공작이고, 다른 하나는 대나무 숲의 자고(꿩과의 새로, 메추라기와 비슷하며 날개는 누런빛을 띤 녹색이고 등과 배와 꽁무니는 누런 갈색임)로, 수놓은 품이 정교하여 만만히 볼 만한 물건이 아니었다. 춘운이 여동을 기다리게 하고는 들어가서 부인과 소저에게 보이면서 말하였다.

“소저가 항상 제 수를 칭찬하셨는데 이 족자를 보십시오. 신선이 아니면 귀신의 솜씨입니다.”

소저가 부인 앞에서 펼쳐보고는 놀라며 말하였다.

“지금 세상의 사람 중에는 이런 솜씨가 없을 텐데, 실의 빛이 이렇게 생생하니 도대체 누가 이런 재주를 가졌을까요?”

춘운을 시켜서 물어보자 여동이 말하였다.

“이 수는 우리 소저가 손수 놓으신 것인데 소저가 근래 혼자 객지에 계시면서 급히 쓸 곳이 있어 돈으로 바꿔오라 하셨습니다."

춘운이 물었다.

"너희 집 소저는 어느 가문이며 무슨 일로 혼자 객지에 계시느냐?"

여동이 말하였다.

"우리 소저는 이 통판의 누이신데 통판께서 대부인을 모시고 절강의 임지로 떠나실 때, 소저는 병 때문에 함께 가지 못하고 외삼촌이신 장 별가 댁에 머물고 계셨습니다. 요즘에 별가 댁에 변고가 있어서 길 건너 연지촌 사삼랑의 집을 빌려 머물면서 고을에서 가마가 오기를 기다리고 계십니다."

춘운이 이런 사정을 정 소저에게 말하자 소저가 비녀며 팔찌며 머리꾸미개 등을 많이 주고 그 족자를 사서 대청 한가운데에 걸어두고 항상 칭찬해 마지않았다.

그 후 이 씨 집안의 여동이 때때로 정 사도 집에 와서 비복들과 사귀며 서로 오고갔다.

정 소저가 춘운에게 말하였다.

"이 씨 집 따님의 솜씨는 보통 사람의 솜씨가 아니야. 시비 하나를 그 집 여동을 따라 왕래하게 해서 이 소저의 사람됨이 어떤지 보고 싶구나."

하고 지혜롭고 말수 적은 시비 한 명을 보냈더니, 여염집이 몹시 좁아서 안채와 바깥채의 구분이 없었다. 이 소저가 정 사도 집 사람이 왔다는 것을 알고는 불러서 밥과 술을 먹여 보냈다. 시비가 돌아와 소저에게 아뢰었다.

"이 소저는 일반 사람이 아니었습니다. 아름다운 용모가 우리 소저와 같았습니다."

춘운이 믿지 않으면서 말하였다.

"그 재주를 보면 이 소저가 평범한 사람이 아닌 것은 확실하다만, 그렇다고 어찌 그리 말을 쉽게 하느냐? 지금 세상에 우리 소저만 한 여자가 있다니 나는 믿을 수 없구나."

시비가 말하였다.

"가 유인孺人(구품 문무관의 아내에게 주던 외명부의 품계)이 제 말을 못 믿으시겠거든 다른 사람을 보내서 보고 오라고 하십시오."

춘운이 그 후에 다른 사람을 보냈더니 돌아와서 똑같은 말을 하였다.

"정말 기이합니다. 이 소저는 진정 신선입니다. 앞 사람의 말이 틀리지 않습니다. 믿지 못하시겠거든 직접 가서 보십시오."

며칠 후에 사삼랑이 정 씨 집에 와서 부인을 뵙고 말하였다.

"요즘 소인의 집에 이 통판 댁의 누이가 세 들어 계시는데 그 재주와 모습이 이 세상 사람이 아닙니다. 그 낭자가 귀댁 소저의 아름다운 명성을 늘 우러르면서 한 번 만나 가르침을 받고 싶어 하면서도 감히 직접 청하지는 못하고 있습니다. 그러다 제가 왕래하는 것을 알고는 부인을 뵙고 먼저 아뢰어보라고 하였습니다."

부인이 소저를 불러 그 사정을 말하자 소저가 말하였다.

"소녀, 다른 사람들과 달라서 얼굴을 마주하여 바깥사람을 만나고 싶지가 않습니다만, 이 소저의 수놓는 솜씨가 저렇게 신묘하고 또한 그 용모도 세상에 없다고들 하니 한 번 만나봤으면 합니다."

사삼랑이 기뻐하며 돌아갔다.

이튿날 이 소저가 시비를 통해 정 소저를 찾아오겠다는 뜻을 전하였고, 날이 저물자 이 소저가 장막을 친 작은 가마를 타고 시녀 몇 명을 데리고 정 씨 집으로 왔다. 정 소저가 방으로 청하여 주인과 손님이 동서로 마주 앉으니 마치 직녀가 달나라 궁전의 손님이 된 듯하고, 선녀가 요지에서 서왕모를 뵙는 듯하여 두 사람의 광채가 서로 비치니 피차에 함께 놀랐다.

정 소저가 먼저 말하였다.

"귀하신 분이 가까이 계신다는 말을 시비를 통해 알면서도, 팔자가 기박하여 인사를 끊은 지 오래다 보니 여태 안부도 여쭙지 못했습니다. 그런데 이제 낭자께서 이렇게 왕림해 주시니 감격스런 마음을 이루 다 말씀드리지 못하겠습니다."

이 소저가 말하였다.

"저는 누추한 사람입니다. 엄친(남에게 자기 아버지를 높여 이르는 말)이 일찍 돌아가시자 모친이 응석받이로 기르시니 배운 게 뭐가 있겠습니까? 스스로 한탄하는 바는, 남자는 두루두루 벗을 사귀어 어진 일을 도모하지만 여자는 시비 말고는 서로 만날 사람이 없으니 허물이 있어도 누가 바로 잡아줄 것이며 학문은 어떻게 닦겠습니까? 낭자께서는 반소(후한 때의 역사가 반고의 누이로, 박학하고 글재주가 많았음)의 문장에다 맹광(못생겼지만 남편을 극진히 공경한 여인으로, 거안제미擧案齊眉의 주인공)의 행실을 겸하여 몸이 중문을 넘어선 일이 없는데도 명성이 온 나라에 가득하여, 제가 부족하다는 걸 깜빡 잊은 채 덕망의 광채를 뵜으면 하고 바랐습니다. 그런데 이제 낭자께서 제 소원을 저버리지 않으시니 평생의 위안이 되었습니다."

정 소저가 말하기를,

"낭자께서 하신 말씀이 바로 제 마음에 품었던 말이기도 합니다. 규중에 갇힌 사람이라 눈과 귀가 어두워 여태껏 넓은 바다와 무산의 구름을 알지 못했습니다. 형산의 옥과 남해의 진주는 스스로 빛을 숨겨 사람이 알지 못하게 한다지만, 저는 제 스스로 부끄러워하는데 어찌 감히 분수에 넘치는 칭찬을 받을 수 있겠습니까?"

시비를 시켜 다과를 내오게 하고는 조용히 담소하다가 이 소저가 말하였다.

"집안에 가 유인이 있다고 들었는데 한 번 볼 수 있겠습니까?"

정 소저가 말하였다.

"가 씨도 한 번 뵙고 싶어 했으나 감히 청하지는 못하고 있었습니다."

정 소저가 춘운을 불러 뵙게 하였다. 춘운이 들어와 절하자 이소저가 답례하였는데 춘운이 놀라며 생각하였다.

'과연 신선이구나. 하늘이 우리 소저를 내시고 이 사람도 보내셨으니 한나라의 조비연(한나라 성제의 부인으로, 가무를 잘하여 성제의 사랑을 독차지하였음)과 당나라의 양귀비가 함께 있는 것만 같구나.'

이 소저도 또한 생각하였다.

'가 씨 여자의 명성만 듣다가 이제 그 사람을 보니 과연 명성보다 낫구나. 양 상서가 총애하는 게 당연하다. 마땅히 진중서(진채봉)와 견줄 만하다. 종과 주인 두 사람이 이와 같으니 양 상서가

어찌 버리려고 하겠는가?'

이 소저가 춘운과 같이 인사를 나누고는 일어나 하직하였다.

"해가 저무니 맑은 가르침을 오래 듣지 못하고 물러갑니다. 제가 길 하나 건너서 살고 있으니 다시 와서 가르침을 청하겠습니다."

정 소저가 말하였다.

"낭자께서 영광스럽게도 방문해 주셨으니 당하堂下에 나아가 하직 인사를 올려야 마땅한 일입니다만, 제 형편이 다른 사람과 달라서 얼굴을 내놓고 중문을 나서지 못하니 용서하소서."

두 사람이 이별을 안타까워하며 헤어졌다.

정 소저가 춘운에게 말하였다.

"보검은 진흙 속에 묻혀 있어도 그 광채가 북두칠성과 견우성을 되비치고 조개는 바다 밑에 잠겨 있어도 그 기운이 신기루를 만드는데, 이 소저가 같은 땅에 있으면서도 우리가 일찍이 듣지 못하였으니 참으로 괴이한 일이로다."

춘운이 말하였다.

"첩은 의심이 하나 있습니다. 양 상서께서 화주 진 어사의 딸을 만나 혼인을 의논했던 일을 이야기할 때마다 지금도 얼굴빛이 슬퍼지고, 그녀가 지은 〈양류사〉를 보면 재주 있는 여자인 게 분명합니다. 그 집이 환란을 만난 후에 그녀의 생사를 알지 못하니 혹시 그녀가 인연을 이어가기 위해 이름을 고치고 우리를 찾아와서 예전의 인연을 잇고자 함은 아닐까 싶습니다."

소저가 말하였다.

"진 씨의 재주와 용모는 다른 경로를 통해서도 들었으니 그럴

법한 일이야. 하지만 집안이 화를 입어 대궐에 들어갔다는데 어떻게 여기에 올 수 있겠어?"

소저가 이 소저의 일을 부인께 말씀드리고 칭찬해 마지않았다. 부인이 말하였다.

"이 씨 낭자를 나도 보고 싶구나."

며칠 후에 부인의 말씀으로 이 소저를 청하니 소저가 흔쾌히 받아들여 정 씨 집으로 왔다. 부인이 중당에서 맞으니 이 소저가 숙질 간의 예로 부인께 인사하자 부인이 음식을 접대하면서 딸을 방문해 사랑을 베풀어줘서 고맙다고 사례하였다.

이 소저가 일어나 대답하였다.

"낭자의 덕을 흠모하면서도 혹시 버리지 않으실까 염려하였는데 낭자께서 한 번 보시자마자 형제처럼 대해 주시고 이제 부인의 사랑까지 받았습니다. 이제부터 이 댁에 드나들면서 부인을 어머님같이 섬기고 싶습니다."

부인이 감당하지 못하였다. 정 소저가 부인을 모시고 함께 대화하다가 이 소저를 데리고 자기 침소로 가서 춘랑과 함께 평상시처럼 편안하게 담소하였다. 두 소저의 마음과 기운이 합치되어 문장과 부덕婦德(부녀자가 지켜야 할 덕행)을 논하는데, 날이 저물도록 그칠 줄을 모르니 서로 공경하고 사랑하며 늦게야 만나게 된 것을 한탄하였다.

난양공주와 정경패가 자매가 되어 시 솜씨를 겨루다

이 소저가 돌아간 후에 부인이 정 소저와 춘운에게 말하였다.

"정 씨와 최 씨 두 집안은 친척이 아주 많아서 어릴 때부터 아름다운 사람을 많이 보아왔지만 이 소저 같은 미색은 본 적이 없다. 정녕 우리 딸과 우열을 가릴 수 없으니 형제를 맺는 것이 좋겠다."

소저가 춘운이 말한 진 씨 여자의 얘기를 부인에게 고하였다.

"춘운은 의심하지만 제 생각은 다릅니다. 이 소저의 용모와 재덕才德(재주와 덕행)은 말할 것도 없고 뛰어난 기상과 예법에 맞는 몸가짐의 단정함이 보통 사람과는 많이 다릅니다. 진녀가 재주와 용모는 갖췄다고 하지만 몸가짐이 그다지 진중하지 못하니 어찌 이 소저와 비교하겠습니까? 제 생각에는 난양공주의 재주와 용모가 감히 비교할 자가 없다고들 하는데 아무래도 이 소저의 기상과 흡사한 듯합니다."

부인이 말하였다.

"내가 아직 난양공주를 보지 못했지만, 지위가 높아 명성은 얻었겠으나 어찌 이 소저와 같을 수 있겠느냐?"

소저가 말하였다.

"이 소저의 종적이 아무래도 의심스럽습니다. 다음에 춘운을 보내 그 거동을 살펴보라 하겠습니다."

정 소저가 다음 날 춘운과 이 일을 의논하는데 이 씨 집안 여동이 이 소저의 말을 전하였다.

"마침 절강으로 가는 배가 있어서 내일 출발하게 되었습니다. 그래서 지금 댁으로 가서 하직 인사를 드리고자 합니다."

이윽고 이 소저가 들어와서 부인과 정 소저를 만났을 때, 갑작스런 이별을 아쉽게 여기는 마음이 얼굴에 나타났다. 이 소저가 부인에게 아뢰었다.

"제가 모친과 오빠를 떠난 지 이미 해를 넘겼으니 돌아가려는 마음은 화살과 같지만 부인의 은덕과 낭자의 정 때문에 마음이 맺혀 있는 것만 같습니다. 제가 낭자께 청할 일이 있는데 허락하지 않을까 싶어 부인께 아룁니다."

부인이 말하였다.

"무슨 일인가?"

소저가 말하였다.

"돌아가신 엄친을 위하여 제가 남해관음보살의 모습을 수놓았는데 오직 문인文人의 찬讚(인물이나 사물을 기리어 칭찬하는 글 또는 서화의 옆에 글제로 써넣는 시詩, 가歌, 문文 따위의 글)이 없습니다. 그리하여 낭자께 글과 글씨 몇 구절을 받았으면 하는데, 수놓은 형상이 매우 넓어 꺼냈다 들였다 하는 게 불편할 뿐만 아니라 함부로 다루는 것이 두려워 가져오지는 못하고 요청만 드립니다. 그 글로 아버지를 위하는 제 마음을 완성하고 이별한 뒤에라도 낭자를 사모하는 마음을 위로받고 싶습니다만 낭자께서 어떻게 생각할지 모르겠습니다."

부인이 정 소저를 보며 말하였다.

"네가 비록 아주 가까운 친척집에도 간 일이 없으나 이 낭자의 청은 다른 일과 다르구나. 집도 아주 가까우니 별 어려움이 없을 것 같구나."

정 소저가 처음에는 주저하였으나,

'이 소저의 정체가 의심스럽던 차에 어찌 이 기회를 마다할 수 있겠는가. 잠깐 가서 보도록 하자.'

라고 생각하여 대답하였다.

"다른 일이라면 가기가 어렵습니다. 하지만 사람에게 누구나 부모가 있는데 어떻게 이런 간절한 마음을 들어주지 않겠습니까? 다만 해가 저물기를 기다렸다가 갔으면 합니다."

이 소저가 매우 기뻐하며 일어나 사례하고 말하였다.

"날이 저문 후에는 글쓰기가 불편하니 낭자께서 길을 번거롭게 여기신다면 제가 타고 온 가마가 비록 누추하나 두 사람은 탈 수 있으니, 함께 타고 갔다가 돌아오는 것이 어떻겠습니까?"

정 소저가 말하였다.

"그러는 게 가장 좋겠습니다."

이 소저가 부인께 하직한 후 춘운과도 작별하고 정 소저와 함께 가마에 올랐는데, 정 씨 집의 시비는 두 사람만 데려갔다.

정 소저가 이 소저의 방을 보니 꾸밈이 번잡하지 않으면서도 매우 정갈하고 화려하였다. 내온 음식도 간소하지만 진기한 것이어서 지나쳐 보지 않았다. 이 소저가 글 짓자는 말을 다시 꺼내지 않자 정 소저가 말하였다.

"관음보살을 수놓은 것은 어디에 있습니까? 빨리 예배禮拜(신이나 부처와 같은 초월적 존재 앞에 경배하는 의식)드리고 싶습니다."

이 소저가 말하였다.

"지금 보여드리겠습니다."

그때 갑자기 문 밖에서 말과 수레 소리가 요란하게 나며 파랑, 빨강 깃발이 수도 없이 집을 에워싸고 있었다. 시비가 급하게 아뢰었다.

"군병들이 집을 에워싸고 있습니다."

정 소저는 이미 짐작하고 얼굴빛을 변하지 않았다. 이 소저가 말하였다.

"낭자는 놀라지 마세요. 저는 다른 사람이 아니라 바로 난양공주입니다. 낭자를 이곳으로 청한 것은 태후 마마의 명령입니다."

정 소저가 자리에서 일어나며 말하였다.

"여염집의 미천한 몸이라 아는 것은 없지만 황실에 계신 분들의 골격이 보통 사람과 다르다는 것은 압니다. 하오나 공주님께서 강림하실 줄은 꿈에도 몰랐습니다. 무례한 짓을 많이 저질렀으니 죄를 청합니다."

공주가 미처 대답도 하기 전에 시녀가 들어와 아뢰었다.

"태후전에서 왕 상궁과 석 상궁과 황 상궁을 보내 안부를 여쭙니다."

공주가 말하였다.

"낭자는 잠깐 여기 계십시오."

공주가 당상에 나가 맞으니 세 사람이 차례차례 예를 드리고 아뢰었다.

"공주께서 대궐을 떠나신 지 이미 여러 날이 지났기에 태후 마마께서 몹시 보고 싶어 하시고 또 황제 폐하와 황후 마마께서도 저희를 보내어 안부를 여쭈라 하셨습니다. 오늘이 궁궐에 돌아가실 날이라서 모셔가려고 밖에서 기다리고들 있습니다. 황제 폐하께서 조 태감과 위 태감을 보내서 행차를 호위하게 하셨습니다."

왕 상궁이 또 아뢰었다.

"태후 마마께서 분부하시기를, 꼭 정 낭자와 함께 연(천자께서 타는 수레)을 타고 들어오라고 하셨습니다."

공주가 세 사람에게 잠깐 밖에서 기다리라 하고 방으로 들어가서 정 소저에게 말하였다.

"할 말은 많지만 조용한 틈을 타서 하기로 하겠습니다. 태후 마마께서 낭자를 보시려고 기다리시니 저와 함께 들어가 알현謁見(지체가 높고 귀한 사람을 찾아가 뵘)하십시다."

가지 않을 수 없다고 헤아린 정 소저가 말하였다.

"공주 마마께서 첩을 사랑하신다는 것은 오래전에 알고 있었습니다만, 여염집 여자가 지극히 존귀하신 태후 마마를 뵌 적이 없으니 예에 어긋나지나 않을까 두렵습니다."

공주가 말하였다.

"낭자는 염려하지 마십시오. 태후 마마의 마음이 어찌 저와 다

155

르겠습니까?"

소저가 말하였다.

"오직 하교하신 대로 하겠습니다. 다만 공주께서 먼저 행차하시면 집에 돌아가 다른 수레를 갖추어서 뒤따라가겠습니다."

공주가 말하였다.

"태후 마마께서 저와 함께 수레를 타고 들어오라 하시니 사양치 마십시오."

소저가 말하였다.

"천첩이 어떻게 감히 황실의 따님과 함께 탈 수 있겠습니까?"

공주가 웃으면서 말하였다.

"여상(주나라 초기의 정치가이며 위수에서 낚시를 하다가 문왕에게 인정을 받았음. 속칭은 강태공)은 고기 잡는 어부였지만 문왕과 함께 수레를 탔고, 후영(위나라의 은사로서 나이 일흔에 문지기가 되었는데, 신릉군이 잔치를 열어 몸소 초빙하자 따랐음)은 문지기였으나 신릉군이 그 말고삐를 잡았습니다. 낭자는 여러 대에 걸친 후백侯伯의 집안이며 대신의 딸인데, 어찌 저와 함께 타는 것을 사양하십니까?"

마침내 손을 잡고 수레에 오르자 정 소저가 시비에게 분부하기를, 한 사람은 따라오고 한 사람은 집에 가서 소식을 전하라고 하였다. 수레가 움직여 동화문으로 들어가니 여러 겹 궁문을 지나서 한 궁에 이르렀다. 공주가 정 소저와 함께 수레에서 내리면서 말하였다.

"상궁은 정 소저를 모시고 잠시 여기에서 기다리시게 하라."

상궁이 말하였다.

"태후 마마의 명을 받자와 정 소저 처소를 마련해 놓았습니다."

원래 태후는 정 소저에 대해 아무런 호의도 갖고 있지 않았다. 하지만 공주는 평복 차림으로 정 씨 집 근처에 가서 수놓은 족자를 대하는 정 소저의 모습을 본 후 매우 감복하여 공경하게 되었고, 양 상서가 정 소저를 버리거나 첩으로 삼지 않을 줄 짐작하였다. 또한 정 소저를 매우 사랑하여 사이좋게 한 남편을 섬기고자 하였고 태후의 마음을 돌리기 위해 힘썼다. 그러자 태후도 크게 깨달아 마음속으로는 양 상서가 두 부인을 맞이하는 것을 허락했으나, 꼭 한 번 정 소저의 모습이 보고 싶어서 공주로 하여금 속여서 데려오게 한 것이었다.

정 소저가 잠시 임시 처소에 앉아 있는데 안에서 궁녀 두 사람이 의복을 담은 화려한 함을 가지고 나와서 태후의 명을 전하였다.

"정 소저는 대신의 딸인 데다가 재상의 폐백을 받았지만 아직 처녀의 옷을 입고 있다고 하니 평상복으로는 알현할 수 없으므로 이품명부(이품 벼슬을 받은 자의 아내)의 예복을 보내셨습니다."

소저가 일어나 절하고 말하였다.

"신첩이 아직 처녀의 몸으로서 어찌 감히 명부의 예복을 입겠습니까? 신첩이 입은 옷이 일찍이 부모를 뵐 때 입던 것이니 태후 마마께서는 만백성의 부모이시니 부모를 뵙던 옷으로 알현하기를 원합니다."

궁녀가 들어가더니 한참 후에 정 씨 여자를 부르신다는 분부가 내렸다. 정 소저가 궁녀를 따라 궁전 뜰에 들어서자 정 소저의 고운 빛이 궁중에 비치니 보는 사람마다 혀를 내두르고 손뼉을 치며 말하였다.

"천하에 우리 공주님 한 분뿐인 줄 알았는데 정 소저 같은 분도 있다니!"

정 소저가 예를 올리자 궁중 사람이 인도하여 전 위에 오르게 하니 태후께서 자리를 내주고 하교하여 말씀하셨다.

"지난번 우리 딸의 혼사 때문에 조서를 내려 양 씨 집의 폐백을 거둔 일은 국가의 관례를 따른 것이지 내 마음대로 한 것이 아니다. 그런데도 우리 딸이 내게 '새 혼사를 위하여 오래된 약속을 저버리라 하는 것은 왕으로서 인륜을 극진히 여기지 않는다는 것입니다.'라고 힘껏 간하면서 함께 섬기려는 뜻을 보였다. 내가 이미 황제와 의논하여 우리 딸의 아름다운 뜻에 따라 양 상서가 조정에 돌아오기를 기다렸다가 폐백을 되돌려 보내고 너로 하여금 부인이 되게 하고자 한다. 이는 전례가 없는 은혜로운 처사라서 특별히 네게 알리는 것이다."

정 소저가 일어나 대답하였다.

"성은이 이와 같으시니 천첩의 몸을 갈아서 가루가 된다 해도 다 갚을 수 없을 듯합니다. 다만 신첩은 신하의 딸인데 어찌 감히 황실의 따님과 지위를 같이할 수 있겠습니까? 첩이 비록 순종하려 해도 첩의 부모가 죽기를 무릅쓰고 명을 받들지 않을 것입니다."

태후께서 이르시기를,

"겸손해하는 네 마음은 아름답지만 너의 가문은 대대로 공후를 배출한 명문가이며, 사도는 이전 황제 때의 원로 신하인데 어떻게 네게 첩이란 이름을 붙여준단 말이냐?"

소저가 말하였다.

"신하된 자가 임금을 섬기는 것은 마치 온갖 사물이 하늘의 명을 따르는 것과 같으니 첩이든 종이든 오직 명하시면 그대로 따를 뿐입니다. 제가 어찌 감히 추호라도 한스러워하겠습니까? 여염집 여자가 황실의 따님을 섬길 수 있는 것이 어찌 영광스러운 일이 아니겠습니까? 다만 이 일이 만만치 않으니, 첩을 처로 삼는 것은 일찍이 《춘추》에서 경계한 것이어서 양소유가 달가워하지 않을 듯합니다."

태후께서 이르시되,

"네 말이 옳다만 처도 안 되고 첩도 안 된다고 하면, 우리 딸의 혼사는 다른 집과 의논해야겠구나. 하지만 우리 딸과 양 상서의 인연은 실은 하늘에서 정한 것이니 어찌 감히 하늘의 명을 어기겠느냐?"

이어서 퉁소 곡조로 인연을 점친 이야기를 해주었다. 소저가 말하였다.

"첩이 무슨 다른 걱정이 있겠습니까만 제게는 형제가 없습니다. 부모가 아들이 없으니 하늘의 명대로 끝까지 부모를 떠나지 않고 봉양하는 것이 자식으로서의 바람일 따름입니다."

태후께서 웃으며 말씀하셨다.

"너의 효성이 비록 그렇지만 내가 어찌 차마 한 여인의 혼삿길을 망치겠느냐? 하물며 네 용모가 이와 같으며, 덕성스런 행실과 재주와 학식이 이와 같고, 말하는 것도 이와 같으니 양 상서가 어찌 너를 버리고 다른 데서 짝을 구하겠느냐? 이대로 가다가는 네 인연과 우리 딸의 혼사가 함께 잘못될 것이다. 내가 본래 딸을 둘 두었는데 난양의 언니는 열 살에 죽었다. 난양이 외로워하는 것이 늘 마음에 걸렸는데 지금 네 용모와 재주가 진정 난양의 형제가 될 만하니 죽은 딸을 본 것만 같구나. 지금 너를 내 양녀로 삼아 황제에게 아뢰고 지위와 호칭을 정하도록 하겠다. 이렇게 하면 첫째는 내가 죽은 딸을 그리워하는 마음을 나타내고, 둘째는 난양이 너를 가깝게 생각하는 마음을 이루어주며, 셋째는 우리 딸과 함께 양 상서를 섬김에 별 어려움이 없을 것이다. 네 생각은 어떠냐?"

소저가 머리를 조아리고 말하였다.

"이와 같이 하교하시니 신첩의 복이 달아나 곧 죽을 것만 같습니다. 바라건대 성스러운 하교를 거두어주십시오."

태후께서 말씀하시기를,

"내가 이제 황상과 의논할 것이니 굳이 사양하지 말라."

하시고 난양공주를 불러 정 소저를 만나보게 하였다. 공주가 위의와 장복章服을 갖추고 나오니 태후께서 말씀하셨다.

"우리 딸이 정녀와 형제 되기를 바랐는데 이제 진짜 형제가 되었으니 네 생각은 어떠냐?"

이어서 정 소저를 양녀로 삼겠다는 뜻을 이야기하시자 공주가 말하였다.

"태후 마마의 처분이 지극히 옳습니다."

태후께서 정 소저에게 술을 내리시고 조용히 문장과 서사書史 (경서와 사기)에 대해 의논하시더니 말씀하셨다.

"문장에 대한 네 재주는 난양을 통해서 자세히 들었다. 궁중에 일이 없고 봄날이 한가하니 한 번 붓을 휘둘러 내 즐거움을 돋우어 보아라. 옛사람 가운데 일곱 걸음을 걷는 동안에 시를 지어낸 사람이 있었는데 너도 할 수 있겠느냐?"

소저가 대답하였다.

"태후 마마의 명이신데 신첩이 어찌 감히 까마귀라도 그려서 한 번 웃으시도록 하지 않겠습니까?"

태후께서 몹시 기뻐하며 발이 작고 허리가 가늘어 걸음걸이가 고운 궁녀를 뽑아서 여정전 위에 세우고 시제詩題를 내리시니 공주가 아뢰었다.

"혼자 시를 짓게 하는 것은 옳지 않습니다. 저도 함께 지어 보겠습니다."

태후께서 더욱 기뻐하며 말씀하셨다.

"우리 딸이 짓고 싶어 한다니 더욱 좋다. 시 제목을 어려운 것으로 내야겠구나."

이때는 아주 늦은 봄이라 궁전 앞에 벽도화가 한창 피었는데, 갑자기 까치가 날아와 가지 위에 앉아 두어 마디 소리를 지저귀니 태후께서 기뻐하며 말씀하셨다.

"내가 너희 두 사람의 혼인을 정하니 까치가 꽃 위에서 조잘거리는구나. 이것은 좋은 징조이다. 시제를 '벽도화 위의 까치 소리'로 하여 칠언절구 한 수씩을 짓되, 시 가운데에 너희들의 혼사 정한 뜻을 나타내어라."

문방사우를 각자 앞에 가져다 놓으니 두 사람이 붓을 들었다. 궁녀가 걸음을 옮기기 시작하였는데 혹시 걸음 수에 맞추지 못하면 어쩌나 염려하여 눈으로 두 사람이 글 쓰는 모습을 곁눈질하며 천천히 발뒤축을 들었다. 붓을 옮기는 두 사람의 기세가 마치 비바람 같아서 단번에 써서 태후의 앞에 올리니 겨우 다섯 걸음을 걸었더라.

태후께서 보시니 정 소저의 시는 다음과 같았다.

자금성 봄빛이 벽도화를 취하게 하였는데
아름다운 새는 어디서 날아와 조잘거리나
누각 위에서 궁궐의 기녀가 새로운 곡조를 전하니
남쪽 나라의 풍성한 꽃이 모두 까치의 보금자리로다

공주의 시는 다음과 같았다.

봄 깊은 궁궐에 온갖 꽃이 무성하니
신령한 까치가 날아와 기쁜 소식을 알리는구나
모름지기 은하수 나루에 다리 놓기를 힘써라
한 번에 두 명의 하늘 자손이 건너리라

태후께서 매우 칭찬하며 말씀하셨다.
"내 두 딸이 여자 이태백과 조자건이구나. 조정에서 여자 진사 시험을 치른다면 분명 장원과 탐화를 차지하겠구나."
두 시를 소저와 공주에게 서로 보여주니 두 사람이 각각 탄복하였다.

공주가 태후께 아뢰었다.

"소녀는 요행으로 시를 지었지만 그 뜻도 누구나 생각해 낼 수 있는 것입니다. 하지만 정 소저의 시는 완곡하여 제가 따라갈 수가 없습니다."

태후께서 말씀하셨다.

"정녕 여아女兒의 글이 또한 영민하고 지혜로워 사랑스럽구나."

이때 이전의 황제 때부터 있던 늙은 상궁이 태후를 모시고 있다가 아뢰었다.

"저는 천성이 아둔하고 흐리멍덩해서 어릴 적에 십 년 동안이나 글을 배웠지만 끝내 시의 깊은 뜻은 알지 못하고 말았습니다. 바라건대 마마께서 이 두 시의 뜻을 풀어서 가르쳐주십시오."

좌우에 모시고 있던 사람들도 모두 듣고 싶어 하였다.

태후께서 웃으시며 말씀하셨다.

"이 두 시의 아래 구절은 모두 속뜻을 담고 있다. 정 씨 여아의 시는 난양을 복사꽃에 비유하고 까치를 자신에 비유하였다. 모시毛詩(《시경詩經》을 달리 이르는 말이며 중국 한나라 때의 모형毛亨이 전하였다고 하여 이렇게 일컬음) 〈소남편〉에 왕실의 딸이 시집가는 시에는 '빛나기가 복숭아꽃과 같다.' 하였고 제후의 딸이 서방을 맞이하는 시에는 '까치가 집이 있다.' 하였으니 이 두 시를 풍류 곡조로 정한다면 두 사람의 혼인이 자연히 그 가운데 드러나게 된다. 또 옛사람의 시에 '궁궐에 있는 계집이 지작루鳷鵲樓에 전한다.' 하였는데 이 시를 인용했으나 '까치 작鵲' 자를 숨겼다. 그러니 좋은 감정을 자아내면서도 완곡하여 그 덕성을 보는 듯하니 우리 딸이 탄복하는 것이 마땅하다. 난양의 시에서는 까치에게 경계하기를 '은하수의 다리를 힘써 만들어라, 예전에는 직녀 한 사람이 건넜으나 이번에는 직녀 두 사람이 건너리라.' 하였으니 공주의 혼인에 작교鵲橋를 인용한 것은 흔히 있는 일이지만, 내가 이제 정녀를 양녀로 삼으니 정녀는 감당할 수 없다며 모시를 인용해서 스스로 '제후의 딸'로 자처했는데, 난양의 시에는 정녀를 자신과 같은 천손天孫(직녀성)이라고 하였으니 진정 내 마음을 아는 것이다. 참으로 영민하지 않느냐?"

상궁이 매우 기뻐하고 여러 사람과 같이 만세를 불렀다.

양소유가 불길한 꿈을 꾸고
가춘운이 소유를 속이다

이때 천자께서 태후께 문안드리러 오시니 태후께서 난양에게 명하여 소저를 데리고 잠시 곁방에 가 있게 하고 천자께 말씀하셨다.

"난양의 혼인을 위하여 정녀의 폐백을 거둔 것은 결국 풍속의 교화에 해로울 것 같고, 정녀를 나란히 처로 삼고자 하니 정 씨 집안에서 감당하지 못할 일이고, 그렇다고 첩으로 삼자니 더욱 부당한 일이기에 내가 정녀를 불러보았소. 그 재주와 용모가 난양과 형제가 될 만해서 이미 양녀로 삼았으니 후일에 날을 잡아 함께 양 씨에게 시집보내려 하는데 나의 생각이 어떠하오?"

천자께서 매우 기뻐하며 하례하고 말씀하셨다.

"태후께서 하신 일은 공평하기가 하늘과 땅 같으니 아무도 미칠 수가 없습니다."

태후께서 정녀를 불러 황제께 알현하라 하시니, 황제의 명으로 전에 오르게 하고 태후께 아뢰었다.

"정 씨 여자가 이제는 내 누이가 되었는데도 어찌 아직 평상복 차림입니까?"

태후께서 말씀하셨다.

"아직 황제께 고하지 못하였고 명도 없어서 사양하고 있다오."

천자께서 여중서에게 직금난봉문織金鸞鳳紋(난조와 봉황 무늬를 수놓은 비단)을 가져오라 하시니 진채봉이 받들고 들어왔다. 황제가 붓을 잡고 쓰려고 하다가 멈추고 태후께 아뢰었다.

"이미 공주로 봉했으니 황실의 성을 내리는 것이 합당합니다."

태후께서 말씀하셨다.

"나 역시 그 생각을 하지 않은 것은 아니지만 다시 생각해 보니, 정 사도가 나이도 많은데다 다른 자식이 없으니 차마 성마저 빼앗아 고치라고는 못 하겠소."

천자께서 어필로 쓰셨다.

'황태후의 성스러운 마음을 받들어 양녀 정 씨를 영양공주로 봉하노라.'

그러고는 중서를 시켜 황제와 태후궁의 옥쇄를 찍어 정 소저에게 주었다. 여러 궁녀가 공주의 옷을 받들어 입히니 정 소저가 은혜에 사례하고 올라와 난양공주와 함께 자리를 정하는데 공주보다 한 살이 더 많았지만 감히 윗자리에 앉지 못하였다.

태후께서 말씀하셨다.

"영양은 이제 내 딸인데 어찌 이런 대접을 하는가?"

소저가 머리를 조아리며 아뢰었다.

"오늘의 차례가 바로 후일의 순서가 될 것인데, 어찌 감히 혼란스럽게 할 수 있겠습니까?"

난양이 말하였다.

"춘추 시대 조최의 아내는 진문공의 딸이지만 먼저 얻은 오랑캐 여자에게 양보하였습니다. 이제 소저는 저의 형이신데 무얼 걱정하십니까?"

소저가 한참 동안 사양하자 태후께서 명하여 언니 동생의 자리를 정해 주니 이후로는 궁중에서 모두가 정 소저를 영양공주라고 하였다. 태후께서 두 사람의 시를 천자께 보여드리자 감탄하며 말씀하셨다.

"두 시가 모두 절묘하지만 영양의 시는 모시를 인용하여 후비后妃의 덕화로 끝맺으니 더욱 좋습니다."

태후께서 말씀하셨다.

"옳소이다."

상이 조용히 태후께 말씀하였다.

"태후께서 영양을 대하시는 것이 과거에 없는 훌륭한 덕이기에 신이 또한 청할 일이 있습니다."

이에 진 중서 즉, 진채봉의 사연을 처음부터 끝까지 자세히 이야기한 후 말씀하셨다.

"그 사정이 남달리 불쌍합니다. 그 아비가 비록 죄로 인해 죽긴 했지만 조상 대대로 조정의 신하였으니, 이제 그 마음이 바라는 대로 공주 시집갈 때 따라가는 잉첩으로 삼는 것이 어떻겠습니까?"

태후께서 난양을 돌아보시자 난양이 말하였다.

"진 씨가 이 일을 소녀에게 말하였습니다. 소녀와 진 씨의 정분이 각별하여 서로 떨어지고 싶지 않습니다."

태후께서 진채봉을 불러 하교하셨다.

"난양이 너와 떨어지고 싶어 하지 않기에 특별히 너를 양 상서
의 첩으로 삼아서 네 소원을 이루어주니 더욱 정성을 다하여 내
딸을 모시도록 해라."

진 씨가 비같이 눈물을 흘리면서 머리를 조아려 그 은혜에 감사
하였다. 태후께서 진 씨에게 말씀하셨다.

"두 여아의 혼사를 결정함에 까치가 길조인 까닭에 각각 시를
지었는데 이제 중서도 돌아갈 곳을 얻었으니 시 한 수를 지어 보
거라."

진 씨가 명을 받들고 곧바로 시를 지으니 내용은 다음과 같았다.

> 까치가 재잘거리며 붉은 궁궐을 빙빙 도니
> 복숭아꽃 위에 봄바람이 일어나는구나
> 보금자리 편안하니 남쪽으로 날아갈 때를 기다리지 않으리
> 보름날 별들이 동쪽에서 희미하게 빛나는구나

태후와 황제께서 함께 보시고 칭찬하며 말씀하셨다.

"사도온(진나라 사혁의 딸로, 박식하고 말솜씨가 뛰어났던 여류 시
인)도 따라오지 못하리라. 그 가운데 모시를 인용하여 처첩의 직
분을 지켰으니 더욱 아름답도다."

난양이 말하였다.

"까치가 나오는 시는 쓸 소재가 원래 많지 않을 뿐더러 이미 저
와 영양이 지었습니다. 그 밖에 조맹덕(조조)의 시에서 까치를 덧
붙이긴 했으나 좋은 말은 아닙니다. 그런데 이 시는 조맹덕의 시

와 두자미(두목)의 시를 한데 모아서 지었지만 순수하고 어찌나 자연스러운지 마치 진 씨의 오늘날을 위하여 생긴 듯하니 이만한 재주는 옛날에도 드물었을 것 같습니다."

태후께서 옳다 하시면서 또 말씀하셨다.

"예로부터 여자 중에서 글을 잘 쓴 사람은 오직 반첩여, 탁문군, 채문희, 사도온, 소약란 등 몇 사람뿐이었는데, 오늘 한꺼번에 재주 있는 여자 셋이 모였으니 참으로 훌륭하구나."

난양이 아뢰어 말하였다.

"영양공주의 시비 가춘운이라 하는 자의 시 짓는 재주가 정말 볼 만합니다."

태후께서 말씀하셨다.

"한 번 보고 싶구나."

이날 두 공주가 같은 곳에서 자고 다음 날 일찍 일어나 태후께 문안을 드린 후 영양이 집에 돌아가게 해달라고 청하였다.

"첩이 궁궐에 들어올 때에 온 집안이 놀랐을 것이니, 나가서 태후 마마의 은혜와 소녀가 누린 영광을 알리고자 합니다."

태후께서 말씀하셨다.

"지금은 여아가 궁궐을 쉽게 나갈 수가 없다. 나 또한 최 부인을 뵙고 싶기도 하고 또 의논할 일도 있다."

하고 곧바로 정 씨 집에 명하시어 최 부인을 입궐하라 하였다. 이 때 소저가 데리고 들어온 시비를 먼저 보내서 집에 알리자, 사도 부부는 겨우 놀란 마음을 진정하였다. 부인이 명을 받들고 들어와 태후를 알현하였다.

태후께서 말씀하셨다.

"영양공주를 처음에 입궐하게 함은 다만 그 용모를 보고 싶어서
가 아니라 실은 난양의 혼사를 위해서였소. 하지만 한 번 본 뒤에
는 사랑하는 마음이 우러나 난양과 차이가 없게 되었으니, 아무래
도 내가 전에 낳았던 딸이 부인에게서 다시 태어난 것이 아닌가
하오. 황실의 성을 내리는 게 당연하나 부인의 외로운 처지를 생
각해 성을 고치지 않았으니, 부인은 내 지극한 마음을 알아주기
바라오."

최 부인은 감격하고 황공해할 뿐이었다. 태후께서 또 말씀하셨다.

"영양이 이제는 짐의 딸이 되었으니 부인은 찾지 마시오."

부인이 말하였다.

"어찌 감히 찾겠습니까? 신첩의 딸이 이렇게 된 후 다만 첩의 부
부는 나이가 많으니 다시 보지 못할까 슬퍼할 뿐입니다."

태후께서 웃으시며 말씀하셨다.

"혼인하기 전까지만 그렇고, 혼인한 후에는 난양공주도 부인에
게 의탁할 것이오."

이어서 난양공주를 부르자 전날의 무례한 행동을 재삼 사과하
였다. 태후께서 말씀하시기를,

"부인 댁에 가춘운이라는 재주 있는 여자가 있다니 한 번 보고
싶소."

부인이 명을 받들어 부르니 춘운이 전 아래에서 머리를 조아려
인사하였다.

태후께서 말씀하셨다.

"진실로 절대가인絶代佳人이로다."

하고는 가까이 오게 한 후 말씀하셨다.

"난양의 말을 들으니 네가 시를 잘 짓는다기에 내가 보는 앞에서 지을 수 있겠느냐?"

춘운이 아뢰었다.

"시험 삼아 시제를 듣고자 합니다."

태후께서 세 사람이 지은 까치 시를 보여주며 말씀하셨다.

"너도 이 시를 짓겠느냐? 아무래도 남은 제재題材가 없을 듯싶구나."

춘운이 붓과 연적을 달라 하여 곧 지어서 올리니 그 시의 내용이 다음과 같았다.

기쁨을 알리는 작은 정성을 다만 스스로 아니
순임금의 뜰에 다행히 봉황을 따라왔구나
진나라 땅 누각의 봄날 꽃이 일천 나무라
세 겹이나 둘렀는데 어찌 한 가지쯤 빌린 것을 알겠는가

태후께서 두 공주에게 보여주시고 말씀하셨다.

"가녀가 재주 있다 하나 이 정도인 줄은 짐작하지 못했다."

난양공주가 말하였다.

"글에서 까치는 자신을 비유한 것이고 봉황은 낭자를 비유하여 아주 좋은 표현을 이루었습니다. 아래 구절은 아마도 소녀가 자기를 받아들이지 않을까 의심하여 가지 하나를 빌리고자 한 것입니

다. 옛사람의 시를 모아 지어냈으니 그 뜻이 절묘하며, 옛말에 '새가 사람에게 의지하면 사람이 스스로 사랑한다.' 하였으니 바로 가 씨를 두고 한 말입니다."

이어서 가춘운을 데리고 나가서 진 씨와 서로 만나보게 하였다.

난양공주가 말하였다.

"이 여중서는 화음현 진 씨 집 낭자인데 춘랑과 평생을 같이 살 사람이오."

춘랑이 말하였다.

"혹시 〈양류사〉를 지으신 진 낭자가 아니십니까?"

진채봉이 놀라서 물었다.

"낭자가 〈양류사〉를 어디에서 들었습니까?"

"양 상서께서 말씀해 주셨습니다."

진 씨가 감격스러운 마음을 이기지 못하고 말하였다.

"양 상서께서는 아직도 첩을 기억하고 계시는군요."

"낭자는 어찌 그런 말씀을 하십니까. 양 상서께서는 낭자의 〈양류사〉를 몸에 간직하고 잠시도 떼어놓지 않으시며, 낭자를 이야기할 때면 항상 눈물을 흘리셨답니다. 낭자는 어찌 상서의 마음을 모르십니까?"

진 씨가 말하였다.

"상서께서 이렇게 나를 잊지 못하고 계시다면 저는 죽어도 한스러울 게 없습니다."

이어서 비단 부채에 시 지었던 일을 말해 주자 춘운이 웃으며 말하였다.

"첩의 몸에 있는 팔찌며 반지 등이 모두 그날 얻은 것이랍니다."

문득 궁인이 와서 전하기를,

"정 사도 부인이 돌아가려 하십니다."

두 공주가 가서 태후를 모시고 앉았더니 태후께서 최 사도 부인에게 이르시기를,

"머지않아 양 상서가 돌아오면 전일의 폐백은 다시 부인 댁으로 돌려보낼 것이지만, 내 생각에는 이미 물렀던 폐백을 다시 받는 게 구차한 듯하고 어차피 영양이 공주가 되었으니 두 혼례를 같은 날 한꺼번에 치르고자 하는데 부인 소견은 어떠하시오?"

부인이 말하였다.

"오직 명대로 하겠습니다."

태후께서 웃으시며 말씀하셨다.

"양 상서가 영양을 위하여 세 번이나 조정의 명을 거역하였으니 내가 한 번 속이고자 하오. 속담에 이르기를 '말이 흉하면 길한 일이 생긴다.' 했으니 상서가 돌아온 뒤에 거짓말로 '정 소저가 병이 들어 불행하게 되었다.'고 합시다. 상서가 제 입으로 정녀를 보았다고 말했으니 과연 아는지 모르는지 보십시다."

부인도 그렇게 하기로 하고 하직하고 집으로 돌아갔다. 소저가 부인을 궁전 문 밖에서 배웅하고 춘운을 불러 몰래 상서에게 해줄 말을 일러서 보냈다.

이때 양 상서가 백룡담 물을 군마에게 먹이고 대군을 지휘하여 북을 울리면서 나아가니 토번의 찬보가 이미 심요연이 보낸 진주를 보고, 또 당나라 군대가 반사곡을 지났다는 말을 듣고 크게 두

려워하며 어찌 할 바를 몰랐다. 이에 여러 장수들이 찬보를 묶어서 당나라 진영에 항복하니 양 원수가 군대를 정비해서 토번의 서울에 들어가 백성을 위로하고 안심시켰다. 곤륜산에 올라가 비석을 세워 당나라의 공덕을 새기고, 개선가를 부르면서 삼군을 돌려 서울로 향하였다.

군대가 진주에 도착하자 계절은 이미 가을로 접어들었다. 산천이 쓸쓸해지고 기러기 우는 소리는 객지에 나온 마음을 구슬프게 하였다. 원수가 객관에 들어가 밤이 깊었는데도 고향 생각을 하느라 잠을 이루지 못하였다.

'집 떠난 지 삼 년인데 늙은 모친은 평안하신지? 나라의 일로 뛰어다니느라 오늘날까지 가정을 갖지 못했는데 정 씨 집과의 혼사 인연은 과연 어떻게 되는지? 내가 지금 오천 리 빼앗긴 땅을 회복하고 큰 나라의 강적을 평정하여 이룬 공이 또한 적지 않으니, 천자께서는 후의 벼슬을 봉하는 상을 주실 것이다. 그런데 만약 내가 관직과 작위를 모두 반납하고 정 씨 집과의 혼사를 청하면 천자께서 어찌 들어주시지 않겠는가?'

이렇게 생각하니 마음이 조금 편안해져 잠자리에 들었다. 꿈속에서 하늘에 올라가니 칠보로 단장한 궁궐을 다섯 색깔의 구름이 에워싸고 있었다. 시녀 두 사람이 양 상서에게 말하였다.

"정 소저께서 청하십니다."

상서가 시녀를 따라 들어가니 넓은 정원에 신선 세계의 꽃이 흐드러지게 피어 있었다. 백옥으로 만든 누각 위에 선녀 셋이 나란히 앉아 있는데, 입은 옷의 화려함이 훌륭하여 왕후나 귀비와도 같고 푸른 눈썹과 맑은 눈이 눈부셨다. 때마침 난간에 의지하여 시녀들이 노는 것을 구경하고 있다가 상서를 보고는 일어나 읍하고 손님과 주인의 자리를 정해 앉았다. 위에 앉은 선녀가 물었다.

"군자께서는 헤어진 뒤에 탈 없이 지내셨습니까?"

상서가 보니 정말로 거문고 곡조를 논하던 소저의 모습과 똑같았다. 상서가 기쁘고도 슬퍼서 말을 하지 못하고 있으니까 소저가 말하였다.

"첩이 이제는 인간 세계를 떠나 하늘 궁전에 올라왔습니다. 옛날 일을 생각하니 어찌 약수(인간 세상과 신선 세상을 나누는 강)만 가로막혔겠습니까? 군자께서는 첩의 부모를 만나실 수 있겠지만 첩의 소식은 듣지 못하실 것입니다."

그러고는 옆의 두 선녀를 가리키며 말하였다.

"이쪽은 직녀성군이고, 저쪽은 피향옥녀(선녀의 이름으로, 향을 사르는 선녀라는 뜻)인데 모두 군자와 전생의 인연이 있습니다. 첩은 생각지 마십시오. 이 인연이 이루어지면 첩 또한 의탁할 곳이 있을 것입니다."

상서가 두 선녀를 보니 말석에 앉은 선녀 얼굴이 눈에 익은 듯하면서도 기억나지는 않았다. 문득 영문營門에서 북치고 나팔 부는 소리에 잠이 깨어 꿈속의 일을 생각하니 길몽이 아니라서 마음이 멍하여 매우 걱정하였다.

오래지 않아 앞장선 군대가 서울에 도착하자, 천자께서 몸소 위교까지 나아가 마중하였다. 양 원수는 봉의자금화(봉황 날개를 새긴 붉은 금 투구)를 쓰고 황금쇄옥갑(황금고리를 이어 만든 갑옷)을 입었으며 하루 천리를 달린다는 천리대완마를 탔는데, 황제가 내린 백모황월과 용봉기치(용과 봉황을 새긴 깃발)를 앞뒤에서 받들고, 토번왕은 죄인 압송하는 수레에 싣고, 서역 서른여섯 나라 임금들이 각각 조공하는 보물을 가지고 뒤를 따르니 군대의 위용이 대단하여 가까운 과거에는 없던 것이었다. 구경하는 사람들이 길을 가득 메우고 백여 리에 이어졌으니 장안성 안이 텅 비었다.

천자께서 양 원수가 나랏일을 열심히 했다며 위로하고 세운 공을 따져서 상을 주는데, 곽분양의 전례와 똑같이 왕으로 봉하려고 하였다. 상서가 머리를 조아리고 지성으로 사양하였다. 천자께서 그 마음을 좋게 여기고 조서를 내려 양소유를 대승상 위국공에 봉하셨다. 식읍(대신들에게 공로에 대한 특별 보상으로 주는 영지領地)이 삼만 호요, 상으로 내린 황금이 일만 근이요, 백금이 십만 근이요, 촉 지방에서 나는 비단이 이십 만 필이요, 좋은 말이 일천 필이었고, 그 밖의 온갖 진귀한 보물은 다 기록할 수도 없이 많았다.

양 승상이 절하여 은혜에 감사드리니 천자께서 태평연太平宴(전쟁에서 이긴 뒤에 베푸는 잔치)을 벌여 군신이 함께 즐기고 승상의 초상화를 그려 능연각(당나라 태종 때 공신들의 초상을 그려 보관한 누각)에 보관하라고 명령하였다.

승상이 대궐을 나와 정 사도의 집에 가니 정 씨 집안의 사람들이 외당外堂(사랑)에 모여 있다가 승상을 맞이하여 세운 공을 각각 치하하였다. 승상이 사도와 부인이 편안한지 안부를 여쭈자 정십삼이 말하였다.

"숙부와 숙모는 간신히 몸을 보전하고 계시나 누이의 상을 당한 후 나이 드신 분들이 너무 상심하여 기운이 그전 같지 않으십니다. 그런 이유 때문에 승상이 왔어도 외당에 나와 맞이하지 못하니 저와 함께 들어가 뵙는 것이 좋겠소이다."

승상이 이 말을 듣고 어리둥절하여 오래도록 말을 못 하고 있다가 물었다.

"무슨 상사를 겪었단 말이오?"

정십삼이 말하였다.

"숙부님은 아들이 없고 오직 외동딸뿐이었는데 이런 지경에 어찌 마음이 상하지 않을 수 있겠소. 승상이 뵙더라도 가슴 아픈 이야기는 하지 않는 것이 좋겠소."

승상이 자기도 모르게 눈물을 떨구며 슬퍼하자 정십삼이 위로하며 말하였다.

"승상과 누이의 혼인 약속이 범상치 않았으니 이런 때에도 예의를 돌아봐야지 이래서는 안 되오."

승상이 사례하며 눈물을 거두고 정십삼과 함께 들어가 뵈었다. 정 사도와 부인은 양 승상이 공을 세우고 존귀하게 된 것을 하례할 뿐 소저에 대한 말은 하지 않았다. 승상이 말하였다.

"사위가 조정의 위엄과 덕에 힘입어 외람되게도 작위를 받았으나 곧 벼슬을 반납하고 제 마음을 아뢰어서 낭자와의 약속을 이루고 싶었는데 일이 이 지경에 이르렀다니 참담한 마음 가눌 길이 없습니다."

정 사도가 말하였다.

"만사가 모두 하늘에 달려 있으니 어찌 인력으로 하겠나? 오늘은 승상에게 크게 기쁜 날인데 왜 다른 말을 하겠는가?"

정십삼이 자주 눈짓을 하자 승상은 말을 마치고 화원으로 나갔다. 춘운이 맞이하며 머리를 조아려 인사하였다. 승상이 춘운을 보자 더욱 슬픔을 참을 수가 없어 눈물이 흘러 옷소매를 적셨다. 춘운이 말하였다.

"승상께서 오늘이 슬퍼하실 날입니까? 눈물을 거두시고 운의 말을 들으십시오. 우리 낭자는 본래 하늘 신선인데 속세로 귀양 오신 것이라 다시 하늘로 올라가시던 날에 첩에게 말씀하셨습니다. '네가 양 상서를 하직하고 나를 따랐는데 나는 이제 세상을 버리려 한다. 너는 모름지기 양 상서께 돌아가 그분을 모시어라. 상서께서 돌아오시면 반드시 나 때문에 마음 상해하실 것이니 너는 내 뜻을 상서께 전하여라. 우리 집에서 상서의 폐백을 돌려보내면 곧 길 가는 나그네처럼 남남이 된다. 하물며 그 전에 거문고를 듣던 혐의가 있으니 상서께서 만약 과도하게 슬퍼하시면 이는 임금의 명을 거역하고 또 죽은 사람에게도 누를 끼치는 일이다. 더구나 제청(제사를 지내는 대청)과 무덤에 곡하는 일이 있으면 이는 나를 음란한 여자로 대하는 일이니 나는 눈을 감지 못할 것이다.' 또 말씀하셨습니다. '상서께서 돌아오시면 황상께서는 반드시 혼사를 다시 의논할 것이다. 내가 들으니 공주께서는 그윽하고 올곧은 성품이라 군자의 배필이 되기에 합당하시다 하니 반드시 황명을 순종하시는 것이 좋겠다.' 하셨습니다."

승상이 이 말을 듣고 더욱 슬퍼하며 말하였다.

"소저의 유언이 비록 그러하나 내가 어찌 슬퍼하지 않을 수 있겠는가? 하물며 소저가 임종할 때에 나를 생각함이 이와 같았으니 내 열 번 죽어도 소저의 은덕을 갚기가 어렵겠다.”

이어 객관에서 꾸었던 꿈을 말하니 춘운이 말하였다.

“소저는 분명히 천상에 계실 것입니다. 만사가 모두 전생에서 미리 정해진 것이니 승상께서는 너무 슬퍼하지 마십시오.”

승상이 다시 묻기를,

“소저가 그 밖에 또 무슨 말씀을 하시던가?”

“비록 말씀이 있었지만 차마 아뢰기 어렵습니다.”

“어떤 말이든지 그대로 말하라.”

“소저께서 말씀하시기를 ‘나와 춘랑은 한 몸이니 양 상서께서 만약 나를 잊지 못하겠다면 부디 춘랑을 버리지 마소서.’ 하셨습니다.”

승상이 더욱 슬퍼하며 말하였다.

“내가 어찌 춘랑을 저버릴 수 있겠는가? 더군다나 소저가 이런 명을 남겼다니 내가 직녀를 처로 삼고 복비(복희씨의 딸로 낙수에 익사하여 신이 됨)를 첩으로 삼는다 하더라도 결코 춘랑은 잊지 않겠다.”

양소유가 정경패, 난양공주와 혼례를 치르다

다음 날 천자께서 양 승상을 불러 말씀하셨다.

"전에 내 누이의 혼사 때문에 태후 마마의 엄한 하교로 짐이 몹시 불안했는데, 지금 들으니 정 씨 집 딸이 불행하게 되었다 한다. 내 누이의 혼인은 오직 경이 돌아오기만을 기다렸다. 경이 비록 정 씨 집을 생각하고 있지만, 경의 나이는 아직 어리고 위로 대부인이 계시거니와 대승상 부중에 부인이 없는 법은 없으며, 위국공의 가묘에 주부가 술잔을 올리는 아헌 순서를 빠뜨릴 수도 없다. 짐이 이미 승상부와 공주궁을 함께 짓고 기다렸는데 아직도 내 누이와의 인연을 거절하겠는가?"

승상이 머리를 조아리며 말하였다.

"신이 거듭 거역했던 죄는 참형을 받아야 마땅한데도 이와 같이 하교하시니 황공하여 죽을 지경입니다. 신이 전날에 천명을 순종치 아니함은 실로 인륜에 구애된 나머지 어쩔 수 없는 일이었습니다. 하지만 지금은 정 씨 집 딸이 없는 마당에 다시 무슨 말씀을 드리겠습니까? 다만 미천한 가문에 용렬한 몸으로 황상의 사위로

합당할지 걱정입니다."

천자께서 크게 기뻐하시고 흠천감에 길일이 언제인지 물었다. 구월 십일을 택일하여 드리니 얼마 남지 않은지라 천자께서 또 승상에게 말씀하셨다.

"전에는 혼사가 결정되지 않은 탓에 자세한 말을 못 했지만, 짐에게는 누이가 둘 있는데 모두 현숙한 여자인지라 이제 경에게 함께 시집보내고자 하니 사양하지 마라."

승상이 전날의 꿈을 생각하고 더욱 기이하게 여겨 아뢰었다.

"신이 황실의 사위로 뽑힌 것부터가 외람스러운 일인데 하물며 두 공주를 한 사람에게 내려 보내심은 개국 이래 없었던 일입니다. 신이 어찌 감당하겠습니까?"

천자께서 말씀하셨다.

"경이 세운 공이 지극히 크기 때문에 이로써 보답하려는 것이다. 게다가 누이 둘이 우애가 지극해서 떨어지지 않으려 한다. 그래서 태후 마마께서 특별히 명령을 내리셨으니 경은 사양하지 말라. 또 궁인 진 씨는 본래 사족인 데다 자색이 뛰어나고 문장에도 능하여 누이가 사랑하므로 잉첩으로 딸려 보내니 그렇게 알라."

승상이 머리를 조아리며 은혜에 감사할 뿐이었다.

이때 영양이 궁중에서 여러 달을 지내며 태후를 정성으로 섬기고 난양공주와 진 씨와 더불어 정이 마치 친형제와도 같으니 태후께서 더욱 사랑하셨다. 가을의 혼례일이 다가오자 영양이 조용히 태후께 고하였다.

"처음에 난양과 함께 서열을 정할 때 제가 상좌를 차지한 것은 정녕 외람된 일이었지만 태후 마마의 은혜를 외면하는 것 같아서 그렇게 한 것이지 제 본뜻은 아니었습니다. 지금 양 씨 집에 시집 가는데 난양이 첫째 서열을 사양하는 것은 천고에 없는 일입니다. 태후 마마와 성상께서 미리 그 차례를 정해 주시길 바랍니다."

난양이 말하였다.

"소녀가 전날 조희의 말을 인용한 것은 바로 이 때문입니다. 정 소저의 덕성이며 재주와 학식은 소녀가 따를 수 없습니다. 비록 정 씨가 집에 있을지라도 소녀는 오히려 조희처럼 자리를 양보할 텐데 형제가 된 지금 어찌 신분의 높고 낮음을 따지겠습니까? 소녀는 비록 둘째 부인이 된다 해도 황실 딸로서의 존귀함은 조금도 없어지지 않을 것인데, 만약 제가 첫째 부인이 된다면 태후 마마께서 정 소저를 보살피신 본뜻이 퇴색되지 않겠습니까? 굳이 소녀에게 첫째 부인 자리를 양보하시겠다면 양 씨 집에 시집가는 것을 원치 않습니다."

태후께서 상께 물으시자 상이 말씀하셨다.

"누이가 굳이 사양함은 천고에 없는 높은 뜻이니, 청하옵건대 그 아름다운 뜻을 이루게 해주십시오."

태후께서 옳다고 여기고 하교하셨다.

"영양을 위국 좌 부인에 봉하고, 난양을 위국 우 부인에 봉하며, 진 씨는 본래 벼슬을 한 집안의 자손이니 숙인으로 삼도록 하라."

예로부터 공주가 시집가는 예禮는 대궐 밖의 집에서 친영親迎(혼인의 여섯 가지 예법 중 하나로, 신랑이 신부의 집에 가서 신부를 직접 맞이하는 의식)했는데, 태후의 명으로 특별히 궁궐 내에서 예를 행하도록 하셨다.

혼인날이 되자 승상이 기린을 수놓은 도포에 옥대를 두르고 두 공주와 예를 행하니 위엄과 엄숙하기가 산과 물 같아서 이루 다 기록하지 못하였다. 예를 마치고 자리에 앉으니 진 숙인이 또 잉첩의 예로써 승상을 뵙고 공주들을 모시니 승상이 자리를 내어주었다.

이날 세 명의 선녀가 한데 모이니 광채가 동쪽 하늘에 가득하여 오색 빛이 휘황하였다. 승상의 눈이 현란하고 정신이 황홀하여 꿈이 아닌가 의심하였다. 이날은 영양공주와 밤을 지내고 다음 날 태후께 문안을 올리니 태후께서 잔치를 베풀어주었다. 천자와 월왕이 태후를 모시고 종일 즐겁게 지냈다. 두 번째 날은 난양공주와 밤을 지내고 다음 날 또 잔치를 베풀었다. 세 번째 날은 진 숙인의 방으로 가서 비단 휘장을 두르고 촛불을 켜려 하니 숙인이 문득 슬픔을 이기지 못하여 눈물을 떨어뜨리자 승상이 놀라 물었다.

"오늘은 즐거운 날인데 숙인이 슬퍼하니 혹시 마음속에 숨기는 것이라도 있는가?"

숙인이 말하였다.

"승상이 첩을 몰라보시니 반드시 잊으신 것을 알겠습니다."

승상이 문득 깨닫고 손을 잡으며 말하였다.

"그대는 바로 화주의 진 낭자가 아니시오?"

채봉이 어느새 흐느끼며 소리 내어 울자 승상이 주머니 속에서 〈양류사〉를 꺼내니 채봉도 또한 양생의 시를 내어 놓았다. 두 사람이 비통하여 서로 오랫동안 쳐다보기만 하다가 채봉이 말하였다.

"승상이 오직 〈양류사〉의 인연만 알고 비단 부채 시의 인연은 모르고 계십니다."

상자를 열고 시가 쓰인 부채를 내어 보여주며 모든 사연을 말해 주었다.

"이 모두가 태후 마마와 천자와 공주 마마의 은덕입니다."

승상이 말하였다.

"화음현이 반란군에게 공격당하면서 그대의 생사를 알지 못하게 되자 다시 혼사를 의논하였다오. 매번 화산과 위수를 지날 때면 목에 가시가 걸린 것만 같았는데, 오늘에야 하늘이 사람의 바람 대로 이루어준다는 것을 알겠소이다. 다만 그대를 첩으로 삼은 것을 부끄럽게 생각하오."

채봉이 말하였다.

"첩이 박명한 것은 스스로 알기에 처음에 유모를 보낼 때 군자께서 만일 정혼하신 곳이 있으면 소실이라도 되기를 원했습니다. 그런데 이제 공주님의 버금가는 자리에 있으니 어찌 한스럽게 생각하겠습니까?"

이날 밤에 옛정을 말하며 새로이 즐기니 첫째와 둘째 밤보다 더욱 친밀하고 기쁘게 보냈다.

다음 날 승상이 난양공주와 함께 영양공주의 방에서 만나 술잔을 나누었다. 영양공주가 조용히 시비를 불러 진 숙인을 청하니 승상이 그 목소리를 듣고 마음이 자연 움직여 갑자기 생각하였다.

'내 일찍이 정 씨 집에 가서 소저와 거문고 한 곡조를 의논할 때 그 소리와 얼굴을 익히 듣고 보았는데, 오늘 영양공주를 보니 얼굴과 말소리가 매우 비슷하구나. 나는 황실의 딸과 즐거움을 누리거늘 소저의 외로운 혼은 어느 곳에 의탁하였을까?'

이렇듯 생각하노라니 얼굴빛이 슬퍼졌다. 정 부인은 총명한 여자인지라 어찌 그 마음을 모르겠는가. 옷깃을 여미고 승상에게 물었다.

"첩이 들으니 임금이 근심하면 신하가 근심한다고 합니다. 여자가 군자를 섬기는 것은 군신과 같습니다. 상공께서 술을 대하고 슬픈 기색이 있으시니 그 까닭을 알고 싶습니다."

승상이 잘못하였음을 깨달았으나 달리 둘러대지 못하고 바른대로 말하였다.

"내가 공주를 속이지 못하겠습니다. 전날 정 씨 집에 청혼할 때에 정 씨 집 딸을 보았는데 지금 영양의 모습과 목소리가 정말 비슷했습니다. 그래서 옛일을 생각하고 있었는데 그만 얼굴에 나타난 것을 스스로 깨닫지 못하여 부인에게 의심을 드렸으니 그 또한 마음이 편치 못합니다."

영양이 이 말을 듣고 얼굴이 잠시 붉어지더니 일어나서 안으로 들어가 오래도록 나오지 않았다. 승상이 시녀를 시켜 모셔오게 하니 시녀도 나오지 않았다. 난양이 말하였다.

"영양공주는 태후 마마의 사랑을 듬뿍 받아 성품이 교만하여 첩과는 다릅니다. 그런데 갑자기 승상이 정녀와 비교하시자 화가 난 것 같습니다."

승상이 진 숙인을 시켜 죄를 청하여 말하였다.

"소유가 술김에 망발妄發(망령이나 실수로 그릇된 말이나 행동을 함, 또는 그 말이나 행동)을 하였습니다. 공주께서 나오시면 제가 마땅히 진문공이 스스로 죄인 되었던 일을 본받겠습니다."

숙인이 들어갔다가 한참 만에 나와서 아무 말도 없기에 승상이 물었다.

"공주께서 무어라고 하시더냐?"

"공주께서 매우 노하시어 말씀이 지나치시니 감히 전하지 못하겠습니다."

"숙인의 잘못이 아니니 상세히 전해 보라."

"영양공주께서 말씀하시기를 '첩이 비록 누추하나 태후 마마가 사랑하시는 딸이고 정녀가 아름답다고는 하나 여염집 미천한 여자에 불과합니다. 《예기》에 이르기를 '임금이 타시는 말에 허리 굽혀 절한다.' 하였는데 이는 말을 공경함이 아니라 임금을 공경함입니다. 상공이 임금을 공경하고 조정을 귀히 여기신다면 어찌 첩을 정 씨와 비교하시겠습니까? 하물며 정 씨는 남녀 간에 내외해야 할 것을 생각하지 않고 얼굴을 자랑하였으니, 말과 수작이 확실히 분수에서 벗어났습니다. 또 혼사가 어그러짐을 원망하며 너무 속이 상하고 우울하여 병을 얻어 청춘에 일찍 죽었으니 박명한 것도 확실합니다. 첩이 비록 변변하지 못하고 졸렬하나 자못 부끄럽습니다. 예전에 노나라 추호秋胡(결혼한 지 5일 만에 진陳나라에 벼슬 살러 가서 5년 만에 돌아오다가 뽕 따는 미녀를 보고 금을 주며 아내로 삼으려다 실패하고 집에 와 보니, 뽕 따던 여인이 자신의 아내였으며 아내는 강물에 빠져 죽었다 함)는 황금으로 뽕 따는 여자를 희롱하였는데 그 아내가 물에 빠져 죽었으니, 행실이 못된 사람의 배우자 됨을 부끄러워한다는 교훈입니다. 이제 상공께서 그 여자의 얼굴을 죽은 후에도 여태 기억하시고 또 그 소리를 오랫동안 이별한 뒤에도 분별하시니, 이것이야말로 거문고 소리를 높여 향香을 훔쳐내는 격이니 그 행실이 추호보다도 심합니다. 첩이 비록 옛사람이 물에 몸을 던진 것까지 본받지는 못하나 심궁深宮(깊은 궁궐 안)에서 혼자 늙으려 합니다. 제 동생은 유순한 성품이니 부디 해로하시기 바랍니다.' 하셨습니다."

승상이 마음속으로 노하여 생각하되,

'황실 딸이 세력을 믿고 이렇게 위세를 부리니 부마 노릇하기가 과연 어렵구나.'

난양에게 이르기를,

"내가 정녀와 만난 데는 곡절이 있습니다. 지금 영양이 음란하다고 욕하니 내 관계할 바는 아니지만, 죽은 사람을 욕되게 만들었으니 한탄스럽습니다."

난양이 말하였다.

"제가 들어가서 잘 타이르겠습니다."

하고 들어가더니 날이 저물도록 소식은 없고 방 안에는 어느새 등불이 켜졌다. 난양이 시녀를 시켜 승상에게 전갈하였다.

"여러 가지로 타일러 보았으나 마음을 돌이키지 않습니다. 첩이 애초에 영양과 생사고락을 함께하기로 하였으니 영양이 심궁에서 늙는다면 첩 또한 그럴 것입니다. 청컨대 상공은 숙인의 방에 가셔서 편히 쉬십시오."

승상은 노여운 마음이 가슴속에 가득 찼으나 차마 내색하지는 않았다. 빈 방에 있자니 몹시 무료해서 눈을 들어 진 씨를 보니, 진 씨가 촛불을 들고 승상을 모시고 자신의 방으로 갔다. 금향로에 향을 피우고 상아로 꾸민 침상에 비단 이불을 펴고 승상에게 말하였다.

"첩이 비록 천하지만 일찍이 들으니 '처가 집에 없으면 첩이 밤까지 모시지 않는다.'고 하였습니다. 상공께서는 혼자서 쉬십시오. 첩은 물러갑니다."

그러고는 태연하게 일어나 가버렸다. 승상이 만류하기도 곤란해서 붙잡지 않으니 이날 분위기가 매우 냉담하였다.

승상이 마음속으로 생각하였다.

'이들이 작당하여 나를 희롱하는구나. 내가 왜 저들에게 애걸하랴? 전날 정 씨 집 화원에 살 때에 낮에는 정십삼과 주루에서 술에 취하고 밤에는 춘운과 등불 아래에서 마주하고 술 마시며 늘 즐거웠는데 부마된 지 이제 사흘 만에 다른 사람의 핍박을 받는구나.'

마음이 괴로워 창을 열고 보니 은하수는 궁성 위에 떠 있고 달빛은 뜰에 가득하였다. 신을 끌고 계단 위를 배회하다가 멀리 영양의 방을 바라보니 창에 불빛이 휘황하고 웃음소리가 자자하기에 승상이 생각하되,

"밤이 깊었는데 궁인들이 지금까지 자지 않는구나. 영양이 나를 속여 이곳으로 보내고 다시 왔는가?"

신발 끄는 소리를 내지 않고 방 쪽으로 다가가니 방 안에서 두 공주가 담소하며 쌍륙(놀이의 하나로 여러 사람이 편을 갈라 차례로 두 개의 주사위를 던져서 나오는 사위대로 말을 써서 먼저 궁에 들여보

내는 놀이) 치는 소리가 나므로 가만히 창틈으로 엿보니, 진 씨가 공주들 앞에서 한 여자와 쌍륙판을 벌였는데 한창 홍백을 겨루는 중이었다. 그 여자가 몸을 돌려 촛불을 돋우는데 바로 춘운이었다. 춘운은 정 씨의 혼례식 때 구경하러 들어왔다가 여러 날이 지났지만 몸을 숨기고 승상을 뵙지 않고 있었다.

승상이 놀라 의아해하면서 생각하였다.

'어째서 춘랑이 여기에 왔을까? 틀림없이 공주가 보자고 해서 불려왔겠구나.'

갑자기 채봉이 주사위를 던지며 말하였다.

"그냥 치니 흥이 나지 않으니 춘 낭자와 내기나 해보세."

춘운이 말하였다.

"첩은 본디 가난한 사람이어서 내기에 이겨봤자 술 한 잔, 음식 한 그릇뿐입니다. 숙인께서는 귀한 공주를 모셔 명주 비단을 흔한 삼베 같이 여기고 팔진미를 변변치 못한 음식처럼 여기니 무엇을 내기하고자 하십니까?"

"내가 지면 옷과 장신구 등 춘랑이 원하는 것을 아끼지 않고 달라는 대로 줄 것이요, 낭자가 지면 내 청 하나만 들어주면 될 것이니, 이렇게 하면 낭자는 손해 볼 게 없을 것이네."

"무슨 청이십니까?"

"내가 전에 두 공주께서 비밀 이야기하시는 것을 들으니, 춘 낭자가 귀신이 되어서 승상을 속였다고 하는데 자세한 곡절은 알지 못한다네. 낭자가 지면 옛이야기 삼아 자세히 듣고자 하네."

춘운이 쌍륙판을 밀치고 영양을 돌아보며 말하였다.

"소저여, 우리 소저는 춘운을 사랑하셨는데 이런 말씀을 공주께 하셨습니까? 숙인이 들었으니 궁중에 귀 있는 사람이라면 누군들 아니 들었겠습니까? 저는 이제 다른 사람을 볼 낯이 없습니다."

채봉이 웃으며 말하였다.

"춘 낭자의 소저가 어디에 계신단 말인가? 우리 영양공주님은 승상 부인이시자 위국공 소군小君(제후의 아내)이시네. 나이는 비록 어리시나 어떻게 춘 낭자의 소저가 되시겠는가?"

춘랑이 말하였다.

"십 년 넘게 부르던 입을 고치기 어렵습니다. 꽃가지를 다투며 희롱하던 일이 어제 같은데 공주며 부인을 두려워하겠습니까?"

난양이 웃으며 정 부인에게 물었다.

"춘랑의 이야기는 저도 역시 자세히 듣지 못했습니다. 그래 승상이 과연 속았나요?"

영양이 말하였다.

"어찌 속지 않았겠습니까? 다만 겁내고 두려워하는 모습만 보고자 하였는데 너무도 눈이 멀어 귀신을 꺼리지 않았습니다. 호색好色하는 사람을 가리켜 색중아귀色中餓鬼라더니 헛말이 아니었으니 귀신이 어찌 귀신을 무서워한답니까?"

모두가 큰 소리로 웃었다.

승상이 그제야 영양이 바로 정 소저라는 것을 알았다. 옛일을 생각하니 반가움을 이기지 못하여 창을 열고 들어가려다가 문득 생각하기를,

'나를 속이니 나도 또한 속이리라.'

하고 가만히 진 씨 방으로 돌아와서 잠자리에 들었다.

날이 밝자 진 씨가 와서 시녀에게 물었다.

"승상께서 일어나셨느냐?"

"아직 일어나지 않으셨습니다."

진 씨가 오랫동안 밖에서 기다렸으나 해가 높도록 승상은 일어나지 않고 때때로 신음하는 소리만 들렸다.

진 씨가 들어가 물었다.

"상공! 어디 불편하십니까?"

승상이 거짓으로 눈을 높이 뜨고 사람을 알아보지 못하는 듯 가끔 헛소리를 하거늘 진 씨가 물었다.

"상공께서는 왜 이상한 말씀을 하십니까?"

승상이 두 손을 허공에 휘두르며 말하였다.

"너는 어떤 사람이냐?"

"첩을 알지 못하십니까? 첩은 진 숙인입니다."

"진 숙인이 어떤 사람이냐?"

진 씨가 놀라며 나아가 머리를 만져보니 심히 더웠다.

진 씨가 말하였다.

"승상 병환이 하룻밤 사이에 어찌 이토록 중하십니까?"

승상이 한참 동안 어리둥절해하다가 비로소 진 씨를 알아보는 듯 말하였다.

"밤새도록 귀신과 이야기를 하였으니 어찌 기운이 편안하겠소?"

진 씨가 다시 물어보았으나 대답하지 않고 돌아누웠다. 진 씨가 매우 걱정이 되어 시녀를 시켜 부인과 공주께 아뢰게 하였다.

"승상께서 기운이 편치 않으시니 빨리 와서 보십시오."

정 부인이 말하였다.

"어제도 병 없던 사람이 무슨 병이란 말인가? 우리들을 나오게 하려고 그러는 것이다."

이윽고 진 씨가 와서 아뢰었다.

"승상께서 정신이 없어 사람을 알아보지 못하시고 어두운 데를 보고 끊임없이 이상한 말씀만 하십니다. 황상께 아뢰고 어의를 불러야 할 듯합니다."

이렇게 논의하고 있을 때 태후께서 들으시고 두 공주를 불러 나무라시며 말씀하셨다.

"너희들이 승상을 놀려서 병이 되었다는데 가보지 않음은 어찌된 도리인가? 빨리 가서 문병하여라. 만약 진짜 병이 들었으면 마땅히 어의에게 하교할 것이다."

정 부인이 어쩔 수 없이 난양과 함께 승상의 거처로 갔으나 당상에 머물며 난양과 진 씨만 들여보냈다. 승상이 한참 동안 난양을 보다가 갑자기 알아보는 듯한 행동을 하면서 길게 탄식하며 말하였다.

"내 목숨이 다한 듯하니 이제 영원히 이별하려 합니다. 영양은 어디에 계십니까?"

난양이 말하였다.

"상공께서는 병도 없으시면서 어찌 그런 말씀을 하십니까?"

승상이 말하였다.

"어젯밤 비몽사몽간에 정녀가 '상공은 어찌 약속을 저버리십니까?' 하며 노하여 책망하고는 진주를 움켜쥐기에 내가 받아먹었는데 아무래도 좋지 않은 징조인 듯합니다. 눈을 감으면 정녀가 내 앞에 서 있으니 내 목숨이 오래갈 것 같지 않아 영양을 만나보고자 합니다."

말이 채 끝나지도 않아서 또 벽을 향하여 헛소리를 무수히 하고 기절하는 듯하자, 난양이 걱정되어 밖으로 나와서 정 부인에게 말하였다.

"승상의 병은 의심으로 인해 생겼으니 저저姐姐(누이를 달리 이르는 말)가 아니면 고칠 수 없을 것 같습니다. 저저는 어서 들어가 보십시오."

하고 승상의 말을 전하자 정 부인이 반신반의하며 주저하였지만 난양이 손을 잡아 이끌고 들어갔다. 승상이 계속 헛소리를 하는데 모두 정 소저에게 하는 말이었다.

난양이 크게 소리 내어 말하였다.

"영양이 왔으니 눈을 떠보십시오."

승상이 손을 들고 일어나려고 하자 진 씨가 침상으로 다가서서 몸을 붙들어 일으켜 앉히니 승상이 두 공주에게 말하였다.

"내가 황은을 입어 두 분 공주와 해로하기를 바랐는데 나를 데려가려고 재촉하는 사람이 있어 오래 머물지 못할 것 같습니다."

정 부인이 말하였다.

"승상은 세상 이치를 아는 군자이신데 어찌 이렇게 허황된 말씀을 하십니까? 설령 정 씨의 영혼이 남아 있다 해도 구중궁궐은 온갖 신령이 호위하는데 어찌 감히 들어오겠습니까?"

"정녀가 바로 내 옆에 있는데 어찌 없다고 하십니까?"

난양이 참지 못하고 말하였다.

"옛사람이 술잔에 비친 활 그림자를 보고 뱀이라고 했다더니[배중사영杯中蛇影] 바로 승상이 그러시군요. 승상이 정 소저의 귀신이 보인다고 하시는데, 만약 살아 있는 정 소저를 보시면 어쩌시렵니까?"

승상이 대답하지 않고 머리만 흔들자 영양이 병세가 심각함을 보고 다시 속이지 못하여 나아가 앉아 말하였다.

"승상이 죽은 정 씨를 이렇듯 생각하니 산 정 씨를 보면 어떠하시겠습니까? 첩이 바로 정경패입니다."

승상이 말하였다.

"부인은 어찌 그런 말씀을 하십니까? 정 씨의 혼이 지금 내 앞에 앉아 나를 황천에 데려가 전생의 연분을 맺자 하고 잠시도 머물지 못하게 하니 산 정 씨가 어디에 있으리오. 내 병을 위로하려 산 정 씨라 하지만 진실로 허망합니다."

난양이 말하였다.

"승상은 의심하지 마십시오. 태후 마마께서 정 소저를 사랑하시어 공주로 봉하시고 저와 함께 군자를 섬기도록 하셨습니다. 이 말은 진짜입니다. 그렇지 않다면 영양의 모습과 말소리가 어떻게 정 소저와 똑같을 수 있겠습니까?"

승상이 대답하지 않고 한참 있다가 말하였다.

"내가 정 씨 집에 있을 때 정 소저의 시비 춘운이 내 시중을 들었는데 불러서 할 말이 있습니다."

난양이 말하였다.

"춘운이 정 소저를 뵈러 궁중에 왔다가 승상의 기체氣體(몸과 마음의 형편)가 평안하지 않음을 보고 밖에 대령하였습니다."

하고 즉시 춘운을 부르니 춘운이 창밖에서 기다리다가 들어와 뵈었다.

"상공의 귀하신 몸은 좀 어떠하신지요?"

승상이 말하였다.

"춘운만 남고 모두 잠깐 나가들 계시오."

두 부인과 숙인이 밖에 나가서 기다렸다. 승상이 세수하고 의관을 정제한 후 춘운을 시켜 세 사람을 불렀다. 춘운이 웃으면서 세 사람에게 말하였다.

"상공께서 부르십니다."

이에 모두 함께 들어갔다. 승상이 머리에는 화양건華陽巾(예전에 도가道家나 은거 생활을 하던 사람이 쓰던 쓰개의 하나)을 쓰고 몸에는 궁금포宮錦袍를 입고 손에는 백옥여의(보살이 지닌 기물로, 한 자쯤 되는 자루는 끝이 굽어 고사리 모양임)를 쥐고 자리에 비스듬히 기대어 앉았으니 기상이 봄바람 같고 정신이 가을 물결 같아서 조금도 병들었던 기색이 없었다. 정 부인이 속은 줄 알고 미소를 머금은 채 고개를 숙였다.

난양이 물었다.

"승상의 병환은 어떠십니까?"

승상이 정색하고 말하였다.

"내가 본래 병이 없었는데 요사이 풍속이 크게 어긋나서 부녀자

195

가 작당하여 지아비를 조롱함이 매우 방자한 탓에 마침내 병이 되었습니다."

난양과 숙인은 웃음을 머금고 대답을 못 하는데 정 부인이 말하였다.

"이 일은 저희들이 알 바 아닙니다. 병을 물리치시려면 태후 마마께 여쭤보십시오."

승상이 참지 못하고 크게 웃으면서 정 부인에게 말하였다.

"내가 부인을 후세에서나 만나볼까 고대했는데, 이것이 꿈은 아니겠지요?"

하며 옥수를 잡고 희롱하니 원앙새가 초목 사이의 푸른 물을 만난 듯, 나비가 붉은 꽃을 본 듯하여 그 사랑함을 이루 헤아리지 못하였다.

영양이 일어나 재배하고 말하였다.

"이 모두가 태후 마마와 황상의 성은이며 난양공주의 은혜이니 백골이 진토 되어도 갚지 못할진대 입으로 다 말씀드릴 수 있겠습니까?"

이어서 난양공주와 함께 태후를 알현하여 서열을 사양한 일을 이야기하니 승상이 난양공주에게 사례하며 말하였다.

"공주의 성덕은 옛 열녀도 미치지 못할 것이니 제가 갚을 도리가 없습니다. 오직 흰머리가 되도록 해로하기만을 바랄 뿐입니다."

난양이 사례하며 말하였다.

"이것은 모두 소저의 심덕心德이 아름다워 하늘이 감동하신 것이니 제가 무슨 공이 있겠습니까?"

태후께서 궁인을 시켜 승상의 병을 물으니 숙인이 함께 가서 승상의 말을 태후께 아뢰었다.

태후께서 크게 웃으시며 말씀하셨다.

"내 처음부터 의심했었다."

하시고 승상을 부르시자 승상이 두 공주와 함께 태후를 알현하니 태후께서 말씀하셨다.

"승상이 전날 정녀와의 인연을 이루었다니 심히 기쁜 일이로다."

"성은이 넓으시어 천지조화와 다를 바 없으니 신이 몸을 버린다 해도 만분의 일도 갚을 수 없습니다."

태후께서 웃으며 말씀하셨다.

"나의 희롱함이 무슨 은혜라 하겠는가? 다만 승상이 내 딸을 버리지 않는다면 이 늙은이에게 보답하는 것이네."

승상이 머리를 조아리며 명을 받들었다.

이날 천자께서 선정전에서 조회를 받으실 때 여러 신하들이 아뢰기를,

"요즘 경성景星(태평성대에 나타난다는 상서로운 별)이 보이고 감로甘露(천하가 태평할 때에 하늘에서 내린다고 하는 단 이슬)가 내리며 황하의 물이 맑아지고 해마다 풍년이 들며 삼진의 절도사가 땅을 바치고 들어와 조회하니, 이것은 모두가 성덕의 결과입니다."

천자께서 겸양하며 공을 신하에게 돌리셨다. 여러 신하가 또 아뢰었다.

"양 승상이 새신랑이 되어 퉁소를 불어 봉황들을 길들이느라 집에서 나오지 않으니 조정의 일이 많이 밀렸습니다."

천자께서 크게 웃으며 말씀하셨다.

"태후 마마께서 날마다 부르시니 나올 수가 없었는데 이제는 내 보내실 것이오."

승상이 조정에 나아가 국사를 다스리더니, 하루는 대부인 모셔 오기를 청하는 상소를 할 때 말씀이 지극하고 간절하여 천자께서 보시고,

"양소유는 극진한 효자다."

하고 황금 일천 근과, 비단 팔백 필과, 백옥으로 꾸민 가마를 주며 말하였다.

"즉시 가서 대부인을 위하여 잔치하고 모셔오라."

양소유가 열여섯에 집을 떠나 삼사 년 만에 승상의 위의에다 위국공의 인끈을 차고 고향에 돌아와 모친을 뵈니 유 부인이 아들의 손을 잡고 등을 어루만지며 말하였다.

"네가 진실로 내 아들 양소유냐? 근근이 너를 기를 때 이리 될 줄 어찌 알았겠느냐?"

하고 반가운 마음에 기쁘기 한이 없어 눈물을 흘렸다.

승상이 조상의 무덤을 깨끗이 한 후 제사 지내고 임금께 받은 금과 비단으로 대부인을 위하여 친구와 일가친척을 다 청하여 큰 잔치를 베풀었다. 그런 후 대부인을 모시고 길을 떠나자 각도의 방백이며 자사, 현령들이 분주히 달려 나와 마중하니 영화로움이 비길 곳이 없었다. 승상이 낙양을 지나면서 계섬월과 적경홍을 찾았으나 상경한 지 오래 되었다고 하니 서로 어긋남을 한탄하였다. 여러 날 만에 궁궐에 나아가니 태후와 황상이 불러 보시고 금은과

비단 열 수레를 내려주면서 대부인께 드리라고 하셨다.

승상이 날을 잡아 유 부인을 모시고 나라에서 내려준 새 집으로 들어갔다. 정 부인과 난양공주가 진 숙인을 거느리고 폐백을 받들어 신부의 예를 행하니 성대한 위의와 부인의 기쁨은 말로 형용할 길이 없었다. 승상이 두 궁에서 내린 금은으로 사흘 내내 대부인의 장수를 기원하는 잔치를 열었다. 이때 천자께서 음악을 내려주시고 내외 빈객은 어찌나 많은지 조정이 모두 옮겨온 듯하였다. 승상이 색동옷을 입고 두 공주와 차례대로 일어나 백옥잔을 받들어 부인께 올리자 부인이 크게 기뻐하고 모인 사람들 모두가 축하하였다.

이때 문지기가 알려왔다.

"문 밖에 섬월과 경홍이라는 두 여자가 대부인과 승상, 두 분 부인께 뵙기를 청합니다."

승상이 말하였다.

"계섬월과 적경홍 두 사람이 왔구나."

유 부인께 말씀드리고 불러들였다. 두 사람이 당하에서 머리를 조아리니 빈객들이 서로 말하였다.

"낙양 계섬월과 하북 적경홍의 이름을 들은 지 오래되었는데 과연 절색이로다. 양 승상의 풍류가 아니면 어떻게 두 사람을 불러들이겠는가?"

계섬월과 적경홍이 함께 일어나 진주신을 신고 비단 자리에 올라 긴 소매를 흩날리며 여상무를 추니, 지는 꽃과 버들가지가 봄바람에 나부끼고 구름 그림자가 휘장 속을 들락날락하는 듯하였다. 마치 한나라의 조비연이 세상에 다시 살아나고 금곡의 녹주가 살아 있는 듯하였다. 유 부인과 두 공주가 금과 구슬이며 비단을 내리고, 진 숙인은 섬월과 옛일을 이야기하며 슬퍼하는 한편 기뻐하고, 정 부인은 옥잔에 술을 따라 중매해 준 일을 감사하였다.

유 부인이 승상에게 말하였다.

"너희들이 섬월에게만 사례할 뿐 내 외사촌 누이 두련사는 잊었으니 어떻게 보은한다고 말할 수 있겠느냐?"

하고 즉시 사람을 자청관에 보내어 청하니 두련사는 뜬구름처럼 떠돈 지 삼 년이 되었지만 아직 돌아오지 않았다고 하여 부인이 매우 안타까워하였다.

월왕과 낙유원에서 사냥을 즐기다

경홍과 섬월이 들어온 후에 승상을 모시는 사람이 점점 많아지자 승상은 각기 거처를 정해 주었다. 정당의 이름은 경복당이니 유 부인이 계신 곳이다. 그 앞은 연희당이니 좌 부인 영양공주의 거처이고, 경복당의 서쪽은 봉수궁이니 우 부인 난양공주의 거처다. 연희당 앞은 응향각이고 그 앞은 청하루인데, 이 두 채는 승상이 평소에 거처하면서 궁중 잔치를 여는 곳이다. 누각 앞은 치사당이고 그 앞은 예현당이니 이 두 채는 승상이 손님을 접대하거나 공무를 보는 곳이다. 봉수당 남쪽에 해진원이 있는데 숙인 진채봉이 거처하는 곳이고, 연희당 동남쪽은 영춘함이니 가춘운의 집이다. 청하루 동서에 각각 작은 누각이 있는데 푸른 창과 붉은 난간이 지극히 화려하고 행각行閣(궁궐이나 절 따위의 정당正堂 앞이나 좌우에 지은 줄행랑)을 지어 청하루와 응향각에 연결되어 있으니 동쪽은 화산루라 하고 서쪽은 대궐루라 하였는데 계섬월과 적경홍이 있는 곳이다.

궁중의 풍류하는 기생 팔백여 명은 재주와 용모를 천하에서 가려 뽑아 좌부와 우부로 나누었으니, 좌부 사백 명은 계섬월이 이끌고 우부 사백 명은 적경홍이 이끌면서 가무와 관현管絃을 가르치게 했다. 매월 세 번씩 청하루에 모여 양쪽이 재주를 겨뤘는데, 때때로 승상과 부인이 대부인을 모시고 몸소 등급을 매겨 양쪽의 교사敎師에게 상을 주거나 벌을 주었다. 이기는 쪽은 상으로 술 석 잔을 주고 꽃 한 가지씩을 머리에 꽂아주었으며, 지는 쪽에는 벌로 물 한 그릇을 주고 이마에 먹으로 점 하나를 찍었는데, 이 때문에 재주가 점점 능숙해졌다. 위부(양 승상이 거처하는 곳)와 월궁(월왕이 거처하는 궁)의 여악女樂(궁중에서 연회를 베풀 때에 여기女妓가 악기를 타고 노래를 부르며 춤을 추던 일 또는 그 음악과 춤)이 천하에 유명하여 비록 현종 황제 시절 이원梨園(당나라 현종이 음악을 익히게 한 곳)의 제자들이라도 미치지 못할 정도였다.

하루는 두 부인이 유 부인을 모시고 여러 낭자들과 이야기를 나누고 있었는데, 승상이 손에 편지 한 통을 가지고 들어와서 난양에게 주면서 말하였다.

"이는 월왕의 편지니 보십시오."

난양이 펴보니 다음과 같았다.

전에는 국가에 일이 많고 공사公私에 시달려 낙유원樂遊原에 말을 머물게 하는 좋은 기회와 곤명지昆明池에서 배 타고 노는 사람이 끊어져 가무歌舞하던 땅에도 오랫동안 거친 풀만 우거졌습니다. 이제 성상의 넓으신 덕과 승상의 노고에 힘입어 천하가 태평하고 백성이 안락하니 천보 시절의 융성함을 회복하였습니다. 봄빛이 늦지 않았고 꽃과 버들이 한창이니, 바라건대 승상과 함께 낙유원에 모여 사냥하며 태평한 기상을 돋우려 합니다. 승상께서 좋다고 생각하시면 날짜를 정해 주십시오.

　공주가 웃으며 승상에게 물었다.
　"월왕 오라버니가 편지 보낸 뜻을 아시겠습니까?"
　"무슨 깊은 뜻이 있겠습니까? 꽃 피는 계절에 놀아보자는 것일 테니 한가한 귀공자들이 항상 하는 일이지요."
　"승상께서 잘 알지 못하시는군요. 제 오라버니가 좋아하는 것은 미인과 풍류입니다. 궁중에 절세가인이 한둘이 아닌데 요즘 총애하는 미인 하나를 얻으니 무창 사람으로 이름은 옥연이라고 합니다. 제가 보지는 못했지만 재주와 용모가 천하에 으뜸이라고 하니 제 생각에는 우리 궁중에 미인이 있다는 말을 들은 오라버니가 거부인 왕개와 석숭(진나라 사람으로 큰 부자였으며 두 사람이 부를 다투었음)이 서로 겨루듯이 한 번 다투어 보고자 하는 것입니다."
　승상이 웃으며 말하였다.
　"나는 대강 보고 지나쳤는데 월왕의 뜻을 공주가 아셨군요."
　정 부인이 말하였다.
　"비록 노는 일일지라도 어찌 남에게 질 수야 있겠습니까?"
라며 경홍과 섬월 두 사람을 쳐다보면서 이르기를,
　"군사는 십 년을 길러서 하루아침의 승패를 위해 쓰는 것처럼 이 일은 오로지 그대 두 사람에게 달렸으니 부디 힘써 하라."
　섬월이 말하였다.

"천첩은 감히 감당치 못하겠습니다. 월궁의 풍류가 천하에 유명합니다. 더군다나 무창 기생 옥연의 이름을 그 누가 들어보지 못했겠습니까? 제가 남한테 웃음거리가 되는 것은 괜찮지만 우리 위부가 욕을 당할까 정말 두렵습니다."

승상이 말하였다.

"내가 낙양에서 처음 섬월을 만났을 때 강남의 만옥연이 청루삼절靑樓三絶이란 말을 들었는데 필시 그 사람인 듯하오. 비록 그렇다고 하나 내가 이미 청루삼절 중 제갈량과 방통(경홍과 섬월을 지칭함)을 얻었으니 항우의 범증 한 사람을 어찌 두려워하리오?"

공주가 말하였다.

"월왕의 첩 중에 미색이 많으니 옥연만 있는 게 아닐 것입니다."

섬월이 말하였다.

"저는 자신이 없으니 홍랑에게 물어보십시오. 저는 본래 담력이 약해서 이 말을 들으니 목구멍이 간질거려 노래도 부를 수 없을 것 같고, 얼굴이 화끈거려 분가시(분으로 인한 중독으로 여자의 얼굴에 생기는 여드름과 같은 부스럼)가 날 것만 같습니다."

경홍이 이 말을 듣고 화를 내며 말하였다.

"섬 낭자, 거짓말을 하는 거요 아니면 참말로 그러는 거요? 우리 두 사람이 관동 칠십여 주를 횡행하면서 유명하다는 미색과 탁월하다는 풍류를 보지 않은 것이 없고, 남한테 진 적도 없는데 왜 옥연에게만 양보한단 말이오? 경국지색傾國之色(임금이 혹하여 나라가 기울어져도 모를 정도의 미인이라는 뜻으로, 뛰어나게 아름다운 미인을 이르는 말)이었던 한무제 부인인 이 씨와 구름이 되었다가 비도 되었다 한다는 무산 신녀가 있다면 양보할 수도 있지만, 그렇지 않은데 왜 우리가 그녀를 두려워하리오.”

섬월이 말하였다.

“홍 낭자는 무슨 말을 그렇게 쉽게 하시오? 우리가 관동에 있을 때는 오고가던 곳이 태수나 방백의 모임에 불과해서 강적도 겪어 보지 못했지만, 지금 월왕 전하께서는 황실에서 나고 자라서 눈 높이가 산과 같고, 게다가 옥연은 이름 있는 사람이니 어찌 가볍게 여길 수 있겠소?”

섬월은 이어서 승상에게 아뢰어 말하였다.

“홍랑이 이렇게 우쭐거리니 제가 홍랑의 단점을 말씀드리겠습니다. 홍랑이 처음에 승상을 따를 때에 연왕의 천리마를 타고 한단 땅의 소년인 체하여 승상을 속일 수 있었는데, 아리땁고 한들거리는 자태였다면 남자로 아셨겠습니까? 또 승상의 은혜를 처음 입을 때 어두운 밤을 틈타 제 몸인 것처럼 하여 모셨으니, 이것이 야말로 남의 힘으로 일을 이룬 자입니다. 그런데도 지금 도리어 저를 향해 큰소리를 치니 어찌 우스운 일이 아니겠습니까?”

경홍이 말하였다.

“사람 마음은 헤아리기가 매우 어렵습니다. 천첩이 승상을 따르기 전에는 섬랑이 저를 하늘처럼 높이더니, 이제는 한 푼어치도 안 되는 듯이 힐뜹니다. 아마도 승상께서 저를 천하게 여기지 않으시니 섬랑이 총애를 독차지하지 못해 투기하는 것이 아닌가 합니다.”

여러 낭자들이 크게 웃었다.

정 부인이 말하였다.

"홍랑의 몸매가 섬약纖弱(섬세하고 나긋나긋한 태도)하지 않아서 몰라본 게 아니라 승상의 두 눈이 밝지 못해서 그런 것이니, 이 때문에 홍랑의 가치가 깎이지는 않지요. 하지만 섬월의 말도 확실한 말입니다. 여자가 남복을 하고 다른 사람을 속일 수 있는 것은 반드시 여자로서의 자태가 부족해서이고, 남자가 여장을 하고 사람을 속이는 것도 반드시 장부로서의 기골이 없음입니다."

승상이 웃으며 말하였다.

"부인의 말은 나를 놀리는 것인데 이 또한 두 눈이 밝지 못한 까닭입니다. 부인이 내 용모가 나약하다고 비난하지만 부인도 눈이 밝으면 어이 남자인 줄을 모르셨습니까?"

모두 크게 웃었다.

섬랑이 말하였다.

"강적과 마주했는데 단지 농담만 하시렵니까? 저희 두 사람만 믿을 수는 없으니 가 유인도 함께 갔으면 합니다. 월왕이 모르는 분이 아니니 진 숙인 역시 가지 못할 이유는 없습니다."

진 씨가 말하였다.

"경홍과 섬월 낭자가 진사 과거를 보러 가면서 우리와 같이 가자고 하면 조금이나마 거들겠지만, 가무하는 마당에 우리를 데려다가 어디에 쓰리오?"

춘운이 말하였다.

"제가 노래하고 춤출 줄 모른 나머지 제 한 몸만 비웃음을 살 뿐이라면 어찌 성대한 모임에 구경하고픈 마음이 없겠습니까만, 첩이 가면 승상께서 비웃음을 당할 것이요, 공주께도 근심을 드릴 것이니 감히 가지 못하겠습니다."

난양이 웃으며 말하였다.

"춘랑이 간다고 해서 어찌 비웃음을 사며 왜 내게 근심을 준단 말인가?"

춘운이 말하였다.

"비단 돗자리를 깔고 구름 장막을 걷으면서 양 승상의 총애하는 첩 가 유인이 나온다 할 것인데, 쑥대머리에 귀신 형용으로 나가 사람을 놀라게 하면 우리 승상이 등도자(여자를 밝히면서 얼굴의 곱고 나쁨을 가리지 않는 자)의 병이 있다고 하지 않겠습니까? 월왕 전하는 신선처럼 일생 동안 추악한 물건을 보지 않고 지내시다가 속이 뒤집혀 토하신다면 공주 마마께서 어찌 근심하지 않으시겠습니까?"

공주가 말하였다.

"춘랑의 겸손이 지나치구나. 춘랑은 사람으로 귀신이 되어 본 사람인데, 지금 월나라의 서시 같은 미인이면서 무염 같은 추녀라고 하니 춘랑의 말은 믿지 못하겠다."

공주가 승상에게 물었다.

"답장을 어느 날로 기약하셨습니까?"

승상이 대답하기를,

"내일 만나기로 했습니다."

섬월과 경홍이 놀라며 말하였다.

"두 곳의 교방敎坊에 영을 내려놓겠습니다."

영을 내리자 위부의 제자 팔백여 명이 용모를 가다듬고 풍류도 연습하며 거문고 줄도 고쳐 매고 치마끈도 졸라매면서 남에게 지지 않으려 하였다.

다음 날 승상이 일찍 일어나 융복戎服(철릭과 주립으로 된 옛 군복으로 무신이 입었으며, 문신도 전쟁이 일어났을 때나 임금을 호위할 때 입음)을 입고 좌우에 활과 화살을 차고는 눈빛 같은 천리숙상마를 타고 사냥할 군사 삼천 명을 가려 뽑아 성남으로 향했다. 섬월과 경홍은 신선처럼 차려입고 비룡처럼 뛰는 말에 올라앉아 수놓은 신발로 은등자를 밟고 옥 같은 손으로 진주 고삐를 가볍게 잡고서 승상 뒤편 가까이에서 모시고 섰다. 팔백 명의 기생도 극히 화려하게 단장하고 뒤를 따랐다. 가는 도중에 월왕과 만나니 월궁 군대의 위용이 자못 웅장하고 여악의 화려함은 말로 형용하지 못할 정도였다. 월왕이 승상과 함께 말을 나란히 하여 가면서 물었다.

"승상이 타신 말은 어느 땅에서 난 것입니까?"

승상이 말하였다.

"대완국에서 난 것인데 대왕이 타신 것도 대완마인 듯합니다."

월왕이 말하였다.

"바로 맞추셨습니다. 이 말의 이름은 천리부운총인데 지난 가을에 천자를 모시고 상림원에서 사냥할 때 일만 마리 말이 바람처럼 달렸지만 이 말을 따라오지 못했습니다. 장 부마의 도화총과 이 장군의 오추마를 세상에 없는 말이라고 자랑하지만 모두 이 말을 이기지는 못합니다."

승상이 말하였다.

"작년에 토번국을 정벌할 때 사람은 험한 길과 깊은 구렁에 발도 붙이지 못했는데 이 말은 평지처럼 지나갔습니다. 제가 공을 세운 것은 실로 이 말의 힘입니다. 제가 돌아온 후에 관직이 갑자기 높아져 매일 편한 교자를 타고 천천히 조정에 나아가니 사람이나 말이나 오랫동안 한가하여 병이 날 지경입니다. 청컨대 왕과 함께 채찍을 들어 말의 걸음을 한 번 겨뤄보고 싶습니다."

월왕이 아주 기뻐하면서 말하였다.

"내 생각도 같습니다."

하고 시종에게 이르기를,

"두 집의 빈객과 여악은 미리 막차幕次(의식이나 임금이 나들이 할 때에 임시로 장막을 쳐서 왕이나 고관들이 잠깐 머무르게 하던 곳)에 가서 기다리게 하라."

말을 마치고 말에게 채찍을 가하려고 할 때 갑자기 사슴 한 마리가 군병들에게 쫓겨 월왕 곁을 지나가므로 월왕이 장사들에게 쏘라고 하여 여러 명이 쏘았으나 맞추지 못했다. 왕이 노하여 말을 내달리며 화살 하나를 쏘아 사슴의 겨드랑이를 맞춰 쓰러뜨리니 군사들이 천세千歲를 불렀다.

승상이 칭찬하면서 말하였다.

"대왕의 신통한 활 솜씨는 옛날 양왕도 따르지 못할 것입니다."

월왕이 말하였다.

"어찌 그리 말할 수 있으리오? 승상의 활 솜씨도 보고 싶습니다."

이렇게 말하고 있을 때 마침 고니 한 쌍이 구름 사이로 날아오르니 군사들이 아뢰기를,

"이 새는 잡기가 매우 어려우니 해동청(매의 일종)을 날려야 할 것입니다."

승상이 웃으며 말하였다.

"잠깐 멈추어라."

하고 허리에서 천자께서 하사하신 보궁과 금비전을 빼내어 몸을 기울여 화살 하나로 고니의 머리를 맞추어 말 앞에 떨어뜨리니 월왕이 크게 칭찬하면서 말하였다.

"승상의 신묘한 재주는 사람이 따를 수가 없습니다."

두 사람이 산호와 백옥으로 꾸민 채찍을 들어 함께 내리치니 두 마리 말이 별이 흐르고 번개가 내리치듯 순식간에 넓은 들을 지나 높은 언덕에 올랐다. 두 사람이 나란히 산천 풍경을 바라보며 활 쏘고 칼 쓰는 법을 논하는데, 시종이 그제야 땀을 흘리면서 따라와 쏘아 잡은 짐승의 고기를 구워 옥쟁반에 담아드렸다. 두 사람이 소나무 숲에서 풀을 깔고 앉아 차고 있던 칼로 고기를 베어 먹으면서 몇 잔의 술을 기울였다. 멀리 보니 붉은 옷을 입은 관원이 여러 사람을 데리고 바삐 달려왔다.

시종이 고하였다.

"두 궁궐에서 술을 내리셨습니다."

승상과 월왕이 천천히 장막으로 가서 기다리는데 두 궁궐의 태감이 황봉주黃封酒를 따라서 권하였다. 천자께서 친히 시를 지어 내리니 두 사람이 머리를 조아려 절하고 술을 받아 마신 후, 각각 화답하는 시를 지어 태감에게 주어 보냈다.

이윽고 두 집의 빈객들이 차례대로 앉으니 술과 안주가 나오는데 낙타의 등과 원숭이 입술은 푸른 가마에서 내오고, 남월의 여지(바나나 비슷한 열매)와 영가의 누런 귤은 옥쟁반에 가득하였으니 서왕모가 베푼 요지의 잔치라면 모르되 인간 세상의 진기한 요리는 없는 것이 없었다. 두 집의 여악 천 명이 자리를 빙 둘러앉았는데 그 빛난 얼굴은 천 그루 꽃나무나 버드나무보다 곱고, 풍류 소리는 곡강의 물을 끓어오르게 하였으며 종남산을 움직이는 듯하였다.

술이 반쯤 돌았을 때 월왕이 승상에게 말하였다.

"승상의 사랑을 입고도 구구한 정을 전하지 못했기에 소첩 몇 명을 데려왔는데, 승상의 장수를 빌고자 합니다."

승상이 사례하며 말하였다.

"저는 감당하지 못할 듯합니다만 사돈 사이의 정이니 사양할 수도 없습니다. 제 첩 중에서도 구경하려고 따라온 자가 있으니 대왕께 보여 답례하고자 합니다."

경홍과 섬월과 월궁의 네 미인이 명을 받들고 장막에서 나와 머리를 조아리고 알현하니 각각 자리를 주고 승상이 말하였다.

"옛날 영왕께 한 미인이 있어 이태백이 겨우 그 노랫소리만 듣고 모습은 보지 못하였는데, 내가 하루에 네 신선을 보니 이태백보다 열 배나 낫습니다. 여러 미인의 꽃 같은 이름은 어떻게들 부르는가?"

네 사람이 일어나서 대답하였다.

"저희는 금릉의 두운선, 진류의 소채아, 무창의 만옥연, 장안의 해연연이라 합니다."

승상이 월왕에게 말하였다.

"제가 선비일 때에 낙양과 서울을 오가며 옥연 낭자의 이름을 하늘 사람이라 들었는데, 이제 그 모습을 보니 명성보다 더합니다."

월왕도 경홍과 섬월 두 사람의 이름을 묻고는 말하였다.

"두 미인은 천하가 모두 추앙하는데 지금 승상을 따랐으니 정녕 주인을 얻었다 하겠습니다. 승상이 어디에서 얻으셨는지요?"

승상이 말하였다.

"계 씨는 제가 과거를 보러 낙양을 지나갈 때에 스스로 따르기를 원했고, 적 씨는 연나라 궁중에 있었는데 제가 명을 받들고 연나라에 갔을 때 도망쳐 따라왔습니다."

월왕이 손뼉을 치면서 웃으며 말하였다.

"홍랑의 의협심은 양소의 시비였던 홍불도 따르기 어렵겠습니다. 하지만 적 낭자가 승상을 만났을 때는 한림학사로 옥절(옥으로 만든 신표)을 받은 다음이니 봉황이요 기린인 줄 알아보기 쉬웠으나, 계 낭자가 승상을 따랐을 때는 곤궁한 때였으니 더욱 기특합니다. 무슨 인연으로 만났는지요?"

승상이 웃으며 말하였다.

"그때 일을 말씀드리자니 웃음이 납니다. 먼 길을 나귀 타고 온 서생이 촌 주막에서 탁주를 과하게 마시고 천진의 주루를 지나는데 낙양의 재사 수십 명이 기생들과 술을 마시면서 시를 짓는 와중에 계랑도 있었습니다. 제가 헌 베옷과 비 맞은 두건 차림으로 술 힘을 빌려 좌석에 나아갔는데, 말고삐 잡은 종들도 저처럼 누추한 사람은 없었습니다. 제가 취한 상태인 데다 원래 어리석어 지저분한 글귀를 무엇이라 지었는지 모르겠습니다만 여러 시 중에서 계랑이 제 시를 골라 노래 부르니, 이미 약속한 탓에 모인 재사들이 감히 섬월을 차지하지 못했습니다. 이것도 인연인가 합니다."

월왕이 큰 소리로 웃으며 말하였다.

"승상이 두 번이나 장원이 되신 것을 천하의 통쾌한 일로 알았는데, 그날의 통쾌함은 장원하신 것보다 더합니다. 그 시가 오묘한 듯한데 들어볼 수 있겠습니까?"

승상이 말하였다.

"한때 술김에 지은 것이라 잊은 지 오래되었습니다."

월왕이 섬랑을 돌아보며 물었다.

"승상이 비록 기억하지 못하지만 혹여 낭자는 기억하는가?"

섬월이 말하였다.

"기억하고 있습니다. 붓으로 써드려야 할지, 노래로 불러야 할는지요?"

월왕이 매우 기뻐하며 말하였다.

"만약 미인의 소리를 겸해 듣는다면 더욱 유쾌한 일일 것이다."

섬랑이 옥을 굴리는 듯한 소리로 삼장시를 차례로 읊으니 자리에 앉은 사람들이 모두 감동하였다.

월왕이 칭찬하며 말하였다.

"승상의 시와 계랑의 재모才貌(재주와 용모)는 진정 삼절이라 할 만합니다. '꽃가지가 미인의 단장을 부끄러워하니, 섬세한 노래 부르지도 않았는데 입의 기운은 이미 향기롭구나'라고 한 것은 완연히 계랑을 그려낸 것이니 승상은 이태백에 버금가는 사람이오.

그러니 낙양의 범상한 무리가 어찌 감히 바라볼 수 있겠습니까?"

금잔에 술을 따라 섬월에게 상으로 내렸다.

경홍과 섬월이 월궁의 네 미인과 함께 맑은 노래와 묘한 춤으로 빈객과 주인을 접대하니 마치 봉황이 쌍으로 울고 푸른 난새가 마주보고 춤추는 듯이 진정한 맞수를 이루어 조금도 어그러짐이 없었다. 게다가 옥연의 자색이 경홍, 섬월과 대등한 데다 그 나머지 세 사람도 옥연에는 미치지 못했지만 역시 절세의 미인이라 서로 공경하였다. 월왕이 위부에 뒤지지 않음을 보고 마음속으로 기뻐하였다.

술이 반쯤 취하자 잔 돌리는 것을 멈추고 빈객과 함께 장막 밖으로 나가서 무사들이 짐승을 쏘아서 잡는 모습을 구경하다가 월왕이 말하였다.

"미녀가 말 타고 활을 쏘는 것도 좋은 구경거리입니다. 내 궁중의 기생 중에서 말과 활에 능통한 자가 수십 명입니다. 승상의 부중에도 마침 북방의 여자가 있을 것이니, 모두 선발하여 꿩을 쏘게 해보십시다."

승상이 아주 좋다고 말하고 활 쏘는 자 이십 명을 뽑아서 재주를 겨루게 하였다. 적경홍이 승상께 아뢰었다.

"첩이 비록 활쏘기를 배우지는 않았으나, 일찍이 다른 사람이 하는 것을 보았으니 시험 삼아 쏘아보았으면 합니다."

승상이 활과 화살을 풀어주니 경홍이 여러 사람을 보고 말하였다.

"맞지 않더라도 여러 낭자들은 웃지 마십시오."

하고 나는 듯이 말에 올라 장막 앞을 두루 다니는데 꿩 한 마리가 개에게 쫓겨 높이 날아올랐다. 경홍이 가는 허리를 비틀면서 활시 위를 당기니 오색 깃털이 흩어지며 공중에서 떨어지자, 승상과 월 왕이 매우 기뻐하였다. 경홍이 되돌아와서 장막 앞에서 내려 남자 처럼 절하고 활과 화살을 승상에게 돌려주고는 조용히 자리에 앉 자, 여러 낭자들이 모두 칭송하였다.

이날 사냥하여 얻은 짐승이 구름처럼 쌓였는데 여자들도 꿩과 토끼를 많이 잡았다. 월왕과 승상이 그 공을 매겨 금과 비단을 상 으로 내리고 다시 장막 안으로 들어가 풍류를 중단하였다. 손님과 주인이 자리에 앉아 여섯 미인에게 교대로 관현을 튕기게 하고 술 잔을 나누었다.

이때 섬월이 생각하였다.

'우리 두 사람이 비록 월궁의 여자에게 뒤지지 않는다 해도 저 들은 네 사람이고 우리는 둘밖에 안 되니 아주 외롭구나. 춘랑을 데려오지 않은 것이 애석하다. 춘랑이 가무歌舞는 하지 못하지만 얼굴과 말로야 어찌 선녀들한테라도 눌리겠는가?'

문득 내다보니 건너편 길 어귀에서 두 사람이 수레를 몰아 꽃 떨어진 풀 위를 굴러 점점 가까이 왔다. 문지기가 물으니 수레를 끄는 하인이 말하였다.

"양 승상의 소실이 일 때문에 함께 오지 못하고 지금 오는 것입 니다."

군중에서 승상에게 고하였다. 승상이 생각하였다.

'필시 춘랑이 구경하러 온 것일 게다. 그런데 왜 행색이 저리 간 소할까?'

하고 불러들이라 하니 수레가 장막 앞에 도착하여 주렴을 걷자 두 여자가 나와 서는데 앞 사람은 심요연이요, 뒷사람은 완연히 꿈속에서 만난 동정호 용녀였다. 승상의 앞으로 나아가 머리를 조아리며 뵈거늘, 승상이 월왕을 가리키며 말하였다.

"이분이 월왕 전하이시니 예를 갖추어 알현하도록 하라."

예를 마치자 자리를 주어 경홍, 선월과 같이 앉게 하고 승상이 월왕에게 말하였다.

"이 두 사람은 제가 서번을 정벌할 때 얻은 첩들입니다. 미처 집에 데려오지 못했는데 제가 대왕을 모시고 즐긴다는 말을 듣고 구경하러 왔나 봅니다."

월왕이 두 사람을 보니 자색이 경홍, 섬월과 같았지만 고고한 태도와 뛰어난 기운은 더하였다. 월왕이 아주 기이하게 여기고 월궁의 미인들은 기가 꺾였다. 월왕이 물었다.

"두 미인의 성명은 무엇이며 어디 사람인가?"

두 사람이 각각 대답하였다.

"첩 요연은 성이 심 씨이고 서량주 사람입니다."

"첩 능파는 성이 백 씨이고 집은 동정호와 소상강 사이에 있는데, 환란을 만나 서쪽 변방에서 살다가 양 승상을 따라왔습니다."

월왕이 말하였다.

"두 낭자의 용모와 기질이 진정 하늘 사람이니 잘하는 재주가 있는가?"

요연이 대답하였다.

"첩은 변방 사람이라 일찍이 곡조를 듣지 못했으니 무엇으로 대왕을 즐겁게 해드리겠습니까? 오직 어릴 적부터 검무를 배웠는데 이것은 군을 희롱함이라 귀인의 볼거리는 아닙니다."

월왕이 황홀해하며 승상에게 말하였다.

"현종 시절에 공손대랑의 검무가 천하에 유명하였는데 지금은 곡조도 전해지지 않아 두보의 시를 읊을 때마다 직접 보지 못한 것을 안타까워했는데, 이 낭자가 검무를 한다면 진정 유쾌한 일입니다."

이에 월왕과 승상이 허리에 찬 보검을 풀어 각각 요연에게 주었다. 요연이 소매를 걷어붙이고 허리띠를 풀어낸 다음 비단자리 위에서 한 곡조를 추니, 붉은 단장과 흰 칼날이 서로 비추어 마치 삼월의 새하얀 눈이 붉은 복숭아꽃 수풀에 뿌려진 듯하였다. 점점 급히 추니 칼빛이 장막 안에 가득하고 사람은 보이지 않았다. 이윽고 흰 무지개가 하늘에 솟고 찬바람이 장막을 찢으니 뼈가 시리고 머리털이 쭈뼛하지 않은 이가 없었다. 요연이 가진 재주를 다 부리면 월왕이 놀랄까 봐 칼을 던지고 머리를 조아려 물러났다. 월왕이 비로소 정신을 수습하고 요연에게 물었다.

"인간 세상의 검무가 어떻게 이 경지에 이를 수가 있겠는가? 내가 들으니 신선 중에 검무하는 자가 있다더니 낭자가 그 사람이 아닌가?"

요연이 말하였다.

"서쪽 지방의 풍속이 병기를 오락으로 삼는 까닭에 어릴 때부터 보고 배운 것이지 어찌 도술이겠습니까?"

월왕이 말하였다.

"내가 돌아가서 궁중에서 몸이 가볍고 춤 잘 추는 여자를 뽑아서 보낼 테니, 낭자는 사양 말고 힘써서 가르치도록 하라."

요연이 말하였다.

"삼가 하교를 받들겠습니다."

월왕이 또 능파를 보고 말하였다.

"낭자도 능한 재주가 있을 것이니 한 번 구경할 수 있겠는가?"

능파가 대답하기를,

"첩의 집은 옛날 아황과 여영(요임금의 두 딸로, 자매가 함께 순임금과 혼인함)이 놀던 땅이라, 바람이 맑고 달빛 하얀 밤이면 풍류 소리가 지금도 운무雲霧(구름과 안개) 사이에 있습니다. 첩이 어릴 때부터 그 소리를 흉내 내어 이따금 혼자 즐겼는데 대왕께서 들으시기에 마땅하지 않을까 두렵습니다."

월왕이 말하였다.

"과인이 비록 책에서 아황과 여영이 거문고를 탄다는 것을 보았지만 그 곡조가 지금까지 전한다는 말은 듣지 못했다. 그런데 낭자가 전할 수 있다면 백아나 사광 같은 악사를 능가할 일이로다."

능파가 수레에서 이십오 현을 꺼내 한 곡을 타자 슬피 원망하는 듯 맑고도 절절하여 골짜기의 물이 떨어지고 구월의 기러기가 부르짖는 듯하였다. 모두가 아연실색하여 슬픈 기색이 가득하더니 이윽고 모든 숲에 바람이 소슬하게 불어 가을 소리가 진동하고 병든 잎이 어지럽게 떨어지니 월왕이 아주 기이하게 여기면서 말하였다.

"인간의 곡조라고는 믿어지지 않으니 천지조화를 부리는 것만 같구나. 생각하건대 낭자는 이 세상 사람이 아닌 듯하다. 이 곡조를 어찌 인간 세상의 사람이 배울 수 있겠는가?"

능파가 대답하였다.

"저는 그저 옛 곡조를 전할 뿐인데 기이할 게 뭐가 있으며 어찌 배우지 못하겠습니까?"

문득 옥연이 월왕에게 아뢰었다.

"첩이 비록 재주는 없지만 시험 삼아 첩이 지닌 풍류로 백 낭자의 〈상령곡〉을 한 번 전해 보겠습니다."

옥연이 진쟁(악기 이름)을 안고 십삼 현으로 이십오 현의 소리를 하나하나 옮기는데 손을 쓰는 수법이 정묘하고 부드러워 조금도 틀림이 없었다.

능파가 놀라 말하였다.

"채문희라도 이 낭자의 총명함을 따를 수 없겠습니다."

승상과 경홍, 섬월이 모두 칭찬을 그치지 않으니 월왕이 가장 기뻐하였다.

양소유가 벌주를 마시고
여덟 처첩이 결의를 하다

　이날 낙유원에서 열린 잔치는 요연과 능파가 뒤따라와서 손님과 주인의 즐거움을 도우니 흥이 넘쳤지만 해가 이미 저물었다. 잔치를 마치고 두 집이 각각 금은과 비단을 내어 가무에 대한 사례를 하니 진주가 섬으로 헤아리고 쌓인 비단이 자각봉 높이와도 같았다.

　월왕과 승상이 말을 타고 달빛을 받으며 성문으로 들어왔다. 이때 두 집 여악이 길을 다투니 장신구 부딪는 소리가 흐르는 물 같고 향기로운 바람은 십리에 이어졌으며, 떨어진 비녀와 깨어진 진주가 길 위에 깔려 말이 밟고 지나가자 부서지는 소리가 날 정도였다. 장안의 남녀들은 집을 비운 채 거리를 메워 구경을 하는데 백 세 노인이 눈물을 흘리면서 말하였다.

　"어릴 적 현종 황제께서 화청궁에 거동하실 때 위엄이 이와 같았는데 뜻밖에 오늘 또다시 그 태평한 기상을 보는구나."

　이때 두 부인이 진 씨, 가 씨와 함께 유 부인을 모시고 승상이 돌아오기를 기다리고 있었다. 승상이 심요연과 백능파를 데리고 유 부인과 두 부인께 인사를 시키니, 정 부인이 말하였다.

"전날 승상이 늘 말씀하시기를, 두 낭자가 승상을 위험한 데에서 구했을 뿐 아니라 국가에도 공을 세웠다고 하시기에 만나기를 매일 기다렸는데 어찌 이렇게 늦었소?"

요연과 능파가 대답하였다.

"첩 등은 먼 변방의 시골 사람입니다. 비록 승상의 한 번 돌아보신 은혜를 입었으나 두 부인께서 그른 일로 여기실까 두려워 감히 오지 못하였습니다. 서울에 들어와 두 공주께서 《시경》의 〈관저關雎〉에 나오는 규목(가지가 드리워진 물푸레나무로, 포용력을 뜻함)의 덕이 있으심을 듣고 문하에 나아가 뵙고자 했는데, 마침 승상께서 교외에 나가시는 기회가 있어서 다행히 훌륭한 잔치에 참여하고 돌아오니 영광스러운 행운인가 합니다."

난양이 승상을 보고 웃으며 말하였다.

"승상은 우리 궁중에 춘색春色이 가득한 이유가 승상의 풍채 때문이라고 여기시나 본데 우리 자매의 공인 줄 아십시오."

승상이 크게 웃으며 말하였다.

"귀인이 칭찬하는 말을 좋아한다더니 과연 그 말이 옳습니다. 저 두 사람이 새로 와 공주의 위풍이 두려워 아첨합니다."

모두가 크게 웃었다.

정 부인이 경홍과 섬월에게 물었다.

"오늘 잔치에서 누가 이겼는가?"

섬월이 대답하였다.

"겨우 위부의 욕은 면한 듯합니다."

경홍이 말하였다.

"섬랑이 천첩의 큰소리를 비웃었는데 첩이 화살 하나로 월궁 미인들의 기를 꺾었으니 첩의 말이 허언虛言(실속이 없는 빈말, 거짓말)인지 섬랑에게 물으시면 아실 것입니다."

섬랑이 말하였다.

"홍랑의 말 타고 활 쏘는 재주는 가히 절묘하다 할 것이지만, 월궁 미인의 기를 꺾은 것은 새로 온 두 낭자의 선녀 같은 모습과 재주 때문이지 어찌 홍랑의 공이라고 하겠습니까? 내 홍랑께 옛말을 하나 이야기하겠습니다. 춘추 시절에 가 대부가 추하기로 천하에 유명했는데 처를 얻은 지 삼 년이 지나도 그 처가 웃지를 않았습니다. 가 대부가 처를 데리고 교외에 나가 꿩을 쏘아 잡으니 그제야 웃었다고 합니다. 오늘 홍랑이 꿩을 쏘아 잡은 것을 가 대부와 같다고 할 수 있겠는지요?"

홍랑이 말하였다.

"가 대부 같은 추남도 활 쏘는 재주로 그 아내를 웃게 했으니, 만일 자도와 같은 미남이 꿩을 쏘아 맞췄다면 어찌 다른 사람이 더욱 사랑하지 않을 수 있겠습니까?"

섬랑이 말하였다.

"홍랑의 자기 자랑이 갈수록 아주 심하니 이는 모두가 승상이 홍랑을 교만하게 만드신 때문입니다."

승상이 웃으며 말하였다.

"섬랑이 재주 있다는 것은 오래전부터 알았지만 경서經書에도 조예가 있는 줄은 몰랐도다. 언제《춘추좌씨전》을 보았는가?"

섬랑이 말하였다.

"한가한 때에 회진원에 가서 듣습니다."

다음 날 승상이 조회 후 집에 돌아오려 하는데 태후께서 승상과 월왕을 함께 부르셨다. 두 사람이 알현하니 영양과 난양 두 공주도 이미 불러 계셨다. 태후께서 월왕에게 물으셨다.

"어제 승상과 춘색을 다투었다 하더니 승부는 어떠했는가?"

월왕이 웃으며 아뢰었다.

"매부의 복록은 사람이 대적할 바가 아닙니다. 다만 승상의 이러한 복이 누이에게도 복이 되는지 그렇지 않은지 승상에게 물어보십시오."

승상이 아뢰었다.

"월왕이 신에게 이기지 못한다 말씀하시는 것은 바로 이태백이 최호(당나라 시인)에게 기세가 꺾였다는 것과 같습니다. 공주의 복이 되고 아니 되고는 공주에게 물어보십시오."

태후께서 두 공주를 돌아보자 두 공주가 대답하였다.

"부부는 한 몸이니 영욕과 고락이 어찌 다르겠습니까. 승상에게 복이 되면 저희들에게도 복이 됩니다."

월왕이 말하였다.

"누이들의 말이 좋기는 하나 진심은 아닙니다. 자고로 부마 가운데에서 양 승상처럼 방자한 사람이 없으니 이는 나라의 기강이 달린 문제입니다. 청컨대 양소유를 담당 관리에게 넘겨 조정을 두려워하지 않는 죄를 다스리게 하십시오."

태후께서 크게 웃으시며 말씀하셨다.

"양 부마가 진정 죄가 있지만 법으로 다스리면 우리 딸들이 근심할 테니 어쩔 수 없이 왕법王法(국왕이 제정한 법률)을 거두도록 하겠다."

월왕이 말하였다.

"그렇긴 하나 양소유를 어전에서 심문하시어 그 대답을 듣고 처리하십시오."

태후께서 그 말에 따라 승상을 문초하여 말씀하시기를,

"예로부터 부마된 자는 감히 첩을 두지 못하였으니 이는 조정을 경외하기 때문이었다. 더구나 영양과 난양, 두 공주는 용모와 재덕이 하늘 사람과 같거늘 양소유는 공경하여 받들려고 생각하지 않고 미인을 계속 구하였으니 신하된 자의 도리에 크게 어긋남이다. 숨기지 말고 바로 아뢰라."

승상이 관을 벗고 아뢰었다.

"소신이 나라의 은혜를 입어 벼슬이 승상에 이르렀으나 나이 아직 젊기 때문에 소년의 풍정을 참지 못하고 집안에 풍류하는 사람을 몇 사람 두었으니 황공하옵니다. 그렇지만 나라와 집안의 법령을 가만히 살펴보건대 사건이 법령 이전에 있으면 따지지 않는다고 하였습니다. 소신의 집에 여인네가 많지만 숙인 진 씨는 황상께서 허락하신 사람이니 논외로 하고, 첩 계 씨는 신이 서생 시절에 얻은 사람이며, 첩 가 씨와 적 씨, 심 씨, 백 씨, 이 네 사람도 모두 소신이 부마가 되기 이전에 따랐으며, 그 후 집안에서 함께 지내게 된 것도 공주들이 권해서 그런 것이지 제 멋대로 한 것은 아닙니다."

태후께서 용서하라고 명하자 월왕이 아뢰었다.

"공주가 비록 권했다지만 양소유의 도리는 마땅하지 않으니 청컨대 다시 물으십시오."

승상이 다급하여 머리를 조아리고 아뢰기를,

"소신의 죄는 만 번 죽어도 마땅하오나 자고로 죄를 지은 자라도 공을 논하는 법도가 있습니다. 신이 황상의 명을 받들어 동쪽으로 삼진을 항복받고, 서쪽으로는 토번을 평정했으니 공로 또한 적지 않습니다. 이것으로 속죄할까 합니다."

태후께서 크게 웃으시며 말씀하였다.

"양 승상은 사직社稷의 신하이니 내가 어찌 사위로만 대접하겠는가?"

하고 벗었던 관을 쓰라고 하셨다.

월왕이 말하였다.

"승상이 공이 많아서 죄를 줄 수 없다 하시나 아주 용서해 주어서는 안 됩니다. 마땅히 벌주를 받아야 합니다."

태후께서 웃고 허락하시니 궁녀가 옥잔을 받들어 오자 월왕이 말하였다.

"승상의 주량이 고래와 같은데 어찌 작은 잔으로 벌하겠는가?"

하고 친히 지휘하여 한 말들이 금잔에 가득 따라서 승상에게 벌주로 내리니 승상이 네 번 절하고 단숨에 마셨다. 승상의 주량이 비록 크지만 갑자기 말술을 마셨으니 어찌 취하지 않겠는가. 머리를 조아리고 아뢰기를,

"견우가 직녀를 너무도 사랑하자 그 장인이 귀양 보냈고, 소신

은 집에 첩들을 두었다고 장모님께서 벌을 주시니 과연 황실의 사위 노릇하기가 어렵습니다. 소신이 몹시 취했으니 청컨대 물러갈까 합니다."

하고 일어나다가 바로 쓰러졌다. 태후께서 크게 웃으며 궁녀를 시켜 부축하여 나가게 하고 두 공주에게 이르시기를,

"양랑이 술에 취해 몸이 불편할 테니 함께 나가서 옷도 벗기고 차도 주도록 해라."

두 공주가 대답하였다.

"저희가 하지 않아도 옷 벗길 사람은 부족하지 않습니다."

태후께서 말씀하셨다.

"그렇기는 하나 부녀자의 도리는 해야 한다."

두 공주가 승상을 따라 집으로 돌아왔다. 유 부인이 당상에서 불을 밝히고 기다리고 있다가 승상이 몹시 취한 것을 보고 물었다.

"전에는 윗전에서 술을 내려도 과하게 취한 때는 없었는데, 오늘은 무슨 일로 이렇게 취했는가?"

승상이 취한 눈으로 난양을 한참 쳐다보다가 아뢰었다.

"공주의 오라비인 월왕이 태후께 소자의 죄를 억지로 얽어서 고하니 태후께서 진노하셔서 큰일 날 뻔했는데, 잘 말씀드려서 겨우 풀려났습니다. 그런데도 월왕이 계속 저를 해하려고 태후께 권하여 벌로 독주를 먹이니 거의 죽을 뻔했습니다. 월왕이야 낙유원에서 미색을 겨루다 이기지 못하자 그 일을 설욕하려 한 것이지만 난양도 저의 희첩姬妾을 투기하여 그 오라비와 짜고 저를 모해謀害(꾀를 써서 남을 해침)하였으니, 전날 어진 척하던 말을 어찌 믿을

수 있겠습니까? 모친은 난양에게 벌주를 마시게 하여 저의 분을 풀어주십시오."

유 부인이 크게 웃으며 말하였다.

"난양의 죄가 명백하지 않고 평소에 술을 마시지 않으니 정녕 벌하려면 차로 대신하도록 하라."

승상이 말하였다.

"반드시 벌주를 마시게 해야 합니다."

부인이 난양에게 이르되,

"공주가 벌주를 마시지 않으면 취객이 화를 풀지 못할 것이라." 하고 시녀를 시켜 난양에게 벌주를 내렸다. 난양이 받아서 마시려는데 승상이 의심하여 잔을 빼앗아 마셔보려 하였다. 난양이 급히 땅에 버렸으나 잔 밑에 남은 술이 있어 승상이 손가락으로 찍어 맛을 보니 사탕물이었다. 승상이 소리를 지르며 좋은 술을 가져오라 하여 직접 한 잔을 가득 따라 난양에게 건네니 어쩔 수 없이 받아 마셨다.

승상이 또 유 부인에게 아뢰었다.

"저를 벌한 것은 난양의 계교였지만 정 씨도 거들었습니다. 제가 태후 앞에서 고생하는 모습을 보고 난양에게 눈짓을 하면서 서로 웃었으니 그 마음을 알 수 없습니다. 청컨대 벌을 주십시오."

부인이 웃으며 또 한 잔을 정 씨에게 보내니 자리를 옮겨 받아 마시고 다시 자리로 돌아왔다.

그러자 유 부인이 말하였다.

"태후 마마께서 승상을 벌하심은 희첩이 있는 까닭이다. 이 때문에 두 부인이 벌주를 마셨는데 희첩들이 어찌 편안히 있을 수 있겠느냐? 경홍과 섬월, 요연, 능파 모두에게 한 잔씩 벌하라."

네 사람이 모두 꿇어앉아 한 잔씩 받아 마셨다. 섬월과 경홍이 부인에게 아뢰었다.

"태후 마마께서 승상을 벌하신 것은 희첩 둔 것을 책망하신 것이지 낙유원의 잔치 때문은 아닙니다. 요연과 능파 두 사람은 아직 이부자리에 앉지 못하였으니 부끄러워 얼굴도 들지 못하는데 첩 등과 함께 술을 마셨습니다. 가 유인은 승상을 모신 지가 오래되었고 은총을 이토록 독차지하면서도 낙유원에 가지 않은 탓에 홀로 벌을 면했으니 아랫사람들의 마음이 불평스럽습니다."

부인이 옳다 하고 큰 잔으로 춘운에게 벌주를 내리니 춘운이 미소를 머금고 벌주를 마셨다.

이때 여러 사람이 모두 벌주를 마시느라 부산하고 난양은 술에 취해 이기지 못하는데, 오직 진 숙인만이 단정하게 앉아 말도 하지 않고 웃지도 않으니 승상이 말하였다.

"진 씨가 참된 척하고 남의 흉만 보고 있으니 벌하지 않을 수 없습니다."

하고 한 잔을 건네니 진 씨가 웃고 마셨다.

유 부인이 물었다.

"공주의 몸은 어떠한가?"

난양이 대답하였다.

"두통 때문에 괴롭습니다."

부인이 진 씨를 시켜 공주를 부축하여 침실로 가게 하였다. 그리고 춘운을 시켜 술을 따라오게 하여 잔을 들고 말하였다.

"내 두 며느리는 천상의 신선이라 내가 복을 잃을까 항상 두려워하였는데, 지금 승상이 함부로 주정을 하여 난양의 몸을 불편하게 하였으니 태후 마마께서 들으시면 틀림없이 매우 걱정하실 것이다. 신하가 되어서 임금께 걱정을 드리는 것은 무거운 죄이니, 이것은 이 늙은이가 아들을 잘못 가르친 탓이다. 이 잔으로 내가 스스로를 벌하겠다."

그러고는 모두 마셨다. 승상이 황공하여 무릎 꿇고 아뢰었다.

"모친께서 스스로 벌하노라 하시니 아들의 죄가 깊습니다."

경홍을 시켜 큰 그릇에 술을 따라오게 하여 일어나 절하고 말하였다.

"소유가 모친의 가르침을 순종하지 않았으니 벌주를 마시겠습니다."

하고 한 번에 다 마시자 크게 취해서 앉아 있지도 못하였다. 응향각으로 가려 하기에 정 부인이 춘운을 시켜 부축하여 가라 하였다. 이에 춘운이 말하였다.

"천첩은 감히 가지 못하겠습니다. 계 낭자와 적 낭자가 저를 꾸짖었으니 이 두 사람한테 가라 하십시오."

섬월과 경홍 두 사람에게 가라 하자 섬월이 말하였다.

"운 낭자가 우리가 한 말 때문에 못 가겠다고 하니 첩은 더욱 불만입니다."

홍랑이 웃으면서 일어나 승상을 모시고 가니 여러 낭자가 모두 흩어졌다.

요연과 능파의 성품이 산수를 좋아한다 하여 승상이 화원 가운데 거처를 정해 주었는데 맑은 물이 호수처럼 넓었다. 그 가운데에 있는 영일루라는 채색한 누각을 능파의 거처로 삼게 하였다. 호수 북쪽에는 가산(정원에 돌을 쌓아서 만든 인공 산)이 있는데 수많은 옥돌이 박혔고 늙은 소나무와 마른 대나무가 얽혀서 그늘을 드리우고 그 사이에 빙설헌이라는 정자가 있으니 요연의 거처로 삼게 하였다. 여러 부인들이 화원에서 놀 때면 이 두 사람을 주인으로 삼았다.

여러 부인들이 용녀에게 조용히 물었다.

"낭자의 신통한 변화를 한 번 구경할 수 있으리오?"

용녀가 말하였다.

"그것은 첩이 용녀의 몸이었을 때 했던 일입니다. 첩이 천지조화의 힘으로 사람의 몸을 얻을 때에 벗은 허물과 비늘이 산처럼 쌓였는데, 참새가 조개로 변한 후에도 두 날개로 높이 날 수 있겠습니까?"

요연도 비록 부인이나 승상 앞에서 때때로 검무를 추면서 오락거리로 삼곤 하였지만 자주 하지는 않았는데 그 이유를 이렇게 말하였다.

"처음에는 검술을 빌어 승상을 만났지만 살벌한 일이라서 항상 볼 만한 것은 아닙니다."

이후로 두 부인과 여섯 낭자가 서로 고기가 물에서 놀고 새가 구름에서 나는 것 같이 친밀히 사랑했고 승상의 은정恩情(은혜로 사랑하는 마음 또는 인정 어린 마음)도 누구에게나 변함없이 똑같았다. 비록 두 부인의 어진 덕행에 감화되어 그렇기도 했지만, 애당초 남악에서 아홉 사람이 이와 같이 발원했기 때문이다.

하루는 두 부인이 서로 의논하여 말하였다.

"옛사람은 자매들이 한 나라의 왕실에 시집감에 처도 되고 첩도 되었는데, 이제 우리 두 처와 여섯 첩은二妻六妾은 의가 골육 같고 정이 형제 같으니 어찌 천명天命이 아니겠습니까. 타고난 성이 제각각이고 지위의 높고 낮음이 같지 않음은 거리낄 일이 아니니, 마땅히 결의형제結義兄弟(의로써 형제의 관계를 맺음)하여 일생을 지내는 것이 어떠하오?"

그러자 여섯 사람 모두가 겸손히 사양하고 춘운과 경홍, 섬월이 한층 더 고사하자 정 부인이 말하였다.

"유비, 관우, 장비 세 사람은 군신의 사이였지만 형제의 의를 저버리지 않은 것처럼 나와 춘랑은 본래 규중의 벗이니 어찌 형제가 되지 못하겠소? 야수부인은 세존의 처이고 등가여자登伽女子는 음란한 창녀로 그 높고 낮음이 현격히 차이가 났지만 함께 부처의 제자가 되어 마침내 도를 얻었으니, 처음에 미천하다 해서 어찌 꺼리겠소?"

두 부인이 여섯 낭자를 데리고 관음화상 앞에 나아가 분향재배한 후 아뢰었다.

"모년 모월 모일에 제자 경패 정 씨, 소화 이 씨, 채봉 진 씨, 춘운 가 씨, 섬월 계 씨, 경홍 적 씨, 요연 심 씨, 능파 백 씨는 삼가 남해대사께 아룁니다. 제자 여덟 사람은 각기 다른 집안에서 나고 자랐으나 한 사람을 섬겨 마음이 서로 하나가 되었습니다. 마치

한 나무에 달린 꽃이 바람에 날려 구중궁궐에 떨어지고, 혹은 규중에 떨어지고, 혹은 시골 마을에 떨어지고, 혹은 길거리에 떨어지고, 혹은 변방에 떨어지고, 혹은 강호에 떨어졌으나 그 근본을 따진다면 어찌 다름이 있겠습니까? 맹세컨대 오늘부터 형제가 되어 생사고락을 함께하고자 하며 혹시 다른 마음을 품는 자가 있다면 천지가 용서치 않을 것입니다. 엎드려 바라옵건대 대사께서는 복을 내려주시고 재앙은 없애주셔서 백 년 후에 함께 극락세계로 돌아가게 하소서.”

이후로 여섯 사람은 오히려 명분을 지켜 감히 형제라고 부르지는 못했으나, 두 부인은 항상 스스로 자매로 처신하라고 하니 사랑하는 마음이 더욱 지극하였다.

여덟 사람이 각각 자녀를 두었는데 두 부인과 춘운, 섬월, 요연, 경홍은 아들을 낳았고 채봉과 능파는 딸을 낳았는데, 모두가 한 번 낳은 뒤에는 잉태하지 않으니 이것도 보통 사람과는 다른 점이었다.

이때 천하가 태평하고 조정에 일이 없으니 승상이 나가면 천자를 모시고 상림원에서 사냥하고, 들어와서는 대부인을 모시고 북당에서 잔치하니 춤추는 소매는 세월을 뒤집고 풍류 소리는 시간을 재촉하여 승상이 재상 되어 권세를 잡은 지 이미 수십 년이었다.

유 부인이 천수天壽를 다하고 별세하자 승상의 슬픔이 과도하였다. 임금과 왕비가 중사中使(왕의 명령을 전하던 내관)를 보내 위로하고 왕후의 예禮로 장사 지내게 하였으며, 정 사도 부부가 또 상수上壽(나이가 보통 사람보다 썩 많음)하여 별세하니 승상이 서러워하기를 정 부인과 같이 하였다. 승상의 여러 아들은 일찍이 조정에 진출하였으니 육남이녀六男二女가 모두 부모의 풍채를 닮아서 재주가 뛰어나며 맑고 고결하였다.

큰아들 대경은 정 부인 아들인데 예부상서가 되었고, 둘째 아들 차경은 적 씨 소생인데 경조윤이 되었으며, 셋째 아들 숙경은 가 씨 소생인데 어사중승이 되었으며, 넷째 아들 계경은 공주 소생인데 이부시랑이 되었고, 다섯째 아들 유경은 계 씨 소생으로 한림학사가 되었고, 여섯째 아들 치경은 심 씨 소생인데 나이 열다섯에 힘이 뛰어나서 천자께서 사랑하시어 금오상장군을 제수하니 서울에 주둔해 있는 군대 십만을 통솔하여 대궐을 호위하였다.

큰딸 전단은 진 숙인 소생으로 월왕 아들 낭아왕의 부인이 되었고, 작은딸 영락은 동정 용왕의 외손으로 태자의 첩이 되었다.

승상이 일개 서생으로 자신을 알아주는 임금을 만나 무공으로 국가의 환란을 평정하고 문장으로 태평성대를 이루니 부귀공명이 곽분양과 명성을 나란히 하였지만, 분양은 예순에 장상이 되었는데 소유는 이십에 승상이 되었으니 전후로 재상을 누린 것이 분양보다 많았다. 위로 임금의 마음을 얻고 아래로는 신하의 인망人望(세상 사람이 우러르고 따르는 덕망德望)을 얻어 임금과 신하가 함께 태평성대를 누리니 그 완전한 복록은 진실로 천고에 없는 일이었다.

승상이 재상 자리에 있은 지 오래되었고 가문도 아주 번성했다고 생각하고는 천자께 상소하여 관직에서 물러나고자 청하니 천자께서 비답批答(신하의 상소에 대한 임금의 답변)을 내리셨다.

경의 공적이 세상을 덮었고 은혜와 덕택이 백성에게 가득 미치니 국가가 의지하고 과인도 우러르는 바이오. 옛날에 강태공과 소공은 나이가 백 살인데도 성왕과 강왕을 도왔으니 지금 경은 쇠로할 나이도 아니며, 게다가 장자방 같은 골격은 보통 사람과 다르고 이업후 같은 선풍은 세상에서 출중하며, 소안기골韶顔氣骨(빛이 나듯 젊게 보이는 노인의 얼굴과 골격을 일컬음)이 옥당에서 조서를 지을 때와 같고 정신은 위교에서 도적을 칠 때와 같아, 마땅히 기산에서 은거하고 살던 허유와 소부의 높은 뜻을 본받아 태평성대를 이루리니 상소에 청한 말은 윤허하지 않겠소.

승상이 본래 불가의 뛰어난 제자이고 여러 낭자도 남악의 선녀여서 타고난 기운이 신령스러웠다. 또한 승상은 남전산 도인의 비방을 전수받아 나이는 많았지만 귀인의 용모는 젊을 때보다 더 아름다우니 사람들이 신선인가 의심하였다. 그와 같은 이유 때문에 천자의 비답이 이와 같았다. 승상이 여러 차례 상소하여 말씀이 더욱 간절하니 상께서 불러 보시고 말씀하시기를,

"경의 뜻이 이와 같으니 짐이 어찌 그 높은 뜻을 이루어주지 않겠소? 다만 경이 맡은 나라는 서울에서 천 리 밖에 있어서 국가에 큰일이 생겼을 때 의논하기 어렵고, 황태후께서 세상을 떠나신 후 난양을 멀리 떠나보내기 어려우니 성남에서 사십 리 떨어진 곳에 별궁이 있는데 이름은 취미궁이라 하오. 예전 현종 황제께서 기왕에게 빌려주어 피서하게 한 곳이라 그곳이 노년에 한가하게 지내기에는 가장 마땅하니 이제 경에게 주어 거처로 삼게 하겠소."

하고는 마침내 조서를 내렸다.

"위국공 양소유에게 태사를 더하여 봉하고 식읍 오천 호를 더하여 승상 인수印綬(병권을 가진 무관이 발병부發兵符 주머니를 매어 차던, 길고 넓적한 녹비 끈)를 거두노라."

성진과 여덟 선녀가 꿈에서 깨어나 큰 도를 얻다

    승상이 성은에 감격하여 머리 숙여 사은하고 온 집안이 취미궁으로 이사하였다. 이 궁은 종남산 가운데 있는데 누대가 장려하며 경치가 아주 빼어나 영락없는 봉래산 선경仙景이었다. 왕유의 시에 '신선의 집도 이곳보다는 낮지 못하리니, 무엇 때문에 퉁소를 불면서 푸른 하늘로 향하리오.' 하였으니 이 한 구절로 그 경치를 알 만하다.

    승상이 정전正殿을 비워 조서를 비롯하여 역대 임금이 지은 시와 문장들을 모셔두고 나머지 누각에 여러 낭자들이 나누어 거처하였다. 낭자들은 날마다 승상을 모시고 물가에 다다라 달을 희롱하고 산에 들어가 매화를 감상하고 시를 지어 구름 낀 바위에 새기고, 혹은 거문고를 타면서 소나무를 스치는 바람에 화답하니, 맑고 한가로운 복은 사람들이 더욱 부러워할 만하였다.

    승상이 한가롭게 지낸 지도 여러 해가 지났는데 팔월 스무 날께는 승상의 생일이어서 모든 자녀들이 모여 열흘 동안 헌수獻壽하여 잔치하니, 그 번화함과 화려한 모습은 비할 데가 없었다. 잔치가 끝나고 여러 자녀가 모두 흩어져 돌아간 뒤에 문득 국화꽃 피는 좋은 계절이 돌아왔다. 국화꽃 봉오리는 누렇고 산수유 열매는 붉으니 바로 등고절(음력 9월 9일로 빨간 주머니에 수유를 넣고 높은 산에 올라가 국화 술을 마시며 액을 쫓는 풍속이 있음)이었다. 취미궁의 서쪽에 높은 누각이 있는데 그 위에 오르면 팔백 리 진천이 마치 손바닥 들여다보듯 훤히 보이니 승상이 가장 사랑하는 곳이다. 이날 승상이 두 부인과 여섯 낭자를 데리고 그 누각에 올라가 국화를 머리에 꽂고 가을 경치를 즐겼다. 입은 온갖 진미에 물렸고 귀는 관현 소리에도 싫증이 나서, 춘운에게 과일 바구니를 들게 하고 섬월에게는 옥호리병을 가져오게 하여 국화주를 가득 부어 처첩이 차례로 잔을 올렸다.

어느덧 저문 해는 곤명지에 드리우고 구름은 진천에 나지막이 깔리니 가을빛이 아득히 펼쳐져 마치 그림 속 같았다. 승상이 옥 퉁소를 꺼내어 한 곡조를 부니 그 소리가 처량하여 형경(형가, 진시황을 죽이려다 미수에 그친 사람)이 역수를 건널 때 고점리(형가의 친구)가 비파를 켜고, 초패왕(항우)이 해하에서 삼경에 우미인(초패왕 항우가 사랑한 여인)을 이별하는 듯하니 모든 미인이 처연하여 슬픔을 이기지 못하였다.

두 부인이 옷자락을 여미고 물었다.

"승상이 일찍이 공명을 이루고 오래 부귀를 누려 만인이 부러워함은 천고에 없던 일입니다. 오늘날 좋은 시절을 만나 풍경을 감상하며 향기로운 술은 잔에 가득하고 사랑하는 사람이 곁에 있으니 이것이야말로 인생의 즐거운 일이거늘, 퉁소 소리가 처량하여 전일과 다르니 어찌된 일입니까?"

승상이 옥퉁소를 던지고 부인과 낭자들을 불러 난간에 기대어 손을 들어 두루 가리키며 말했다.

"북쪽을 바라보니 석양이 비치는 시든 풀 속에 진시황의 아방궁이 외롭게 서 있고, 서쪽을 바라보니 슬픈 바람이 차가운 숲에 불고 저녁 구름이 빈 산을 덮은 곳에 한무제의 무릉이 가을 풀 속에 쓸쓸하며, 동쪽을 바라보니 분칠한 성이 청산을 둘렀고 붉고 엷은 안개는 공중에 숨었으며 난간을 의지할 사람이 없는 화청궁(당나라 현종이 양귀비와 놀던 곳으로 유명함)에 밝은 달만 저 혼자서 오락가락하고 있소. 이 세 임금은 천고의 영웅이라 사해四海로 집을 삼고 억조창생으로 신하를 삼아 호화로운 부귀가 백 년도 짧게 여기더니 이제 다 어디에 있는가! 소유는 본래 회남 땅의 베옷 입은 선비로, 성스러운 천자의 은혜를 입어 벼슬이 장상將相에 이르고 또 여러 낭자들이 서로 따라 정다운 정은 백 년이 하루 같았소이다. 만일 전생의 인연으로 모였다가 인연이 다하여 각각 돌아가는 것은 천지의 떳떳한 일입니다. 우리가 돌아간 백 년 후에 높은 누대가 무너지고 연못도 메워지며 노래하고 춤추던 곳이 변하여 거친 산과 쓸쓸한 연기로 적막한 가운데 나무꾼과 목동들이 오르내리며 손가락질하여 이르되, '이곳이 양 승상이 여러 낭자와 함께 놀던 곳인데, 승상의 부귀와 풍류며 여러 낭자의 옥 같은 모습과 꽃다운 자태는 이제 어디 갔는가?' 할 것이니 어찌 슬프지 않겠소. 내가 생각하니 천하에 세 가지 도가 특히 높은데 유도儒道와 선도仙道와 불도佛道니 이른바 삼교三敎라오. 유도는 윤리와 기강을 밝히고 살아 있을 때의 사업을 귀하게 여겨 죽고 나면 이름만 남을 따름이요, 선도는 허망해서 신선의 경지를 얻기는 예로부터 드물었는데 진시황과 한무제와 현종 황제만이 겨우 신선이 되었고, 내가 나이 들어 벼슬에서 물러난 뒤로 밤에 잠자리에 들 때마다 포단蒲團(부들방석) 위에서 참선하는 것이 보이니, 이걸 보면 필시 불도와 인연이 있는 것 같소. 내 장차 장자방이 적송자를 따른 것 같이 집을 버리고 스승을 구하여 남해를 건너 관음보살을 찾고 오대산에 올라 문수보살께 예불하여, 태어나지도 죽지도 않는 도를 얻어 이 세상의 괴로움과 즐거움에서 벗어나려 하나, 다만 그대들과 함께 반평생을 서로 따르다가 하루아침에 이별하려 하니 그 슬픈 마음이 저절로 퉁소 소리에 드러났나 봅니다."

낭자들 모두 남악의 선녀로서 전생에 함께 있던 데다 세속의 인연이 다했기 때문에, 이 말을 듣고 자연히 감동하여 말하였다.

"상공께서 부귀영화 가운데서도 이처럼 청정한 마음이 있으시니 어찌 장자방에 비교하겠습니까? 우리 여덟 자매는 마땅히 깊은 규중에서 아침저녁으로 분향하고 예불하며 상공께서 돌아오시기를 기다리겠습니다. 상공께서는 이번에 밝은 스승과 어진 벗을 만나 큰 도를 깨달은 후에 부디 첩 등을 가르쳐주십시오."

승상이 매우 기뻐하며 말하였다.

"우리 아홉 사람의 마음이 서로 같으니 무슨 근심이 있겠소. 내일 길을 떠날 테니 오늘은 여러 낭자와 함께 흠뻑 취해 봅시다."

여러 낭자가 말하였다.

"첩 등이 각각 한 잔씩 받들어 상공을 전송하겠습니다."

잔을 씻어 다시 따르려고 할 때 갑자기 석양에 지팡이 던지는 소리가 나서 여러 사람이 다 의심하였다. 한참 후에 한 노승이 오는데 눈썹이 훌륭하고 눈이 맑아 얼굴과 동정動靜(사람이 일상적으로 하는 일체의 행위)이 보통의 중은 아니었다. 위엄 있게 자리에 다가와 승상을 향하여 예를 올리며 말했다.

"산야의 사람이 대승상께 인사를 드립니다."

승상이 이인異人임을 알아보고 바삐 답례하면서 말했다.

"사부는 어디에서 오셨습니까?"

노승이 웃으며 말하였다.

"평생 사귀던 낯익은 사람을 알아보지 못하시니, 귀인은 잘 잊는다는 말이 옳습니다."

승상이 자세히 살펴보다가 문득 깨닫고는 능파 낭자를 돌아보며 말하였다.

"소유가 전에 토번을 정벌할 때 꿈에 동정 용궁에 갔다가 잔치를 파하고 돌아오는 길에 남악에 가서 놀았는데, 그때 화상 한 분이 법좌에 앉아 불경을 강론하는 모습을 보았습니다. 사부가 바로 그 화상이 아니십니까?"

노승이 손뼉을 치고 큰 소리로 웃으면서 말하였다.

"옳다, 옳다. 그러나 승상은 꿈속에서 한 번 본 것만 기억하고 십 년을 같이 살던 일은 생각하지 못하는데, 누가 양 장원을 총명하다 하였습니까?"

승상이 어리둥절하여 말하였다.

"소유가 열대여섯 살 전에는 부모 슬하를 떠난 적이 없고, 열여섯 살에 급제한 후로 계속 관직에 있었으니 동東으로는 연나라에 사신으로 갔고 서西로는 토번을 정벌한 일 외에는 오랫동안 서울을 떠난 적이 없습니다. 그런데 언제 사부와 십 년을 함께 지냈단 말입니까?"

노승이 웃으며 말하였다.

"상공이 아직도 봄꿈에서 깨어나지 못했습니다."

승상이 말하였다.

"사부는 어떻게 하면 소유를 봄꿈에서 깨어나게 하시겠습니까?"

노승이 말하였다.

"어렵지 않습니다."

하고 손에 든 석장(승려가 짚고 다니는 지팡이로, 밑부분은 상아나 뿔로, 가운데 부분은 나무로 만들며, 윗부분은 주석으로 만든다. 탑 모양인 윗부분에는 큰 고리가 있고 그 고리에 작은 고리를 여러 개 달아 소리가 나게 되어 있음)을 들어 난간을 두어 번 치니 갑자기 사방의 산골짜기에서 흰 구름이 일어나 누대를 뒤덮어 지척도 분간할 수 없었다. 승상이 정신이 아득하여 마치 꿈속에 있는 것만 같더니 한참만에야 크게 소리 질러 말하였다.

"사부께서는 바른 도리로 가르치지 않으시고 환술幻術(남의 눈을 속이는 기술)로 희롱하십니까?"

말이 끝나기도 전에 구름이 모두 걷히니 사부는 간 곳이 없고 좌우를 돌아보니 두 부인과 여섯 낭자 또한 종적을 찾을 수 없었다. 승상이 크게 놀라고 당황해서 눈을 제대로 뜨고 자세히 보니 높은 누대와 많은 집이 한순간에 사라지고 홀로 작은 암자에 앉아 있는데, 향로의 불도 꺼지고 지는 달이 창에 비치었다. 스스로 제 몸을 돌아보니 백팔염주가 손목에 걸렸고 머리를 만져보니 새로 깎은 머리털이 까칠까칠하니 영락없는 소화상의 모습이요, 더 이상 대승상의 위의가 아니었다. 정신이 아득하여 한참 만에 비로소 깨달으니 제 몸이 연화도량의 성진 행자였다.

회상해 보니, 처음에 사부의 책망을 받아 역사를 따라 풍도로 갔다가 인간 세상에 환생하여 양 씨 집의 아들로 태어나서 장원급 제하여 한림학사에 올랐고 출장입상出將入相(나가서는 장수가 되고 들어와서는 재상이 된다는 뜻으로, 문무를 다 갖추어 장상將相의 벼슬을 모두 지냄을 이르는 말)하여 공을 세우고 벼슬에서 물러나 한가롭게 지내면서 두 공주와 여섯 낭자와 더불어 즐기던 일이 모두 일장춘 몽이었다는 것을 알았다. 마음으로 생각하기를,

'이는 분명 사부께서 내 마음의 그릇됨을 아시고는 꿈을 통해 인간 세상의 부귀영화며 남녀 간의 정욕이 모두 부질없음을 깨닫 게 하신 거로구나.'

하고 급히 샘에 가서 얼굴을 깨끗이 씻고 승복을 단정히 입고 방 장에 나아가니 다른 제자들이 이미 모여 있었다.

대사가 큰 소리로 물었다.

"성진아! 인간 세상의 재미가 어떠하더냐?"

성진이 머리를 조아리고 눈물을 흘리며 말하였다.

"성진은 이미 깨달았습니다. 성진이 함부로 굴어 도심道心이 바르지 못해 마땅히 인간 세상에서 윤회할 것인데 사부께서 자비를 베푸시어 하룻밤 꿈으로 성진의 마음을 깨닫게 하시니, 사부의 은

덕은 천만 겁劫(어떤 시간의 단위로도 계산할 수 없는 무한히 긴 시간으로, 하늘과 땅이 한 번 개벽한 때에서부터 다음 개벽할 때까지의 동안이라는 뜻)이라도 갚지 못하겠습니다."

대사가 말하였다.

"네가 흥을 타고 갔다가 흥이 다하여 돌아왔을 뿐인데 내가 어찌 관여한 게 있겠느냐? 또 네가 인간 세상과 꿈을 둘로 나누어 다르게 보고 있으니 네가 아직 꿈을 온전히 깨지 못하였구나. 장자가 꿈에 나비가 되었다가 나비가 다시 장자가 되니, 무엇이 꿈이고 무엇이 진짜인지 분간하지 못하였다. 성진과 소유 이 둘 중에서 누가 꿈이고 누가 꿈이 아니냐?"

성진이 말하였다.

"성진이 어리석어서 꿈과 진짜를 구별하지 못하겠습니다. 사부께서는 자비를 베푸시어 제자를 위해서 설법하여 깨닫게 해주십시오."

대사가 말하였다.

"《금강경》의 큰 법을 베풀어서 네 마음을 깨닫게 해주려니와 새로운 제자가 올 것이니 조금만 기다려라."

말이 채 끝나기도 전에 문을 지키는 도인이 들어와 고하였다.

"어제 왔던 위 부인 아래의 여덟 선녀가 또 와서 사부 뵙기를 청합니다."

대사가 들어오게 하자 여덟 선녀가 대사 앞에 나아가 합장하고 머리를 조아리며 말하였다.

"제자 등이 위 부인을 곁에서 모셨으나 진실로 배운 것이 없어 세속의 정욕을 금치 못해 중한 책망을 입었는데, 다행히 대사의 자비심을 얻어 하룻밤 꿈에 크게 깨달았습니다. 제자 등은 이미 위 부인께 전날의 죄를 깊이 사죄하고 하직하여 영원히 불교에 귀의하려 하오니, 대사께서는 밝은 가르침을 내려주십시오."

대사가 크게 웃으며 말하였다.

"선녀들의 뜻은 좋으나 불법은 깊고도 멀어서 큰 역량과 간절한 발원이 없으면 불도를 이루기 어려우니 모름지기 스스로 잘 생각하여 행하라."

여덟 선녀가 곧 물러나서 얼굴의 연지분을 씻고, 몸에 두른 비단 옷을 벗어버리고, 각각 소매에서 가위를 꺼내 검은 구름 같은 머리카락을 자르고 들어가 아뢰었다.

"제자 등이 이미 얼굴 모습을 고쳤으니 맹세컨대 사부의 가르침을 게을리하지 않겠습니다."

대사가 말하였다.

"착하고 또 착하구나! 너희 여덟 사람의 지극한 정성이 이와 같으니 어찌 감동하지 않겠느냐!"

드디어 법좌에 올라 경문을 강론하니 백호白毫(부처의 두 눈썹 사이에 있는 희고 빛나는 가는 털로, 이 광명이 무량세계를 비춘다고 함) 빛이 세상을 비추고, 하늘에서 꽃이 비처럼 내렸다. 설법을 마치자 네 구절의 진언(진실하여 거짓이 없는 말이라는 뜻으로, 비밀스러운 어구를 이르는 말)을 외웠다.

인위적인 모든 법은

꿈과 환상 같고 거품과 그림자 같으며
이슬과 번개 같으니
마땅히 이와 같이 볼 것이다

　이렇게 이르자 성진과 여덟 비구니가 본성을 동시에 깨달아 해탈의 도를 얻었다. 대사가 성진의 계행戒行(계를 받은 뒤에 계법戒法의 조목에 따라 이를 실천하고 수행함)이 높고 순수하며 원숙한 것을 보고 여러 제자를 모아 놓고 말하였다.

　"나는 본래 전도하기 위하여 중국에 들어왔는데 이제 맑은 법을 전할 사람을 얻었으니 떠나야겠다."

하고 염주와 바리때와 정병淨瓶(성인聖人이 세상을 정결하게 한다는 병)과 석장과 《금강경》 한 권을 성진에게 주고, 마침내 서천 서역국[西天, 인도의 옛 이름]을 향하여 떠났다. 그 후로 성진이 연화도량의 대중을 이끌고 크게 교화를 펴니 신선과 용신과 인간과 귀신이 모두 육관대사처럼 존경하며 받들었다. 여덟 비구니도 성진을 스승으로 섬겨 보살의 큰 도를 얻어 마침내 아홉 사람 모두 극락 세계로 돌아갔다.

　아아, 기이하도다!

사씨남정기

사 소저를
며느리로 맞이하다

화설話說(고대 소설에서 이야기를 시작할 때 쓰는 말), 명나라 가정
嘉靖(중국 명나라 세종 때의 연호로 1522~1567) 연간 때 금릉 순천
부 땅에 한 유명한 인사가 있었는데, 성은 유劉요 이름은 현炫이었
다. 그는 개국공신 성의백 유기의 자손으로, 사람됨이 현명하고
정직하며 문장과 풍채가 뛰어나 당대에 추앙을 받았다. 어린 나이
에 과거에 급제하여 벼슬이 이부시랑 참지정사에 이르렀으니, 명
망이 온 나라를 진동하였다.

유현은 일찍이 시랑 최 모의 딸을 아내로 맞았고, 부인 최 씨는
어질고 덕이 많아 부부가 금실은 좋았으나 슬하에 자녀가 없어서
근심하였다. 그러다가 뒤늦게 아들을 얻은 후 얼마 되지 않아서
부인 최 씨가 세상을 떠나고 말았다. 그러자 원래 공명에 뜻이 없
던 공은 부인을 잃은 후 인생의 무상을 느꼈고, 더욱 그때 소인배
가 조정의 권세를 쥐고 흔들므로 스스로 병들었다 칭하여 벼슬을
사양하고 집에 돌아와 한가로이 세월을 보냈다. 그 뒤로 비록 국
사에는 참여하지 않았으나 당대의 명사들이 공의 청렴하고 고귀

한 덕[淸德]을 사모하고 우러르지 않는 이가 없었다.

공에게는 누이가 하나 있으니, 성품이 유순하고 유한정정幽閑靜貞(부녀의 태도나 마음씨가 얌전하고 정조가 바름)한 덕이 있었다. 일찍이 선비 두강의 아내가 되었는데, 불행히도 남편을 여의게 되어 공과 한 집에서 지내며 극진한 우애를 나누었다.

유 공자의 이름은 연수延壽라 하였는데 차차 자라면서 얼굴이 관옥冠玉(남자의 아름다운 얼굴을 비유적으로 이르는 말) 같고 재주가 뛰어났으며, 열 살 때 이미 문장이 놀라웠다. 공이 기특하게 여겨 사랑하였으나 다만 부인이 아들의 모습을 보지 못함을 한탄하였다.

연수가 열네 살 때 이미 향시鄕試(지방에서 실시하던 과거의 초시初試)에 장원으로 뽑히고 열다섯 살에 과거에 급제하니, 천자께서 그 문장과 사람됨을 보시고 크게 칭찬하시며 한림학사에 제수하셨다. 그러나 한림의 나이가 아직 어리므로 십 년 동안 학문에 더 힘쓴 뒤에 출사할 것을 청하니, 천자께서 그 뜻을 기특하게 여기시고 특별히 본직을 그대로 유지한 채 오 년 동안 수학할 말미를 주셨다. 이에 한림이 천자의 은혜에 감축(경사스러운 일을 함께 감사하고 축하함)하고, 또한 부친 유 공도 경계하여 '충의를 다하여 국은을 갚으라.' 하였다.

한림이 급제한 후에 구혼하는 규수가 많았으나 마땅한 혼처를 정하지 못했다. 하루는 공이 누이 두杜 부인과 함께 성 안의 모든 매파를 청하여, 현철賢哲(어질고 사리에 밝음, 또는 그런 사람)한 소저가 있는 집안을 물었다. 매파들의 말을 듣자니 칭찬할 때는 하늘에 닿을 듯이 올리고 헐뜯으면 천 길 굴속으로 떨어뜨리니 아침부터 저녁까지 상대를 정하지 못하였다. 그중에 주파라는 매파가 말을 하지 않고 있다가 모든 매파들의 말이 끝난 후에 입을 열었다.

"모든 말이 공변(행동이나 일 처리가 사사롭거나 한쪽으로 치우치지 않고 공평함)되지 못하니 소인이 바른대로 고하겠습니다. 노야께서 만일 부귀를 원하시면 엄 승상 댁만 한 곳이 없고, 현철한 규수를 원하시면 신성현의 사 급사 댁 소저밖에 없으니, 이 두 댁 가운데 하나를 택하십시오."

공이 말하였다.

"부귀는 본디 내가 원하는 바가 아니요, 어진 규수를 택하려 한다. 사 급사는 본디 대간大諫(임금에게 옳지 못하거나 잘못된 일을 고치도록 간하는 일을 맡아보던 벼슬) 벼슬을 하다가 적소(귀양지)에서 억울하게 죽은 진실로 강직한 선비이니, 마땅히 결친結親(사돈 관계를 맺음)을 맺음이 옳다. 그 집에 소저가 있는 줄은 몰랐는데 과연 어떠한가?"

주파가 말하였다.

"그 소저의 용모와 덕행이 당대에 뛰어나니 어찌 다 말로 할 수 있겠습니까. 소인이 매파로 다닌 지 삼십여 년에 모든 왕공과 재상 댁을 다니며 신부를 많이 보았으나 이같이 요조窈窕(여자의 행동이 얌전하고 정숙함)하고 현철한 소저는 처음이니 두 번 묻지 마십시오."

공이 말하였다.

"미색을 취하려는 것이 아니니 현숙한 덕행이 있어야 한다."

주파가 말하였다.

"사 소저는 마음씨가 너그럽고 몸가짐이 얌전하며 인품이 소탈하여 요조숙녀의 덕이 외모에 나타납니다. 상공께서 매파의 말을 믿지 못하시겠거든 사 소저의 현불현賢不賢(어진 것과 어질지 못한 것)을 다시 알아보십시오. 소인이 어찌 상공께 허언虛言을 하겠습니까."

하고 매파가 하직하고 돌아간 후에 공이 두 부인에게 상의하여 물었다.

"매파의 말만 믿을 수는 없으니 어찌하면 사 소저의 덕행을 자세히 알 수 있겠느냐?"

그러자 두 부인이 말하였다.

"남녀의 덕행은 필법에 나타나는지라 제게 사 씨의 필체를 볼 수 있는 묘책이 있으니 들어보십시오. 우리 집에 간수한 당나라 최고의 화가 오도자가 그린 남해관음화상을 내 본래 우화암에 보내어 시주하려 하였는데, 이번 기회에 우화암의 여승 묘혜를 사 씨 댁에 보내어 사 소저에게 관음찬을 짓도록 청하면 친필을 볼 수 있을 것입니다. 그러면 그 재덕을 가히 알 것이요, 묘혜 또한 그 얼굴을 보고 올 것이니 매파처럼 좋은 말만 하여 우리를 속이지는 않을 것입니다."

공이 근심하여 말하였다.

"그거 참 묘안이나 관음찬은 짓기가 매우 어려울 텐데 어린 여자의 글재주로 어찌 감당할 수 있겠느냐?"

두 부인이 책망하듯이 말하였다.

"어려운 글을 짓지 못한다면 어찌 재녀才女(재주 있는 여자)라 하겠습니까?"

공이 누이의 말이 옳다고 여겨 서둘러 묘혜 부르기를 청하였다. 두 부인이 사람을 우화암에 보내서 묘혜 스님을 불러 이르기를,

"사 씨 댁과 결친하려고 하나 신부의 재덕과 용모를 알 길이 없으니 이 관음화상을 가지고 사 씨 댁에 가서, 사 소저에게 관음찬을 받아오면 필체를 보고자 하니 대사는 수고를 아끼지 말라."

하고 관음화상을 내주니, 묘혜가 받아 즉시 사 급사 댁으로 가서 뵙기를 청하였다. 사 씨 부인이 본디 불법을 좋아하고 또 묘혜가 전부터 여러 번 출입하였던 터라 즉시 불러들이니, 묘혜가 절하고 안부를 물으니 부인이 반겨맞으며 말하기를,

"오래 보지 못하였는데 오늘은 무슨 바람이 불어서 우리 집에 왔는가?"

묘혜가 대답하여 말하기를,

"아시는 바와 같이 소승이 머무는 암자가 퇴락하였기에 재물을 얻어서 중수하느라 틈이 없어 오랫동안 문안드리지 못하였습니다. 이제 역사가 끝났으므로 감히 부인을 뵙고 시주를 청합니다."

부인이 말하였다.

"불사佛事를 위한 일인데 어찌 시주를 아끼겠는가. 하나 빈한한 집에 재물이 없어서 크게 시주하지는 못하겠지만 달리 구하는 것은 없는가?"

묘혜가 말하였다.

"소승이 구하려는 것은 부인께는 불비지혜不費之惠(자기에게는

해될 것이 없지만 남에게는 이익이 될 만하게 베풀어주는 은혜)요, 소승에게는 천금보다 중한 일입니다."

부인 재촉하여 말하기를,

"궁금하니 어서 말해 보라."

묘혜가 대답하였다.

"소승의 암자를 중수한 후에 어느 댁에서 관음화상을 시주하셨는데 이것은 당나라 유명한 화가가 그린 명화입니다. 그런데 그 그림에 찬미의 글이 없는 것이 큰 흠이니, 만일 댁의 소저가 금옥 같은 친필로 찬문을 지어 써주시면 이는 실로 산문의 보배인지라, 그 공덕이 칠보七寶를 보시하는 것보다 열 배나 중하고 소저의 수명 또한 길어질 것입니다."

부인이 흡족해하며 말하였다.

"우리 아이가 비록 고금시문에 능통하나 이런 글을 지을 수 있을지는 모르겠네. 좌우간 시험 삼아 물어봄세."

하고 시비로 하여금 소저를 불러오라고 하였다. 이윽고 소저가 명을 받들어 연보蓮步(미인의 아름다운 걸음걸이)를 옮겨 나와 모친을 뵙는데, 그 용모가 속세의 때가 묻지 않아 깨끗하고 특별하여 마치 관음보살이 강림하신 듯이 황홀하였다. 묘혜가 마음 깊이 놀라며 생각하기를,

'속세에 어찌 이런 아름다운 소저가 있단 말인가!'

하고 감탄하면서 합장 배례하고 물었다.

"소승이 사 년 전에 소저를 뵌 적이 있는데 기억하십니까?"

소저가 말하였다.

"대사를 어찌 잊었겠습니까?"

소저와 묘혜의 인사가 끝난 뒤에 부인이 소저에게 물었다.

"대사가 멀리 찾아와서 네 필체로 관음찬을 구하는데 네가 지을 수 있겠느냐?"

소저가 말하였다.

"소녀의 노둔한 재주로 어찌 감당하겠습니까? 더구나 옛 사람들이 이르기를 시부詩賦 짓는 것은 여자로서 경계할 일이라 하였으니 아무리 대사의 청이라 할지라도 어려울 듯싶습니다."

묘혜가 말하였다.

"소승이 구하는 것은 시문이 아니라 관음보살님의 그 높으신 공덕을 찬양하고자 할 따름입니다. 관음보살님은 본래 여자의 몸이므로 마땅히 여자의 글을 받아야 더욱 좋을 것입니다. 그러니 요즘 여자 중에서 소저가 아니면 누가 이 글을 지을 수 있겠습니까? 바라건대 소저는 소승의 간청을 물리치지 마소서."

부인 또한 은근히 딸에게 권하듯 말하였다.

"네 재주가 미치지 못하면 하는 수 없지만 이 글은 보통의 무익한 글과는 다르니 웬만하면 지어 보는 것이 어떻겠느냐?"

이에 묘혜가 족자 하나를 드리자 부인과 소저가 받아 펼쳐보니 바다 물결이 도도히 흐르는 외로운 섬에 관음보살이 흰 옷을 입고 머리도 빗지 않고 영락瓔珞(목이나 팔 등에 두르는 구슬을 꿴 장신구)도 없이 한 동자를 품에 안고 대숲 사이에 앉아 계신 그림이었다. 그 화법이 기묘하여 관음보살과 동자가 마치 살아 있는 듯하기에 그림을 본 소저가 말하기를,

"소녀가 배운 것은 오직 유가儒家의 글이요, 불서는 모르므로 비록 글을 짓는다 해도 대사의 마음에 들지는 못할 것입니다."

묘혜가 대답하였다.

"소승이 듣자하니 푸른 연잎과 흰 연꽃이 그 빛깔은 비록 다르나 뿌리는 하나요, 석가여래의 자비와 공부자의 인仁이 비록 다르나 그 뜻은 같다 하였습니다. 소저께서 비록 불서를 모르신다 해도 유가의 글로써 보살을 찬송하시면 더욱 좋을 듯합니다."

소저는 그제야 더 사양하지 않고 손을 정결히 씻은 후에 관음화상의 족자를 벽에 걸어 모시고 분향 배례하였다. 그리고 채필彩筆(채색할 때에 쓰는 붓)을 빼들고 공경히 앞으로 나아가 관음찬 수백 자를 족자 여백에 가늘게 쓰고, 다시 그 끝에 연월일과 '사 씨 정옥 재배再拜하고 쓰다.' 라고 적었다.

묘혜 또한 글을 아는지라 소저의 문장과 필법을 크게 칭찬하며 부인과 소저에게 무수히 사례하고 돌아갔다.

묘혜가 돌아오기만을 기다리고 있던 유 공과 두 부인은 묘혜가 주는 관음화상의 족자를 받으면서 물었다.

"사 소저의 재주와 용모가 과연 어떠하더냐?"

묘혜가 대답하였다.

"족자에 그려진 관음보살과 같았습니다."

그리고 사 급사 댁의 부인과 소저가 주고받은 이야기를 자세히 고하였다. 유 공이 묘혜의 말을 듣고 매우 기뻐하며 말하기를,

"사 씨 댁 소저의 재주와 덕행이 과연 보통 사람이 아니로다."

하고 족자를 걸어두고 보니, 필법이 정묘하여 한 곳도 구차한 데

가 없고, 온화하고 유순한 덕성이 글씨에 나타나니 공과 두 부인이 칭찬해 마지않았다.

유 공과 두 부인이 그 글을 흡족한 마음으로 읽어내려 갔다.

관음보살은 옛날의 성인이라, 그 덕행이 주나라 태임과 태사(두 사람 모두 현철하고 부녀의 덕행이 높았음)와 같도다. 관저(여자의 정숙함을 노래한 시)와 갈담(문왕의 처가 부귀해도 열심히 일하고 소박하게 사는 내용의 시)이 부인의 할 일인즉, 외롭게 공산空山에 있음이 본뜻은 아닐 것이다. 고요와 직설(순임금의 신하)은 세상을 돕고 백이숙제는 굶어죽었으니 도는 같지만 처지가 다름이라. 화상을 보니 흰 옷을 입고 아이를 안았도다. 이 그림으로 미루어 생각해 보건대 그 위인을 대강 알 것 같구나. 옛날 절개를 지키는 부인은 머리털을 자르고 몸을 버려 세상과 인연을 끊고 오직 의리를 취하였거늘, 세속 사람들은 부처의 글을 잘 알지 못하고 한갓 거짓말하기를 좋아하니 윤기倫紀(윤리와 기강을 아울러 이르는 말)에 해로움이 있도다. 슬프다, 관음보살은 어찌하여 여기 계시는가. 외로운 섬 대숲에 바다 물결이 만리로다. 극진한 공부의 거룩함이 윤회에 벗어나 어진 덕이 세상에 비치니 억만창생 뉘 아니 공경하리오. 만고에 그 이름이 불생불멸하니 거룩한 그 덕을 붓으로 찬양하기 어렵도다.

유 공과 두 부인이 관음찬을 읽고 칭찬해 마지않았다.
공이 말하기를,

"필법과 문장이 이처럼 기묘하니 재덕을 겸비했음을 알겠다. 과연 매파의 말이 허언이 아니로다. 그럼 누구를 보내 혼인을 청하는 것이 좋겠느냐?"

두 부인이 대답하였다.

"서둘러 주파를 보내어 통혼하십시오."

공이 옳다고 여겨 즉시 주파를 불러 사 가家로 보내서 청혼을 부탁하며 이르기를,

"내 사 소저의 덕행을 잘 알았으니 그대가 그 댁에 가서 통혼하여 혼인 허락을 받아오면 큰 상을 주겠노라."

주파가 공의 명을 받아 사 급사의 집으로 향하였다.

사 소저는 개국공신 사일청謝逸淸의 후예요, 급사 사후영謝厚英의 딸이다. 후영이 본디 청렴 강직하여 조정의 소인배들이 그를 꺼려하였는데 마침내 소인배가 반란을 음모할 적에 사후영이 이를 분하게 여기고 여러 번 상소하다가 도리어 간신의 모함을 받고 소주로 귀양간 후 결국 돌아오지 못하고 그곳에서 죽었다. 그의 부인이 소저를 데리고 고향 본댁에 돌아와서 천만 가지 설움을 참으며 슬픈 세월을 보냈다. 소저가 모친을 지성으로 봉양하며 점점 장성하여 혼기가 되었으나 혼인을 주관할 사람과 방도가 없어서 근심으로 세월을 보내고 있었다.

그러던 차에 이날 매파가 찾아와 당하에서 문안하고 소저의 용모 자색姿色(여자의 고운 얼굴이나 모습)을 칭찬하며 말하기를,

"소인이 이제 유 씨 문중의 명을 받아 귀댁의 소저와 혼인하겠다는 뜻을 전하러 왔습니다. 신랑 되실 유 한림은 소년 등과하여

벼슬이 한림학사에 이르렀고 풍채와 문장과 재주와 덕행이 한 시대를 압두壓頭(상대편을 누르고 첫째 자리를 차지함)하니, 귀댁 소저와 하늘이 내린 인연이 아닌가 합니다."

부인이 진작부터 유 한림의 풍채가 출중하다는 소문을 들었으므로 마음속으로 못내 기뻤으나 소저와 의논한 연후에 허락하려고 친히 소저의 방으로 가서 매파가 하던 말을 전하며 물었다.

"나는 이미 혼인을 허락하고자 마음먹었으나 너의 생각은 어떠하냐? 가부간 개의치 말고 말해 보아라."

소저가 대답하였다.

"유 상공은 당대의 어진 재상이라 그 댁과 결친하는 것이 옳지 않은 것은 아니지만 소녀가 듣자하니 '군자는 덕을 귀히 여기고 색을 천히 여긴다.' 하였는데, 이제 주파가 하는 말을 들으니 먼저 소녀의 자색을 일컫는 것이 마땅치 않습니다. 더구나 그 댁의 부귀만 자랑하고 선친의 청덕淸德(청렴하고 고결한 덕행)은 한 마디도 말하지 않으니, 이것이 주파의 생각이 짧아 잘못 전하였다 하여도 말할 것이 없거니와 만일 유 공의 뜻이 그렇다고 하면 유 공의 어진 이름은 헛된 소문에 불과하니, 소녀는 그 집으로 출가함을 원치 않습니다."

부인이 소저의 뜻을 어기기 어려워 주파에게 소저가 아직 어리다는 핑계로 허혼하지 않았다. 주파가 하는 수 없이 그냥 돌아와서 사실대로 고하니, 유 공과 두 부인이 섭섭히 여기다가 주파에게 물었다.

"그 댁에 가서 무엇이라 말하였나?"

주파가 제가 말한 대로 일일이 고하자 공이 듣고 깨달은 바가 있어 말하기를,

"내가 소홀하여 주파를 잘못 가르쳐 보냈으니 그대는 그만 돌아가라."

하고 매파를 돌려보냈다.

이튿날 유 공이 직접 신성현으로 가서 지현知縣(현의 으뜸 벼슬아치)을 찾아보고 정중한 중매를 부탁하였다.

"내 사 씨와 결친하고자 매파를 보냈으나 그 회답이 어리다는 이유로 혼인을 허락하지 않으니 이는 매파가 말을 잘못 전한 탓이오. 이제 선생이 나를 위하여 사 가家에 행차하는 수고를 사양하지 마시오."

지현이 대답하였다.

"선생의 말씀을 어찌 듣지 않겠습니까?"

공이 다시 말하기를,

"가서 다른 말은 하지 말고 오직 사 급사의 청덕을 흠모하여 구혼한다는 말만 전해 주시오. 그러면 반드시 혼인을 허락할 줄로 믿습니다."

지현이 유 공을 관사에 머물게 하고 친히 사 가에 찾아가 만나기를 청한 후 성명을 통하니, 부인이 혼사 때문에 찾아왔음을 짐작하였다. 노복으로 하여금 객당을 깨끗하게 쓸고 지현을 맞아 자리를 정하고 술과 과일을 정결히 하여 대접한 후 시비에게 전갈하여 말하기를,

"성주께서 이같이 누추한 곳에 왕림하시어 외로움을 위문하시

니 저희 집안의 영광입니다."

지현이 부인의 인사 전언을 공손하게 들은 후에 시비에게 전하여 말하였다.

"소관이 귀댁을 찾아온 것은 다름이 아니라 귀댁 소저의 혼사를 중매하고자 하는 뜻에서입니다. 전임 이부시랑 참지정사 유 공께서 댁의 영애令愛(윗사람의 딸을 높여 이르는 말)가 부덕을 겸비하고 자색이 출중함을 듣고 어여삐 여기셨을 뿐 아니라 사 급사의 청렴하고 정직함을 항상 흠앙欽仰(공경하여 우러러 사모함)하시어 그 여아의 재덕은 불문가지不問可知(묻지 않아도 알 수 있음)라 하시며 귀댁 소저로 며느리를 삼고자 합니다. 유 공의 아들은 금방장원金榜壯元(과거에 장원급제한 사람의 이름을 써서 거리에 붙이던 글)하여 벼슬이 한림학사에 이르렀고 천자의 총애가 극진하여 사람마다 사위를 삼고자 하나 유 공이 모두 물리치셨습니다. 귀댁 소저의 성화聲華(세상에 널리 알려진 명성)를 들은 후 저로 하여금 청혼함이니, 바라건대 때를 잃지 마시고 허락하시면 소관이 돌아가 유 공을 뵈올 낯이 있을까 합니다."

부인이 다시 전언하여 대답하되,

"용우庸愚(용렬하고 어리석음)한 여식이 재덕이 부족하고 용모 또한 취할 것이 없는데 성주께서 이처럼 친히 찾아오셨으니 어찌 사양하겠습니까. 돌아가셔서 쾌히 혼인을 허락하였다는 뜻을 전해 주십시오."

지현이 크게 기뻐하며 돌아와서 유 공에게 사 급사 집에 찾아가 했던 말과 부인이 혼인을 허락했다는 말을 고하니, 유 공이 기뻐하며 지현의 수고를 치하하였다.

유 공은 곧 집으로 돌아와 두 부인에게 이 말을 전하고 즉시 택일하니 길일이 한 달 후라 혼례 준비가 급하였다. 한편 사 급사의 청렴결백으로 가세가 빈한함을 아는 유 공이 빙폐聘幣(공경하는 뜻으로 보내는 예물)를 후하게 보냈다. 다만 유 공은 아들의 성혼을 보지 못하고 세상을 떠난 부인 최 씨를 생각하며 못내 슬퍼하였다.

어느덧 길일이 되어 양가에서 큰 잔치를 베풀고 예식을 행하니 참으로 요조숙녀는 군자의 좋은 짝이라 할 만하였다. 신부의 모친이 신랑의 신선 같은 풍채를 사랑하여 딸과 아름다운 쌍을 이룬 것을 즐기면서도 남편 급사가 그 모양을 보지 못함을 슬퍼하는 눈물이 옷깃을 적시었다.

신랑이 가마에 오르기를 재촉하여 본가에 돌아와 존구尊舅(시아버지를 높이는 말)께 폐백을 드리자 공과 두 부인이 눈을 들어서 비로소 신부를 보니 아름다운 용모는 말할 것도 없고 현숙한 덕성이 외모에 나타나 있었다. 공이 기쁨을 이기지 못하여 누이 두 부인을 돌아보며 말하였다.

"나의 자부는 참으로 태임과 태사의 덕을 갖추었으니 어찌 세속의 여자에 비하겠느냐."

하고 시비를 불러 한 작은 상자를 가져와서 그 속에 든 보경寶鏡(보배롭고 귀중한 거울) 하나와 옥가락지 한 쌍을 내어 신부에게 주며 말하였다.

"이 물건이 비록 어줍지 못하나 우리 집안에 대대로 전해 내려오는 보물이다. 내가 지금 신부를 보니 맑기가 거울과 같고 덕이 옥과 같으므로 이로써 나의 정을 표하노라."

사 씨가 일어나 절하고 받았다.

사 씨는 이때부터 효도를 다하여 존구를 받들고, 공손하게 남편을 섬기며, 정성으로 제사를 받들고, 은혜로써 비복을 부리니 규문閨門(부녀자가 거처하는 곳)이 편안하고 화기애애하였다.

하루는 유 공이 우연히 병을 얻어 그 병세가 날마다 심해지니 한림 부부가 밤낮으로 약시중을 들었으나 백약이 무효하였다. 유 공이 스스로 소생하지 못할 것을 깨닫고 두 부인을 불러 길이 탄식하며 말하였다.

"나는 이제 죽을 것 같으니 현매賢妹(어진 누이라는 뜻으로, 자기의 누이나 남의 누이를 높여 이르는 말)는 너무 슬퍼하지 말고 몸을 잘 보중保重(몸의 관리를 잘하여 건강하게 유지함)하여 가사를 주관하되 그릇됨이 없게 하라."

또 아들 한림의 손을 잡고 말하였다.

"너는 마땅히 집안일을 부부가 서로 의논하고 고모의 가르침을 내 말과 같이 알아라. 또한 학문에 힘쓰고 충성을 다하여 가문의 이름을 빛내도록 하여라."

또 사 씨에게 이르기를,

"너의 현부賢婦로서의 요조한 덕행은 이미 감복하였으니 내 다시 무엇을 부탁하겠느냐."

하고 마지막까지 칭찬하고 신임하였다.

세 사람이 눈물을 흘리며 공의 병이 나아 건강이 회복되기를 축원하였으나 그날 밤에 갑자기 별세하니 한림 부부의 호천애통呼天

哀慟(하늘을 우러러 슬프게 울부짖음)함이 비할 데 없고 두 부인 또한 몹시 애통해하였다.

어느덧 장사를 지내는 날이 되어 영구를 모셔 선영에 안장하고, 세월이 흐르는 물과 같아 삼년상을 마치고 한림이 천자의 명을 받아 조정에 나아가 임무를 수행하였다. 그가 소인배들을 배척하고 몸가짐을 강직하게 하니 천자께서 사랑하셔서 벼슬을 높여주고자 하셨으나 승상 엄숭이 꺼리어 저해하므로 여러 해가 되도록 품계가 오르지 못하였다.

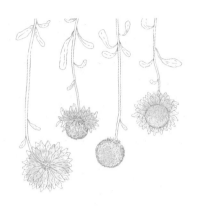

요망한 교 씨를 첩으로 들이다

그뿐 아니라 유 한림 부부가 혼인한 지 벌써 십 년이 넘고 나이가 서른에 가까웠으나 슬하에 자녀가 없으니 부인이 깊이 근심하며 한림에게 탄식하여 말하기를,

"첩의 기질이 허약하고 원기가 일정치 못하여 생산할 희망이 보이지 않습니다. 삼천 가지 불효 중에 자식을 두지 못한 죄가 가장 크다 하였으니, 첩의 무자無子한 죄가 존문尊門(남의 가문이나 집을 높여 이르는 말)에 용납하지 못할 것이나 상공의 넓으신 덕택으로 지금까지 부지해 왔습니다. 그러나 곰곰이 생각해 보니 상공이 여러 대에 걸쳐 독자인지라 이대로 가다가는 유 씨 종사가 위태로우니, 원컨대 상공은 첩을 괘념치 마시고 어진 여인을 취하여 농장지경弄璋之慶(아들을 낳은 즐거움)을 보시면 가문의 경사일 뿐 아니라 첩의 죄도 면할 수 있을 것입니다."

한림은 허허 웃으며 말하였다.

"어찌 자식이 없음을 한탄하여 첩을 얻으리오. 첩을 얻음은 집안을 어지럽히는 근본이니 부인은 어찌 화를 자초하려 하시는 거요? 그것은 천만부당한 일이니 그런 생각은 하지 마시오."

사 씨 부인이 대답하였다.

"재상가의 일처일첩은 예전부터 있는 일이고 또 첩이 비록 부덕하나 세속 부녀자들의 투기하는 것은 경계하는 바이니 상공은 조금도 염려하지 마십시오."

하고 조용히 매파를 불러 마땅한 양가 여자를 구하였더니, 두 부인이 이 말을 듣고 크게 놀라 사 씨 부인에게 물었다.

"네가 질아姪兒(조카)를 위하여 첩을 구한다 하니 과연 그런 일이 있는가?"

사 씨 부인이 대답하였다.

"그렇습니다."

두 부인이 말하기를,

"집안에 첩을 두는 것은 화를 자초하는 일이다. 속담에 이르기를 '한 말에 두 안장이 없고, 한 밥그릇에 두 술이 없다.' (한 남편에게는 한 아내만 있어야 한다는 말) 하였다. 군자가 첩을 얻으려 해도 극구 말려야 할 것인데 화를 자초하는 것은 어찌된 일이냐?"

사 씨 부인이 말하였다.

"첩이 존문에 들어온 지 벌써 십 년이 지났으나 아직 한 점 혈육이 없으니 옛날부터 전해 오는 법에 따르자면 군자께 버림받아 마땅한데 두 말할 처지가 아닙니다. 그러니 어찌 감히 첩 두는 일을 꺼리겠습니까?"

두 부인이 말하였다.

"자녀를 생산하는 일은 이르거나 늦음이 없다. 두 씨 문중에도 나이 서른이 지난 뒤에 생산하여 아들 다섯을 낳은 이도 있고, 또 세상에는 마흔이 지난 뒤에 비로소 초산하는 이도 많다. 네 나이 아직 서른이 멀었으니 너무 염려하지 마라."

사 씨 부인이 말하였다.

"첩은 기질이 허약하여 생산할 가망이 없으며 또한 도리로써 말할지라도 일처일첩은 남자의 떳떳한 일이니, 첩이 비록 태사 같은 덕은 없으나 세속 부녀들의 투기함은 본받지 않으려 합니다."

두 부인이 웃으며 말하였다.

"태사가 비록 투기하지 않았으나 그것은 문왕이 어느 한쪽으로 치우치지 않은 은혜와 사랑을 베풀어 모든 첩들이 감복하여 원망이 없었던 것이다. 만일 문왕이 그렇게 하지 않았더라면 비록 태사 같은 부인일지라도 어찌 교화를 베풀었겠느냐. 더욱이 지금은 옛날과 시절이 다르고 성인과 범인凡人의 길이 다른데 단지 투기하지 않는 것으로 태사를 본받으려 하니 이는 헛된 이름을 탐하여 화를 면치 못할까 염려가 된다. 그러니 너는 깊이 생각하여라."

사 씨 부인이 말하였다.

"첩이 어찌 감히 옛날 성인을 바라겠습니까. 다만 세속 부녀들이 인륜을 모르고 시부모와 남편을 업신여기고 질투를 일삼아 집안의 법도를 문란케 하는 것을 한탄하는 바이니, 첩이 비록 용렬하여 교화를 못 할지라도 어찌 그런 행실을 하겠습니까. 그리고 또 군자께서 만일 몸을 돌아보지 않고 요색妖色(요염한 용모)에만 침혹沈惑(무엇을 몹시 좋아하여 정신을 잃고 거기에 빠짐)하시면 첩이 정성을 다하여 간하겠습니다."

두 부인이 더 이상 만류하지 못할 것을 짐작하고 탄식하여 말하기를,

"장차 들어올 새사람이 양순한 여자거나 군자가 네가 간하는 말을 잘 들으면 그만이지만, 새사람이 좋은 사람이 아니고 또 사내 마음이 한 번 기울면 다시 되돌리기 어려우니 너는 이후에 내 말을 생각하고 뉘우칠 일이 없기를 바란다."

하고 크게 낙심하여 허탈해 마지않았다.

이튿날 매파가 들어와 사 씨 부인에게 여쭙기를,

"어느 곳에 한 여자가 있는데 아마 부인의 구하는 바에 너무나 과할 듯합니다."

사 씨 부인이 말하였다.

"무슨 말이냐?"

매파가 말하였다.

"부인이 구하시는 사람은 다만 부덕이 있고 생산을 잘하면 그만이나 이 사람은 그렇지 않고 용모자색이 출중하니 부인의 뜻에 합당하지 않은 듯싶습니다."

사 씨 부인이 웃으며 말하였다.

"매파는 나를 떠보려 하지 말고 자세히 말하라."

매파가 아뢰기를,

"그 여자의 성은 교 씨요, 이름은 채란이라 하며 하간부에서 자란 사람입니다. 본디 벼슬하는 집 딸로서 일찍 부모를 여의고 그 형의 집에 의탁해 있는데 지금 나이 열여섯이라 합니다. 제 스스로 말하기를 가난한 선비의 아내가 되기보다 공후부귀가 公侯富貴

家의 첩이 되는 것이 좋다 하며 그 자색의 아름다움은 한 고을에서 으뜸이요, 여공지사(여자가 하는 바느질과 길쌈)도 모를 것이 없으니 부인이 만일 상공을 위하여 첩을 구하신다면 이보다 나은 사람이 없을 것 같습니다."

사 씨 부인이 크게 기뻐하며 말하였다.

"벼슬한 사람의 딸이면 그 성품과 행실이 무지한 천인과는 다를 것이니 가장 적당하도다. 내 상공께 말해 보리라."

사 씨 부인이 한림에게 매파가 하던 말을 전하고 데려오기를 강권하니 한림이 말하기를,

"내가 첩을 두는 것은 그리 급하지 않소. 그러나 부인의 호의를 저버리기 어려우니 택일하여 데려오시오."

그리하여 곧 그 집에 통혼하고 친척을 모아 잔치를 열어서 교 씨를 맞아들였다. 교 씨가 한림과 부인께 절하고 자리에 앉았는데, 주빈 일동이 교 씨를 바라보니 자태가 매우 아름답고 거동이 가볍고 날렵하여 마치 해당화 한 송이가 아침 이슬을 머금고 바람에 나부끼듯 하니 모두 칭찬하지 않는 사람이 없었으나 오직 두 부인만 기뻐하지 않았다. 이날 밤에 교 씨를 화원 별당에 머물게 하고 한림이 들어가 밤을 지내니 두 사람의 정분이 각별하였다.

이튿날 두 부인이 사 씨 부인과 더불어 말씀 나누기를,

"어차피 소실 두기를 권할라치면 마땅히 순직하고 근실한 사람을 구할 것이지 이렇듯 절세가인을 데려왔으니 만약 그 성품이 어질지 못하면 네게 유익하지 못할 뿐만 아니라 유 씨 가문에도 화가 미칠까 걱정이구나."

사 씨 부인이 말하기를,

"옛날 위장강(위나라 장공의 부인)은 고운 얼굴과 공교로운 웃음으로도 착하고 현명한 덕을 이루었습니다. 그러니 어찌 절대가인이라고 다 어질지 않겠습니까."

두 부인이 말하였다.

"장강이 비록 어질었으나 자식은 두지 못하였다."

두 사람이 서로 마주보고 웃었다.

한림이 교 씨가 거처하는 곳의 이름을 고쳐 백자당(아들을 많이 두는 집)이라 하고 시비 납매 등 네댓 명으로 모시게 하니 집안사람들 모두가 그를 교 낭자라 불렀다.

교 씨가 총명하고 교활하여 한림의 뜻을 잘 맞추며 사 씨 부인을 극진히 섬기는 듯하니 집안사람들이 모두 칭찬하였다. 반년이 채 못 되어 교 씨가 잉태하자 한림과 부인이 못내 기뻐하였다. 교 씨가 행여나 아들을 낳지 못할까 염려하여 점쟁이를 불러다 물으니 혹은 아들이라 하고 혹은 딸이라 하며, 또 어떤 사람은 아들을 낳으면 장수를 누리지 못하고 딸을 낳으면 장수 유복하리라 하니 교 씨가 더욱 염려하였다. 하루는 시비 납매가 그것을 알고 교 씨에게 말하였다.

"이 동리에 어떤 여자가 있는데 호를 십랑이라고 합니다. 본디 남방 사람으로서 여기 와서 우거(寓居, 남의 집이나 타향에서 임시로 몸을 부쳐 삶) 중인데 그 재주가 비상하여 모르는 것이 없으니 이 여자를 불러 물어보십시오."

교 씨가 이 말을 듣고 크게 기뻐하여 곧 십랑을 불러 물어보기를,

"네 능히 뱃속에 들어 있는 아이의 남녀를 분간하여 알아낼 수 있겠느냐?"

십랑이 대답하였다.

"제가 비록 재주가 능하지 못하나 뱃속에 든 아이의 남녀를 분간하는 방법이 있으니 잠깐 진맥을 허락해 주십시오."

교 씨가 팔을 걷고 맥을 짚어보라 하자 십랑이 잠시 맥을 짚어 본 뒤에,

"여아의 맥입니다."

하고 말하자 교 씨가 크게 놀라 말하기를,

"상공이 나를 취하심은 한갓 색을 취하심이 아니라 아들을 낳기 위함인데 내가 만일 딸을 낳으면 낳지 않음만 못 하니 이를 장차 어찌하면 좋겠느냐?"

십랑이 말하기를,

"천한 이 몸이 일찍이 산중에 들어가 이인異人(재주가 신통하고 비범한 사람)을 만나 복중腹中에 든 여태를 남태로 변하게 만드는 비법을 배워서 여러 사람에게 시험해 보았더니 그 영험함이 백발백중하여 맞지 않은 적이 없었습니다. 부인께서 꼭 아들을 원하신다면 저의 그 묘한 비법을 한 번 시험해 보십시오."

교 씨가 이 말을 듣고 크게 기뻐하며 말하였다.

"만일 그러한 비법이 있다면 어찌 시험해 보지 않겠느냐. 만일 성공만 하면 천금을 아끼지 않으리라."

십랑은 그 비법이 매우 어려운 것이라는 뜻을 내비치며 지필묵을 청하여 부적을 여러 장 쓰고 기괴한 비방을 많이 한 후에 교 씨

의 방 안 여러 곳과 잠자리 밑에 감추고 교 씨에게 이르기를,

"훗날 만삭이 되면 반드시 옥동자를 낳으실 것입니다. 그때 다시 와서 득남 하례를 하겠으며 후한 상금은 그때 받을까 합니다."
하고 돌아갔다.

그 후 세월이 흐르는 물과 같이 흘러서 어느새 열 달이 지나자 교 씨가 과연 아들을 순산하였는데, 아이의 얼굴이 깨끗하고 빼어나며 기질이 기이한지라 한림과 사 씨 부인의 기쁨은 이루 말할 것도 없고 비복들까지 서로 기뻐하며 칭송하였다.

교 씨가 아들을 낳은 후로 교 씨에 대한 한림의 대접이 더욱 두터워지고 사랑이 비할 데 없어 백자당을 떠난 날이 없으며, 아이의 이름을 장주掌珠라 하고 손안의 보배처럼 여겼다. 사 씨 부인 또한 아이에 대한 사랑이 극진하여 자신이 낳은 자식처럼 대하니 집안사람들도 그 아이를 누가 낳았는지 알지 못할 정도였다.

때는 바야흐로 늦은 봄이라, 동산에 백화가 만발하여 그 아름다운 경치가 가히 구경할 만하였다. 한림이 천자를 모시고 서원西苑에서 잔치를 베풀어 아직 집에 돌아오지 않았고, 사 씨 부인이 홀로 책상에 의지하여 옛글을 보고 있는데 시비 춘방이 여쭙기를,

"화원 정자에 모란꽃이 만발하였으니 구경하심이 어떠신지요. 대감께서 아직 조정에서 돌아오지 않으셨으니 한가한 이때에 화원으로 나가셔서 꽃구경을 하십시오."

사 씨 부인이 반가운 소식에 기뻐하여 즉시 책을 덮고 옷을 갈아입은 후에 시비 대여섯 명을 데리고 연보를 옮겨 정자에 이르니, 버들 그늘이 난간을 가리고 꽃향기는 연못에 젖어 화원 안이

매우 고요하므로 봄 경치를 즐길 만하였다. 사 씨 부인이 시비에게 차를 가져오라 명하고 교 씨를 청하여 같이 춘색春色(봄철을 느끼게 하는 경치나 분위기)을 구경하려던 참에 바람결에 문득 거문고 타는 소리가 은은히 들려왔다. 사 씨 부인이 이상히 여겨 귀를 기울여 자세히 들으니 거문고 소리가 맑아서 진주가 옥쟁반에 구르는 듯 능히 사람의 마음을 감동케 하는지라 사 씨 부인이 좌우 시비에게 물었다.

"이상하구나. 이 거문고를 누가 타는 것이냐?"

시비가 대답하였다.

"거문고 소리가 교 낭자의 침소에서 나는 것 같습니다."

사 씨 부인이 믿지 않으며 말하기를,

"그렇지 않을 것이다. 음률은 아녀자가 할 도리가 아닌데 교 낭자가 어찌 그러하겠느냐. 듣는 것이 직접 보는 것만 못 하니 너희는 저 소리 나는 곳에 가서 자세히 살핀 연후에 사실대로 고하라."

시비가 부인의 명을 받아 소리 나는 곳으로 가보니 과연 백자당이었다. 이에 시비가 가만히 문 밖에서 엿보았더니 교 씨가 한상 가득 음식을 차려 놓고 섬섬옥수로 거문고를 희롱하고, 한 미인이 화려한 의복을 입고 앉아 노래를 부르고 있었다. 시비가 자신의 눈을 의심하며 몇 번이고 자세히 보고 돌아와서 사 씨 부인께 고하니 부인이 크게 놀라 말하였다.

"교 낭자가 어느 사이에 거문고를 배웠으며 또 노래 부르는 미인은 누구인고? 내 한 번 불러 자세히 물어 그 진위를 알아본 연후에 가히 좋은 말로 경계하여 다시는 그런 일이 없도록 하리라."

하고 곧 시비를 보내어 교 씨를 불러오라고 하였다.

한편 교 씨는 십랑의 비법으로 아들을 낳고 한림의 사랑이 두터워지자 십랑과 더욱 친해졌다. 그 뒤로 교 씨는 십랑의 힘과 방예(질병이나 재해 따위가 일어나기 전에 미리 대처하여 막는 일)에 힘입어 한림의 총애를 독점하려고 애쓰고 있었다.

십랑이 교 씨에게 말하였다.

"낭자, 이제 한림의 총애를 더 얻고자 하면 음률을 배우세요. 거문고와 노래는 장부의 마음을 미혹하게 하는 것이니 거문고 잘 타는 사람을 구하여 스승으로 삼아 배우는 것이 마땅할 것입니다."

교 씨가 크게 기뻐하며 말하였다.

"나 또한 그런 마음이 있으나 스승을 구할 길이 없으니 소개해 주겠느냐?"

십랑이 말하기를,

"제게는 일찍이 탄금彈琴(거문고나 가야금 따위를 탐)에 익숙한 동무가 있는데 이름은 가랑이라 합니다. 가랑이 탄금과 노래 부르기를 잘하니 가랑을 청하여 배우는 것이 어떻겠습니까?"

교 씨가 매우 기뻐하며 바삐 불러오기를 청하니 십랑이 즉시 사람을 보내 가랑을 불러들였다. 원래 가랑은 화방(기생집) 계집으로 온갖 풍악에 능숙하였는데, 교 씨의 부름을 받고 크게 기뻐하며 비자婢子를 따라 교 씨의 침소에 이르러 서로 사귀니 자연스레 뜻이 합하여 정이 깊어졌다. 교 씨가 본래 영리하고 총명한 계집이라, 가랑을 스승으로 삼아 음률을 배우기 시작하니 나날이 일취월장하여 고금 음률을 모르는 것이 없었다. 교 씨가 가랑을 협실夾室

(곁방)에 감추어두고 한림이 조정에 나가고 없는 틈을 타 음률을 배우고, 한림이 집에 있을 때는 가랑에게 배운 노래와 탄금으로 한림을 농락하니, 한림이 교 씨 사랑하기를 나날이 더하여 사 씨 부인의 침소와는 날로 멀어졌다.

그날도 한림이 조정에 나가고 집에 없었으므로 술과 음식을 차려놓고 가랑을 청하여 함께 즐기며 거문고와 노래를 서로 주고받던 차에 시비가 와서 사 씨 부인의 명을 전하며 함께 가기를 재촉하였다. 교 씨가 황급히 술상을 치우고 시비를 따라 화원에 이르니, 사 씨 부인이 좋은 낯으로 맞아서 자리에 앉히고 교 씨에게 물었다.

"교 낭자의 침소에 와 있는 그 미인이 누구인가?"

교 씨가 대답하였다.

"그 여자는 저의 사촌 아우입니다."

사 씨 부인이 정색하며 엄숙하게 말하였다.

"아녀자의 행실은 출가하면 시부모를 봉양하고 군자를 섬기는 여가에 자식을 엄숙히 가르치고 비복을 은혜로 부리는 것이 천직 아닌가. 아녀자가 음률을 행하고 노래로 소일하면 집안의 법도가 자연히 어지러워지니, 그대는 깊이 생각하여 두 번 다시 그런 일을 하지 말 것이며 그 여자는 집으로 돌려보내게. 또한 이런 내 말을 고깝게 여기지 말게."

교 씨가 말하기를,

"제가 배움이 적어 허물을 깨닫지 못하였는데 부인의 경계하시는 말씀을 듣고 깨달은 바가 있습니다. 각골명심刻骨銘心(어떤 일을 뼈에 새길 정도로 마음속 깊이 새겨두고 잊지 아니함)하겠습니다.”

사 씨 부인이 재삼 위로하며 말하였다.

“내 그대를 사랑하므로 간절한 마음으로 일렀으니 명심하고, 이후에 내게 허물이 있거든 그대도 또한 일러 깨닫게 해주게.”

그리고 교 씨와 더불어 종일 담소하며 즐기다가 날이 저물어서야 파하였다.

이때 유 한림이 서원에서 잔치를 파하고 백자당에 돌아왔는데, 술이 취하여 잠을 이루지 못하고 난간에 기대어 주위를 둘러보니 달빛은 낮같이 밝고 꽃향기는 무르녹아 취흥이 돋는지라 교 씨에게 노래를 한 곡 부르라 하니 교 씨가 말하기를,

“바람이 차서 감기가 들었는지 몸이 불편하여 노래를 부르지 못하겠습니다.”

하고 굳이 사양하니 한림이 말하였다.

“아녀자의 도리는 남편이 죽을 일을 하라고 해도 반드시 어겨서는 안 되는 법인데 그대가 병을 핑계로 내 말을 거역하니 이것이 어찌 아녀자의 도리라 할 수 있겠느냐.”

교 씨가 말하였다.

“실은 첩이 아까 심심하여 노래를 불렀더니 부인이 듣고 불러서 책망하시기를, 요사스런 노래로 집안을 어지럽게 하고 상공을 미혹하게 하니 네가 만일 이후에 또다시 노래를 부르면 혀를 끊어버리거나 약을 먹여 벙어리를 만들겠다고 하여 삼가 조심하는 것입니다. 첩이 본디 빈한한 집 자식으로 상공의 은혜를 입어 부귀영화를 이처럼 누리니 비록 지금 죽어도 한이 없으나, 만약 첩 때문

에 상공의 청렴하고 고결한 덕에 흠이 될까 두렵습니다."

한림이 크게 놀라 내심 생각하기를,

'부인이 스스로 늘 투기하지 않겠노라 하고 또 교 씨를 사랑으로 대하여 한 번도 교 씨를 나쁘게 말하는 법이 없었는데, 이제 교 씨의 말을 들으니 집안에 무슨 일이 있었음이 분명하구나.'

하고 교 씨를 위로하였다.

"내가 그대를 취함이 다 부인의 권고로 이루어진 것이요, 지금까지 부인이 그대 대접하기를 극진히 하여 한 번도 낯빛이 변하는 것을 보지 못하였는데 이제 부인이 그대에게 그런 책망을 한 것은 필경 비복들이 부인에게 참언讒言(거짓으로 꾸며서 남을 헐뜯어 윗사람에게 고하여 바침, 또는 그런 말)으로 고자질했기 때문이 아닐까 생각한다. 부인은 본디 성품이 유순한 사람이라 결코 그대를 해치려고 할 리가 없으니 부질없는 염려는 하지 말고 안심하라."

교 씨는 내심 마음에 차지 않았지만 어쩔 수 없이 한림의 말에 그리 하겠다고 대답하였다. 속담에도 '범을 그리지만 그 뼈를 그리기는 어렵고 사람을 사귀지만 그 속마음을 알기 어렵다.' 하였으니 교 씨가 교언영색巧言令色(아첨하는 말과 알랑거리는 태도)으로 겉으로는 공손한 척하니 사 씨 부인이 교 씨의 겉 다르고 속 다른 본심을 어찌 알았겠는가. 사 씨 부인이 교 씨를 훈계한 것은 조금도 질투에서 나온 사심은 아니었다. 다만 음탕한 노래로 장부의 마음을 미혹할까 염려하여 교 씨를 경계하려 한 것인데, 교 씨가 문득 한을 품고 교묘한 말을 지어내어 집안에 분란을 일으키니 교 씨의 요사스럽고 악랄함이 이와 같았다.

하루는 납매가 사 씨 부인 시비들과 어울려 놀다가 백자당으로 들어와서 교 씨에게 말하였다.

"지금 추향이 하는 말을 들었는데 부인께서 태기가 있으신 듯하답니다."

교 씨가 이 말을 듣고 크게 놀라 말하기를,

"성친한 후 십 년이 지나서 잉태하였다는 것은 참으로 희한한 일이로다. 혹시 월사月事(월경)가 불순하여 그런 소문이 난 것은 아닌가?"

하고 겉으로는 아무렇지도 않은 체하나 속으로 생각하기를,

'사 씨가 정말 잉태하여 아들을 낳는다면 나는 정말 쓸모없게 될 것이니 이 일을 어떻게 하면 좋단 말인가.'

하며 혼자 애를 태우고 있는 동안에, 사 씨 부인의 태기가 확실해지니 온 집안이 모두 기뻐하였다. 다만 교 씨 혼자 시기하는 마음을 참지 못하여 불평하며 기뻐하지 않고 납매와 짜고 낙태시킬 약을 여러 번 사 씨 부인 먹는 약에 타서 드렸으나 어쩐 일인지 부인이 그 약만 마시면 구역질이 나서 모두 토해 버렸다. 이는 천지신명이 도우신 것이라 더는 간악한 수단을 쓸 도리가 없었다.

사 씨 부인이 만삭이 되어 아들을 낳으니 골격이 비범하고 신체가 뛰어난지라, 한림이 크게 기뻐하며 이름을 인아麟兒라 하였다. 상하 비복들까지 단념하였던 본부인이 득남하였으므로 신기하게 여기며 교 씨가 아들을 낳았을 때보다 몇 배로 축하하였다. 인아가 점차 자라자 장주와 같이 한곳에서 놀았는데 인아가 비록 어리나 씩씩한 기상이 장주의 가냘프고 나약함과는 현저히 달랐다. 한

번은 한림이 밖에서 들어오다가 두 아이가 노는 것을 보고 먼저 인아를 안아 어루만지며 말하기를,

"이 아이의 이마가 흡사 선인先人(돌아가신 아버지)을 닮았으니 장차 반드시 우리 가문을 빛나게 하리로다."

하고 내당으로 들어갔다. 장주의 유모가 그 광경을 보고 들어와서 교 씨에게 고하기를,

"상공께서 인아만 안아주고 장주는 돌아보지도 않았습니다."

하며 눈물을 흘리니 교 씨 또한 애를 태우며 말하였다.

"내 용모와 자질이 모두 사 씨에게 미치지 못하고 더욱이 적실과 첩의 차이가 엄연한데도, 다만 나는 아들이 있고 사 씨는 아들이 없었기 때문에 상공의 은총을 받은 것이었다. 그런데 지금은 사 씨도 아들을 낳았으니 그 아이가 이 집의 주인이 될 것인즉 내 아들은 쓸모없는 곁가지에 불과하게 되었구나. 부인이 비록 좋은 낯으로 나를 대하나 그 심정은 실로 알 수 없으니 만일 부인이 간사한 짓으로 상공의 마음을 변하게 한다면 나의 앞날은 어떻게 될는지 알 수가 없다."

하고 다시 십랑을 청하여 의논하니, 십랑은 교 씨로부터 금은보화를 많이 받았으므로 이미 심복이 되어서 교 씨의 못된 짓을 돕고 있던 참이었다.

간악한 문객과
교 씨의 음모

하루는 한림이 조정에서 퇴청하여 집에 돌아오니 이부 석낭중이란 사람한테서 편지 한 장이 와 있었다. 그 편지의 내용은 다음과 같았다.

동청이란 자는 소주 사람으로 재주 있는 선비 가문 출신인데 운명이 기구하여 일찍 부모를 여의고 과거도 보지 못 하고 외로운 몸으로 여기저기 떠돌다가 어떤 인연으로 소제小弟(말하는 이가 대등한 관계에 있는 사람이나 윗사람을 상대하여 자기를 낮추어 이르는 일인칭 대명사)의 집에 와서 잠깐 기식寄食(남의 집에 붙어서 밥을 얻어먹고 지냄)하고 있었습니다. 그러던 차에 소제가 마침 외관직으로 나가게 되어 동청이 갈 곳이 없는지라, 일찍이 들으니 존형께서 서사의 가감지인可堪之人(맡은 일을 넉넉히 감당할 만한 사람)을 구하신다 하니 이 사람이 민첩하고 글씨를 잘 써서 한 번 시험해 보시면 가히 그 재주를 짐작하실 듯하여 이에 편지를 써서 존문尊門(남의 가문이나 집을 높여 이르는 말)에 나아가 뵙게 하니 한 번 시험해 보십시오.

　원래 동청은 사대부 집안 자식인데 일찍이 부모를 여의고 행동거지가 일정하지 못하여 무뢰배와 결탁하여 주색과 도박을 일삼아 가업을 탕진하여 생계가 막막한 신세였다. 결국 고향을 떠나 객지로 나와 권귀부호가權貴富豪家(지위가 높고 권세가 있는 부잣집)의 식객이 되었는데, 동청이 인물이 잘나고 말솜씨가 좋으며 글씨를 잘 쓰므로 처음에는 누구에게든지 신임을 받았다. 그런데 조금만 지나면 그 집 자제를 유인하고 처첩을 도적질하여 마침내는 쫓겨나게 되니 세상천지 그 어디에서도 도저히 용납이 안 되는 위인이었다.

　결국 석낭중의 집에까지 굴러 들어와서 지냈으니 낭중 역시 그 인물의 간악함을 이미 알았을 것이다. 그러던 차에 외관직으로 떠나게 되니 구태여 그 과실을 드러낼 필요가 없다고 생각하고 좋은 말로써 한림께 천거한 것이었다. 한림이 마침 적당한 서사를 한 사람 구하던 터라 석낭중의 편지를 보고 즉시 동청을 불러들여서 보았더니, 몸가짐이 매우 영특하고 민첩하여 묻는 말에 물 흐르듯 막힘이 없었다. 한림이 크게 기뻐하여 문하에 두고 서사의 소임을 맡기니 동청이란 위인이 글씨만 잘 쓰는 것이 아니라 간사하고 교활하여 한림에게 아첨하고 매사에 뜻을 잘 맞추니 한림이 그를 크게 믿어 일마다 그의 말을 따랐다.

　그런 동청의 태도를 본 사 씨 부인이 어느 날 한림께 간하였다.

　"첩이 들은 바로는 동청의 위인이 정직하지 못하다 하니 큰일을 저지르기 전에 내보내는 것이 좋을 듯합니다. 전에 있던 곳에서도 요사스럽고 간악한 일을 많이 하다가 탄로 나 도망쳐 떠돌다가 여기로 왔다고 합니다. 그러니 그를 오래 데리고 있지 마시고 곧 내보내십시오."

한림이 말하기를,

"나 역시 이미 소문에 그와 같은 말을 들었으나 그 소문의 진위 여부를 알 수 없고, 또 내가 그에게서 다만 글 쓰는 재주만을 구하려는 것이지 친구의 도리를 얻으려는 것은 아니지 않소. 그러니 그가 좋고 나쁜 것을 의논하여 무엇하리오."

사 씨 부인이 말하였다.

"상공이 비록 그 사람과 친구의 도를 나누는 것은 아니지만 부정한 무리와 더불어 같이 있으면 자연히 주위 사람까지 그릇되게 만드는 법입니다. 그러니 이런 부정한 사람을 집안에 두었다가 만일 집안의 법도를 어지럽게 하여 지하에 계신 부모님의 가법家法(한 집안의 법도나 규율)을 더럽힐까 두렵습니다."

한림이 말하였다.

"부인의 말씀이 과연 옳으나 세상 사람들이 남을 중상하기 좋아해서 하는 말일 수도 있지 않겠소. 내 오래 두고 보아 잘 조처(제기된 문제나 일을 잘 정돈하여 처리함)할 것이니 염려 마시오. 부인은 집안의 비복들이나 불쌍히 여기는 마음으로 위로하고 그들의 살림살이를 보살펴 집안의 법도에 어지러움이 없도록 하시오."

부인이 남편의 말을 다 들은 후 그의 말을 이상하게 느꼈으나, 교 씨의 참소로 인하여 한림이 자신을 의심하는 줄은 모르고 다만 인사하고 물러났다.

이로부터 한림은 동청에게 서사를 맡기고 그의 행동 하나하나를 가만히 살폈으나, 동청이란 위인이 간교하고 교활하여 한림의 뜻을 잘 맞추어 무슨 일이든지 잘하였다. 이에 한림이 사 씨 부인의 충고도 공연한 헛말이라고 생각하고 마음 놓고 일을 다 맡겼다.

한편 첩 교 씨는 점점 노골적으로 사 씨 부인을 참소하였으나 한림은 그저 못 들은 척하면서 집안에 내분이 없기만을 바랐다. 그리하여 마침내 질투에 불타게 된 교 씨가 무당 십랑을 불러서 자기의 분한 사정을 말하고 사 씨 부인을 모해謀害(꾀를 써서 남을 해침)할 계교를 물었다. 재물에 매수된 십랑은 오래 생각한 끝에 교 씨의 귀에 입을 대고 귀엣말로 속닥이기를,

"여차여차하면 사 씨를 없앨 수 있으니 근심하지 마시오."

교 씨가 말하였다.

"그럼 지체 말고 빨리 행하라."

십랑이 곧 요매妖魅(사람을 홀릴 정도로 요사스러움)한 물건을 만들어 사방에 두루 묻고 교 씨의 심복인 시비 납매를 불러 이리이리하라고 가르쳐주었다. 그런 간악한 음모가 비밀리에 진행되고 있는 것은 교 씨와 십랑과 시비 납매 세 사람 이외에는 아무도 알지 못하였다.

하루는 한림이 입번入番(관아에 들어가 차례로 숙직함)하였다가 여러 날 만에 집으로 돌아오니 집안의 모든 사람들이 어쩔 줄 모르며 장주의 병이 대단하다 하기에, 한림이 또한 놀라 백자당으로 향하였다.

교 씨가 한림을 보고 울며 말하기를,

"장주가 갑자기 발병하여 몹시 아프니 이는 심상치 않은 일입니다. 병의 상태를 보니 체증이나 감기 따위가 아니고 아마도 집안의 누군가가 방자(남이 잘못되거나 재앙을 받도록 귀신에게 빌어 저주하거나 그런 방술方術을 쓰는 일)를 행하여 귀신이 발동한 것이 아닌가 싶습니다."

한림이 교 씨를 위로하고 장주의 병세를 살펴보았다. 장주가 과연 헛소리를 하고 정신을 잃어 대단히 위태로워 보이므로, 크게 염려하여 약을 지어 납매를 불러 급히 달여 먹이라 하고 동정을 살폈으나 조금도 차도가 없었다. 한림이 크게 걱정하고 교 씨는 울기를 그치지 않았다.

한림의 총명이 점점 줄어들어 교 씨의 온갖 말에 미혹된 마음이 이미 정결하지 못하니 어찌 안타깝지 않겠는가. 사 씨 부인의 성덕이 높아 옛사람을 부러워할 바는 아니지만 교 씨 같은 요사스런 사람이 들어와 집안을 어지럽히니 어찌 애석하지 않으랴!

한편 교 씨가 교활한 집사 동청과 몰래 사통하니 마치 한 쌍의 요물이 서로 잘 만난 듯하였다. 백자당이 외당과 담장 하나로 나뉘어 있고 화원 문의 열쇠를 교 씨가 가지고 있었으므로, 한림이 내당에서 자는 날은 교 씨가 동청을 불러들여서 동침하여 음란을 일삼았다. 그러나 극히 비밀리에 이루어진 일이라 시비 납매 외에는 아무도 알지 못하였다.

이때 한림이 장주의 병이 심상치 않음을 보고 염려하였는데, 교 씨 또한 병을 핑계 삼아 음식을 폐하고 밤이면 더욱 슬퍼하며 우니 한림이 또한 근심하였다. 하루는 납매가 부엌에서 청소하다가 괴이한 물건 한 봉을 발견했다고 가져와 보이니, 한림과 교 씨가 더불어 같이 보고 얼굴빛이 흙빛으로 변해서 말을 못 하고 앉아만 있었다.

교 씨가 울며 말하기를,

"첩이 열여섯 살에 귀댁에 들어와 남에게 원망 들을 일은 한 번도 하지 않는데 어떤 사람이 우리 모자를 이렇듯 모해하는가?"

하니, 한림이 그 물건을 다시 보고도 입을 다문 채 대답하지 않았다. 교 씨가 말하기를,

"상공께서는 이 일을 어찌 하시렵니까?"

한림이 한동안 잠자코 있다가 말하였다.

"일이 비록 간악하나 집안에 의심할 만한 잡인이 없으니 누구를 지목하겠는가. 이런 요망한 물건은 불에 태워 없애는 것이 좋을 것 같다."

교 씨가 생각하는 척하다가 말하였다.

"상공 말씀이 옳으십니다."

한림이 납매에게 불을 가져오라 명하여 뜰 앞에서 태워버리고 이 일을 아무에게도 누설하지 말라고 일렀다. 한림이 나간 후 납매가 교 씨에게 묻기를,

"낭자께서는 어찌 상공의 의심을 부채질하지 않고 일을 그르치십니까?"

교 씨가 말하였다.

"상공의 마음을 의심하게 만든 것만으로도 충분하다. 너무 급히

서둘다가는 도리어 해로울 것이다. 상공의 마음이 이미 움직이기 시작하였으니 이제 때를 기다리기만 하면 된다."

한림이 보니 그 방자한 물건에 쓴 글씨가 사 씨 부인의 필적이 분명한지라 그 일을 캐면 자연히 집안에 난처한 사정이 생길 듯하여 즉시 불태워버려 증거를 없앴던 것이다. 그러나 사실은 교 씨가 동청으로 하여금 사 씨 부인의 필적을 본떠서 만든 것이었다. 이러한 사정을 모르는 한림이 속으로 생각하기를,

'지난번에 교 씨가 부인이 투기한다는 말을 하였으나 오히려 믿지 않았는데 이런 짓을 할 줄이야 어찌 알았겠는가. 당초에 자식이 없어서 부인의 주선으로 교 씨를 첩으로 맞아들였는데 지금 와서는 본인도 자식을 얻으니 독한 계교로 교 씨 소생을 저주하여 없애려고 하는구나. 이는 밖으로는 인의를 베풀고 안으로는 간악함을 품고 있음이다.'

그 다음부터 한림이 사 씨 부인을 대접하는 것이 전과는 달랐다.

이때 사 급사 댁에서 부인의 환후가 매우 위중하므로 딸자식을 한 번 보고자 하여 편지를 보내오니, 사 씨 부인이 크게 놀라 한림께 고하였다.

"모친의 병환이 위중하시다니 만일 지금 뵙지 못하면 평생의 종천지한終天之恨(이 세상에서 더할 수 없이 큰 원한)이 될 듯합니다. 상공께서 허락해 주시기를 바랍니다."

한림이 말하였다.

"장모님의 환후가 위중하시다니 얼른 가서 뵙는 것이 마땅한데 어찌 만류하리오. 나도 틈을 내어 한 번 가서 문안하리다."

사 씨 부인이 한림에게 인사하고 교 씨를 불러서 자기 없는 사이에 가사를 부탁하였다. 인아를 데리고 신성현에 도착한 사 씨 부인이 친정에 들어가니 두 모녀가 오랫동안 보지 못하다가 서로 만나 매우 기뻐하였다. 모친의 환후가 자못 위태하여 하루는 나아지는 듯하다가 하루는 다시 나빠지므로 모친의 병구완을 하느라 시댁으로 쉽게 돌아가지 못하고 자연 수개월이 흘렀다.

한림의 벼슬이 본디 한가한 직책이라 짬짬이 틈을 내어 신성현 사 씨 댁에 왕래하며 문안하였다. 그러다 산동과 산서와 하남 지방에 흉년이 들어 백성들이 사방으로 유랑하게 되었다. 천자께서 들으시고 크게 근심하여 조정에서 명망 있는 신하 세 사람을 불러 세 곳으로 나누어 보내며 백성들의 어려움을 살피라는 명을 내리셨다. 이때 한림이 그중 한 사람으로 뽑혀 급히 산동으로 가게 되었는데 미처 부인을 보지 못하고 그냥 떠났다.

한림이 집을 떠난 후에 교 씨는 더욱 방자해져서 동청과 더불어 부부같이 지냄에 거리낌이 없었다. 하루는 교 씨가 동청에게 말하기를,

"이제 상공이 멀리 지방에 나가 계시고 사 씨도 오래 집을 떠나서 없으니 계교를 단행할 가장 좋은 때인데, 장차 어떻게 하면 사 씨를 없앨 수 있겠소?"

동청이 말하였다.

"내 묘책으로 사 씨를 능히 집에서 쫓아낼 수 있을 것이오."

하고 그 묘안을 남이 듣지 못하도록 귓속말로 설명하자 교 씨가 매우 기뻐하며 말하였다.

"낭군의 묘책은 진실로 귀신도 알지 못할 것이오. 그러나 그것을 누구에게 하라고 하면 좋겠소?"

"내게 냉진이란 심복이 있는데 이 사람이 재주가 민첩하고 눈치가 빠르니 마땅히 성사시킬 것이나, 사 씨가 아끼는 보물을 얻어야 되는데 그 일이 쉽지 않을 것이오."

교 씨가 한참 생각한 끝에 말하였다.

"사 씨의 시비 설매는 납매의 동생이니 그 계집을 구슬려 얻어 냅시다."

이런 음모를 한 뒤에 납매가 조용한 틈을 타서 사 씨 부인의 시비 설매를 불러서 후하게 대접하고 금은보화를 주어 달래며 계책을 일러주었다. 이에 설매가 말하기를,

"부인의 패물을 넣어둔 함(옷이나 물건 따위를 넣을 수 있도록 네모지게 만든 통)은 골방에 있으나 열쇠가 있어야 하는데 그 열쇠를 어디에 두셨는지 몰라요. 그런데 그 패물을 무엇에 쓰려 하오?"

납매가 말하였다.

"그것은 묻지 말고 입 조심하여 아무에게도 말하지 마라. 만일 누설하면 우리 둘 다 살지 못하리라."

납매가 재삼 당부하고 교 씨의 열쇠 꾸러미를 내주며,

"이중에 맞는 것이 있을 테니 잘 찾아봐. 상공께서 평소에 늘 보셔서 금방 알아볼 만한 물건이 필요하니 꼭 그걸로 꺼내 오너라."

설매가 즉시 열쇠 꾸러미를 숨겨 가지고 골방에 몰래 들어갔다. 그러고는 가만히 패물함을 열고 옥가락지를 훔친 후에 함을 원래대로 다시 덮어두고, 서둘러 빠져나와 교 씨에게 주며 말하였다.

"이 물건은 유 씨 댁에 대대로 전해 오는 물건으로 사 씨 부인과 상공께서 가장 소중하게 여기는 것입니다."

교 씨가 크게 기뻐하며 설매에게 큰 상을 주고 동청과 더불어 간계를 진행하기로 하였다. 이때 마침 사 씨 부인을 모시고 신성현에 갔던 하인이 돌아와 사 급사 부인이 별세하셨다는 소식을 전하며,

"사 씨 댁에 공자가 아직 어리시고 다른 강근지친强近之親(도움을 줄 만한 아주 가까운 친척)이 없으니 부인께서 손수 초상을 치르고 장사를 지내시고 계십니다. 부인께서 교 낭자에게 가사를 착실히 살피시라는 전갈입니다."

부고를 받은 교 씨가 납매를 보내 사 씨 부인을 극진히 위문하는 척하고, 다른 한편으로는 동청을 재촉하여 빨리 일을 진행하라 하였다.

한편 한림이 산동 지방에 이르러 주점에 들러서 밥을 사먹으려할 때 한 청년이 주점으로 들어와서 한림을 보고 절하였다. 한림이 답례하고 자리에 앉아 바라보니 그 사람의 풍채가 훌륭하여 그의 이름을 물으니 대답하기를,

"소생은 남방 사람으로 이름은 냉진이라 합니다. 존사尊師(상대를 높여 이르는 말)의 고성대명高姓大名(남의 성과 이름을 높여 이르는 말)을 듣고자 합니다."

그러나 한림은 민정시찰로 암행 중이므로 자신의 이름을 밝히지 않고 다른 이름으로 대답한 후 민간의 곤궁한 실정을 물었다. 그러자 그 청년의 대답이 영리하고 선명하였으므로 한림이 내심

감탄하며 생각하였다.

'이 사람이 가장 아름답다!'

한림이 냉진에게 다시 묻기를,

"그대는 지금 어디로 가는 길이오? 그대가 비록 남방 사람이라 하였으나 서울말을 하는 것 같소."

냉진이 말하였다.

"소제는 본디 외로운 신세로 뜬구름처럼 정처 없이 동서로 떠돌 며 다니는지라 수년을 서울에서 지냈습니다. 올봄에 신성현이라 는 곳에서 반년을 지내고 이제 고향으로 가는 길인데 며칠 동안이 나마 동행을 얻었으니 다행입니다."

한림이 말하였다.

"나도 외로운 길에 마음이 울적하던 참인데 마침 그대를 만나니 다행이오."

하고 두 사람이 술을 권하여 서로 먹고 마시며 동행하게 되었다. 그들은 객점에 들어가서 자고 닭이 울면 길을 나서기로 하였다. 한림이 밤에 잘 때에 보니 그 청년의 속옷 고름에 옥가락지가 매 어 있어서 이상하게 여기며 자세히 살펴보니 아무래도 눈에 익은 것이라 의심하지 않을 수 없어 물었다.

"내가 일찍이 서역 사람을 만나 옥 분별하는 법을 배웠는데, 지 금 그대가 가진 옥가락지가 예사 옥이 아닌 듯싶으니 어디 한 번 구경 좀 합시다."

청년이 옥가락지 보인 것을 뉘우치듯이 머뭇거리다가 마지못해 옷고름을 끌러서 한림에게 내주었다. 한림이 손에 받아들고 보니 옥의 빛깔과 생김새가 자기 부인 사 씨의 옥가락지가 분명하여 더욱더 의아해하며 다시 자세히 살폈더니, 푸른 털로 동심결(두 고를 내고 맞죄어 매는 매듭)을 맺은 것이 있지 않은가! 한림의 마음속에 더욱 의심이 생겨 청년에게 물었다.

"과연 좋은 보배로다. 그대는 이것을 어디서 얻었소?"

냉진이 거짓으로 슬픈 표정을 짓고 묵묵히 옥가락지를 받아서 도로 옷고름에 차니, 한림이 꼭 알고자 하여 다시 물었다.

"그대의 옥가락지에 반드시 사연이 있는 것 같은데, 그걸 내게 말한들 무슨 거리낌이 있겠소?"

청년이 한참을 망설이다가 말하였다.

"북방에 있을 때 마침 아는 사람에게 얻은 것이라오. 사연은 알아서 무엇하며 또 무슨 곡절이 있겠습니까."

한림이 생각하기를,

'저 청년의 말이 매우 의심스럽다. 옥가락지는 분명히 부인의 것이고 또 신성현으로부터 왔다고 하니, 혹시 비복 중에 누군가가 도둑질하여 이 사람에게 판 것이 아닐까?'

생각이 이에 미치자 한림은 냉진이 가진 옥가락지의 유래를 알아내기 위해서 일부러 여러 날을 동행하니, 자연스레 정이 생겨 친해졌으므로 냉진에게 물었다.

"그대의 옥가락지에 동심결 맺은 사연을 아직 말하지 않으니, 어찌 그동안 길동무로 친해진 우정이라고 하리오."

청년이 짐짓 주저하는 듯하다가 말하였다.

"그동안 형과 더불어 정이 깊어졌으므로 숨길 필요도 없지만, 다만 정을 나눈 사람의 정표로만 알고 더 이상 묻지 말아주십시오.”

한림이 말하기를,

“그처럼 정든 사람이 있는데 왜 같이 살지 않고 남방으로 가는 거요?”

청년이 말하였다.

“원래 호사다마라고 좋은 일에는 마가 끼고 조물주가 시기하여 아름다운 인연은 두 번 오지 않는다 하였소. 옛말에 이르기를 ‘규문에 들어가는 것은 깊은 바다에 들어가는 것과 같다.’ 하였으니 이것이 바로 내가 사랑하는 소저를 두고 하는 말이오. 그러니 어찌 탄식하지 않으리오.”

냉진은 짐짓 자기 사랑의 고민을 고백하는 듯이 슬픈 기색을 보였다.

한림이 말하였다.

“그대는 참 정이 많은 사람이구려.”

하며 두 길동무는 종일토록 술을 마시고 즐기며 놀다가 이튿날 아침에 각자의 길을 떠났다.

그러나 그 누가 알겠는가! 냉진이라는 청년이 본래 어떤 사람이며 사 씨 부인의 앞날이 어찌 될 것인가.

한림이 자기 부인 사 씨의 옥가락지 행방이 어찌되었는지 궁금하였으나 멀리 떨어진 산동 지방을 암행하는 중이라 그 사정을 알아볼 도리가 없어 크게 의심하며 생각하기를,

‘세상에는 이상한 일도 참 많구나. 혹시 비복이 그 옥가락지를 훔쳐다가 팔아버린 것은 아닐까? 그러나 그 청년이 사랑하는 사람

의 정표라고 했던 말은 또 무슨 의미일까?'

한림의 의심과 걱정은 천 갈래 만 갈래로 심란하기만 하다가 반년 만에 나랏일을 다 마치고 서울로 돌아오니 사 씨 부인 역시 집으로 돌아온 지 오래였다.

한림이 부인과 더불어 서로 눈물을 흘리며 장모의 별세를 슬퍼하고 조문한 후 교 씨와 장주, 인아 두 아이를 만나 그립던 회포를 풀었다. 그러더니 갑자기 냉진이라는 청년이 가지고 있던 옥가락지 일을 생각해 내고 얼굴색이 변하며 사 씨 부인에게 물었다.

"부인, 전에 부친께서 주신 옥가락지를 어디에 두었소?"

사 씨 부인이 말하였다.

"저 패물함 속에 간직하고 있는데 그건 갑자기 왜 물으십니까?"

한림이 말하였다.

"암행하는 도중에 좀 이상한 일이 있었기에 내가 그것을 보고자 하오."

사 씨 부인 또한 이상히 여기고 시비에게 패물함을 가져오라 하여 열어보니, 다른 것은 다 그대로 있었으나 옥가락지만 보이지 않았다. 사 씨 부인이 크게 놀라 혼잣말로,

"내 분명히 여기 두었는데 이게 무슨 일인가?"

한림의 안색이 급변하여 아무 말도 하지 않으므로 사 씨 부인이 더욱 당황해서 물었다.

"옥가락지의 행방을 상공께서는 아십니까?"

한림이 얼굴을 붉히고 성내며 말하였다.

"그대가 그것을 남에게 주고서 나한테 묻는 것은 무슨 심사요?"

사 씨 부인이 남편에게 뜻밖의 말을 듣고 부끄럽고 분하여 아무 말도 못하고 있는데 갑자기 시비가 고하기를,

"두 부인이 오셨습니다."

하기에 한림이 황망히 일어나 두 부인을 맞아들여 절하고 먼 길을 무사히 다녀옴을 기뻐하였다.

한림이 두 부인을 향하여 말하기를,

"집안에 큰 변고가 생겨서 곧 고모님께 상의하러 가려던 참이었는데 잘 오셨습니다."

두 부인이 놀라며 의심하여 말하기를,

"무슨 일이냐?"

한림이 흥분을 진정시키며 냉진이라는 청년을 만나서 그가 한 말과 겪은 일을 고하고,

"그 일이 심히 괴이하여 집에 돌아와 옥가락지를 찾아보았으나 과연 없으니 집안의 큰 불행이라, 이를 장차 어찌 처리하면 좋겠습니까?"

사 씨 부인이 한림의 말을 듣고 혼비백산하여 눈물을 흘리며 말하기를,

"첩의 평소 행실이 성실치 못하여 상공이 이같이 추한 행실을 의심하시니 첩이 무슨 면목으로 사람들을 대하겠습니까? 첩의 입으로는 변명하지도 않을 것이며 할 수도 없으니, 죽이시든 살리시든 상공의 뜻대로 하십시오. 다만 옛말에 이르기를 '어진 군자는 참언을 믿지 말고 참소하는 사람을 엄중히 다스리라.' 하였으니, 원컨대 상공은 깊이 살피시어 억울함이 없게 해주십시오."

두 부인이 한림과 사 씨 부인의 말을 다 들은 후에 크게 성을 내며 한림을 꾸짖었다.

"너의 총명이 선친께 비하여 어떠하냐?"

한림이 대답하였다.

"소질小姪(조카가 아저씨를 상대하여 자기를 낮추어 이르는 일인칭 대명사)이 어찌 감히 선친을 따를 수 있겠습니까?"

"내 돌아가신 오라버니가 본래 지감智鑑(사물을 깨달아 아는 능력)이 있고 또 천하의 일을 모르는 것이 없이 지내셨는데 늘 사 씨를 칭찬하며 '나의 자부는 천하의 기특한 열부라.' 하셨다. 또 돌아가시며 너를 내게 부탁하시기를 '연수가 나이 어리니 만사를 가르쳐 그른 곳에 빠지지 말게 하라.' 하시고 자부에게는 아무 경계할 것이 없다고 하셨으니 이는 사 씨의 착한 행실과 정숙한 덕을 능히 아신 것이다. 너의 아버님 말씀이 아니더라도 너의 총명만으로도 능히 짐작할 일인데, 하물며 선형先兄의 지감과 사 씨의 절행節行(절개를 지키는 행실)에 이 같은 누명을 씌워 옥 같은 아내를 의심하느냐? 이는 반드시 집안에 악인이 있어 사 씨를 모함하거나 아니면 시비 중에 간악한 도적이 있어 옥가락지를 훔쳐낸 것이 분명하다. 그것을 엄중히 조사하여 밝혀내지 않고 어찌 이같이 어리석은 의심을 하느냐?"

한림이 말하기를,

"고모님 말씀이 지당합니다."

하고 즉시 형장 기구를 갖추고 시비 등을 엄중하게 문초하였다. 죄 없는 시비는 당연히 죽어도 모를 수밖에 없었고, 그중 장본인인 설매는 바른 대로 고하면 죽을 것이 분명하므로 끝까지 자백하지 않으니 결국은 범인을 잡지 못하였다. 두 부인 또한 할 수 없이 집으로 돌아갔다.

사 씨 부인은 누명을 깨끗이 씻어버리지 못하였으므로 스스로 죄인이라 자처했고, 한림은 한림대로 참언을 많이 들었으므로 사 씨 부인에 대한 의심을 풀지 못하니 교 씨 혼자 몰래 기뻐하였다.

한림이 교 씨에게 사 씨 부인 일을 의논하니 교 씨가 말하기를,

"첩의 소견으로도 두 부인의 말씀이 옳은 듯하나 또한 공평하지 않으셔서 항상 사 씨 부인만 포창襃彰(찬양하여 내세움)하시고 상공을 너무 공박攻駁(남의 잘못을 몹시 따지고 공격함)하시니 체면이 없어 민망합니다. 옛날 성인들도 속은 일이 많지 않았습니까. 선친이 비록 고명하시나 사 씨 부인이 들어오신 뒤 오래지 않아 별세하셨으니 어찌 부인의 속마음을 잘 아셨겠습니까? 임종하실 때 유언은 다만 상공을 경계하고 부인을 권장하신 말씀이니, 두 부인이 항상 이 말씀을 빙자하여 상공께 일마다 부인과 상의하라 하시니 어찌 편벽(생각 따위가 한쪽으로 치우침)되지 않겠습니까?"

한림이 말하였다.

"사 씨의 평소 행실이 바르니 나도 또한 그런 일은 없을 줄 알았는데 지금은 아무래도 의심하지 않을 수 없다. 지난번 장주가 병이 났을 때 방자한 글이 사 씨의 필적과 같았으나 그때에 혹여 누군가의 참언인가 하여 즉시 불태워버리고 네게도 말하지 않았다. 그런데 이런 일이 일어났으니 앞으로 어찌 사 씨를 믿을 수 있겠느냐."

교 씨가 묻기를,

"그러면 부인을 어떻게 처리하시렵니까?"

한림이 말하였다.

"아직 명백한 증거가 없으니 이대로는 벌을 내릴 수 없고, 또한 선친께서 사랑하셨고 고모께서도 그토록 두둔하시니 섣불리 행동할 수는 없는 노릇이다."

하니 교 씨가 불만스러워 묵묵히 아무 말도 하지 않았다.

이때 교 씨가 잉태하여 열 달이 차서 남아를 낳으니 한림이 기뻐하여 이름을 봉추鳳雛라 짓고, 교 씨 소생 두 아이 사랑하기를 장중보옥掌中寶玉(손안에 있는 보배로운 구슬이란 뜻으로, 귀하고 보배롭게 여기는 존재를 비유적으로 이르는 말)같이 하였다.

하루는 교 씨가 한림이 없는 틈을 타서 동청과 더불어 흉계를 꾸미더니 교 씨가 말하였다.

"전날에 쓴 꾀가 참으로 용하였으나 상공이 결단을 내리지 못해서 일을 이루지 못하였소. 옛말에 '풀을 벨 때 뿌리째 뽑아 없애라.' 하였으니 장차 어찌하면 좋겠소? 또한 사 씨가 두 부인과 함께 옥가락지가 사라진 내막을 찾는다 하니 만일 일이 누설되면 그 화가 적지 않을 것이오."

교 씨가 전후 일을 근심하자 동청이 교 씨를 위로하며 교사하였다.

"두 부인이 옥가락지 사건을 극력極力(있는 힘을 아끼지 않고 다함)하게 추궁하고 있으니 낭자는 두 숙질 사이를 참소하여 이간질하시오."

교 씨가 말하였다.

"나도 그런 생각이 있어서 두 부인과 상공 사이를 이간질하고자 하지만 상공이 평소에 두 부인 섬기기를 부모같이 하여 늘 그 뜻을 거스르지 못하고 일일이 순종하니 이 꾀를 실행하기가 어려울 듯싶소."

동청이 말하기를,

"그러면 묘책이 곧 생각나지 않으니 두고두고 상의합시다."

하고 사 씨 부인을 음해하기 위해 끈질기게 벼르고 있었다.

사 씨 부인이 누명을 쓰고 쫓겨나다

 한편 두 부인이 사 씨의 누명을 벗겨주기 위하여 사람을 시켜 옥가락지가 없어진 연유를 알아오게 하였으나 결국 찾지 못하였다. 두 부인이 생각하기를,

 '아무래도 교 씨의 간계인 듯하나 단서를 잡지 못하였으니 마음속 생각을 발설할 수도 없고 이 일을 장차 어찌해야 할까.'

하며 답답해 잠을 이루지 못하였다. 이때 아들 두억이 장사부 총관에 임명되어 두 부인이 아들을 따라 장사로 가게 되므로 두 부인의 마음이 기뻤으나 한편으로 홀로 남은 사 씨 부인의 외로움을 염려하여 마음이 놓이지 않았다. 두억이 부임할 날이 가까워져 마침내 장사로 떠나는 날 한림이 두 부인 모자를 청하여 환송 잔치를 열었는데 그 자리에 사 씨 부인이 참석하지 않았다. 이에 두 부인이 자못 불쾌하여 한림에게 원망스러운 말을 하였다.

 "선형이 별세하신 후 현질賢姪(어진 조카라는 뜻으로, 조카를 높여 부르는 말)과 더불어 서로 의지하여 지냈는데, 이제 뜻밖에 만리의 이별을 당하니 어찌 섭섭하지 않겠느냐. 내 현질에게 부탁할 말이 있는데 내 말을 들어주겠느냐?"

한림이 황망히 꿇어앉으며 말하였다.

"소질이 비록 무상無狀(아무렇게나 함부로 행동하여 버릇이 없음)하오나 어찌 감히 고모님의 말씀을 거역하겠습니까. 무슨 말씀인지 들려주십시오."

"다름이 아니라 사 씨의 부덕은 일월과 같이 밝은데 너의 총명으로 깊이 깨닫지 못함이 한이 되는구나. 내가 집을 떠난 뒤에 또 무슨 일이 있더라도 참언을 곧이듣지 말고 미혹에 빠지지 말거라. 만일 불미한 일이 생기거든 나에게 먼저 편지로 상의하고 내 의견이 있을 때까지 과하게 처리하지 말고 기다려라. 그래야만 나중에 경솔했다고 뉘우치는 일이 없을 것이다."

"고모님의 말씀을 명심하고 삼가 본받아 행하겠습니다."

한림이 맹세하듯이 대답하자 두 부인이 시비를 불러 물었다.

"사 씨 부인이 지금 어디 계시느냐? 나를 그리로 인도하라."

시비가 두 부인을 모시고 사 씨 부인이 있는 곳에 가니, 사 씨 부인의 머리는 흐트러지고 고운 얼굴은 초췌하였으며 몸이 약해져서 입은 옷의 무게조차 이기지 못하는 듯하였다. 두 부인이 이 모습을 보고 마음이 칼로 베이는 듯 애처로웠다.

수심에 잠겨 있던 사 씨 부인이 두 부인이 찾아오자 반기며 인사를 올렸다.

"숙숙叔叔(시아주버니, 즉 두 부인의 아들)이 영귀하시어 고모님께서 좋은 행차를 하시니 죄첩이 마땅히 존하에 나아가 하직 인사를 드려야 하는데, 이 몸이 만고에 큰 누명을 써서 나아가 뵙지 못하였습니다. 이에 제 목숨이 있는 동안에 다시 뵙지 못할까 무궁한 한으로 여겼는데 천만 뜻밖에 이같이 왕림해 주시니 죄송합니다."

두 부인이 눈물을 흘리며 위로하였다.

"선형께서 임종하실 때 유언하시기를 한림을 내게 부탁하노라 하시던 말씀이 아직도 귀에 쟁쟁한데, 내가 질아(조카)를 잘 인도하지 못하여 그대를 이 지경에 이르게 하였으니 이는 다 나의 허물이로다. 이러니 훗날 무슨 면목으로 지하에 돌아가 오라버니 양위兩位(고인이 된 부부)를 뵙겠느냐. 모두 나의 어리석음 때문이지만, 그러나 그대는 너무 근심하지 말라. 결국에는 사필귀정으로 길운을 만나서 흑운을 벗어날 날이 올 것이다. 그러면 간사한 무리가 능히 모해하지 못하고 질아가 자기의 어리석음을 뉘우치고 그대의 누명을 씻어줄 것이다. 예로부터 영웅열사와 절부열녀가 시운을 잘못 만나 한때 곤액困厄(몹시 딱하고 어려운 사정과 재앙이 겹친 불운)을 당하기도 하지 않았느냐. 그러니 널리 생각하고 심신이 상하지 않도록 하라. 이 유 씨 가문이 본디 충효로 이름이 높은 가문으로, 간악한 소인배에게 원한을 사서 해를 많이 당하였으나 집안은 한결같이 맑았었다. 그런데 오라버니께서 별세하신 후로 이런 괴이한 변고가 생겼으니 이는 집안에 요사스런 시첩侍妾이 있어 조카의 총명을 흐리게 한 까닭이다. 요사이 조카의 거동을 보니 그전의 총명과 맑은 기운이 하나도 없고, 내게 집안일을 의논하는 일도 적어져 숙질 간의 의義도 감소되었다. 내가 동정을 살펴보니 근심하지 않을 수 없지만 이는 질부가 만든 재앙이니 누구를 원망하고 누구를 탓하겠는가. 그러니 이것도 하늘이 정한 운수라 여기고 과도하게 슬퍼하지 말거라."

몇 번이고 신신당부한 두 부인이 시비를 시켜서 한림을 그 방으로 불러, 정색하며 처량하고 슬픈 어조로 엄숙하게 훈계하였다.

"요사이 네 행동을 보니 아무래도 본심을 잃은 사람 같아 내 심히 염려가 되는구나. 슬프다, 오라버니께서 기세棄世(세상을 버린다는 뜻으로, 웃어른이 돌아가심을 이르는 말)하실 때에 집안의 대소사를 내게 부탁하신 말씀이 아직도 귓전에 새로운데, 내가 용렬하여 사 씨의 빙옥氷玉(얼음과 옥을 일컫는 말로, 맑고 깨끗하여 아무 티가 없음을 비유적으로 이르는 말) 같은 행실까지 시운이 불리하여 누명을 쓴 것을 보니 어찌 한심하지 않겠느냐. 우숙愚叔(숙부뻘 되는 사람이 조카뻘 되는 사람을 상대하여 자기를 낮추어 이르는 일인칭 대명사로, 두 부인이 자신을 낮춰 하는 말)이 멀리 떠나게 되어 마음이 놓이지 않으니 네게 당부의 말을 하려 한다. 이후에 집안에서 질부를 음해하거나 혹여 흉한 일을 눈으로 보았을지라도, 질부를 소홀히 저버리지 말고 내가 돌아올 때를 기다려 처리하여라. 질부는 절부정녀이니 결단코 그른 생각이나 그른 행동은 하지 않을 것으로 믿는다. 이제 질부의 신세가 위태로운 것을 보고도 멀리 떠나게 되니 내 발길이 차마 돌아서지 않는구나. 현질은 부디 조심하여 요망한 말을 곧이듣지 말라."

한림이 미우眉宇(이마의 눈썹 근처)를 찌푸리고 엎드려서 묵묵히 두 부인의 말을 듣고만 있었다. 두 부인이 깊은 한숨을 쉬고 재삼 사 씨의 일을 당부하고, 사 씨 부인에게는 몸을 잘 보존하라고 이르고 돌아갔다. 사 씨 부인은 가장 믿었던 두 부인이 떠나는 것을 멀리 바라보며 마음이 불안하여 소리 없이 슬프게 흐느꼈다.

교 씨가 두 부인을 몹시 꺼리다가 이제 부인이 떠나는 것을 보고 내심 기뻐하며 은밀히 동청을 불러다가 말하기를,

"전날에 꺼리던 이유는 두 부인 때문이었는데 이제 아들을 따라 멀리 가시니, 이때에 계책을 행하여 사 씨를 없애버리는 것이 좋겠소."

동청이 말하였다.

"사 씨로 하여금 당장 하늘과 땅 사이에서 용납하지 못할 묘한 계책이 있으나, 다만 낭자가 듣지 않을까 두렵소."

"정말로 묘한 계책이라면 내 어찌 듣지 않겠소."

동청이 책 한 권을 내보이며 말하였다.

"계책이 이 책 속에 있으니 시험해 보겠소?"

"무슨 계책인지 듣고 싶소."

"이 책은 당나라 《사기》인데 여기 쓰인 글을 볼 것 같으면 다음과 같소.

예전에 당고종이 무소의를 총애하였는데 무소의가 황후를 참소하려 하였으나 적당한 시기를 얻지 못하였다. 소의가 마침내 딸을 낳았는데 얼굴이 매우 아름다운지라 고종이 몹시 사랑하고 황후도 역시 귀히 여겨서 때때로 와서 보았다. 하루는 황후가 아이를 전과 같이 무릎 위에 놓고 어르다가 나간 뒤에 소의가 즉시 그 딸아이를 눌러 죽이고는 소리를 질러 통곡하며 말하기를 '누가 내 딸을 죽였소.' 라고 하였다. 고종이 궁인을 모조리 국문鞠問하였더

니 여출일구如出一口(한 입에서 나오는 것처럼 여러 사람의 말이 같음)로 외부인은 아무도 침전에 출입한 자가 없고 다만 황후께서 막 오셨다가 갔다 하였다. 황후가 결국 변명하지 못하니 고종이 드디어 황후를 폐하고 무소의를 황후에 봉했으니, 이가 바로 천고에 유명한 측천무후였다.

예로부터 큰일을 하는 이는 조그만 일에 거리끼지 않는다고 하였소. 이제 낭자가 측천무후의 계책을 써서 사 씨에게 가화嫁禍(자신에게 닥친 화를 남에게 넘겨씌움)시키면 사 씨가 비록 임사의 행실과 소장(소진과 장의, 유명한 책략가)의 언변이 있더라도 한 마디 변명도 하지 못하고 스스로 물러날 것이오.”

교 씨가 다 들은 후에 손으로 동청의 등을 치며 말하였다.

“범과 같은 미물도 제 새끼는 사랑할 줄 알거늘 하물며 사람이 되어서 어찌 차마 제 자식을 해할 수 있겠소.”

동청이 말하였다.

“지금 낭자의 위급한 형세가 함정에 빠진 범과 같으니 이 계책을 쓰지 않는다면 장차 후회해도 소용이 없을 것이오.”

“아무리 그렇다 해도 이것은 차마 할 수 없으니 그 다음 좋은 계책을 생각해 보시오.”

하고 한창 의논할 때에 한림이 조정으로부터 돌아왔다는 소식을 듣고 놀라 각각 돌아갔다.

동청이 교 씨 모르게 조용히 납매를 불러 이르기를,

“낭자가 차마 이 일을 하지 못하여 나의 묘한 계책을 쓰지 못한다면 너희도 위태로울 것이다. 그러므로 네가 적당한 시기를 보아서 이리이리하라."

하니 납매가 그 말을 듣고 틈을 타서 하수下手(손을 대어 사람을 죽임)하고자 하였다.

하루는 장주가 마루 위에서 혼자 자는데, 유모는 마침 옆에 없고 사 씨 부인의 시비 춘방과 설매 두 사람이 난간 밑을 지나가고 있었다. 납매가 문득 동청의 말을 생각하고 둘이 멀리 가기를 기다려 곧 장주를 눌러 죽이고는 가만히 설매에게 가서 말하였다.

"네가 옥가락지를 훔쳐낸 것이 아직은 탄로 나지 않았으나 사 씨 부인이 그 일을 알아내기 위해 백방으로 조사하고 계시니 일이 만약 누설되면 네가 먼저 죽을 것이다. 그러니 이 일을 어찌하면 좋단 말이냐. 내가 시키는 대로 이리이리만 하면 큰 재앙을 면할 뿐만 아니라 분명 큰 상을 얻을 것이다."

설매가 대답하였다.

"그리하겠소."

장주가 오래도록 일어나지 않자 장주의 유모가 이상하게 여겨 살펴보니, 입과 코로 피를 많이 흘리고 죽은 지 이미 오래 되어서 크게 놀라 통곡하였다. 교 씨가 황망히 달려와 구하고자 하였으나 이미 어찌할 수 없는 지경에 이르러 손을 쓰지 못하였다. 이는 분명 동청의 소행인 줄 알고 그 계책을 실행하고자 하여 급히 한림께 고하니, 한림이 와서 보고 몸이 떨리고 뼈가 서늘하여 말을 하지 못하는지라 교 씨가 가슴을 치며 크게 울며 말하였다.

"작년에 방자하였던 자가 내 아이를 죽였습니다. 상공은 어찌 빨리 집안의 비복들을 문초하여 죄인을 잡아내지 않습니까?"

한림이 즉시 집안의 비복들을 잡아다가 형장을 엄히 하였더니 유모가 나서서 말하기를,

"소비小婢가 아기를 안고 마루에 앉아 있다가 아기가 곤히 자므로 잠시 밖에 나갔다가 채 돌아오지 않았을 때 변이 창졸에(미처 어찌할 사이 없이 매우 급작스럽게) 일어났으니, 아기 옆을 떠난 죄는 만사무석萬死無惜(만 번 죽어도 아까울 것이 없음)이오나 어떻게된 사유인지는 전혀 알지 못하겠습니다."

납매가 나서서 말하기를,

"소비가 마침 그때 문 앞을 지나다가 우연히 보았는데, 춘방과 설매가 난간 밖에서 무엇인지 손짓을 하더니만 곧 돌아가는 것을 보았습니다. 이것들을 불러 물으시면 가히 짐작하실 듯합니다."

한림이 곧 두 사람을 잡아들여서 먼저 춘방을 문초하였으나 비록 뼈가 부서지고 살이 터져도 좀처럼 거짓으로 토설吐說(숨겼던 사실을 비로소 밝히어 말함)하지 않았다.

"소비는 설매와 잠시 그 곁을 지나갔을 뿐인데 무슨 일을 알겠습니까?"

또 한림이 설매를 문초하였더니 처음에는 춘방의 말과 다름이 없었으나 십여 차례 매질을 하니 설매가 고함을 지르며 말하였다.

"소비는 장차 죽을 것인데 어차피 죽을 바에야 무슨 말인들 못하겠습니까. 부인이 소비들에게 이르시기를 인아와 장주 둘이 같이 있을 수는 없으니 누구든지 장주를 해하는 자에게 큰 상을 주리라 하셨습니다. 소비 등이 여러 날을 두고 틈을 엿보던 차에, 마

침 공자가 마루 위에서 자고 있는데 옆에 사람이 없기에 이때를 놓쳐서는 안 되겠다 생각하고 춘방과 하수하고자 하였습니다. 소비는 간이 서늘하고 손이 떨려서 감히 앞장서지 못하였고, 실상 공자를 눌러 죽인 것은 춘방이 하였습니다."

한림이 크게 노하여 엄한 형벌로 춘방을 다시 문초하자 춘방이 설매를 꾸짖으며 말하기를,

"네가 위로는 부인마님을 팔고 동무를 모함하여 죽음을 면하고자 하니 너와 같은 년은 개, 돼지에 지나지 않다."

하고 끝내 부인을 모함하지 않고 죽었다.

교 씨가 한림께 고하기를,

"설매는 실상 하수한 일이 없고 또 바른 대로 고했으니 오히려 공이 있는지라 죄를 물을 수가 없습니다. 그리고 춘방은 이미 죽었으니 그 죄는 조금 갚았다 할 수 있으나, 남의 주촉嗾囑(남을 꾀어 부추겨서 시킴)을 받아서 한 일이니 실상 춘방도 원통하다 할 수 있지요."

하고 아우성을 치며 장주를 부르고, 또 발을 구르고 하늘을 향해 부르짖으며 다시 말하기를,

"장주야, 장주야, 내가 네 원수를 갚지 못하면 살아서 무엇하리오. 내 너를 따라 죽으리라."

하고 바삐 방으로 들어가서 띠를 풀어 목을 매니 시비가 급히 끌러 구하였다. 교 씨가 통곡하여 소리를 그치지 않고 한림께 달려들어 마구 흔드니 한림이 머리를 숙이고 말이 없었다.

교 씨가 말하였다.

"투기하는 계집이 처음에 우리 모자를 죽이고자 하다가 일이 누설되었으나 후회하지 않고 또다시 못된 종년들과 부동符同(그른 일에 어울려 한통속이 됨)하여 아무것도 모르는 어린아이에게 독수毒手(남을 해치려는 악독한 수단을 비유적으로 이르는 말)를 놀렸으니, 오늘은 장주를 죽이고 내일은 나를 죽일 것이다. 내 원수의 손에 죽느니보다 차라리 스스로 죽는 것이 낫도다. 너희는 무엇 때문에 나를 살렸느냐? 상공이 저 투기하는 계집과 해로하고자 하시거든 먼저 소첩을 죽여서 저 계집의 마음을 기쁘게 하십시오. 소첩의 죽음은 조금도 아깝지 않거니와 다만 염려되는 것은 저 계집에게 이미 간부가 있으니 상공께서도 또한 위태로울까 염려됩니다."

하고 다시 들어가 목을 매니 한림이 급히 만류하고, 사 씨 부인을 두고 크게 성내며 소리 질러 말하였다.

"몹쓸 계집 같으니! 집안에서 방자한 일도 예삿일은 아니지만 다만 부부간의 은의恩誼(은혜로운 정)를 생각하여 치지물문置之勿問(내버려두고 묻지도 않음)하였고, 다른 사내와 사통하여 옥가락지를 내준 것도 당연히 내쫓음이 마땅한 일이지만 가문에 욕됨을 두려워서 그만두었더니, 이제 조금도 반성하지 않고 간악한 종년과 부동하여 천륜을 어기니 그 죄를 돌아보건대 천지간에 용납할 수 없구나. 이 계집을 집안에 두다가는 유 씨의 종사宗嗣가 장차 끊어질 것이다."

하고 한편으로는 교 씨를 위로하며,

"오늘은 날이 이미 저물었으니 내일 종중들을 모아 사당에 고하여 음부淫婦(성격이나 행동이 음란하고 방탕한 여자)를 영영 내칠 것이다. 그런 다음 내 너를 정부인으로 삼아서 선인의 제사를 받들게 할 것이니 너는 너무 슬퍼하지 말고 마음을 너그럽게 가져라.”

교 씨가 눈물을 거두고 사례하며 말하기를,

“정실의 칭호는 천첩이 감히 바라는 바는 아니지만, 자식을 죽인 원수와 한집에 같이 있지 않는 것만으로도 첩의 원통하고 억울한 마음이 조금 풀릴까 합니다.”

한림이 비복에게 명하여 종중들을 모두 사당으로 모이라고 하자, 시비 등이 모두 울면서 이 사연을 사 씨 부인께 고하였다. 사씨 부인이 안색도 변하지 않고 태연하게 말하였다.

“내 이런 일이 있을 줄 이미 오래전부터 짐작하고 있었다.”

이튿날 한림이 일가친척을 모두 청해 놓고 사 씨의 전후 죄상을 밝히며 기어코 쫓아낼 것이라 말하니, 모든 사람이 본디 사 씨의 현철함을 알고 한림의 망령임을 짐작하였으나 모두 한림과는 먼 일가가 아니면 손아랫사람인지라 어느 누가 기꺼이 나서서 한림의 뜻을 거스르겠는가.

그래서 모두가 말하기를,

“이는 한림의 생각대로 처리할 일이니 우리는 판단하지 못하겠소이다.”

하니 한림이 비복에게 분부하여 향촉을 갖추어 사당에 분향 배례하고 사 씨의 죄상을 고하였다. 그 글은 다음과 같았다.

유세차 모년 모월 모일에 효손孝孫 한림학사 연수는 삼가 글월을 증조고 문현각 태학사 문충공 부군, 증조비 부인 호 씨, 조고 태상경 이부상서 부군, 조비 부인 정 씨, 현고 태사공 예부상서 부군, 현비 부인 최 씨의 신위에 밝게 고합니다. 부부는 오륜의 하나요, 만복의 근원이라, 나라에서 이로써 백성을 가르치고 다스리는 바이니 어찌 삼가지 않겠습니까.

슬프도다, 저 사 씨가 처음 가문에 들어올 때 숙덕淑德(여성의 정숙하고 단아한 덕행)이 있어 예법에 어김이 없더니, 처음과 나중이 한결같지 못하여 혹시 불미한 일이 있어도 대체大體(일이나 내용의 기본적인 큰 줄거리)를 생각하여 책망하지 않았고, 또 선고先考의 삼년상을 한가지로 받들었으므로 출부出婦(시집으로부터 쫓겨난 여자)치 않았습니다. 그러나 갈수록 음흉하여 모친의 병을 핑계 삼아 본가에 가서 추행이 탄로 났으나 가문에 욕될까 하여 사실을 감추고 집안에 머물게 하였더니, 스스로 후회하지 않고 그 죄가 칠거七去(칠거지악, 예전에 아내를 내쫓을 수 있는 이유가 되었던 일곱 가지 허물)에 이르렀습니다. 이에 조상 신령이 흠향치 않으실 것이니 향화(향을 피운다는 뜻으로, 제사를 일컬음)가 끊어질까 염려하여 부득이 출거黜去(강제로 내쫓음)하고자 합니다. 소첩 교 씨는 비록 육례를 갖추지 못하였으나 실로 명가 자손이고 백행을 구비하여 조상의 제사를 받들 만한지라 교 씨를 봉하여 정실로 삼나이다.

한림이 읽기를 다하고 시비로 하여금 사 씨를 끌어내어 조상의 영위에 나아가 사배四拜(네 번 절함) 하직하게 할 때, 사 씨가 눈물을 비 오듯 흘리니 모든 일가들이 문 밖에서 절하고 이별하며 눈물을 흘렸다.

유모가 인아를 안고 나오니 부인이 받아 안고,

"나를 생각하지 말고 잘 있거라. 나는 이제 알지 못하겠구나, 너를 다시 만날 날이 있을까?"

하고 탄식하며 말하기를,

"깃 없는 어린 새가 그 몸을 보전保全(온전하게 보호하여 유지함)하지 못한다고 하였으니 어미 없는 어린애가 어찌 남은 목숨을 부지하랴. 슬프구나, 이생에서 못다 한 인연은 후생에 다시 이어 모자 되기를 원하노라."

하고 눈물을 금치 못하니 눈물이 변하여 피가 되는지라 사 씨가 길이 탄식하며,

"존구께서 돌아가신 후 따라 죽지 못하고 살아 있다가 이런 지경을 당하니 어찌 슬프지 않겠는가."

사 씨 부인이 아이를 유모에게 맡기고 교자에 올라 인아를 어루만져 잘 있으라고 하니, 인아가 크게 울부짖으며 엄마를 따라가려고 애처롭게 울어댔다. 사 씨 부인이 유모에게 인아를 잘 보호하라고 천만 번 당부하고 다만 차환(주인을 가까이에서 모시는 젊은 계집종) 하나를 데리고 떠나갔다.

계속 되는 악인들의 흉계

이때 한림의 집에서는 교 씨의 흉계가 성공했으므로 교 씨의 시비들이 저희들 세상이 되었다고 기뻐하였다. 그 시비들이 교 씨를 시중들어 사당에 분향하는데, 녹의홍상에 옥패 소리 쟁쟁하니 하늘에서 내려온 선녀 같았다.

교 씨가 사당의 예를 마치고 정실부인으로서 많은 비복들의 하례를 받을 때 말하기를,

"내 오늘부터 새로 집안일을 책임지고 다스릴 것이니 너희들은 각자 맡은 일을 부지런히 하여 죄를 범하지 않도록 하라."

하니 비복 등이 그 명을 듣고 고개를 숙이고 물러났다. 이때 비복 여덟아홉 명이 모여서 교 씨에게 말하기를,

"사 씨 부인이 비록 출거하셨으나 여러 해 섬기는 동안에 은혜를 많이 받았습니다. 부인께서 허락하시면 소복 등이 나가서 하직 인사를 드리고자 합니다."

교 씨가 말하였다.

"그것은 너희들이 인정상 원하는 것인데 내가 어찌 막겠느냐?"

교 씨가 허락하자 모든 시비들이 일제히 문 밖으로 달려 나가서

이미 저만큼 떠나가는 사 씨 부인의 가마를 따라가 통곡하였다. 사 씨 부인이 교자를 멈추고 타일렀다.

"너희들이 이같이 와서 나를 전송해 주니 감사하구나. 너희들은 힘써 새 부인을 섬기며 나를 잊지 말라."

비복 등이 눈물을 흘리고 절하며 작별하였다.

잠시 후 사 씨 부인이 가마꾼에게 분부하여 신성현으로 가지 말고 성도에 있는 시부모의 산소로 향하라 하니 가마꾼이 명을 듣고 유 씨 묘하墓下(조상의 산소가 있는 땅)에 이르렀다.

사 씨 부인이 이곳에 수간초옥을 짓고 거처하며 돌아가신 부모와 구고舅姑(시부모)를 생각하고, 처량한 자신의 신세를 슬퍼하여 눈물과 한숨으로 세월을 보냈다. 이때 사 공자가 소문을 듣고 사 씨 부인을 찾아와서 눈물을 흘리며 탄식하였다.

"여자가 가부家夫에게 용납되지 못하면 마땅히 본가로 돌아와 형제가 서로 의지하심이 옳거늘, 누님은 왜 이런 무인공산無人空山(사람이 살지 않는 산)에 홀로 계십니까?"

사 씨 부인이 슬퍼하며 말하였다.

"내 어찌 동기의 정과 모친 영전에 모시기를 알지 못하겠느냐. 그러나 내 한 번 돌아가면 유 씨 집안과는 인연이 아주 끊어지고 말 것이요, 한림이 비록 나를 급히 버렸으나 내 일찍이 선친께 죄를 지은 적이 없으니 구고의 묘하에서 남은 생을 마치는 것이 나의 소원이다. 그러니 내 걱정은 하지 마라."

사 공자가 저저(누님)의 고집을 알고 집으로 돌아가 늙은 창두(사내 종) 한 명과 비자(여자 종) 양랑을 보내서 사 씨 부인의 신변을 보살피게 하였다.

사 씨 부인은 아우의 고마운 마음에 눈물을 흘리면서,

"우리 집에도 본래 노복이 얼마 안 되거늘 어찌 여러 비복을 내가 거느리겠는가?"

하고 늙은 창두 한 명만 두어 바깥일을 맡아보라 하고 양랑은 돌려보냈다. 이곳은 원래 유 씨 종중과 노복 등이 많이 사는 곳이라 사 씨 부인이 시부 묘하에 묘막을 짓고 사는 사실에 감격하여 모두 동정하고 위로하며 쌀과 야채를 공급해 주었다. 그러나 사 씨 부인은 친척과 노복들에게 신세 지는 것이 송구하여 되도록 사양하고, 바느질과 길쌈도 하고 약간의 패물을 팔아 근근이 연명하며 고생으로 세월을 보냈다.

이때 가마꾼이 한림 댁으로 돌아와서 사 씨 부인이 한림의 선친 묘하에서 거처한다는 소식을 전하였다. 이 말을 들은 교 씨가 생각하기를,

'사 씨가 신성현의 제 친정으로 가지 않고 유 씨 묘하로 간 것은 유 씨 가문에서 쫓겨난 것을 거부하는 방자한 소행이다.'

하고 한림에게 그 부당함을 주장하였다.

"사 씨는 죄를 지어 조상께 죄진 몸인데 어찌 감히 유 씨 묘하에 머물 수 있습니까? 빨리 거기서 쫓아버려야 합니다."

한림이 잠시 잠자코 있다가 말하였다.

"사 씨가 이미 출거되었는데 거처를 어디에 정하든 그건 상관할 것 없지 않소. 하물며 묘하에 다른 사람들도 많이 사는데 사 씨만 금할 수도 없으니 모른 척하시오."

교 씨가 마음에 거리낌이 있었으나 감히 어떻게 하지 못하였다.

하루는 교 씨가 동청에게 의논하자 동청이 후환을 염려하며 말하였다.

"사 씨가 제 본가로 가지 않고 유 씨 묘하에 머물러 있는 것은 네 가지 까닭이 있으니, 첫째는 전날에 옥가락지 일을 발명發明(죄나 잘못이 없음을 말하여 밝힘)하고자 함이요, 둘째는 유 가家의 자부로 자처하여 후일을 도모하려 함이요, 셋째는 유 씨 종중에게 인정을 베풀어 훗날 도움이 되게 함이요, 넷째는 한림이 봄과 가을에 성묘를 다니니 사 씨가 심산궁곡深山窮谷(깊은 산속의 험한 골짜기)에서 무궁한 고초를 당하는 것을 보면 비록 철석간장鐵石肝腸(굳센 의지나 지조가 있는 마음)이라도 전날의 은애恩愛(부부간의 애정)를 생각하고 마음이 어찌 움직이지 않겠소."

교 씨가 말하였다.

"그러면 사람을 보내어 죽이는 것이 좋겠소."

동청이 말하기를,

"그렇지 않소. 사 씨가 갑자기 남에게 죽임을 당하면 한림이 의심할 것이오. 내게 한 꾀가 있으니 들어보시오. 냉진이 본디 가족이 없고 또 사 씨를 흠모하고 있으니 그로 하여금 사 씨를 속여 데려다가 첩을 삼게 하면, 나중에 한림이 듣더라도 변절해 버린 여자라 여기고 아주 마음을 끊을 것이니 이 꾀가 어찌 묘하지 않으리오."

교 씨가 웃으며 말하기를,

"그 꾀를 어찌 실행하려고 하시오?"

동청이 말하였다.

"사 씨가 제 본가에 가지 않고 유 씨 묘하에 머물며 유 가의 인연을 끊지 않고 있다가 두 부인이 돌아오면 두 부인에게 의탁하여 한림과 인연을 다시 도모하고자 하는 것이오. 그러니 이제 우리가 두 부인의 필체를 위조하여 사 씨에게 편지를 보내 행장을 차려 나오라고 하면 사 씨가 그대로 따를 것이오. 이때 냉진이 도중에 데려다가 겁탈하여 첩으로 삼으면 사 씨가 아무리 절개가 있다 한들 어찌 벗어나리오. 이는 참으로 독 안에 든 쥐라, 사 씨가 냉진에게 몸을 한 번 허락하면 유 가와는 아주 끊어질 것이니 어찌 좋은 꾀가 아니겠소."

교 씨가 크게 좋아하며 말하였다.

"낭군의 묘한 꾀는 정말로 신출귀몰하니 예전에 육출기계六出奇計(여섯 번 기묘한 꾀를 냄)하던 진유자(이름은 진평으로 유방을 도와 여섯 번의 기계奇計를 내어 천하를 평정함)의 후신 같구려."

동청이 몰래 냉진을 불러서 그 계교를 일러주었다. 냉진이 홀아비인데다가 사 씨의 높은 평판을 알고 있었으므로 크게 기뻐하면서 두 부인의 필적을 청하였다. 이에 동청이 교 씨에게서 두 부인의 필적을 구하여 냉진에게 주니, 냉진이 두 부인의 필법을 모방하여 편지를 한 장 써서 먼저 사람을 시켜 보냈다. 그리고 교자를 세내고 가마꾼과 심복 수십 명을 매수하여, 유 씨 묘하에 가서 두 부인의 명을 받고 온 것처럼 하라고 교사教唆(남을 꾀거나 부추겨서 나쁜 짓을 하게 함)하였다. 냉진이 매수한 모든 사람들에게 몇 번이고 거듭해서 당부하고 집에 돌아와 화촉지구華燭之具(혼례 때 쓰는 여러 기구)를 장만하고 사 씨가 유괴되어 오기를 기다렸다.

　한편 사 씨 부인이 하루는 방 안에서 베를 짜고 있는데 문득 문 밖에서 사람이 부르는 소리가 들렸다.

　"문안드립니다. 이 댁이 유 한림 부인 사 씨가 계신 댁입니까?"
하기에 창두가 나가서,

　"그렇소."
하고 어디서 무슨 일로 왔는지 그 연고를 물으니 그 사람이 대답하기를,

　"서울 두 총관 댁에서 왔소."

　창두가 또 묻기를,

　"두 총관이 대부인을 모시고 장사로 가신 후 그 댁이 비었는데 그게 무슨 말이오?"

　그 사람이 대답하였다.

　"아직 두 총관 댁 소식을 모르는구려. 우리 댁 주인마님께서 장사 총관으로 계시다가 나라에서 한림학사로 부르시어 대부인께서 먼저 상경하셨는데, 사 씨 부인이 여기 계시다는 소식을 들으시고 놀라시며 나를 보내어 문후問候(웃어른의 안부를 물음) 여쭙고 편지를 전하라 하여 가져왔소."

　창두가 편지를 받아 사 씨 부인께 드리며 사실대로 말씀드렸다.

　사 씨 부인이 그 편지를 받아서 펼쳐보니 그 내용은 대개 다음과 같았다.

　이별한 후 염려하였다는 말로 사 씨 부인을 위로하고, 아들의

벼슬이 한림학사로 승진하여 곧 장사를 떠나 상경할 것이라는 것과 그에 앞서서 두 부인이 먼저 상경했다는 내용이었다. 또 두 부인이 서울을 떠나 있는 동안에 사 씨 부인이 그 지경에 이르렀으니 한탄한들 어찌하겠냐며, 지금 사 씨 부인이 머무는 곳이 서어(익숙하지 않아서 자연스럽지 못하고 매우 서먹서먹함)하고 산골에 강포(몹시 우악스럽고 사나움)한 사람이 침노할까 두려우니 당분간 두 부인의 집에 와서 서로 의지하면 모든 것이 좋지 않을까 생각하며, 만일 이런 뜻에 찬성한다면 곧 교자를 보내겠다는 것이었다.

이 편지를 읽은 사 씨 부인이 두 부인의 상경을 기뻐하며 의심하지 않고 가겠다는 뜻의 답장을 보냈다. 그리고 그날 밤에 혼자 앉아서 이런저런 생각에 잠겨,

'이곳이 비록 산골이지만 선산을 바라보며 마음의 위로를 삼았는데 이제 떠나게 되니 내 신세가 자못 처량하구나.'

그러다가 베개 위에 의지하여 잠깐 졸았더니, 비몽사몽간에 문득 한 사람이 나타났다.

"노야와 부인께서 뵙기를 청하시나이다."

사 씨 부인이 눈을 들어보니 돌아가신 소사小師가 부리시던 비자였다. 즉시 그 사람을 따라 어느 곳에 이르니 시비 여럿이 나와서 침전으로 인도하였다. 침전에 유 소사와 최 부인이 함께 앉았는데 그 용모가 완연히 살아 계실 때와 같은지라, 사 씨 부인이 크게 기뻐하며 절하고 뵙는데 눈물이 비 오듯 흘렀다. 소사가 슬하에 앉히고 위로하며 말하기를,

"내 자식이 참언을 곧이듣고 현부를 곤란하게 하니 내 마음이

편치 못하도다. 그러나 오늘 두 부인이 보낸 편지가 진짜가 아니니 현부는 다시 자세히 살펴보라. 그리하면 자연히 알리라."

최 부인이 사 씨 부인을 불러 옆에 앉히고 어루만지며 말하기를,

"내 일찍 세상을 이별하여 현부를 보지 못하였으니 어찌 슬프지 않겠느냐. 네 다시 눈을 들어 나를 보아라. 비록 유명幽明(저승과 이승)의 세계가 다르지만 현부가 연수와 더불어 사당에 오르며 현부가 올린 술잔을 흠향하지 않은 적이 없었으나 이제 교 씨가 제사를 받드니 내 어이 흠향하겠느냐. 슬프다, 현부가 집을 떠난 후 이곳에 와 있어 우리가 기쁘게 의탁하였으나 이제 그대가 멀리 가게 되니 어찌 슬프지 않겠는가."

사 씨 부인이 울며 말하였다.

"비록 두 부인께서 부르시나 어찌 떠나겠습니까."

소사가 말하기를,

"정말로 두 부인 옆으로 간다면 어찌 그것을 말리겠느냐. 그 말이 아니라 두 부인의 편지가 위조된 것이요, 그렇다고 네가 여기 오래 있으면 또 박해가 있을 것이다. 더구나 자부(며느리, 즉 사 씨)는 칠 년 동안 재액災厄(재앙으로 인한 불운)의 운수이니 마땅히 남방으로 수로 오천 리를 가서 피신하는 것이 좋을 것이다. 그것도 매우 급박하게 되었으니 빨리 피신하라."

사 씨 부인이 울며 말하였다.

"외롭고 약한 여자의 몸으로 어찌 칠 년 동안이나 사고무친四顧無親(의지할 만한 사람이 아무도 없음)인 타향을 떠돌겠습니까? 앞으로 겪을 길흉이나 일러주십시오."

소사가 말하였다.

"이는 천명이니 어찌 알겠느냐? 다만 내가 일러두거니와 지금으로부터 여섯 해 후 사월 보름에 배를 백빈주(흰 마름꽃이 피어 있는 물가)에 매어두었다가 급한 사람을 구해 주어라. 이것은 마음에 새겨두고 절대로 잊어서는 안 된다. 또 너는 이곳에 오래 머물지 못할 것이니 빨리 가거라."

소사가 신신당부하자 사 씨 부인이 절하고 말하기를,

"이제 이곳을 떠나면 언제 또 존안을 다시 뵙겠습니까?"

하고 흐느껴 우니 유모와 차환이 몸을 흔들기에 사 씨 부인이 깜짝 놀라 일어나니 꿈이었다. 사 씨 부인이 너무 신기하여 꿈속에서의 일을 말하니 시비들 또한 신기하게 여기고 소홀히 여길 꿈이 아니라고 하였다. 사 씨 부인이 존구께서 꿈에서 이르신 대로 두 부인의 편지를 자세히 살펴보고 말하기를,

"두 총관의 부친 함자가 '홍洪' 자인 고로 두 부인이 평소 말씀하실 때나 편지 쓸 때에 홍 자를 쓰지 않았는데 이 편지에 홍 자를 썼으니 이것만으로도 위조임이 분명하구나. 도대체 어떤 자가 이렇게까지 악랄한 수단으로 나를 모해하려 하는지 모르겠구나."

하며 마음속에 의심이 가득할 때 어느덧 날이 훤히 밝아오니 사 씨 부인이 유모에게 말하기를,

"존구께서 분명히 남방으로 수로 오천 리를 가라 하셨는데 장사 땅이 바로 남방이요, 또 두 부인이 가실 때에 수로로 오 천여 리나 된다 하셨으니, 이것은 필시 두 부인을 찾아가 의탁하라는 뜻이다. 그러니 어찌 가지 않겠느냐."

하고 떠날 준비를 마치고 남방으로 가는 배를 각방으로 구하였으나 얻지 못하여 초조해하고 있던 차에 창두가 고하였다.

"두 씨 댁에서 교자를 가지고 왔으니 어찌하리까?"

사 씨 부인이 꿈속의 일을 생각하고 이르기를,

"내 어젯밤에 찬바람을 쐬었더니 감기가 들어 일어나지 못하니 수일 후 몸이 낫거든 가겠다고 전해라."

창두가 그대로 전하니 가마꾼이 하릴없이 무료히 돌아가 그 말을 전하였다. 동청이 말하기를,

"사 씨는 본디 지혜가 많은 사람이라 반드시 의심하여 병을 핑계 삼아 거절하는 것이니 이 일이 성사되지 않으면 화가 적지 않을 것이다."

냉진이 말하였다.

"이미 내친걸음이니 건장한 사람 수십 명과 가마꾼을 데리고 묘하에 가서 숨어 있다가 밤이 되면 사 씨를 결박하여 데려오는 것이 좋을 듯하오."

동청이 말하였다.

"그 꾀가 묘하니 바삐 행하라."

동청의 허락을 받은 냉진이 강도 수십 명을 데리고 묘하로 갔다.

이때 사 씨 부인은 남방으로 가는 배를 구하지 못하여 근심하다가 마침 남경으로 가는 장삿배를 만났는데, 이는 두 부인의 창두로서 일찍이 속량贖良(노비의 신분을 풀어주어서 양민이 되게 하던 일)되어 나가 장사하는 장삼이란 사람의 배였다. 사 씨 부인이 그 말을 듣고 기뻐하여 즉시 장삼을 불러 함께 가기를 부탁하니, 장

삼도 또한 두 씨 댁에 있을 때에 사 씨 부인을 뵌 적이 있었으므로 지금 사 씨 부인이 곤경에 처한 것을 알기에 배를 대어 오르기를 청하였다. 사 씨 부인이 존구 묘하에 나아가 재배 하직하고 유모와 차환, 늙은 창두를 데리고 배에 올라 남방으로 향하였다.

이때 냉진이 수십 명 강도를 데리고 묘하에 나아가 수풀에 은신하였다가 밤이 되자 사 씨 부인이 머무는 집으로 들이닥치니, 집은 비었고 한 사람도 없는지라 냉진이 크게 놀라 말하기를,

"사 씨는 과연 꾀가 많은 사람이로다. 우리의 계교를 벌써 알고 달아났구나."

하고 돌아가서 동청에게 이 말을 이르니 동청과 교 씨가 사 씨 부인을 잡지 못한 것을 분하게 여겼다.

남쪽으로 떠나는 사 씨 부인

차설且說(주로 글 따위에서 화제를 돌려 다른 이야기를 꺼낼 때, 앞서 이야기하던 내용을 그만둔다는 뜻으로 다음 이야기의 첫머리에 쓰는 말), 사 씨 부인이 배에 올라 남방으로 향하는데 만경창파萬頃蒼波(만 이랑의 푸른 물결이라는 뜻으로, 한없이 넓고 넓은 바다를 이르는 말)에 바람이 일어 파도가 하늘에 닿을 듯하고, 오가는 장삿배의 새벽달 찬바람에 닻 감는 소리는 물의 깊이를 짐작하게 하며, 잔 나비의 울음소리는 슬픈 사람의 애간장을 끊으니 사 씨 부인이 자신의 신세를 한탄해 마지않았다. 규중 열녀의 몸으로 더러운 누명을 쓰고 일신을 만경창파 일엽편주一葉片舟(한 척의 조그마한 배)에 의지하여 장사로 향하는 것을 생각하니 오장이 뒤집히고 가슴이 무너지는 듯하였다.

사 씨 부인이 크게 통곡하며 하늘에 호소하였다.

"하늘이시여! 어찌 이런 인생을 내시어 제 운명의 기구함을 이렇게 점지하셨습니까?"

유모와 차환 역시 슬픔을 참지 못하여 서로 붙들고 울다가 유모가 먼저 울음을 그치고 부인을 위로하였다.

"하늘이 끝없이 높으시지만 살피심이 밝으시니 어찌 늘 이렇겠습니까? 부인은 귀체를 보중하시고 슬픔을 진정하십시오."

사 씨 부인이 말하였다.

"내 팔자가 기박하여 너희들까지 나와 함께 고초를 겪으니 나는 내 죄로 당하는 고통이지만 유모와 차환은 무슨 죄인가. 이는 주인을 잘못 만난 탓이니 내가 어찌 민망하지 않겠느냐. 규중 여자의 몸으로 일신을 일엽편주에 의지하여 바다 위에 떠 있으니 향하는 곳이 장차 그 어디인가. 두 부인이 나를 기다리시는 것도 아니요, 또한 시댁에서 출거된 몸이 구차하게 살아서 장사로 구원을 바라고 가니 이 신세가 어찌 가련하지 않겠는가. 차라리 이곳에서 창파에 몸을 던져 굴삼려(중국 초나라 정치가이자 비극시인으로 이름은 평平, 자는 원原, 높은 벼슬에 올랐으나 모함에 빠져 한때 방랑을 하다가 굴욕적인 생활이 싫어서 멱라수汨羅水에 투신하여 자결함)의 충혼을 따르고 싶구나."

말을 마치고 울기를 그치지 않으니 유모와 차환 등이 여러 가지로 위로하였다. 배가 점점 향하여 한곳에 이르러서는 풍랑이 크게 일고 사 씨 부인 또한 토사병(토하고 설사하는 병)이 심해져서 정신을 차리지 못하게 되자, 부득이 배를 뭍에 대고 강가의 아무 집에나 들러 병을 치료하고자 하였다.

멀리 바라보니 한 칸 초가집이 산 밑에 있어서 차환으로 하여금 그 문을 두드리고 주인을 찾으니 한 여자가 나오는데, 나이는 겨우 열네댓 살쯤 되는데 용색이 절묘하고 태도 또한 요조하였다.

차환이 전하는 말을 듣고 쾌히 허락하고 부인을 맞아 안방으로 인도하였는데 날이 이미 저물었다. 사 씨 부인이 물었다.

"너희 부모는 어디 가시고 너 혼자 있느냐?"

여자가 공손하게 대답하되,

"저의 성은 임 가이옵니다. 일찍 아비를 여의고 편모를 모시고 있었는데 어미가 마침 일이 있어 물 건너 마을을 가셨다가 폭풍을 만나 돌아오지 못하였습니다."

여자가 차환에게 들어서 부인의 행색을 알고, 밥과 찬을 정성을 다하여 부지런히 차려서 불을 밝히고 저녁상을 들이니 사 씨가 그 은근한 정의情誼(서로 사귀어 친하여진 정)에 감복하여 약간 수저를 들고 그 여자에게 사례하며 말하였다.

"불시에 들이닥친 손(지나가다가 잠시 들른 사람)이 폐를 많이 끼쳐서 미안하구나."

여자가 엎드려 대답하기를,

"부인은 귀인이신데 이렇게 누추한 곳에 행차하시니 가문의 영광임은 말할 것도 없고, 촌가村家의 변변치 못한 반찬으로 대접함이 너무 허술하여 황공하기 그지없습니다. 또한 이렇듯 과분한 말씀을 하시니 더욱 죄송합니다."

그날 밤에 부인이 임 씨 집에서 자고 그 이튿날 떠나려 하였으나 풍랑이 좀처럼 그치지 않아서 사흘을 연달아 쉬게 되었다. 그 여자가 더욱 관곡款曲(매우 정답고 친절함)하여 정성을 다하는지라, 수삼 일 지낸 후 떠나게 되었을 때는 두 사람의 정이 연연하여 차마 손을 놓지 못하였다. 사 씨 부인이 행장에 남아 있는 가락지 한

개를 내어주며 말하였다.

"이것이 비록 작은 것이나 그대의 아름다운 손가락에 머물게 하여 나의 정을 잊지 말라."

여자가 사양하며 말하기를,

"이것이 부인의 원로행역遠路行役(먼 길을 가느라고 겪는 고생)에 긴히 쓰일 텐데 어찌 갖겠습니까."

부인이 말하였다.

"여기서 장사 땅은 그리 멀지 않고 그곳에 가면 긴히 쓸 데가 없으니 사양치 말라."

여자가 공경히 받았으나 차마 이별하지 못하니, 부인이 재삼 연연해하다가 작별하고 즉시 그 집을 떠났다.

수일 동안 길을 가다가 늙은 창두가 노독과 풍토병에 걸려 마침내 객사하고 말았다. 사 씨 부인은 충성스럽던 노복의 죽음을 슬퍼하고 배를 잠시 머물게 한 뒤에 장삼을 시켜 강가 남향 언덕에 정성껏 안장하고 떠났다. 이제 함께 길을 가는 사람은 다만 유모와 차환뿐이라 부인이 답답한 마음에 얼마나 가야 하는지 물으니,

"수일만 가면 곧 장사에 도달합니다."

사 씨 부인이 갈 길이 멀지 않음을 기뻐하며,

"배를 빨리 저어 가자꾸나."

라며 재촉하였다. 그러나 사 씨의 액운이 아직 끝나지 않아 점점 더 닥쳐오는지라 또다시 폭풍이 일어 파도가 집채같이 솟아 배를 삼키려고 몰려드니, 배는 위험을 피해서 동정호의 위수를 따라서 악양루에 이르렀다.

이곳은 옛날 열국 시대의 초나라 땅이었다. 순임금이 나라 안을 순행하시다가 창오 땅에 와서 붕어崩御(임금이 세상을 떠남)하시자, 아황과 여영 두 왕비가 임금을 따라가지 못함을 안타까워하며 소상강 가에서 울 때 피로 변한 눈물이 대숲에 뿌려져서 대에 튄 핏방울이 아롱져 얼룩이 박혔는데, 이것이 이른바 소상반죽瀟湘斑竹이 되었다는 전설이 남아 있는 곳이다.

그리고 그 뒤에 초나라의 충신 굴원이 충성을 다하여 회왕을 섬기다가 간신의 참소를 받아 강남으로 귀양 와서 이곳에 수간모옥數間茅屋(몇 칸 안 되는 작은 초가)을 짓고 지내다가 몸을 멱라수에 던졌으며, 또 한나라의 가의는 낙양의 재사才士였으나 주발周勃의 모함을 받아 장사왕長沙王 태부로 축출되어 이곳에 이르자, 모함으로 쫓겨나 끓어오르는 울분을 금할 수 없었던 자신의 처지가 굴원과 비슷하여 '조굴원부弔屈原賦'를 지어 강물에 던져 굴원의 충혼을 조문한 곳이다. 이러한 까닭으로 이곳을 지나는 사람들로 하여금 강개(의롭지 못한 것을 보고 의기가 북받쳐 원통하고 슬픔)한 회포를 자아내게 하였다.

그러므로 그 슬픈 전설에 흐린 구름이 항상 구의산에 끼고, 소상강에 밤이 오고, 동정호에 달이 밝고, 황릉묘(아황과 여영의 사당)에 두견이 슬피 울 때면, 비록 슬프지 않은 사람일지라도 저절로 눈물이 흐르고 탄식하지 않을 수 없는데 하물며 신세가 처량한 사람은 말해 무엇하리오.

더욱이 사 씨 부인은 요조숙녀의 빙옥 같은 몸으로 정성을 다하여 군자를 섬기다가 요부 교 씨의 참소를 입고 가부의 내침을 받아 고혈(가족이나 친척이 없어 외로움)하고 약한 몸으로 여기까지 이르렀으니, 옛사람을 느끼고 자기 신세를 생각하여 뱃전에 비껴서 밤이 늦도록 잠을 이루지 못하였다. 이때 장사하는 배들이 남북으로 모여들어서 매우 복잡하였다. 옆의 배에서 사람들의 말소리가 들려 가만히 들으니 한 사람이 말하기를,

"우리 장사 백성들은 정말 복이 없소."

하니 또 한 사람이 물었다.

"어찌 그러오?"

그 사람이 말하기를,

"지난번에 오신 두 총관 노야께서는 마음이 정직하고 정사가 공평해서 백성들이 근심이 없었는데 이번에 새로 온 유 총관은 재물을 탐내고 돈을 좋아해서 백성들의 유죄 무죄를 막론하고 함부로 매질하여 돈을 빼앗으니, 이와 같이 명관을 잃고 탐관을 만난 우리가 어찌 복이 있다 하리오."

사 씨 부인이 듣기를 마치고 그제야 두 총관이 이미 이곳을 떠나서 다른 곳으로 옮겨간 줄 알게 되니, 애가 타고 기가 막혀서 어찌할 줄을 모르다가 새벽이 되어서야 장삼을 시켜서 자세히 물어보라 하니 이윽고 장삼이 돌아와 고하였다.

"우리 댁 노야께서 장사 고을에 와서 정치를 잘하셨으므로 순행하는 어사가 나라에 장계를 올려 성도지부로 승차하셔서 진작 대부인을 모시고 성도로 부임하셨다 합니다."

사 씨 부인이 하도 어이없어 하늘을 우러러 가슴을 치며 통곡하였다.

"유유창천悠悠蒼天(한없이 멀고 푸른 하늘, 주로 원한을 표현할 때 씀)아, 저로 하여금 어찌 이다지도 힘들게 하십니까."

사 씨 부인이 문득 정신을 차리고 장삼에게 이르기를,

"두 부인이 이미 성도로 가셨으니 이제 장사는 아는 연고가 없는 까닭에 우리에게는 객지가 되었구나. 그리로 갈 수도 없고 여기서 머물 수도 없으니 너는 우리 세 사람을 여기에 내려놓고 배를 저어 빨리 네 갈 길을 가라."

장삼이 말하였다.

"장사가 이미 계실 곳이 못 되고 소인도 여기 오래 있을 수가 없는데, 부인은 어디로 가시려 하십니까?"

사 씨 부인이 말하였다.

"일부러 내 갈 곳은 알아 무엇하겠느냐? 너는 네 갈 길을 가라."

유모와 차환이 이 말을 듣고 어찌할 바를 몰라 서로 붙들고 통곡하였다. 장삼이 세 사람을 강 언덕에 내려놓고 사 씨 부인을 향하여 하직 인사를 올리며 말하였다.

"바라건대 부인께서는 천금 같으신 귀체를 보중하십시오."

하고 배를 저어 멀리 떠나갔다.

사 씨 부인이 천신만고 끝에 겨우 배를 얻어 장사 땅에 거의 왔으나 결국 이 지경에 이르고 보니 앞길이 막막한지라, 심장이 녹는 듯하여 아무리 생각해도 죽을 수밖에 없게 되었다고 탄식하였다. 유모와 차환이 울며 말하기를,

"사고무친한 땅에 와서 노자까지 떨어졌으니 부인은 장차 어찌 귀체를 보존하려 하십니까?"

사 씨 부인이 길게 탄식하며 말하였다.

"사람이 세상에 태어나 수요장단壽夭長短(오래 삶과 일찍 죽음)과 화복길흉禍福吉凶(화와 복, 길함과 흉함)은 하늘이 정한 운수이니 잠깐의 액운을 굳이 근심할 바는 아니지만, 이제 내 신세를 생각하니 자취기화自取其禍(자기에게 재앙이 되는 일을 스스로 함)라 할 수밖에 없다. 옛말에도 '하늘이 만든 화는 피할 수 있어도 자신이 만든 화는 피할 수 없다.' 하였으니, 내가 지금 중도에서 이같이 낭패하니 다시 어디로 가며 누구를 의지하겠느냐."

유모가 위로하며 말하기를,

"옛날 영웅호걸과 열녀절부 중에 이런 곤액을 당하지 않은 사람이 거의 없습니다. 지금 부인께 잠시 액화厄禍(액으로 입는 재앙)가 있으나 밝은 하늘이 굽어보시고 천지 신령이 함께하시니 장차 맑은 바람이 검은 구름을 쓸어버리면 일월을 다시 보실 것이니 너무 슬퍼하지 마십시오. 어찌 잠시 액운으로 말미암아 천금 같은 귀체를 돌보지 않으려 하십니까?"

그러나 사 씨 부인은 여전히 힘을 잃고 탄식만 하였다.

"액운을 당한 옛사람이 하나둘이 아니지만 자연히 구해 주는 사람이 있어 몸을 보존하였다. 그러나 지금 내 처지는 그렇지 못하여 연연약질軟軟弱質(매우 연약한 체질)이 위로 하늘에 오르지 못하고 아래로 땅에 들지 못하니 어찌하겠느냐. 구차하게 살기보다 마땅히 한 번 죽어서 옛사람과 더불어 꽃다운 이름을 나타내려 함이니 이것이 하늘의 뜻이요, 나에게 복된 일이로다."

하고 강물을 향하여 뛰어들려 하니 유모와 차환이 붙들고 울며 말하였다.

"소비 등이 천신만고 끝에 부인을 모셔 여기에 이르렀으니 마땅히 생사를 같이 해야 할 것입니다. 만일 부인이 죽고자 하신다면 원컨대 저희도 함께 죽어서 지하에서도 모시기를 바랍니다."

사 씨 부인이 말하였다.

"그것은 안 된다. 나는 죄인이니까 죽어도 마땅하지만 너희들은 무슨 죄로 나를 따라 죽는다는 말이냐. 도중에 노자가 떨어졌으니 너희들은 인가에 의탁하여라. 차환은 나이가 젊으니 말할 것도 없거니와 유모도 아직 남의 집에 들어가 밥을 지을 수 있으니 어찌 의탁할 곳이 없겠느냐. 각각 몸을 보중하다가 북방 사람을 만나거든 내가 이곳에서 죽었다고 전하여라."

하고 유모 등을 타이르고, 나무를 깎아 글을 썼다.

모년 모월 모일에 사 씨 정옥은 구가舅家(시댁)에서 출거되어 이곳에 이르러 물에 빠져 죽노라.

쓰기를 다한 사 씨 부인이 통곡하였다. 유모와 차환이 좌우에서 사 씨 부인을 붙잡고 따라 우니 일월이 빛을 잃고 초목과 금수도 함께 슬퍼하였다. 어느덧 날이 어두워져 하늘에 달이 떠오르니 사방에서 귀신이 울고 황릉묘 위에 두견의 소리가 처량하며 소상강 대숲 아래 잔나비가 슬피 울어 밤기운이 스산하였다.

유모가 부인에게 말하였다.

"밤기운이 몹시 차니 저 위에 올라 밤을 지내고 내일 다시 앞날에 대해 생각하시지요."

부인이 마지못하여 악양루에 올라가니 아로새긴 들보가 하늘 높이 솟아 반공半空(땅으로부터 그리 높지 않은 허공)에 다다랐는데, 오색 채운이 구의산에서 피어 일어나 악양루를 둘러싸고 달빛이 난간에 은은히 비치자 시인 묵객이 읊어 쓴 글귀가 벽에 무수히 걸려 있는 게 눈에 들어왔다. 사 씨 부인이 그 광경을 보고 깊이 탄식하면서,

"악양루는 천고에 유명한 곳이지만 영웅호걸과 절부열녀들이 이렇게 많이 이곳과 인연을 맺은 줄 어찌 알았겠는가. 내 비록 떠돌다 이곳에 이르렀으나 이것 또한 우연한 일이 아니다."
하고 세 사람이 그날 밤을 악양루에서 지냈다.

이튿날 날이 밝아오려고 할 때 누각 아래에서 사람의 소리가 소란하더니 이내 수십 명이 올라왔다. 이 사람들은 서울 사람으로서 이곳에 왔다가 악양루의 해 뜨는 모습을 구경하고자 올라온 것이었다. 사 씨 부인은 사람들이 올라오는 것을 보고 크게 놀라 뒷문으로 빠져 내려와 강가 숲속에 와서 눈물을 흘리며 말하였다.

"날이 밝았으나 이제 우리들이 의탁할 곳도 없으니 장차 어디로 간단 말인가. 아무리 생각해도 강물에 몸을 던지는 수밖에 없으니 유모는 더 이상 만류하지 말라."
하고 몸을 일으켜 강물에 몸을 던지려 하니 유모와 차환이 망극하여 사 씨 부인을 붙들고 통곡하였다. 사 씨 부인이 내내 굶주리고 잠을 자지 못하여 지칠 대로 지쳤으므로 유모의 무릎에 기댄 채 잠깐 졸았다. 그때 비몽사몽간에 한 여자아이가 와서 말하였다.

"저의 낭랑께서 부인을 모셔오라고 하셨습니다."

사 씨 부인이 놀라 묻기를,

"너의 낭랑이 누구시냐?"

여자아이가 말하였다.

"저와 함께 가시면 자연히 아실 것입니다."

사 씨 부인이 여자아이를 따라 어느 곳에 이르니 고대광실의 전각이 강가에 즐비하게 늘어서 있었다. 여자아이가 사 씨 부인을 인도하여 전각 안으로 들어가니 이윽고 발이 걷히고 전상殿上에서 올라오라는 소리가 들렸다.

사 씨 부인이 동자를 따라 전상에 오르니 두 분의 낭랑이 교의에 앉아 있고 좌우에 고귀한 여러 부인들이 둘러서 있었다. 사 씨 부인이 예를 마치자 낭랑이 자리를 권하며,

"우리는 다른 사람이 아니라 순임금의 두 비妃다. 옥황상제께서 우리의 사정을 측은히 여기시고 이곳의 신령으로 삼으신 까닭에 이곳에 머물며 고금의 절부열녀를 보살피면서 세월을 보내고 있다. 그대가 한때의 화를 만나 이곳에 오게 된 것도 모두 하늘이 정한 운명이다. 그대가 아무리 죽으려 하여도 아직 죽을 때가 아니므로 허락할 수 없으니 마음을 편히 갖도록 하라."

사 씨 부인이 일어나 사례하고 낭랑의 덕을 치하하였다.

"인간계의 미천한 여자로서 항상 서책을 통하여 성덕을 우러러 사모할 따름이었는데 이제 이곳에 와서 뵈올 줄을 어찌 알았겠습니까?"

낭랑이 말하였다.

"그대를 청한 것은 다름이 아니라 그대가 천금보다 중한 몸을 헛되이 버려 굴원의 자취를 따르고자 하니 이는 하늘의 뜻이 아니다. 그대의 호천통곡呼天痛哭(하늘을 우러러 부르짖으며 목 놓아 욺)은 하늘이 무심함을 한탄하는 것이니 이는 그대의 평소 총명이 흐려진 탓이요, 그대의 액운이 비상한 탓이다. 그러므로 특별히 의논하여 오래 쌓인 회포를 풀고 위로하고자 하는 것이다."

사 씨 부인이 사례하며 말하기를,

"낭랑의 가르치심이 이와 같으시니 소첩이 소회를 여쭙겠습니다. 소첩은 본디 한미寒微(가난하고 지체가 변변하지 못함)한 사람입니다. 일찍 엄부를 여의고 편모에게 자라나 배운 바 없어 행실이 불민不敏(어리석고 둔하여 재빠르지 못함)하였는데, 존구께서 별세하시니 세상이 크게 변하여 동해의 물로도 씻지 못할 누명을 입고 규문을 나왔습니다. 그 후 눈물을 뿌려 구고의 묘하를 지키던 중 마침내 강호에 떠도는 몸이 되어 갈 곳을 알지 못하여 하늘을 우러러 탄식하다가 하는 수 없어 만경창파에 몸을 던져 물고기의 배[魚腹]에 장사지낼 결심을 하였습니다. 이와 같이 아녀자의 마음이 망령되어 잘못을 깨닫지 못하고 호천통곡하여 낭랑께 심려를 끼쳤으니 죽어도 아깝지 않습니다."

낭랑이 말하였다.

"모든 일이 다 하늘이 정한 것이요, 사람의 힘으로는 안 되는 일이니 어찌 굴원의 죽음을 본받으며 하늘을 원망하겠느냐. 하늘이 이미 나라를 멸망시키고 원한을 시원하게 풀어주시니 임금이 죄를 다스리고 충신의 이름이 나타나서 천백 세에 전해진 것이다.

그 옛일을 비춰보면 처음에는 곤액하나 장래에는 복록이 무궁함이니 어찌 그때를 기다리지 않고 자결하겠느냐? 우리 자매(아황과 여영)는 규중의 약녀弱女(어린 딸)로서 배운 바 없었으나 시댁을 정성으로 섬기니, 옥황상제께서 가엾고 기특하게 여기시어 이 땅의 신령으로 봉해 음혼淫昏(마음이 흐리고 사리에 어두워 문란한 짓을 함)을 다스리게 하였다. 이곳의 여러 부인은 모두 현부열녀이므로 이따금 풍운의 힘을 빌려 이곳에 모여 서로 위로하니, 세상의 영욕이 어찌 문제가 되랴. 유 씨 댁은 본디 대대로 선업을 쌓은 가문인데 오직 유 한림이 천하의 일에 통달하나 너무 일찍 젊은 나이에 높은 지위에 올라 사리에 주밀周密(허술한 구석이 없고 세밀함)하지 못하므로, 하늘이 잠깐 재앙을 내리시어 크게 경계하고자 함인데 그대가 어찌 이토록 조급하게 구는 것이냐. 그대를 참소하는 자는 아직 득의하여 방자하고 교만하지만, 그것은 마치 똥의 버러지가 제 몸이 더러운 줄 알지 못하는 것과 같으니 어찌 만족하다 말하겠느냐. 하늘이 장차 큰 벌을 내리실 것이다. 그러니 그대는 안심하고 바삐 돌아가라."

사 씨 부인이 말하였다.

"낭랑이 소첩의 허물을 더럽다 하지 않으시고 이같이 밝게 가르치시니 감사합니다. 그러나 돌아가도 의탁할 곳이 없으니 낭랑께서 소첩의 사정을 살피시어 시녀로 거두어주시면 낭랑을 모시고 영원히 있겠습니다."

낭랑이 웃으며 말하였다.

"그대도 이다음에 이곳에 머물게 될 것이나 아직은 때가 되지 않았으니 빨리 돌아가라. 남해 도인이 그대와 인연이 있으니 거기에 잠깐 의탁하는 것 또한 하늘의 뜻이다."

사 씨 부인이 말하였다.

"소첩이 전에 들으니 남해는 하늘 끝이라 길이 멀거늘 어찌 가겠습니까?"

낭랑이 말하였다.

"연분이 있어서 자연히 가게 될 것이니 염려하지 말고 어서 떠나거라."

하며 낭랑이 동쪽 벽 자리의 얼굴이 아름답고 눈이 별같이 빛나는 부인을 가리키며,

"이 사람은 위국부인 장강이다."

또 다른 부인들을 차례로 가리키며,

"저 사람은 한나라 반첩여이고, 저이는 양 처사의 처 맹광이다. 그대가 이미 여기에 왔으니 서로 알게 하는 것이다."

사 씨 부인이 일어나 사례하며 말하기를,

"오늘 여기에 와서 여러 부인의 면목을 뵈니 영광입니다."

여러 부인들도 흐뭇해하며 미소로 답례하였다. 사 씨 부인이 사배하며 하직하니 낭랑이 말하기를,

"매사 모든 일에 힘을 다하면 오십 년 후 이곳에 자연히 모일 것이니 다만 삼가 몸을 보중하라."

하고 푸른 옷을 입은 여자아이를 향하여,

"모셔 가라."

하니 사 씨 부인이 절하고 뜰아래로 내려서자 전상에서 열두 주렴

내리는 소리가 주르르 하고 맑게 울렸다. 그 소리에 잠에서 깨어 소스라치게 놀라 일어나니, 유모와 차환이 사 씨 부인의 기절을 염려하며 어서 깨어나기만을 기다리고 있다가 반가워하였다. 사 씨 부인이 몸을 움직이며 때가 얼마나 되었는지를 물으니 기절한 지 서너 시간이나 되었다고 하였다. 유모가 말하였다.

"부인께서 기절하셔서 소비들이 곁을 지켰는데 이제야 정신을 차리셨습니다."

사 씨 부인이 낭랑을 만나보고 온 일을 자세하게 이야기하고,

"내가 꿈속에서 대숲 속으로 갔었다. 너희들이 믿기지 않거든 나를 따라오라."

사 씨 부인이 유모와 차환을 데리고 소상강 가의 대숲으로 들어가니 과연 한 사당이 있는데 현판에 황릉묘라고 적혀 있었다. 이는 아황과 여영 두 왕비의 사당으로, 사 씨 부인이 꿈에 보던 곳과 같았으나 단청이 퇴색하여 매우 황량하였다. 사당 안으로 들어가서 전상을 바라보니 두 왕비의 화상이 꿈에서 뵙던 용모와 조금도 다름이 없었다. 사 씨 부인이 절하고 분향하며 축원하기를,

"소첩이 낭랑의 가르치심을 받았으니 다른 날 좋은 때를 만나면 낭랑의 성덕을 어찌 잊겠습니까."

하며 사당을 물러나와 서편 언덕에 앉아 신세를 생각하고 여전히 슬픈 회포를 탄식하였다. 그러다가 차환이 묘지기의 집에서 밥을 얻어와 세 사람이 요기한 후에 사 씨 부인이 말하였다.

"우리 셋이 두루 방황하여 의지할 곳이 없으니 신령이 희롱하시는 것이다. 낭랑의 말씀대로 견뎌보자."

하고 탄식하는 동안에 해가 서산에 지고 밤은 점점 깊어갔다. 짐승 소리가 여기저기서 들리고 달빛 또한 몽롱하여 심금을 울리는지라 사 씨 부인이 곰곰이 생각하다 말하였다.

"사람이 세상에 나면서부터 부귀빈천이 팔자에 있는 법인데 여자로서 씻지 못할 누명을 쓰고 갖은 고초를 겪으며 마침내 이곳에 이르렀는데도 의지할 곳이 없으니, 아무리 아황과 여영께서 영혼의 위로 말씀이 있었으나 역시 죽어서 만사를 잊어버리는 것이 상책이로다."

하고 또다시 죽을 생각을 하였다.

사 씨 부인이 묘혜를 만나 수월암으로 가다

이때 홀연히 황릉묘의 묘문이 열리고 두 사람이 들어오더니 뜻밖의 말을 하였다.

"부인이 비록 어려움을 만났으나 어찌 물에 빠져 스스로를 해치려고 하십니까."

사 씨 부인이 놀라 눈을 들어보니 하나는 늙은 여승이요 하나는 어린 여자아이였다.

"그대들이 어찌 우리 일을 아시오?"

여승이 황망히 예를 갖추고 말하였다.

"소승은 동정 군산사에 있는데 아까 비몽사몽간에 관음보살님이 현몽하셔서, 어진 여인이 환란을 만나 갈 바를 모르고 장차 물에 빠지려 하니 빨리 황릉묘로 가서 구원하라 하시므로 급히 배를 저어 왔더니 과연 부인을 만났습니다. 부처님 영험하심이 신기합니다."

사 씨 부인이 말하였다.

"우리는 어차피 죽을 처지에 놓인 사람들이라 존사의 구함을 받으니 실로 감격스럽습니다. 그러나 존사의 암자에 폐가 되지 않을까 염려스럽습니다."

여승이 말하였다.

"출가한 사람은 본디 자비를 일삼는데 하물며 부처님의 지도로 모시러 왔거늘 어찌 그런 말씀을 하십니까."

여승이 세 사람을 밖으로 인도하여 언덕을 내려와 배에 태우고 여승과 여자아이가 함께 노를 저어 앞으로 나아가자 순풍을 만나 순식간에 군산에 다다랐다. 산이 동정호 가운데 외로이 솟아 있으므로 사면이 다 물이요, 산은 푸른 대숲으로 덮여서 인적이 없는 한적한 곳이었다. 여승이 배에서 내려 사 씨 부인을 부축하여 길을 따라 나아가는데, 부인의 기운이 다하였고 산길이 험해서 열 걸음에 한 번씩 쉬면서 암자에 들어가니 암자 이름이 수월암이었다. 이 절은 매우 깊숙한 곳에 위치하고 정결하여 인간 세상 같지 않았다.

사 씨 부인 일행이 종일토록 몹시 고단하였으므로 곧 잠이 들었는데 날이 밝는 것도 깨닫지 못하였다. 여승이 불당을 청소하고 향을 피우고 경쇠를 치며 사 씨 부인을 깨워 예불하라 하였다. 사 씨 부인이 차환 등과 함께 법당에 올라 분향 배례하고 눈을 들어 부처를 쳐다본 순간 문득 놀라며 눈물을 머금었다. 눈앞의 부처는 다름 아닌 열여섯 해 전에 자기가 찬을 지어서 바쳤던 백의관음白衣觀音(삼십삼 관음의 하나이며 흰옷을 입고 흰 연꽃 가운데 앉아 있는 모습)화상이었다. 자기 글씨로 쓰인 그 그림의 찬을 보니 자연 놀라움과 슬픈 회포를 금할 수 없었던 것이다.

그 모습을 본 여승이 이상하게 여겨 물었다.

"부인이 어찌하여 부처의 화상을 보고 슬퍼하십니까?"

사 씨 부인이 말하였다.

"화상 위에 쓰인 글이 내가 어릴 때에 지은 찬입니다. 여기에 와서 보니 자연 비회悲懷(마음속에 서린 슬픈 시름이나 회포)를 금하지 못하겠습니다."

여승이 크게 놀라 말하기를,

"부인의 말씀을 들으니 혹여 부인이 신성현 사 급사 댁 소저가 아니십니까? 부인의 용모와 음성이 눈과 귀에 익어 이상하다 여겼습니다. 소승이 바로 그때 저 관음화상의 찬을 당시의 소저에게 받아간 우화암의 묘혜입니다. 소승이 유 소사의 명을 받아 부인에게 관음찬을 받아가니 소사께서 보시고 크게 기뻐하여 혼인을 정하시고 소승에게 큰 상을 내리셨습니다. 그때 머물러 혼사를 보려 했는데 스승께서 바삐 찾으시어 할 수 없이 산에 돌아와 스승을 따라 십 년을 수도하였습니다. 스승이 돌아가시고 얼마 후에 이곳에 와서 한적하고 외진 곳에 암자를 짓고 고요히 공부하며 지냈습니다. 소승이 불상을 뵈올 때마다 부인의 옥설 같은 용모를 생각하였는데, 부인은 어찌하여 이런 지경에 이르셨습니까?"

사 씨 부인이 눈물을 흘리며 유 한림의 부인이 된 이후의 전후 사실을 자세히 들려주자 묘혜가 탄식하면서 사 씨 부인을 위로하였다.

"세상일이 본디 이와 같으니 부인은 너무 슬퍼하지 마십시오."

부인이 감개무량하여 관음불상을 다시 우러러보니 외로운 섬

가운데 앉아 있는 관음의 기운이 생생하여 완연히 살아 있는 듯하고, 자신이 지은 찬의 의미가 자기의 유락流落(타향살이)함과 흡사한지라 사 씨 부인이 탄식하며 말하였다.

"세상일이 다 하늘이 정한 것이니 어찌하리오."

하고 이날부터 관음보살에게 분향하며 공양 기도하고, 인아와 다시 만날 날을 위해 축원하였다.

어느 날 묘혜가 조용한 때를 틈타 부인에게 물었다.

"부인이 이제 이곳에 와 계시니 복색은 어찌하시렵니까?"

사 씨 부인이 말하였다.

"내가 자비로운 부처님과 스님의 보호를 받고 신변이 안전한데 어찌 어색한 변복으로 지내겠습니까."

묘혜가 말하였다.

"소승 생각에 유 한림은 현명한 군자이시니 한때 참언을 곧이들었으나 훗날에는 일월같이 깨달아 부인을 주륜朱輪(붉은 칠을 한 바퀴가 달린 수레로 높은 지위에 있는 사람이 탐)으로 맞이해 갈 것입니다. 소승이 일찍이 스승에게 수도할 때 사주도 약간 배운 바 있으니 부인의 사주를 보아드리겠습니다."

사 씨 부인이 자신의 생년월일시를 말하자 묘혜가 한동안 점을 친 뒤에 크게 기뻐하며 풀이하였다.

"부인의 팔자는 앞으로 대길합니다. 초년은 잠깐 재앙이 있으나 나중은 부부가 안락하고 자손이 영화를 누려 복록이 무궁하실 것입니다."

사 씨 부인이 탄식하며 말하였다.

"박복한 인생이 존사의 과한 칭찬을 당하지 못하겠으니 어찌 그것을 믿겠습니까."

사 씨 부인과 묘혜가 한담을 나누다가 사 씨 부인이 강상에서 풍파를 만나 어느 인가에 머물 때 그 집 여자가 현철하였던 것을 말하며 못내 칭찬하니 묘혜가 말하였다.

"부인께서 소승의 질녀를 보셨습니다. 그 아이의 이름은 추영인데, 제 어미가 강보에 쌓인 아이를 두고 일찍 죽자 제 아비가 변씨를 후처로 취했는데 그 아비 또한 죽었습니다. 그러자 변 씨가 추영을 소승에게 주어 머리 깎고 중으로 삼으라고 하기에, 소승이 그 상을 보니 귀자를 많이 두어 복록이 완전할 상이라서 변 씨에게 권하여 데리고 살라 하였습니다. 요사이 소식을 들으니 질녀가 효성이 지극하여 모녀가 서로 사랑하며 산다 하더니 부인께서 그 아이를 만나셨습니다."

사 씨 부인이 말하였다.

"세상에서 얻기 어려운 것이 어진 사람이라, 나도 사람의 마음을 알지 못한 까닭으로 이렇게 누명을 쓰고 이 고생을 하고 있으니 어찌 한이 되지 않겠습니까."

묘혜가 말하였다.

"모두 하늘이 정하신 운수입니다. 부인과 소승이 잠시 인연이 있어 이곳에 계신 것이 아니겠습니까?"

사 씨 부인이 말하였다.

"내가 어찌 여기 머무는 것을 원망하겠습니까. 다만 내가 집을 떠나 인아의 신세가 외로운지라 그 아이의 생사가 어찌 되었는지 염려가 크고, 또 요사이 집안에 요사스런 사람이 있어 한림의 신상에 화가 미치지 않을까 염려하는 마음입니다. 전날 구고의 묘하에 있을 때 구고의 존령이 현몽하시어 일러주신 말씀이, 육 년 후 사월 보름에 배를 백빈주에 대었다가 급한 사람을 구하라고 신신당부하셨는데 대체 어떤 사람이 그때 급한 화를 당할는지 모르겠습니다."

묘혜가 말하였다.

"유 한림은 오복을 구비한 상이요, 더구나 유 씨 가문은 대대로 쌓은 덕이 많으니 어찌 요화妖花(요사스러운 아름다움을 간직한 꽃이라는 뜻으로, 사람을 호릴 만큼 요염한 여자를 일컬음)가 오래 침노하겠습니까? 또 돌아가신 유 소사께서 백빈주에서 급한 사람을 구하라 하셨으니 그때를 기다려 어기지 말고 구하십시오. 유 소사께서 본디 공명정대하신 어른이시니 영혼인들 어찌 그냥 하신 말씀이겠습니까?"

사 씨 부인도 묘혜의 말이 옳다고 생각하고 수월암에 머물며 세월을 보내는데, 한가롭게 놀지 않고 유모와 차환과 더불어 바느질과 길쌈을 부지런히 하여 절의 신세에 보답하였으므로 모든 여승들이 기뻐하며 부인을 극진히 공경하였다.

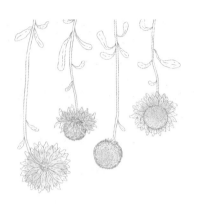

귀양 가는 유 한림

차설, 교 씨가 정실의 지위로 내당을 차지하여 가사를 총괄하니 그 악독함이 날마다 더하여 비복들이 교 씨의 혹독한 형벌을 견디지 못하고 날마다 사 씨의 인자한 대우를 그리워하였다. 교 씨는 십랑을 시켜 한림의 총명을 가리는 요물을 내당 사면에 묻어두었다. 그리고 한림이 조정에 들어갈 때마다 동청을 백자당으로 불러들여 서로 즐기는 정이 부부에 비길 데 없었으니, 그 음란한 추행은 이루 다 말로 하지 못할 지경이었다.

하루는 교 씨가 동청과 백자당에서 자고 날이 밝자 동청은 외당으로 나가고 교 씨는 피곤하여 늦도록 일어나지 못하고 있었다. 그때 마침 한림이 돌아와 내당에 들었는데 교 씨가 보이지 않자 시비에게 물으니 백자당에 있다고 하였다. 이에 한림이 백자당에 이르러 자고 있는 교 씨를 보고 그곳에서 자는 연유를 물으니 교 씨가 대답하였다.

"요즘 내당에서 자면 꿈자리가 뒤숭숭하고 기운이 좋지 않아서 어젯밤에 여기서 잤습니다."

한림이 교 씨의 말을 의심하지 않고 말하였다.

"부인의 말이 옳소. 나도 내당에서 자면 꿈자리가 번잡하여 정신이 혼미하다가 나가서 자면 편안한지라 이상하다 여겼는데, 부인 역시 그렇다고 하니 점 잘 치는 사람을 불러다가 물어보는 것이 어떻소?"

교 씨는 백자당에 숨어서 동청과 간통한 사실을 한림이 알아챌까 겁내던 차에, 한림의 말을 듣고 안심하였다.

이때 천자께서 서원에서 기도하기를 일삼으며 미신에 빠져 있으므로 간의대부(임금에게 잘못을 고치도록 간하는 일을 맡아보던 벼슬) 서세가 글을 올려 간하고 승상 엄숭을 논핵論劾(잘못이나 죄과를 논하여 꾸짖음)하였다. 천자께서 이를 보시고 크게 노하시어 서세의 관직을 박탈하고, 먼 곳으로 귀양 보내어 충군充軍(죄를 범한 벼슬아치를 병졸로 만드는 것)하라 하셨다.

이에 유 한림이 서세의 충성을 변호하고 그를 구하려고 상소하였으나 천자께서 한림을 질책하시고 조서를 내려서,

"이후로 만일 짐의 기도를 막는 자가 있으면 목을 베리라."
하시니 한림이 병을 핑계로 조정에 들어가지 않았다.

도원관에 도진인이라는 사람이 있는데 한림과 친한 사이여서 문병하러 왔다. 한림이 모든 사람을 다 내보내고 다만 진인만 머무르게 하고 내실로 데리고 들어가서 이 방에서 자면 흉몽을 꾸게 되니 무슨 악귀의 장난이냐고 물었다. 진인이 방 안의 기운을 살피더니,

"비록 대단치는 않으나 역시 기운이 좋지 않소이다."

하고 하인을 시켜서 침실의 벽을 뜯자 방예물인 나무로 만든 사람 여럿이 나왔다. 한림이 크게 놀라 얼굴색이 변하니 진인이 웃으며 말하였다.

"이는 구태여 사람을 해하려 함이 아니라 상공의 시첩이 상공의 총애를 받고자 하는 마음으로 행한 소행이오. 자고로 이런 것은 사람의 정신을 산란하게 하는 계교이니 없애버리는 것이 좋겠소이다. 또 한림의 미간에 혹기惑嗜(어떤 것을 지나치게 즐김)가 가득 차 있고 집안의 기운 또한 좋지 않소이다. 이런 경우에는 '주인이 집을 떠나리라.' 라고 술법에 나와 있으니 모쪼록 조심하여 재앙을 피하시오."

한림이 말하였다.

"삼가 명심하리다."

한림이 진인을 후히 대접하여 보내고 생각하니 문득 깨닫는 바가 있었다.

'전에는 집안에 이런 일이 있으면 사 씨를 의심하였는데, 이제 사 씨도 없고 방을 고친 지 오래지 않은데 이런 요물이 있으니 반드시 집안에 나쁜 짓을 꾸미는 자가 있도다. 그러고 보니 사 씨가 억울한 누명을 쓰고 쫓겨난 것이 아닐까?'

하고 의심이 만단萬端(수없이 많은 갈래나 토막으로 얼크러진 일의 실마리)으로 일어나기 시작하였다.

본디 이 일은 교 씨가 십랑과 더불어 꾸민 일인데 창졸간에 백자당에서 잔 핑계를 대려고, 내실에서 자면 꿈자리가 나쁘다고 한 것이 도진인의 도술로 발각된 것이다. 한림이 비록 교 씨가 한 일인 줄은 깨닫지 못하였지만 오랫동안 미혹하였던 총명이 돌아온 듯하였다. 한림이 머리를 숙이고 지난 몇 년 동안의 일을 곰곰이 반성하며 스스로를 책망하였다.

이때 마침 장사로부터 두 부인의 서찰이 와서 반갑게 펼쳐보니 글월의 뜻이 깊고, 아직도 사 씨 부인을 내친 줄도 모르고 사 씨 부인의 일을 신신당부한 사연이 더욱 간절한지라 마음속으로 생각하기를,

'옥가락지는 내가 직접 보았으나 사 씨의 사람됨이 현철하니 사 씨가 내어준 것이 아니라 혹시 시비 중 누군가가 훔친 것이 더 타당하지 않을까? 시비 춘방이 문초를 받을 때 설매 등을 꾸짖고 마침내 죽을망정 끝내 불복하였으니 왜 그리하였을까?'
하고 새삼스럽게 의심하였다.

눈치 빠른 교 씨가 한림의 기색이 전과 달라진 것을 보고 크게 두려워하여 감히 계교를 부리지 못하였다. 그러던 어느 날 지금까지 사 씨 부인을 음해한 계교가 탄로 나지는 않을까 두려워하며 동청에게 상의하였다.

"내가 한림의 기색을 보니 예전과는 아주 딴 사람이 되었소. 아마도 우리 두 사람의 관계를 눈치 챈 듯하니 어찌하면 좋겠소?"

동청이 말하였다.

"우리 관계를 집안에서 모르는 사람이 없으나 아직까지 한림의 귀에 들어가지 않은 것은 부인을 두려워하기 때문이오. 만일 한림의 마음이 변하여 부인이 힘을 잃고 약해지면 참소하는 자가 많을 것이니 그렇게 되면 우리 두 사람은 죽는다 해도 묻힐 땅이 없을

것이오."

"일이 이렇게 되었으니 어찌하면 좋소? 나는 여자라 좋은 꾀가 생각나지 않으니 낭군이 좋은 방법을 생각해서 우리 두 사람의 화를 면하게 해주오."

동청이 말하였다.

"오직 한 가지 방법밖에 없소. 옛말에 '남이 나를 해치기 전에 내가 먼저 해치라.' 하였으니 좋은 기회를 노려서 한림의 음식에 독약을 섞어서 먹여 죽이고 우리 둘이 백년해로합시다."

간악한 교 씨도 이 끔찍한 계획을 듣고 한동안 잠자코 생각하더니 결국 한림을 죽이지 않으면 자신들이 죽을 것 같은 두려움에 말하기를,

"결국 그럴 수밖에 없겠소. 그러나 행여 누설되면 화를 면치 못할 것이니 우리 둘이 극비로 일을 진행시킵시다."

이 시기는 한림이 병을 핑계 삼아 조정에 들어가지 않은 지 오래인지라, 교 씨와 동청이 끔찍한 음모를 꾸미는 줄도 모르고 벗을 찾아다니며 한담이나 나누고 기분을 풀기 위해 집을 비웠다. 교 씨와 동청이 한림이 없는 틈을 타서 은밀한 정을 나누며 한림을 해칠 계획을 상의하던 어느 날, 동청이 한림의 책상 위에서 우연히 글 하나를 보게 되었다. 그것은 한림이 지은 글로 동청이 그 글을 두어 번 읽어보더니 희색이 만면해지며 말하였다.

"하늘이 우리 두 사람으로 하여금 백년해로를 점지하신 듯하니 이제 아무 걱정하지 마시오."

교 씨가 의아하여 동청에게 물었다.

"그게 무슨 말이오?"

동청이 말하였다.

"지난번에 천자께서 조서를 내리시어 '짐의 기도를 막는 자가 있으면 목을 베리라.' 하셨는데 지금 이 글을 보니 엄 승상을 간악한 소인에 비유하여 비방하고 있소. 그러니 이 글을 가지고 가서 엄 승상을 뵈면 엄 승상이 천자께 아뢰어 엄벌에 처할 것이 아니오. 그러면 우리 두 사람이 어찌 백년해로를 못 하리오."

교 씨가 크게 기뻐하여 제 뺨을 동청의 뺨에 대고 음란한 교태를 부리며 말하였다.

"전날에 말씀하던 꾀는 위험해서 걱정이 되었는데 이번 계획은 나라의 위엄으로 처치하게 되었으니 어찌 즐겁지 않겠소."

하고 교 씨와 동청의 음란한 행사가 무궁하니 이런 악독한 계집이 어디 또 있을까.

차설, 동청이 유 한림의 글을 소매에 넣고 바로 엄 승상 부중에 나아가 뵙기를 청하자 엄숭이 들어오라 하여 물었다.

"그대는 무슨 일로 왔느냐?"

동청이 대답하였다.

"소생은 한림학사 유연수의 문객으로 비록 그 집에 머물러 있으나 그 사람의 말을 듣자하니 늘 승상을 해하고자 하므로 마음이 불안하여 그 비행을 알려드리려고 왔습니다."

엄숭은 평소에 못마땅하게 여기던 유 한림의 약점을 알리러 왔다는 말에 귀가 번쩍 뜨였다.

"그래 그가 나를 어떻게 모해하던가?"

동청이 그럴 듯한 거짓말로 한림을 참소하기를,

"그 사람이 어제는 술을 먹고 취하여 소생에게 엄숭은 천자를 그르치는 소인배라고 하고, 또 지금 세상을 송나라 휘종 시절에 비유하여 비록 간하지는 못하나 글을 지어 자신의 뜻을 나타내겠다면서 이 글을 지어 썼습니다. 소생이 그 글의 뜻을 물으니 승상을 옛날의 유명한 간신인 진원평과 왕흠약에게 비유하여 지금의 세상인심을 노래했다고 하기에 소생이 몰래 가져와서 승상께 드립니다."

엄숭이 그 글 쓴 종이를 받아서 보니 과연 천서와 옥배의 간악함을 풍자해서 지은 글이 분명하거늘 잘되었다는 듯이 냉소하며 말하였다.

"유연수 부자만이 내게 항복하지 않고 음으로 양으로 나를 거역하더니, 망령된 아이가 이 나라를 희롱하고 나를 원망하니 죽고 싶어 안달이 난 모양이로다."

하고 그 글을 가지고 궐내에 들어가 천자를 만나 아뢰기를,

"근래 나라의 기강이 풀어져 젊은 학사가 국법을 두려워하지 않으니 심히 한심합니다. 이제 성상께서 법을 세우시자 한림 유연수가 감히 상소는 하지 못하고 진원평의 옥배와 왕흠약의 천서로 신을 모욕하였습니다. 신이야 무슨 욕을 먹어도 참을 수 있으나 무엄하게도 성주를 기롱(실없는 말로 놀림)하오니 마땅히 국법에 따라 다스려 기강을 바로 세울까 합니다."

하고 국궁鞠躬(존경하는 마음으로 윗사람이나 영위靈位 앞에서 몸을

굽힘)하여 글을 받들어 천자께 올렸다. 천자께서 그 글을 받아 보시고 크게 노하시어 유연수를 금의옥에 가두고 장차 극형에 처하라고 하셨다. 이 소문에 놀란 간의대부 서세가, 지난날에 자기가 억울하게 엄 승상에게 몰려서 귀양 갔을 때에 유 한림이 그를 구명하려고 상소하였다가 엄 승상의 미움을 받은 결과라고 생각하고, 이번에는 죽음을 각오하고 유 한림을 구하려는 정의감에서 상소를 올렸다.

성상께서 충신을 죽이려 하시나 그 죄가 무엇인지 알지 못하오니, 청컨대 그 글을 내리시어 만조백관이 알게 하소서.

천자께서 서세의 상소를 보시고 말씀하시기를,
"유연수가 천서와 옥배로써 나를 기롱하니 어찌 죽음을 면하겠는가."
이에 서세가 다시 아뢰기를,
"이 글을 보니 천서와 옥배로 성상을 기롱했다 하나 그것이 분명하지 않습니다. 또한 성상을 비유한 한문제와 송진종은 태평성군이니 비록 유연수가 죄를 지었다 하나 죽을죄는 아니거늘 어찌 밝게 살피시지 않으십니까?"
천자께서 잠시 잠자코 있으니 좌우에서 간하였다. 엄숭이 가장 불평하는 마음이었지만 남의 이목이 있는지라 착한 체하며 아뢰었다.
"서 학사의 말이 이와 같으니 유연수를 귀양 보내는 것이 마땅합니다."

천자께서 허락하시자 엄숭이 유사有司에게 분부하여,

"행주로 귀양 보내라."

하고 자기 집으로 돌아갔다. 그의 집에서 기다리던 동청이 불만을 품고 엄숭에게 묻기를,

"그런 중죄인을 어찌 죽이지 않으십니까?"

엄숭이 말하기를,

"간하는 신하가 있어 죽이지는 못하였으나 행주는 수토水土(물과 풍토)가 사나워 북방 사람이 가면 살아오는 이가 없으니 칼로 죽이는 것과 다름이 없도다."

동청이 이 말을 듣고 크게 기뻐하여 급히 집으로 돌아와 교 씨에게 알렸다.

한림이 불의의 흉변을 만나 귀양을 떠나는 날, 교 씨가 비복을 거느리고 성 밖에 나와 거짓으로 통곡하며 이별하여 말하기를,

"상공께서 먼 곳으로 길을 떠나시는데 소첩이 어찌 홀로 이곳에 있겠습니까. 소첩도 상공을 따라 생사를 같이 하고자 합니다."

한림이 말하였다.

"내 이제 험지에 가면 생사를 알 수 없으니 그대는 여기 남아서 제사를 받들고, 아이들을 잘 길러 성취成娶(장가를 들어 아내를 얻음)시켜야 하오. 아이들이 그대를 의지하여 살아야 하는데 어찌 나와 같이 간단 말이오. 인아가 비록 사나운 어미의 소생이나 골격이 비범하니 거두어 잘 기르면 내 죽어도 눈을 감을 수 있을 것이오."

교 씨가 말하였다.

"상공의 자식이 곧 첩의 자식인데 어찌 제 배를 앓고 낳은 봉추와 조금이라도 달리 생각하겠습니까?"

"부디 그렇게 부탁하오."

한림이 재삼 부탁하고, 옥에서 나올 때에 동청에 대해서 들은 말이 있는지라 그를 찾았으나 보이자 않자 비복에게 물었다.

"동청이 보이지 않으니 어찌된 일인가?"

비복이 말하기를,

"집을 나간 지 삼사 일이 되었습니다."

한림은 그가 집을 나갔다는 비복의 말을 듣고 자신이 들었던 말이 사실임을 깨달아 대단히 분하였지만, 관졸들이 재촉하니 할 수 없이 관차官差(관아에서 파견하던 군뢰, 사령 따위의 아전)를 따라 남으로 먼 길을 떠났다.

한림을 귀양 보낸 뒤 동청은 엄숭의 가인家人이 되어 세도를 얻어 진류현 현령으로 출세하게 되었다. 이에 득의양양해진 동청은 교 씨에게 사람을 보내서 기별하였다.

"내 이제 진류 현령이 되어 모레면 떠날 것이니 함께 가도록 차비를 차리시오."

이 기별을 받은 교 씨가 기뻐 날뛰며 집안사람들에게 거짓말로,

"사촌 종형이 먼 시골서 살고 있었는데 이제 병이 중하여 세상을 떠났으니 영결하러 오라는 기별이 왔기에 가야겠다."

하고 심복 납매 등 시비 다섯 명과 인아와 봉추를 데리고 길을 떠나며 나머지 비복들은 집을 지키라고 일렀다. 모든 비복이 다 그 명

을 받들었으나 인아의 유모가 따라가고자 하니 교 씨가 말하였다.

"인아는 젖도 먹지 않고 또 내가 곧 돌아올 텐데 네가 함께 가서 무엇하겠느냐?"

유모를 꾸짖어 물리치고 금은주옥과 모든 경보輕寶(몸에 지니고 다니기에 편한 가벼운 보배)를 다 거두어 가지고 집을 떠나니 누가 감히 교 씨를 막을 수 있겠는가. 집을 떠난 교 씨가 사흘 동안 주야로 서둘러 수삼 일 만에 동청과 만나기로 약속한 하간에 이르니, 동청이 부임의 위의威儀(예법에 맞는 몸가짐과 차림새)를 차리고 벌써 와 기다리고 있다가 서로 만나서 이제는 저희들 세상이 되었다고 기뻐 날뛰었다. 동청이 말하였다.

"인아는 원수 사 씨의 자식인데 데려다 무엇하리오. 일찍 죽여서 화근을 없앱시다."

동청의 말이 옳다고 여긴 교 씨가 설매에게 명하였다.

"인아가 장성하면 나와 네가 편치 못할 것이니 빨리 끌어다가 물에 넣어서 자취를 없애라."

설매가 곧 인아를 안고 강가로 가서 물에 던지려고 할 때 천진난만한 어린아이는 금방 죽을 줄도 모르고 설매의 품안에서 깊이 잠들어 있었다. 이것을 본 설매가 자기도 모르게 측은한 마음이 들어서 차마 아이를 해치지 못하고 눈물을 흘리며 혼잣말로,

"사 씨 부인의 성덕이 저 깊은 물과 같거늘 내가 그분을 모해하고 이제 또 그 아들마저 해하면 어찌 천벌을 면하겠는가."

하고 인아를 수풀 속에 고이 감추어두고 돌아와 교 씨에게 거짓을 고하였다.

"아이를 물속에 던졌더니 물결 속에서 들락날락하다가 이내 보이지 않았습니다."

이 말을 들은 교 씨와 동청이 크게 기뻐하여 배에 올라 진수성찬을 차려 술을 부어 서로 권하면서 거문고를 타고 노래 부르며, 음란한 행사를 이루 다 말할 수 없이 하였다. 그리고 곧 육지에 내려 위의를 갖추고 진류현에 도임到任(지방의 관리가 근무지에 도착함)하였다.

한편, 유 한림이 금의옥식錦衣玉食(비단옷과 흰쌀밥으로, 호화스럽고 사치스러운 생활을 이르는 말)으로 생활하다가 뜻밖에 귀양살이를 하니 그 고초를 헤아릴 수 없었다. 또 수토가 황량하고 험악할 뿐 아니라 주민들의 습관이 포악무도하였으므로 옛일을 회상하고 뉘우치며 후회하였다.

"사 씨가 일찍이 동청을 꺼려 조심하라 하더니 이제야 그 말이 옳은 줄 깨달았다. 내가 화근을 자초하여 사 씨를 학대하였으니 지하에 돌아가면 무슨 면목으로 선조를 뵐 것인가?"

이때부터 밤낮으로 탄식하여 마음속의 울화가 병이 되어 드러눕게 되었다. 그러나 이곳에서는 약을 구할 길이 없어 병세는 점점 위중해질 뿐이었다. 그러던 어느 날 비몽사몽간에 한 늙은 할미가 호리병 하나를 가지고 들어와 말하기를,

"상공의 병이 위중하시니 이 물을 잡수시면 좋을 것입니다."

하거늘 한림이 이상하게 여겨 물었다.

"그대는 누구신데 이 외로운 적객謫客(귀양살이를 하는 사람)의

병을 구해 주시려고 합니까?"

노파가 말하기를,

"나는 동정호 군산에 사는 사람입니다."

하고 호리병을 뜰 가운데 놓고 홀연히 떠나가므로 다시 부르려는 자신의 음성에 문득 깨어 깨달으니 꿈이었다. 한림이 매우 이상한 꿈이라고 생각하던 차에, 이튿날 아침이 되어 노복이 뜰을 쓸다가 놀란 얼굴로 들어와 고하였다.

"마른 땅에서 갑자기 물이 솟아나옵니다."

한림이 이상하게 여겨 창을 열고 보았더니 꿈에 노파가 호리병을 놓았던 바로 그곳이었다. 물을 떠오라 하여 마셔보니 맛이 달고 시원하여 마치 감로를 마신 듯하였다. 그 물을 마신 즉시 나쁜 수토에 상한 병이 구름 걷히듯 사라지고 원기가 생생하니 보는 사람이 다 놀라 신기하게 여기고 탄복하였다. 또한 그 소문을 들은 사람들이 몰려와서 마시고 모두 수토병이 나았는데, 그 물이 마르지 않아서 그 후로 행주 지방의 수토병이 근절되었다. 이에 감격한 그곳 사람들이 그 우물을 기념하기 위하여 학사정學士井이라 하고 지금까지 전해 오고 있다.

한편 동청은 교 씨와 함께 진류현에 도임한 후, 재물을 탐하여 백성에게 세금을 가혹하게 받는 등 온갖 악한 짓을 다하여 백성의 고혈을 착취하고도 부족하여 엄숭에게 글을 올렸다.

진류 현령 동청은 고두재배叩頭再拜(머리를 조아리며 두 번 절함) 하고 승상 좌하께 글월을 올립니다. 소생이 미약하나마 정성을 다

하여 승상을 섬기고자 하나 고을이 작아서 재물이 부족하므로 마음과 같지 못합니다. 그러니 보배와 금은이 많은 남방의 관원을 시켜주시면 정성을 다하여 섬기겠습니다.

　엄숭이 기뻐하며 이 기회에 수단가인 동청을 아주 심복으로 만들고자 즉시 남방 큰 고을의 수령으로 영전시키려고 천자께 진언하였다.

　"진류 현령 동청의 재주가 보통사람과 다르고 정사를 잘 다스려 가히 큰 고을을 감당할 만합니다. 하오니 성상은 살펴주십시오."

　"경이 보는 바가 그러하면 각별히 큰 고을의 수령으로 승진시켜서 그의 재능을 발휘하게 하라."

하고 곧 허락하셨다. 이때 마침 계림 태수 자리가 비어 있으므로 엄 승상은 곧 동청을 금은보화가 많이 나는 계림 고을로 영전시켰다. 그리하여 제 뜻대로 재물이 풍부한 계림의 태수가 된 동청은 교 씨를 데리고 부임하여 더욱 탐관오리의 수완으로 백성의 고혈을 착취하기에 매우 바빴다.

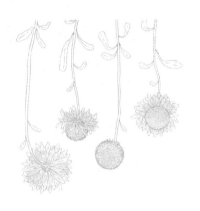

천몽으로 한림을 구한
사 씨 부인

때마침 천자께서 태자를 책봉하는 나라의 큰 경사가 있어서 천하의 죄인을 모두 풀어주시니, 유 한림도 은사恩赦(나라에 경사가 있을 때 죄수를 풀어주거나 형을 줄여줌)를 만나 풀려났으나 서울 본가로 바로 가지 않고 친척이 있는 무창으로 향하였다. 여러 날을 가다가 장사 땅을 지나게 되었는데 날씨가 유난히 더워 길을 가기가 어려웠다. 그리하여 피곤한 몸의 땀을 식히려고 길가의 나무 그늘에서 쉬면서 생각하였다.

'내 신령의 도움으로 삼 년 동안의 귀양살이에서 수토로 상한 병도 이겨내고 또 은사를 입어 돌아오게 되었으니, 서울에 가서 처자를 데려다가 고향으로 돌아가 농부가 되리라.'

하고 앉았는데 문득 북쪽에서 사람들이 떠드는 소리가 요란하며 붉은 곤장을 든 사령과 자색 깃대를 든 서리가 쌍쌍이 오며 길을 비키라고 호통을 쳤다. 한림이 몸을 수풀에 감추고 바라보니 한 관원이 금빛 안장을 얹은 백마 위에 높이 타고 수십 명의 부하를 거느리고 지나고 있었다. 한림이 그 말을 탄 사람을 자세히 보니 분명히 자기 집에서 일하던 그 간악한 동청이었다.

'아니 저놈이 어찌 저렇게 높은 벼슬을 하였는가?'

하고 가만히 거동을 살펴보니,

'자사가 아니면 태수 벼슬을 하였겠구나. 저놈이 엄숭에게 아부하여 저런 출세를 하였나 보다.'

한림이 더욱 치밀어 오르는 분노를 느끼는데 문득 또 비키라는 관졸의 호통이 들리더니 채의彩衣(여러 가지 빛깔과 무늬가 있는 옷) 시비 십여 명이 칠보금덩(칠보로 호화롭게 장식한 가마)을 옹위하고 지나는데 그 위의 또한 당당하였다.

모두 지나간 뒤에 한림이 길에 나와 주점에 들어가 점심을 먹고 있는데, 문득 맞은편 집에서 한 여자가 나오다가 한림을 보고 놀라면서 물었다.

"상공께서 어찌하여 이곳에 계십니까?"

한림도 놀라서 그 여자의 얼굴을 자세히 보니 다름 아닌 사 씨 부인의 시비였던 설매였다.

"나는 지금 은사를 입고 귀양이 풀려 서울로 가는 길인데 너는 어찌하여 이곳에 왔느냐? 그래 그간 집안은 모두 평안하시냐?"

설매가 황망히 한림을 사람 없는 곳으로 모셔가서 눈물을 흘리며 말하기를,

"그동안 댁에서 겪은 일을 다 아뢰겠습니다. 상공께서는 아까 지나간 행차가 누군 줄 아십니까?"

한림이 말하였다.

"동청이 무슨 벼슬을 하여 가나 보더라."

설매가 또 물었다.

"뒤에 따르던 행차는 누군 줄 아십니까?"

"그야 동청의 안사람이겠지."

"동청의 안사람이 바로 교 낭자입니다. 소비도 일행을 따라가다가 말에서 떨어져서 옷을 갈아입으려고 이 주점에 들렀다가 뜻하지 않게 상공을 뵙게 되었습니다."

한림이 설매의 말을 다 듣고 기가 막혀서 한참 동안 말을 못 하다가 설매에게 다시 물었다.

"세상일이 참으로 기구하도다. 아무튼 어찌된 사연인지 자초지종을 자세히 말해 보아라."

한림이 비통한 안색으로 재촉하자, 설매가 갑자기 머리를 땅에 조아리며 흐느껴 울면서 말하였다.

"소비가 하늘을 속이고 주인을 저버린 죄가 천지에 가득하니 죄를 용서하여 주십시오."

"내 지난 일은 탓하지 않겠다. 그러니 사실대로 숨기지 말고 말하여라."

"사 씨 부인께서 비복을 은의로 거느리셨는데 불충한 소비가 미련하여 납매의 꾐에 넘어가 옥가락지를 훔치고 장주를 죽였습니다. 그리고 그 죄를 사 씨 부인께 뒤집어씌워 쫓겨나시게 하는데 방조하였으니 이는 모두 소비의 죄입니다. 이 모든 일의 근원은 모두 교 낭자가 동청과 사통하여 갖은 추행을 일삼으면서 요녀 십랑과 공모하여 꾸민 간계였습니다. 상공께서 행주로 귀양 가시게된 것도 교 낭자가 동청과 함께 엄 승상에게 참소하여 꾸민 일이었습니다. 그리고 상공께서 행주로 떠나신 후에 교 낭자는 형의 초상을 당하여 조문하러 간다고 거짓말하고 동청에게 가니, 이때 댁에 있는 보화를 전부 훔쳐 가지고 갔습니다. 소비는 비록 배우지 못한 천한 계집이나 이런 해괴한 일은 꿈에서도 보지 못하였습니다. 또 교 낭자의 투기와 형벌이 혹독하여 시비들을 악형으로 위협하니 소비도 죽을 고초를 많이 당하였습니다."

하고 설매가 팔을 걷어 불로 지진 자국을 보여주며 말하였다.

"사 씨 부인을 저버리고 교 낭자를 섬긴 것은 어머니를 버리고 범의 입에 들어간 것과 같습니다. 소비가 무엇을 알고 했겠습니까? 다만 납매의 꾐에 빠지고 돈에 팔린 것이니 만 번 죽은들 어찌 속죄하겠습니까."

한림이 다 들은 뒤에,

"인아는 어찌 되었느냐?"

"교 낭자가 소비로 하여금 공자를 물에 던져 넣으라 하거늘 차마 그렇게 하지 못하고 강가의 수풀에 감추어두고 왔습니다. 혹시 근처 사는 사람이 거두어 기르고 있을지도 모르겠습니다."

한림의 정신이 아득해졌으나 겨우 진정하고 간신히 묻기를,

"인아가 살았으면 너는 나의 은인이로다. 그러나 내가 사람답지 못하여 음부에게 속아 무죄한 처자를 보전치 못하였으니 무슨 면목으로 세상에 서겠느냐."

"소비를 데리러 온 사람이 밖에 있으니 지체하면 의심할 것입니다. 떠나기 전에 바삐 한 말씀을 고합니다. 어제 악주에서 행인을 만나서 들은 소식인데 어떤 사람은 사 씨 부인이 장사로 가시다가

풍랑을 만나 물에 빠져 죽었다고 하고, 또 어떤 사람은 살았다고 하여 소문이 자세하지 못합니다. 상공께서 수소문하여 자세히 알아보시고 선처하십시오."

하고 설매는 밖에서 부르는 동행 시비를 따라서 급히 나가버렸다.

이때 교 씨가 설매가 늦은 연유를 묻자 설매가 말하였다.

"낙상한 데가 아파서 속히 오지 못하였습니다."

교 씨는 의심이 많고 간특한 인물이라 설매와 동행한 시비에게 물었다.

"어찌 더디 온 것이냐?"

"설매가 옷을 갈아입고 나오다가 그 앞의 주점서 어떤 관위를 만나서 한동안 이야기하느라고 늦었습니다."

"그 사람이 누구라고 하더냐?"

"귀양 갔다 오는 유 한림이라 하였습니다."

교 씨가 크게 놀라서 행차를 멈추고 급히 동청을 불러 의논하니 동청 또한 놀라 말하기를,

"이놈이 남방 귀신이 되었는가 하였더니 살아서 돌아오니, 만일 다시 득의하면 우리는 살아남지 못하리라."

하고 건장한 장정 수십 인을 뽑아서 명하였다.

"빨리 가서 유연수의 머리를 베어오면 천금을 상으로 주겠다."

이런 소동이 일어난 것을 본 설매는 교 씨에게 맞아 죽을 것을 겁내어 나무에 목을 매고 죽었는데, 교 씨가 그 사실을 알고 제 손으로 죽이지 못한 것을 분하게 여겼다.

이때 유 한림은 설매로부터 기막힌 소식을 듣고 힘없이 걸음을

옮기며 생각하였다.

'내가 음부의 간교한 말을 듣고 현처를 멀리하여 자식까지 잃어
버리고 떠도는 신세가 되었으니 만고의 죄인이다. 무슨 낯으로 지
하에 돌아가 부인과 자식을 대하리오.'
하고 악주 땅에 이르러 강가를 배회하며 사람을 만나 사 씨 부인
의 종적을 물으니 모두 모른다는 대답이었다. 한림이 또다시 한
노인을 만나 물으니 그 노인이 말하기를,

"모년 모월 모일에 한 부인이 두 여자를 데리고 악양루에 올라
서 밤을 지내고 강가로 내려가는 것을 보았으나 그 뒷일은 알지
못하오."

한림이 더욱 슬퍼하며 그 강가를 떠나지 못하고 사방으로 배회
하다가 문득 길가의 소나무를 깎고 크게 쓴 글씨를 보았다.

모년 모월 모일에 사 씨 정옥은 구가舅家에서 출거되어 이곳에
이르러 물에 빠져 죽노라.

한림이 크게 통곡하다가 기절하니 시동이 황망히 구하였다. 한
림이 깨어나자 슬픔을 이기지 못하여 다시 탄식하며 말하였다.

"부인의 현숙한 덕행으로 이렇게 참혹하게 죽었으니 어찌 슬프
지 않으리오. 마땅히 제사를 지내 위로하리라."
하고 길가 술집에 들어가 방을 빌려 제문을 쓰려 하니 마음이 아
득하고 눈물이 앞을 가려서 붓이 나아가지 않았다. 이때 갑자기
밖에서 함성이 진동하기에 놀라서 문을 열고 살펴보니 장정 수십

명이 칼과 창을 들고 달려오면서 외치는 소리가 들렸다.

"유연수만 잡고 다른 사람은 다치게 하지 말라."

한림이 크게 놀라 동서를 불분하고 달아나는데 마치 그물을 벗어난 물고기 같고 함정에서 뛰쳐나온 범과 같았다. 그러나 얼마가지 못하여 길이 사라지고 바다 같은 큰 강이 앞을 막아서니 정신이 아득하여 어떻게 할 줄을 모르고 서 있었다.

"유연수가 이 깅가에 숨었으니 샅샅이 뒤져서 잡아라!"

뒤에서 추격하는 괴한들이 호통을 쳤다. 한림이 이제는 꼼짝없이 잡혀서 죽을 수밖에 없다고 생각하고 하늘을 우러러 탄식하였다.

"내가 죄 없는 처자를 박대하였으니 어찌 천벌을 받지 않겠는가. 남의 손에 죽느니 차라리 물에 빠져 죽으리라."

하고 물에 몸을 던지려는 순간 문득 배 젓는 소리가 은은히 들려왔다. 한림이 그 소리가 나는 곳을 찾아 급히 나아가는데, 그 누가 한림의 위급한 몸을 구할 것인가.

그 다음을 기다리라.

차설, 묘혜가 사 씨 부인을 모시고 세월을 보내고 있었는데 하루는 사 씨 부인이 말하기를,

"일찍이 존구께서 현몽하시기를 금년 사월 보름에 배를 백빈주에 매어두었다가 급한 사람을 구하라 하셨는데 오늘이 바로 그날이니 어서 가야겠소."

하니 묘혜가 그제야 깨닫고 이날 황혼에 배를 저어 백빈주로 향하였다. 사 씨 부인도 배에 올라 노를 저으며 이 배의 구원을 받을

사람이 어떤 사람일까 하는 생각이 들자 자연 자기 신세의 슬픈 회포에 사로잡히게 되었다.

한림이 배 젓는 소리를 좇아 강가로 내려오며 강물 위를 바라보니, 한 여자가 일엽편주를 저으며 구슬픈 노래를 부르고 있었다.

창파에 달이 밝으니
남호에 흰 마름[白濱]을 캐리로다
연꽃이 아름다워 웃고자 하나
배 젓는 사람이 시름하는구나

이 노래를 받아서 또 한 여자가 화답하였다.

물가의 마름을 캐니
강남에 날이 저물었도다
동정에 사람이 있어
고인古人을 만나도다

한림이 배를 향하여 급히 불러 소리쳤다.

"강 위의 사람은 빨리 배를 대어 사람을 구해 주시오."

묘혜가 급히 강가로 배를 대니 한림이 서둘러 배에 오르며 애원하였다.

"뒤에 도적들이 나를 쫓고 있으니 빨리 저어주시오."

한림의 말이 끝나자마자 뒤에서 도적이 외치는 소리가 들렸다.

"배를 도로 대라. 그렇지 않으면 너희들을 다 죽이겠다."

그러나 묘혜는 못 들은 체하고 배를 빨리 저어 앞으로 나아가니 도적들이 크게 소리치며 배를 불렀다.

"너희 배에 올라탄 놈은 사람을 죽인 죄인이다. 계림 태수께서 잡아오라 하시니 그놈을 잡아오면 큰 상을 내리실 것이다."

한림이 이 소리를 듣고 자신을 쫓는 놈들이 보통 도적이 아니라 농청이 보낸 관졸이라는 것을 알고 새삼스럽게 머리끝이 곤두시고 전신에 소름이 끼쳐 묘혜를 향하여 호소하였다.

"나는 한림학사 유연수로서 살인한 적이 없는데 저놈들이 공연히 꾸며서 하는 소리입니다."

하거늘 묘혜가 배에 돛을 달고 노를 급히 저으며 노래를 불렀다.

창오산 저문 하늘에
달빛이 밝았으니
구의산의 구름이 흩어지는구나
저기 저 속객은
혼자서 천리를 무슨 일로 부질없이 가는가

이때 한림은 늙은 여승의 노래가 무슨 뜻인지 헤아려볼 겨를도 없이 배 안으로 들어가니 한 부인이 소복단장素服丹粧(아래위를 하얗게 차려입고 곱고 맵시 있게 꾸밈)으로 앉았다가 한림을 보더니 놀랍고 반가워서 울음을 터뜨렸다. 한림이 이상히 여기고 자세히 보니 자신의 아내 사 씨 부인이 아닌가. 슬프고 반가움을 이기지 못하여 서로 붙들고 한바탕 통곡하였다.

"부인을 여기서 만나다니 천만뜻밖이오."

한림이 먼저 한훤寒暄(날씨의 춥고 더움을 말하는 인사)을 한 후 길이 탄식하며 말하기를,

"내가 이제 무슨 낯을 들어 부인을 대하겠소. 부끄럽고 마음이 괴로워서 할 말이 없소. 그러나 부인은 정신을 진정하고 이 어리석은 연수의 사리에 밝지 못함을 허물하시오."

하고 설매에게 갓 듣고 온 소식을 마치 자백하듯이 말하였다. 즉 사 씨 부인이 집을 떠난 후 전후 사정에 대해 전하였는데, 교 씨가 십랑과 공모하여 방예로 저주한 일이며 또 설매가 옥가락지를 훔쳐서 동청에게 주고, 동청이 냉진과 더불어 갖은 흉계를 꾸민 말을 다 하였다.

사 씨 부인이 남편의 뉘우치는 말을 듣고 눈물을 흘리며 떨리는 음성으로,

"상공께서 이 말씀을 하지 않으셨다면 소첩이 구천에 돌아간들 어찌 눈을 감았겠습니까?"

한림이 또 납매가 장주를 죽이고 설매에게 시켜 춘방에게 누명을 씌우던 일과 동청이 엄숭에게 참소하여 자기를 사지에 보낸 일과, 교 씨가 집안의 보물을 모두 가지고 동청을 따라간 일을 전하니, 사 씨 부인이 기가 막혀서 잠자코 말이 없자 한림이 또 탄식하며 말하기를,

"다른 것은 다 참을 수 있다 하더라도 어린 자식 인아가 죄도 없이 어미의 품을 잃고 아비도 모르게 강물 속의 무주고혼無主孤魂

(자손이나 모셔줄 사람이 없어서 떠돌아다니는 외로운 혼령)이 된 듯하니 어찌 견딜 수 있겠소."

하며 눈물을 비 오듯 쏟으니 사 씨가 아무 말도 못 하고 있다가 이 말을 듣고 외마디 비명을 지르며 기절하고 말았다. 한림이 황급히 구호하여 부인이 정신을 차리자 실의에 빠진 부인을 위로하며,

"설매의 말을 들으니 인아를 차마 물에 던져 죽이지 못하고 강가 수풀에 숨겨두었다 하니 혹시 하늘이 도우셨으면 어떤 고마운 사람이 데려다 기르고 있을지도 모를 일이오."

사 씨 부인이 흐느껴 울면서 비로소 입을 열었다.

"설매의 말을 어찌 믿을 수 있으며, 설사 수풀에 두었다 하더라도 어찌 살기를 바라겠습니까?"

사 씨 부인과 한림이 이렇듯 슬픔을 이기지 못하여 흐느끼다가 한림이 또 말하였다.

"아까 강가의 소나무에 새겨진 필적을 보니 부인이 물에 빠져 죽은 유서가 분명하므로, 고혼을 위로하는 제문을 지어 제사를 지내려고 길가의 여관에 들렀었소. 바로 거기서 동청이 보낸 무리를 만나 죽을 지경에 이르렀는데 뜻밖에 부인을 만나 구사일생하였소. 그런데 부인은 어떻게 이곳에 와서 나를 구한 것이오?"

사 씨가 말하였다.

"소첩이 구고 묘하에 있을 때 도적이 두 부인의 편지를 위조하여 위급한 화를 당할 뻔하였는데, 구고께서 현몽하시어 소첩을 위기에서 구해 주시며 모년 모월 모일에 배를 백빈주에 매어 급한 사람을 구하라고 신신당부하셨습니다. 소첩은 다행히 저 스님을

만나 여태껏 의지하였으며, 오늘 저 스님 덕택으로 상공을 구하였습니다. 아까 상공께서 보냈다는 소나무의 유서를 쓰고 물에 뛰어들려고 했을 때에도 저 스님이 구해 주셔서 목숨을 보존하였습니다. 그런데 이곳에서 상공을 만날 줄 어찌 알았겠습니까?"

한림이 탄식하며 말하기를,

"우리 부부의 두 목숨을 묘혜 스님이 구한 것이니 그 은혜가 태산 같소이다."

하고 묘혜를 향하여 예를 갖추어 절하고 사례하였다.

"스님은 본디 우화암에 계시던 묘혜 선사가 아닙니까? 당초에 우리 부부의 혼사를 주선하고 또 우리 부부를 죽음에서 구해 주시니 하늘이 우리 부부를 위하여 스님을 이 세상에 내셨나 봅니다."

묘혜가 한림의 감사에 사양하며 말하기를,

"상공과 부인의 천명이 거룩하시기 때문이지 어찌 소승의 공이 겠습니까. 그러나 여기는 오래 말씀할 만한 곳이 아니니 빨리 소승의 암자로 가서서 편히 쉬시기 바랍니다."

하고 묘혜가 배를 젓기 시작하자 순풍이 불어서 순식간에 암자가 있는 섬에 도착하였다. 수월암에 이르러서 묘혜가 객당을 청소하고 한림을 맞이해 차를 대접할 때 유모와 차환이 한림의 모습을 보고 일희일비一喜一悲하며 주종主從의 회포를 금하지 못하였다.

한림이 사 씨 부인을 보고 말하기를,

"내 이제 호구虎口(범의 아가리라는 뜻으로, 매우 위태로운 처지나 형편을 이르는 말)의 화는 벗어났으나 의지할 곳이 없고 가업은 이미 황폐하였소. 그래서 무창에 가서 약간의 전장田莊(개인이 소유

한 논밭)을 수습하고 앞일을 정한 후에 서울로 올라가서 가묘家廟
(한 집안의 사당)를 모시고, 이전에 저지른 죄를 사죄하고자 하니
부인이 나를 버리지 않는다면 동행하기 바라오."

사 씨 부인이 말하였다.

"상공께서 소첩을 더럽다 하지 않으시면 어찌 명령을 거역하겠
습니까. 다만 소첩이 출거당할 때 친척을 모으고 가묘에 고하였으
니 이제 첩이 돌아가 사람을 대하기가 부끄러운지라, 소첩이 다시
들어가는데 필요한 예절이 있을 것이니 그 예법에 따라 행함이 좋
을 듯합니다."

한림이 말하기를,

"이는 나의 불민함이오. 내가 먼저 가서 가묘를 모셔오고 인아
소식을 수소문한 후에 예를 갖추어서 모셔가겠소."

사 씨 부인이 말하였다.

"그러하오나 상공께서는 혼자 몸이라 또 도적의 무리를 만나면
위태하니 조심하여 가십시오. 동청이 사람을 보내어 상공을 잡지
못하였으므로 필연 다시 잡으려고 할 것입니다. 원컨대 상공께서
는 성명을 감추고 변복하고 가십시오."

한림이 사 씨 부인의 말이 옳다 여기고, 부인과 묘혜에게 작별
인사를 한 후 길을 떠나 여러 날 만에 무창에 이르렀다. 그곳에 있
던 약간의 재산을 수습하여 가묘를 수축하고 노복에게 농업을 잘
경영하도록 단단히 지시하였다.

악인의 몰락

한편 동청은 교 씨를 데리고 계림으로 가던 중, 유 한림이 은사를 받고 귀양이 풀려서 행주에서 돌아온다는 소식을 듣고 깜짝 놀라서 장정 수십 명을 급히 보내어 목을 베어오라고 하였으나 실패하고 돌아오자 교 씨와 함께 당황해서 어쩔 줄을 몰랐다.

"이제 유연수가 서울에 가면 우리의 죄상을 천자께 아뢰고 원한을 풀 것이니 우리가 어찌 마음을 놓을 수 있겠소."

하고 심복 부하들에게 분부하였다.

"그대들이 있는 힘을 다해 유연수를 찾아서 잡아들여라."

이때 냉진이 의지할 곳이 없어 생각하되,

'동청이 큰 벼슬을 하였으니 내가 그리로 가서 의지하리라.'

하고 동청을 찾아가니 동청이 환대하여 심복으로 삼았다. 그들은 힘을 합하여 갖은 악행을 행하며 백성들을 가렴주구苛斂誅求(세금을 가혹하게 거두어들이고, 무리하게 재물을 빼앗음)하고 왕래하는 행인을 유인하여 독주를 먹여 죽이고 재물을 약탈하였다. 이러니 남방 사람 중 그 누가 동청의 학정을 저주하고 죽이고 싶지 않겠냐만 승상 엄숭의 세도를 두려워하여 입을 열지 못하였다.

교 씨는 계림에 간 지 얼마 되지 않아 그 아들 봉추가 병들어 죽으니 아들 잃은 슬픔을 이기지 못하였다. 계림은 큰 고을이라 일이 많으므로 동청이 자주 관하管下(관할하는 구역이나 범위)의 여러 곳을 바쁘게 돌아다니게 되어 집을 비우는 날이 많아졌다. 그리하여 냉진이 그 집의 안팎일을 맡아보게 되었다. 그러자 교 씨는 동청의 눈을 속이고 냉진과 사통하기를 마치 유 한림의 집에서 한림의 눈을 속이고 동청과 사통하듯 하였다.

이때 동청은 엄숭을 통해 자신의 지위와 재산을 더 축적하기 위해 계림 백성의 재물을 수탈하여 엄 승상 생신에 십만 보화를 뇌물로 바치려고 냉진을 시켜 서울로 올려 보냈다. 그런데 냉진이 서울에 와서 보니 이미 엄 승상의 세도가 무너진 때였다.

천자께서 엄숭의 간악함을 깨달으시고 삭탈관직削奪官職(죄를 지은 자의 벼슬과 품계를 빼앗고 벼슬아치의 명부에서 그 이름을 지우던 일)하여 옥에 가두고, 그의 재산을 몰수하는 중이었다.

냉진이 생각하기를,

'동청의 죄가 많지만 사람이 모두 엄숭을 두려워하여 감히 말을 못 하였는데, 이제 이렇게 되었으니 마땅히 동청을 숙청시켜 공을 세울 수 있는 꾀를 쓰리라.'

하고 등문고登聞鼓(중국에서 제왕이 신하들의 충간忠諫이나 원통함을 듣기 위하여 매달아 놓았던 북)를 쳐서 억울함을 고하였다. 법관이 잡아 사연을 묻자 냉진이 말하기를,

"소생은 북방 사람으로 남방에 다니러 갔다 왔는데, 계림 태수

동청이 악독하여 학정을 일삼을 뿐 아니라 백성을 못살게 굴고 행인의 재물을 탈취하는 등 그 죄가 헤아릴 수 없이 많습니다."

법관이 냉진의 진술대로 천자께 아뢰자 천자께서 크게 노하시어 금오관(의금부 도사)을 파견하여 동청을 잡아 가두라고 분부하고, 따로 순찰관을 보내어 민정을 조사하니 과연 냉진이 고발한 사실과 조금도 다르지 않음이 사실로 증명되었다.

조정에 엄숭이 없으니 누가 동청을 구할 것이며, 동청이 재물을 바쳐 살 길을 구하였으나 누가 그 말을 듣겠는가. 그는 속절없이 잡혀와 장안 네거리에서 요참(죄인의 허리를 베어 죽이던 일)의 형을 받았으며 백성들에게 도적질한 재산을 몰수하니 황금이 사만 냥이요, 그 밖의 재물은 헤아릴 수 없을 정도로 많았다.

냉진은 동청을 배반한 덕으로 제 죄를 면하였을 뿐 아니라, 동청이 엄 승상에게 보내려던 뇌물 십만 냥을 고스란히 착복하게 되었다. 그리고 계림으로 사람을 보내어 간통하던 교 씨를 서울로 데려왔으나 서울에 있는 것이 불편하여 산동으로 옮기기로 하였다. 교 씨는 본래 냉진과 살기를 소원하였고 몸에 지닌 가벼운 보배가 많았으며, 냉진은 가진 돈이 십만 냥이라 두 사람이 좋아 날뛰며 재물을 싣고 산동으로 향하였다. 산동으로 가던 도중에 어떤 주점에 들어 두 사람은 술에 만취하여 정신없이 자고 있었다. 그러자 냉진의 짐을 싣고 가던 마부 정대관이란 자는 본래 도적이었는데 냉진의 행장에 재물이 많은 것을 알고 욕심이 생겨 그날 밤에 몽땅 가지고 달아나버렸다.

냉진과 교 씨가 잠에서 깨어 도적맞은 것을 알고 그 고을 관청에 소장을 냈으나 잡지 못하였다.

한편 천자께서 조회를 받으시며 각 읍 수령의 정사를 탐문하시던 중 동청의 죄상을 들으시고 통탄하여 말씀하시기를,

"이런 도적놈을 누가 천거하여 벼슬을 시켰느냐?"

서 각로가 아뢰었다.

"엄숭이 천거하여 진류 현령에서 계림 태수로 승진시켰습니다."

천자께서 말씀하셨다.

"그러면 엄숭이 천거한 자는 다 소인이요, 엄숭이 배척한 자는 다 어진 사람이로다."

하시고 곧 이부에 명하시어 엄숭이 천거한 사람 수백 명의 관직을 삭탈하고 귀양 갔던 신하들을 다 불러 쓰셨는데, 간의대부 서세는 도어사를 삼으시고 한림학사 유연수는 이부시랑을 삼으셨다. 또 과거를 실시하여 인재를 천하에 구하셨다. 이때 사 급사의 아들 희랑이 과거에 급제하여 가문의 이름을 빛나게 하였다.

제자리를 찾은 사 씨 부인

　차설, 사 씨 부인이 전날 두 부인을 좇아 남방으로 떠날 때 사 공자는 그 사정을 이미 바람결에 들어 대강 알고 있었다. 그런데 사 공자가 서신을 보내려고 할 때 두 총관이 이직하여 서울로 떠나자 미처 보내지 못하였던 것이다.

　그리하여 사 공자는 사 씨 부인이 장사로 들어가려다가 중간에 일을 당한 사실도 모르고 급히 서둘러 배를 타고 장사로 들어가려 하였으나, 또 마침 들리는 말에 두 총관이 순천 부사로 영전되었다는 것을 알았다. 마침 과거 날이 가까워졌으므로 두 부사가 올라오기만을 기다렸는데 이때 마침 상경하였다고 하기에 사 공자가 즉시 찾아가서 사 씨 부인의 소식을 물으니 부사가 눈물을 흘리며 말하였다.

　"나도 소식을 듣지 못하였소. 소제가 장사에 있을 때 사 씨 부인이 남으로 가는 배를 얻어 타고 내게 의지하고자 오시는 도중에 낭패하여 마침내 물에 빠져 자결하였다는 말을 듣고 사 씨 부인의 소식을 알고자 하여 사람을 보내 두루 찾았으나 찾을 길이 없었소. 그곳 사람들이 이르기를 '유 한림이 이곳에 와서 사 씨 부인이 물에 빠져 죽었다는 필적을 보고 슬퍼하여 제문을 지어 제사를 지내려고 하다가 그날 밤에 도적에게 쫓겨서 어디로 간지 모른다.'고 하오. 또 조정에서도 유 한림을 찾아 다시 벼슬을 내리려 하나 아무도 알지 못한다고 하니 기쁨이 도리어 더욱 슬픔이 되었소."

"그러면 누이와 매부는 정녕 살지 못하였나 봅니다."

하고 사 공자가 슬퍼하며 통곡을 그치지 않자, 두 부인이 시 공지를 청하여 위로하고 사람을 각처로 보내어 탐문하였다. 얼마 지나지 않아 과거 날이 되어 사 공자가 둘째 방에 뽑혀 즉시 강서 남창부 추관을 제수 받았다. 남창은 장사에서 멀지 않은 곳이라 사 공자는 벼슬의 영귀함보다 누이의 거처를 알게 될 생각에 못내 기뻐하며 즉시 가족을 거느리고 부임하였다.

차설, 유 한림이 성명을 감추고 변복하여 행세하니 그의 신분을 아는 자가 없었다. 한림이 비복들에게 농사를 열심히 짓게 하고 그 수확의 일부를 군산사 수월암에 보내며 사 씨 부인의 안부를 알아오라고 하였더니, 가동(집안 심부름을 하는 사내아이 종)이 돌아와 고하였다.

"부인께서는 무사하십니다. 그런데 악주 관아에서 방을 붙이고 상공을 찾으시기에 옆의 사람에게 그 연고를 물으니 그자가 하는 말이 '천자께서 유 한림을 이부시랑으로 제수하시고 사신을 귀양지인 행주로 보내서 찾았으나 벌써 은사를 입고 돌아가셨으나 종적을 몰라서 각처에 방을 붙이고 찾는 중이다.' 하였습니다. 그래서 소복은 감격하였으나 관원에게 고하지 못하고 상공께 빨리 소식을 알려드리려고 달려왔습니다."

가동의 말을 들은 한림이 속으로 생각하였다.

'엄숭이 권세를 잡고 있다면 내 어찌 이부시랑에 제수되겠는가. 아마 엄숭이 쫓겨난 모양이구나.'

한림이 곧 무창 관청에 나아가서 성명을 말하자 관원이 크게 놀라서 당상으로 인도하니 태수가 반기며 급히 맞이하였다.

"천자께서 선생을 이부시랑에 제수하시고 소명召命(임금이 신하를 부르는 명령)이 급하시더니 어디에서 오시는 길입니까?"

"소생이 뜻하는 바가 있어서 신분을 숨기고 다니다가 천자께서 엄 승상을 조정에서 몰아내시고 소생을 부르신다는 말씀을 듣고 왔습니다."

한림이 태수에게 이렇게 대답하고 사람을 수월암에 보내어 사씨 부인에게 이 일을 알렸다. 이제 시랑의 신분이 된 유연수는 오래 머물지 못하고 천자께서 계신 서울로 역마를 몰아 길을 재촉하였다. 유 시랑이 남창부에 이르자 지방 관원이 모두 나와서 명함을 드리며 인사하였다. 유 시랑이 명함을 받아서 보니 그중 한 사람의 성명이 사경謝敬이라 하였으나 얼굴은 모르는 사람이었다.

지방 장관은 유 시랑을 귀빈으로 영접하고 주찬으로 환대하였다. 그런데 그 관원의 얼굴에 수심이 가득 차 있으므로 이상히 여겨 물으니,

"하관下官이 마음속에 소회가 있어서 자연 기운이 없어 보인 모양이니 실례를 용서해 주십시오."

하고 자신의 누님을 한 번 이별한 후에 생사를 모르고 매부 유 한림의 종적도 묘연하다는 한탄을 하면서 눈물을 주르르 흘렸다. 유 시랑이 비로소 그 지방 추관이 자신의 처남 사 공자임을 알고 손을 잡고 탄식하였다.

"아! 자네가 내 처남 아닌가. 내 얼굴을 자세히 보게."

사경이 놀라서 자세히 보니 분명히 매부 유 한림인지라 반갑게 소매를 집고 누님 소식을 물었다.

"내가 어리석고 못나서 죄 없는 그대의 자씨(남의 손위 누이를 높여 이르는 말)를 내쫓아서 온갖 고초를 겪게 하고 내 스스로 간인奸人의 화를 당하였으니 자네 대할 면목이 없네. 자씨는 다행히 여승 묘혜가 구하여 지금 군산사 수월암에 편히 있으니 염려 말게."

"누님이 살아 계심은 매형의 복이요, 묘혜 스님의 은혜 백골난망입니다."

"그대는 너무 마음 상하지 말게. 천은이 이렇듯 넓고 크시니 어찌 다 갚을 수 있겠는가. 나의 박덕薄德으로 어찌 이런 행복을 얻으리오."

하고 서로 술잔을 나누며 이야기를 나누다가 이별하였다. 시랑이 서울에 올라가 천자께 사은하자 천자께서 친히 부르시어 간신 엄숭을 믿어 유연수의 충성을 모르고 고생시킨 일을 후회하셨다. 시랑이 황송하여 감격의 눈물을 흘리며,

"성은이 하해河海와 같아 미신微臣이 황송합니다. 신이 용렬하여 책임을 감당하지 못하겠으니 벼슬을 거두어주시기 바랍니다."

천자께서 말씀하시기를,

"경의 뜻이 굳건하여 특별히 강서백을 내리니 인심을 올바로 보살피라."

"황공하옵니다."

시랑이 사은하고 본가에 돌아오니 옛집의 모습이 황량하고 뜰 가운데 잡초가 무성하여 주인을 잃은 것 같았다. 슬픔을 못 이겨 사당에 나아가 통곡하며 사죄하고, 두 부인을 찾아뵙고 사죄하니 두 부인이 눈물을 흘리며,

"내가 여태껏 살아 현질을 다시 보니 지금 죽어도 여한이 없도다. 그러나 네가 조종향사祖宗享祀(조상의 제사)를 폐한 지 오래니 그 죄가 어찌 가벼우랴."

"소질의 죄는 만 번 죽어도 부족하나 다행히 부부가 다시 만났으니 죄를 용서하여 주십시오."

두 부인이 질부와 만났다는 말에 기쁨을 감추지 못하고,

"이 모든 일은 현질의 액운이었다. 옛말에 이르기를 현인에게는 복을 내리고 악인은 재앙을 만난다고 하였으니 네 이제 회과자책 悔過自責(잘못을 뉘우쳐 스스로 꾸짖음) 하겠느냐?"

시랑이 전후 사연을 일일이 고하니 두 부인이 눈물을 씻고 말하였다.

"이와 같은 일이 어찌 세상에 또 있겠느냐!"

이때에 모든 친척들이 찾아와 시랑에게 하례하고 비복들은 반기며 눈물을 흘렸다. 시랑이 가묘에 분향하고 조종의 영위를 모셔 강서로 떠나려 하자 두 부인이 사 씨 부인을 보고 싶은 마음에 눈물로 배웅하였다. 시랑 또한 섭섭함을 이기지 못하였다. 유 시랑이

즉시 강서를 향하여 길을 떠나는데 그 위용이 매우 장엄하였다.

이때 사 추관이 유 시랑에게 누님을 데려오겠다고 하자,

"그대가 먼저 떠나게. 나는 마땅히 강가에 가서 맞이하겠네."

사 추관이 기뻐하며 미리 편지를 보내고 위의를 차려 동정호의 섬 군산으로 향하였다. 사 추관이 군산에 도착하여 미리 기다리고 있던 사 씨 부인과 서로 만나서 기쁨을 이기지 못하고 그동안 그리웠던 회포를 푼 뒤에 유 시랑의 편지를 전하였다. 사 씨 부인이 편지를 받아보니 남편이 방백方伯(관찰사)이 되었는지라 감격하여 묘혜에게 사은하고 유 시랑이 보내온 예물을 전하였다. 묘혜가 말하기를,

"이는 모두 부인의 복이지 어찌 소승의 공이겠습니까?"

점차 작별할 시간이 가까워지자 사 씨 부인과 묘혜가 마치 모녀의 이별처럼 서로 슬퍼하였다. 사 추관이 묘혜에게 재삼 은혜를 치하하자 묘혜 또한 재삼 사양하고 앞으로도 여러분의 복록을 불전에 축원하겠다고 말하였다.

이날 밤에 추관이 객당에서 자고 이튿날 사 씨 부인과 수월암을 떠나려 하자 묘혜와 여러 승려들이 산에서 내려와 떠나는 배를 기쁨과 슬픔으로 전송하였다. 일행이 강서 지경에 이르자 시랑이 벌써 와서 기다리고 있었는데 비단 장막이 강가를 덮고 환영하는 사람들이 물가에 길게 늘어서 있었다.

시비가 새로 지은 의복을 사 씨 부인께 드리니 칠 년 동안 입었던 소복을 벗고 화복(무늬가 있는 화려한 의복)으로 갈아입은 후 부부가 서로 상봉하니 진실로 세상에 이처럼 기쁜 일이 또 있겠는가!

배를 타고 길을 떠나 강서에 이르러 부중에 들어가니 비복들이 감격하며 환영하였다.

시랑 부부가 가묘에 나아가 절하고 축문을 지어 부부가 재합再合(인연을 다시 합함)함을 고하니 그 글의 뜻이 간절하였다. 강서 대소 관원이 모두 시랑을 찾아와 예단을 드려 하례하고 또 사 추관에게 치사하였다.

사 씨 부인이 다시 유 씨 댁의 안주인이 되면서부터 인아를 생각하고 소식을 알고자 하였으나 종적이 묘연하여 알 길이 없었다. 어느덧 십 년이 흐르자 부인이 시랑에게 은근히 말하였다.

"소첩이 지난날에 사람을 잘못 천거하여 집안이 바르지 못하고 어지러웠던 일을 생각하면 통탄한 따름입니다. 그러나 지금은 그때와 다르고 소첩의 나이가 마흔에 이르러 생산하지 못한 지 십 년입니다. 그리하여 소첩이 다시 상공을 위하여 숙녀를 천거하여 아들을 얻고자 합니다."

시랑이 말하기를,

"부인 말씀이 그럴듯하나 지난날 교 씨로 말미암아 인아의 생사를 알지 못해 그 원통함이 골수에 박혀 있는데 어찌 다시 집안에 잡인을 들이겠소."

부인이 눈물을 흘리며 말하였다.

"소첩인들 어찌 상공의 마음을 헤아리지 못하겠습니까. 그런데 아직 인아의 생사를 모르고 장차 대를 이을 아들이 없으면 지하에 돌아가 무슨 면목으로 구고를 뵙겠습니까?"

시랑이 말하기를,

"비록 그러하나 부인의 나이가 아직 단산할 때가 아니니 그런 불길한 말씀은 하지 마시오."

사 씨 부인이 생각에 잠겨,

'묘혜의 질녀가 현숙하고 또 귀자貴子를 둘 팔자라 하지 않았던가. 그 나이를 헤아려보니 이미 성인이 되었겠구나.'

하고 몹시 그리워하였다.

부인이 나시 시랑에게 청하기를,

"소첩의 노복이 충성으로 시중하다가 조난당한 배에서 죽었으니 그 영혼을 위로해 주고 싶습니다. 또 황릉묘가 황폐하였으니 새로 수축修築(집이나 다리, 방죽 따위의 헐어진 곳을 고쳐 짓거나 보수함)하고, 묘혜 스님이 머무는 수월암을 중수重修(건축물 따위의 낡고 헌 것을 손질하며 고침)하여 은혜를 갚고자 합니다."

유 시랑은 부인의 청이 당연하다고 여겨 즉시 가동에게 명하여 황릉묘를 중수하게 하고, 창두의 시체를 찾아서 관곽棺槨(시체를 넣는 속 널과 겉 널을 아울러 이르는 말)을 갖추어 다시 장사 지내고, 묘혜에게 많은 재물을 희사喜捨(어떤 목적을 위하여 기꺼이 돈이나 물건을 내놓음)하였다. 묘혜는 유 시랑 부부가 보낸 후한 금백金帛(금과 비단)으로 곧 수월암을 중수하고 군산 동구에 탑을 세워 이름을 '부인탑'이라 하였다. 황릉묘를 장엄하게 중수하고, 노복의 영혼을 위로하려고 관곽을 갖추어서 다시 후장厚葬(두터운 성의로 장례를 지냄)을 지내준 것에 대한 사 씨 부인의 갸륵한 뜻을 세상이 칭송해 마지않았다.

이때 사 씨 부인의 시비 차환이 황릉 묘지기에게 중수 비용을 전하고 돌아오는 길에 화룡현에 들러서 묘혜의 질녀를 찾아갔다. 그의 계모 변 씨는 이미 죽고 임 씨가 집을 지키고 있다가 차환을 채 알아보지 못하고 물었다.

"어디서 왔는가?"

차환이 말하기를,

"낭자는 저를 몰라보시겠습니까? 저는 전에 사 씨 부인을 모시고 장사로 갔던 시비 차환입니다."

임 씨가 그제야 깨닫고 놀라며,

"이제야 알겠다."

하며 사 씨 부인의 안부를 물었다.

차환이 사 씨 부인의 전후 사실을 대략 전하자, 임 씨는 사 씨 부인이 누명을 벗고 본가로 돌아왔다는 말을 듣고 매우 기뻐하였다. 인사가 끝난 후에 차환은 사 씨 부인이 보낸 채단綵緞(온갖 비단을 통틀어 이르는 말)과 편지를 임 씨에게 내놓았다. 임 씨가 감격하여 받아 글을 읽어보니 사연이 매우 정답고 친절하여 사 씨 부인을 다시 한 번 만나 뵙기를 원하였다.

차설, 벌써 칠 년 전에 교 씨의 명을 받은 설매가 인아를 차마 물에 던지지 못하고 가만히 강가 수풀에 놓고 간 후에 인아가 잠에서 깨어 크게 울었다. 그때 마침 남경에 장사하러 가던 뱃사람이 지나다가 인아를 보니 용모가 비범한지라 배에 싣고 가다가, 풍파를 만나 화룡현에 이르러 아이를 사람의 눈에 띄기 쉬운 곳에 내려놓고 갔다. 이때 임 씨와 그의 계모 변 씨가 함께 자다가 강가에 이상한 광채가 비치는 것을 보고 놀라서 깨어보니 꿈이었다. 임씨가 급히 밖으로 나가 보니 담 밖에 한 아이가 누워 있는데 용모가 훤하고 매우 귀여워 거두어 안고 들어오자 변 씨가 크게 기뻐하며 고이 길렀다. 변 씨가 죽고 장례를 마치자 동리 사람들이 임씨의 현철함을 칭찬하여 혼인을 청하였으나 임 씨가 원하지 않아 아직까지 출가하지 않고 있었다.

사 씨 부인이 임 씨가 아직 출가하지 않았다는 말을 듣고 시랑에게 권하였다.

"소첩이 장사로 갈 때에 연화촌에 들어가 임 씨 여자를 보았는데 매우 아름답고 양순하였습니다. 이 여자를 데려다가 가사를 맡기고자 합니다."

시랑이 마지못해 허락하니 사 씨 부인이 곧 시비와 가마꾼을 보내어,

"임 씨를 데려오라."

차환이 연화촌에 찾아가 임 씨에게 이 말을 전하자 임 씨가 기뻐하며 집안의 살림살이를 정리하고 아이를 데리고 사 씨 부인을 뵈러 길을 떠났다. 드디어 유 씨 댁에 이르러 사 씨 부인을 만나니 그 기쁨이 이루 말할 수 없었다.

사 씨 부인이 임 씨에게 유 시랑의 둘째 부인이 되기를 권하자 임 씨는 꿈인가 의심하면서도 고모인 묘혜의 예언을 생각하고 감격하였다. 사 씨 부인이 택일하여 친척들을 모아 잔치하고 임 씨를 성례시키니, 그 용모가 아름다운지라 시랑이 마음속으로 기뻐하며 부인에게 말하기를,

"임 씨의 얼굴이 아름답고 덕성이 현철하니 무척 다행스러운 일이지만, 내가 부인께 정이 덜할까 두렵소이다."

사 씨 부인이 시랑의 말에 조용히 웃고 대답하지 않았다.

하루는 인아의 유모가 임 씨 방에 들어가서 눈물을 흘리며 말하였다.

"전날에 시비가 전하는 말을 들으니 낭자의 남동생이 소비가 모시던 공자와 똑같이 생겼다고 하기에 한 번 보러 왔습니다."

임 씨가 유모의 말을 듣고 이상한 생각이 들어서 물었다.

"공자를 어느 곳에서 잃었는가?"

"북경 순천부에서 잃었습니다."

임 씨가 생각하기를,

'북경 순천부에서 남경까지는 그 거리가 천 리 길인데 공자가 어찌 남경까지 왔겠는가.'

하며 의심하였으나 시비를 불러 인아를 데려오라 하였다. 유모가 눈을 들어 바라보니 어릴 적 자기가 밤낮으로 안고 기른 인아가 틀림없었다. 반가운 마음에 눈물이 비 오듯 쏟아지니 임 씨가 말하기를,

"이 아이는 실은 내 모친의 소생이 아니라 모년 모월 모일에 버려진 아이를 얻었는데 그 용모가 비범하여 거두어 길러 의남매가 되었네. 만일 이 아이의 얼굴이 이 댁의 공자와 같다면 무슨 연고가 있는 듯싶네."

이때 아이가 유모를 보고 깜짝 놀라면서 물었다.

"유모, 나를 알아보지 못하느냐?"

유모가 이 말을 듣고 울며 말하였다.

"앗, 도련님!"

유모가 아이를 끌어안고 임 씨에게,

"이것 보십시오. 이 댁의 도련님이 아니면 어찌 저를 알아보고 이렇게 반가워하겠습니까?"

임 씨가 말하였다.

"이 아이가 비록 제 이름은 기억하지 못하나 예전에 귀한 댁에서 곱게 길러졌던 것이 분명하고 남경으로 가던 장사꾼이 버리고 갔다고 사연을 말하였네."

유모가 임 씨의 말을 듣고 크게 기뻐하며 곧 사 씨 부인에게 그 말을 전하자 사 씨 부인이 황망히 임 씨 방으로 달려와서 그 아이를 보고 말하였다.

"네가 나를 알겠느냐?"

아이가 부인을 자세히 보다가 달려와 부인의 가슴에 안기며 울음을 터뜨렸다.

"어머니는 소자를 몰라보십니까? 소자, 어머니께서 집을 떠나신 후에 늘 그리워하였습니다. 서모 庶母(아버지의 첩)가 소자를 데리고 멀리 가다가 소자가 잠든 사이에 강가 수풀에 버리고 가버렸습니다. 소자가 잠에서 깨어나 외롭고 무서워서 크게 우니 어떤 사람이 배를 타고 가다가 소자를 보고 데려가더니, 또 남의 집 울타리 밑에 놓고 갔습니다. 그때 그 집의 은모恩母(은혜로운 어머니)가 소자를 거두어 길러주시어 전보다 편안하게 지냈는데, 이제 뜻밖에 어머니를 뵈니 이제 죽어도 한이 없습니다."

사 씨 부인이 이 말을 듣고 여광여취如狂如醉(미친 듯도 하고 취한 듯도 하다는 뜻으로, 이성을 잃은 상태를 비유적으로 이르는 말)하여 인아를 안고 대성통곡하며,

"이것이 꿈이냐, 생시냐! 꿈이면 이대로 깨지 말아야겠다. 내 너를 다시 보지 못할까 염려하였는데 오늘날 이렇게 보게 되니 어찌 하늘의 도우심이 아니겠느냐?"

사 씨 부인이 곧 시랑에게 인아를 찾았다고 고하자 시랑이 급히 달려와서 그 자초지종을 다 듣고 함께 기뻐하며 임 씨를 칭찬하고 사례하였다.

"오늘날 우리 부자가 상봉하여 기뻐함은 모두 그대의 공이니 어찌 그 은혜가 작다고 하겠소. 이후로는 나의 설움이 없을 것이오."

임 씨가 축하하며 말하였다.

"과분하신 말씀을 들으니 황송합니다. 오늘날 부자와 모자가 상봉하신 것은 모두 존문尊門의 음덕이시니 어찌 첩의 공이겠습니까. 사 씨 부인의 성덕과 어진 마음에 신명이 감동하신 것입니다."

시랑이 또한 그 말도 옳다고 하였다. 온 집안이 축하하며 인아를 보니 장부의 체격이 발월發越(용모가 깨끗하고 훤칠함)하여 떠날 때보다 더 준수함을 칭찬하였다. 원근의 친척이 모두 모여서 치하하는 동시에 임 씨에 대한 대우가 두터워지고 비복들도 착한 임 씨를 존경으로 섬겼다. 사 씨 부인이 임 씨를 동기같이 사랑하니 임 씨 또한 사 씨 부인 섬기기를 극진히 하여 집안사람들이 임 씨의 현숙함을 보고 새로이 교 씨를 절치切齒(몹시 분하여 이를 갊)하며 그 종적을 알아보았다.

이 무렵에 교 씨는 동청이 죽은 후로 냉진과 같이 살았는데 냉진이 역적의 도당을 꾸미다가 괴수로 잡혀 처형되자 낙양으로 도망하였다. 낙양에 이르러 청루靑樓(창기娼妓나 창녀들이 있는 집)에 들어가 창기가 된 교 씨는 이름을 칠랑이라 하였다. 교 씨가 낙양의 인사에게 웃음을 팔아 재물을 낚으면서 스스로 말하기를,

"나는 일찍이 한림학사의 부인이었다."

라고 큰소리를 치므로 낙양 사람 중에 교 씨를 모르는 사람이 없었다. 유 시랑 댁의 차환이 마침 낙양에 왔다가 창녀 교 씨의 유명한 평판을 듣고 청루에 가서 보니 분명 교 씨인지라 서둘러 돌아와서 시랑께 교 씨의 소식을 전하였다. 이 소식을 들은 유 시랑은 분한 마음을 이기지 못하여 부인 사 씨에게,

"내가 교 씨를 잡지 못할까 걱정했는데 지금 낙양 청루에서 창기 노릇을 하고 있다니 내 이년을 곧 잡아다가 설욕하겠소."

사 씨 부인도 역시 원통하고 분한 마음이 풀리지 않았으니 교 씨를 잡아 원한을 풀자고 하였다.

사 씨 부인이 아들 인아를 만난 후로는 시름이 없고, 시랑 또한 만사에 시름이 없어 치민治民(백성을 다스림)을 부지런히 하였다. 이에 모든 백성이 농업에 힘쓰고 학업을 부지런히 닦아, 그가 다스리는 일읍의 치안이 잘 유지되고 태평성대를 구가하였다.

천자께서 들으시고 예부상서로 부르시니 유 상서가 가족을 거느리고 사은하러 서울로 올라가게 되었다. 가는 길에 서주에 이르러서 가동에게 교 씨에 관한 소식을 알아오게 하였더니 과연 차환의 말과 같았다. 유 상서가 그곳의 수단 좋은 매파를 불러 먼저 상

을 내린 후, 창기 교칠랑을 불러 여차여차하라고 명하였다.

매파가 교녀를 찾아가 말하였다.

"이번에 예부상서로 영전되어 상경하시는 대감께서 교 낭자의 향명香名(남들의 좋은 평판을 이르는 말)을 들으시고 소신을 불러 분부하셨소. 상서 벼슬은 매우 높은 재상의 자리요, 또 시비가 전하는 말을 들으니 부인은 신병으로 집안을 다스리지 못한다고 하였소. 그러니 낭자가 그 댁에 들어가면 정실부인과 다름없이 집안 실권을 휘두르며 마음대로 호강할 것이니 이런 좋은 혼담이 어디 있겠소."

교 씨가 마음속으로,

'내가 비록 의식주의 부족함은 없으나 나이는 점점 많아지고 목숨이 다할 때까지 이 한 몸 의탁할 곳을 생각하지 않을 수 없으니, 이 기회에 상서 부인이 되어서 천한 신분을 면하자.'

라고 생각하고 흔쾌히 허락하니 매파가 말하였다.

"상공과 부인이 보시는 데서 성례할 것이니 준비가 되면 낭자를 데려갈 것이오. 그러니 그때까지 기다리시오."

"그리하겠소."

매파가 돌아와서 상서께 교 씨의 승낙을 고하였다. 이에 비복들을 시켜 교 씨를 가마에 태우고 본 행차 뒤에 따라오라고 분부하였다.

유 상서가 서둘러 서울에 도착하여 천자께 사은숙배謝恩肅拜(임금의 은혜에 감사하며 공손하고 경건하게 절을 올림)하고 집에 돌아와 친척을 모아 놓고 축하 잔치를 크게 베풀었다. 이 자리에서 사 씨

부인이 임 씨를 불러 두 부인께 인사드리라 하고 말하기를,

"이 사람은 예전의 교 씨와는 다른 현숙한 사람이니 고모님께서는 그릇 보지 마십시오."

두 부인이 담담히 말씀하셨다.

"새사람이 비록 어질지라도 나와는 관계가 없다."

이때 상서가 웃으며 두 부인과 좌중의 손님들에게,

"오늘 이 즐거운 잔치에 여흥이 없으면 심심할까 하여 노상에서 명창을 얻어 왔으니 한 번 구경하시지요."

하고 좌우에 명하여 교칠랑을 부르라 하였다. 이때 가마에 실려서 서울로 올라온 교 씨가 사처에서 머물며 기다리고 있다가 들어오라는 명령을 듣고 유 씨 본가에 도착하자 크게 놀라며 물었다.

"이 집은 분명 유 한림 댁인데 어찌 이리 오느냐?"

시비가 시치미를 떼고 하는 대답이,

"유 한림께서는 귀양 가시고 우리 상공께서 이 댁에 살고 계십니다."

교 씨가 시비의 말에 놀란 가슴을 진정하며 또다시 가증스런 생각을 하였다.

"내가 이 집과 인연이 있구나. 이번에도 마땅히 백자당에 거처하리라."

시비가 헛된 꿈에 젖어 있는 교 씨를 이끌어 유 상서와 사 씨 부인 앞으로 인도하여, 상공과 부인을 뵈라 하였다.

교 씨가 눈을 들어서 보니 좌우에 가득한 사람이 모두 낯익은 유 씨 종족인지라 벼락을 맞은 듯이 낙담상혼落膽喪魂(몹시 놀라거

나 마음이 상해서 넋을 잃음)하였다. 교 씨는 땅에 엎드려서 목숨만 살려 달라고 애걸하였다. 유 상서가 크게 호통을 치며 꾸짖었다.

"네 죄를 아는가?"

교 씨가 머리를 숙이고 애걸하며 말하였다.

"소첩의 죄를 어찌 모르겠습니까마는 관대히 용서해 주십시오."

상서가 말하였다.

"네 죄가 한둘이 아니니 음부淫婦는 들어라. 처음에 부인이 너를 경계하여 음란한 풍류를 삼가라 한 것이 좋은 뜻이었는데 너는 도리어 참소하여 나를 미혹케 하였으니 그 죄 하나요, 요망한 무녀 십랑과 음모하여 해괴한 방법으로 장부를 속였으니 그 죄 둘이요, 음흉한 종과 더불어 당黨을 지었으니 그 죄 셋이요, 스스로 방자하고는 부인께 미루었으니 그 죄 넷이요, 동청과 사통하여 가문을 더럽혔으니 그 죄 다섯이요, 옥가락지를 도둑질하여 냉진에게 주어 부인을 모해하였으니 그 죄 여섯이요, 네 손으로 자식을 죽이고 그 대악大惡(아주 못된 짓)을 부인께 미루었으니 그 죄 일곱이요, 간부와 작당하고 부인을 사지에 몰아넣었으니 그 죄 여덟이요, 아들 인아를 강물에 던져 죽게 하였으니 그 죄 아홉이요, 험지에서 겨우 목숨을 부지하여 살아 돌아오는 나를 죽이려고 하였으니 그 죄가 열이다. 너 같은 음부가 천지간에 크나큰 죄를 짓고 아직도 살고자 하느냐?"

교 씨가 머리를 땅에 박고 울면서 말하였다.

"그 모든 것이 첩의 죄이나 장주를 해친 것은 설매가 한 일이요, 도적을 보낸 것과 엄숭에게 참소한 것은 동청이 한 일입니다."

또 사 씨 부인을 향하여 울며 호소하였다.

"첩이 실로 부인을 저버렸으나 오직 부인은 대자대비하신 은혜로 천첩의 남은 목숨을 보존하게 해주십시오."

사 씨 부인이 눈물을 흘리며 떨리는 음성으로 대답하였다.

"네가 나를 해치려 함은 죽을죄는 아니나 상공께 지은 죄는 내가 어찌 구하겠느냐?"

상서가 교 씨의 비굴한 행색에 더욱 노하여 곧 시종에게 명하여 교 씨의 가슴을 헤치고 심장을 꺼내라 하였다. 이때 사 씨 부인이 시종을 만류시키고,

"비록 지은 죄가 중하나 상공을 오랫동안 모신 몸이니 죽여도 시신은 온전히 하십시오."

상서가 사 씨 부인의 말에 감동하여, 교 씨를 동쪽 저잣거리로 끌어내어 만인이 보는 앞에서 죄를 세상에 널리 알리고 타살打殺(때려서 죽임)하여 죽인 후에 시체를 그대로 버려서 까마귀와 까치의 밥이 되게 하라고 명하니 좌중의 모든 사람이 상쾌하게 여겼다.

사 씨 부인은 춘방이 원통하고 억울하게 죽은 것을 애석하게 여겨 그 뼈를 찾아다 묻어주었다. 그리고 십랑을 찾아 그 죄를 묻고자 하였으나 이미 몇 해 전에 벌써 죄를 지어 옥중에서 죽었다고 하였다.

임 씨가 유 씨 문중에 들어온 지 십 년이 지나는 동안에 계속하여 삼 형제를 낳았는데, 모두 옥골선풍玉骨仙風(살빛이 희고 고결하여 신선과 같은 풍채)이요 품행이 단정한 선비였다. 장자의 이름은 웅이요, 둘째의 이름은 준이요, 셋째의 이름은 란이라 하였는데

아버지와 형을 닮아서 모두 출중하였다. 천자께서 유 상서의 벼슬을 좌승상에 제수하시고, 또한 황후께서 사 씨 부인의 높은 덕에 대해 들으시고 자주 불러서 만나시니 유 씨 가문의 영광이 비할 데가 없었다. 또 사 추관이 높은 벼슬에 이르니 그 복록의 거룩함이 천하에 으뜸이었다.

유 승상 부부는 팔 십여 세를 안향安享(편안히 삶을 누림)하고 대공자(인아)는 병부상서에 이르고, 유웅은 이부시랑을 하고, 유준은 호부시랑을 하고, 유란은 태상경을 하여 조정에 참여하였다. 임 씨도 무궁한 복록을 누려 며느리와 여러 손자를 데리고 사 씨 부인을 모시며 안락한 세월을 보냈다. 문필에 능한 사 씨 부인은 《내훈》열 편과《열녀전》세 권을 지어서 세상에 전하고 며느리 등을 가르쳐서 선도를 행하도록 권장하였다.

이러므로 착한 사람은 복을 받고 악한 사람은 앙화殃禍(지은 죄의 앙갚음으로 받는 재앙)를 받는 법이라, 후세인들에게 경계하고자 이 기이한 사정을 대강 기록하여 전하니 사람들은 명심하라.

작품 해설

1. 들어가며

　김만중金萬重(1637~1692)은 조선 후기의 문신이자 소설가로 본관은 광산光山, 아명은 선생船生, 자는 중숙重叔, 호는 서포西浦, 시호는 문효文孝이다. 조선 시대 예학의 대가인 사계沙溪 김장생이 증조할아버지이고, 충렬공 김익겸이 아버지이며, 숙종의 장인인 광성부원군 김만기가 형이고, 숙종 대왕의 첫 왕비인 인경왕후가 질녀이다. 그의 어머니 해평 윤 씨는 인조의 장인인 해남부원군 윤두수의 4대손이고 영의정을 지낸 문익공 윤방의 증손녀이며, 이조참판 윤지의 따님이다.

　아버지 김익겸은 병자호란 때 남한산성으로 몽진을 떠난 인조가 한 달 반의 항전 끝에 굴욕적인 항복을 하자 화약고에 불을 지르고 장렬히 전사하였다. 그때 그의 부인은 만중을 임신 중이었다. 윤 씨 부인은 다섯 살 난 아들 만기와 함께 강화도를 빠져나와 친정에서 몸을 풀었다. 유복자로 태어난 만중은 오로지 어머니 윤 씨의 남다른 가정교육에 힘입어 성장했는데 그의 생애와 사상도 어머니에게 많은 영향을 받았다. 윤 씨 부인은 생활이 어려워지자 베 짜고 수놓는 것으로 생계를 이어갔으나 학업에 방해가 될까 봐 어린 자식들에게는 보이지 않았다.

정치적으로 전형적인 서인에 속했던 김만중은 1665년(현종 6)에 정시문과庭試文科에 장원급제한 후 정언(임금에게 글을 올려 일의 옳지 않음을 논박하고, 잘못된 일을 고치도록 간언하는 벼슬), 지평(사헌부의 정오품 벼슬), 수찬(홍문관에 둔 정육품 벼슬), 교리(문필에 관한 일을 맡아보던 문관으로 정오품 또는 종오품 벼슬) 등을 지냈다. 1671년(현종 12)에는 암행어사가 되어 경기·삼남의 진정(진휼에 관한 행정)을 조사하였다. 이듬해 겸문학(세자시강원에서 왕세자에게 글을 가르치는 일을 맡아보던 정오품 벼슬)과 헌납(임금에게 충언을 올리던 일)을 역임하고 동부승지(승정원에 속한 정삼품 벼슬)가 되었으나 1674년 인선왕후仁宣王后가 작고하여 자의대비慈懿大妃의 복상服喪(상중에 입는 상복) 문제로 서인이 패하자, 관직을 삭탈당하였다.

그 후 서인이 정권을 잡자 다시 등용되어 1679년(숙종 5)에 예조참의, 1683년(숙종 9)에는 공조판서가 되었고 이어서 대사헌이 되었으나 조지겸 등의 탄핵으로 전직되었다. 1685년에 홍문관 대제학, 이듬해는 지경연사知經筵事로 있으면서 김수항이 아들 창협의 비위非違까지 도맡아 처벌되는 것이 부당하다고 상소했다가 선천宣川에 유배되었으나 1688년 영의정 김수흥 등의 간언으로 11월에 유배에서 풀려났다. 이듬해 박진규, 이윤수 등의 탄핵으로 다시 남해南海에 유배되어 그곳에서 병으로 생을 마감하였다.

《구운몽》은 종전까지는 남해에서 유배생활을 하면서 쓴 것으로 알려졌으나, 근래에 발견된 《서포연보西浦年譜》에 따르면 선천에 유배되었을 때 지은 것이라고 한다. 이 작품은 김만중이 어머니를 위로하기 위해 쓴 것으로 전문을 한글로 집필하여 숙종 때 소설 문학의 선구자가 되었다.

또한 한문으로 된 글만을 인정하던 당시의 편견을 거부하고 우리말로 된 문학을 존중한 서포 김만중은 한글로 쓴 문학이라야 진정한 국문학이라는 견해를 피력하였다. 1698년(숙종 24)에 관직이 복구되고, 1706년(숙종 32)에 그의 효행에 대한 정표가 내려졌다. 저서에 《구운몽》, 《사씨남정기》, 《서포만필)》, 《서포집》, 《고시선 古詩選》 등이 있다.

2. 내용 살펴보기

《구운몽》

줄거리

중국 당나라 때 서역으로부터 불교를 전하러 온 육관대사가 남악 형산 연화봉에 법당을 짓고 부처의 가르침을 전하는데, 동정호의 용왕도 여기에 참석해 설법을 듣는다. 그러자 육관대사가 용왕에게 감사의 뜻을 전하고자 하니 제자인 성진이 나서서 길을 떠난다. 이때 형산의 선녀인 위 부인도 팔선녀를 육관대사에게 보내 법회에 참석하지 못함을 사과하며 선물을 전한다.

용왕의 후한 환대로 권하는 술을 받아 마시고 돌아오던 중 취기가 오른 성진은 마침 돌아가던 팔선녀와 석교에서 마주쳐 잠시 이야기를 주고받다가 해가 기울어서야 돌아온다. 자신의 선방에 앉은 성진은 팔선녀의 미모에 도취되어 불문佛門의 적막함에 회의를 느끼고, 대신 유가儒家의 입신양명을 꿈꾸다가 육관대사에게 불려가 저승으로 가게 되고, 팔선녀도 역시 같은 처지가 된다.

그 후 성진은 양 처사의 아들 양소유로, 팔선녀는 각각 진채봉, 계섬월, 적경홍, 정경패, 가춘운, 이소화, 심요연, 백능파로 인간 세상에 태어난다. 원래 인간 세상의 사람이 아니었던 양 처사는 신선이 되기 위해 소유가 어렸을 때 집을 떠나고, 소유는 어머니와 서로 의지하며 살아간다. 그의 나이 열다섯에 과거를 보러 서울로 가던 중, 화음현에 이르러 진 어사의 딸 진채봉을 만나 시를 통해 서로의 마음을 확인하고 혼인을 약속한다. 그때 구사량이 난을 일으켜 양소유는 남전산으로 피난하여 그곳에서 도사를 만나 음률을 배운다. 하지만 진 어사는 난리가 끝나자 죄인으로 몰려 죽고 그의 딸 채봉은 관군에게 잡혀 서울로 끌려간다.

　양소유는 고향으로 돌아갔다가 이듬해 다시 과거를 보러 서울로 올라오던 중 낙양의 술집 천진교의 시회詩會에 참석했다가 기생 계섬월과 인연을 맺는다. 서울에 당도한 양소유는 어머니의 외사촌이자 유명한 여관女官인 두련사의 주선으로, 거문고 타는 여도사로 꾸미고 정숙하기로 소문난 정 사도의 딸 정경패를 만나는 데 성공한다.

　과거에 급제한 양소유는 한림학사가 되고 정 사도의 사위로 정해진다. 이때 정경패는 자신의 시비 가춘운이 양소유를 사랑하고 있음을 깨닫고, 양소유가 자신을 만나기 위해 여장을 하여 자신을 속인 일을 되갚아준다는 명목으로 가춘운을 귀신처럼 꾸며 양소유를 유혹하여 결국 두 사람은 인연을 맺는다.

　양소유가 고향에 계신 어머니를 모시고 와 혼례식을 치러야겠다고 생각하던 중에 하북의 세 절도사가 스스로 연왕, 위왕, 조왕이라 칭하고 반란을 일으킨다. 양소유가 절도사로 나가 이들을 다스리고 돌아오는 길에 계섬월을 만나 인연을 맺는데, 이튿날 다시 보니 하북의 유명한 기생 적경홍이었다. 양소유는 두 여자와 후일을 기약하고 서울로 올라간다.

천자가 양소유에게 높은 벼슬과 큰 상을 내리고 더욱 가까이 했다. 어느 날 밤늦도록 궁에서 일하던 양소유가 난양공주의 퉁소 소리에 화답한 것이 인연이 되어 부마로 간택되지만, 양소유는 정경패와의 혼약을 이유로 거절하다가 감옥에 갇히는 신세가 된다.

한편 진채봉은 서울로 잡혀온 뒤 문서와 문장을 관리하는 궁녀로 일하며 난양공주의 시중을 든다. 하루는 천자가 양소유로 하여금 궁녀들에게 시 한 수씩을 지어주라고 하자 궁녀들이 수건과 부채를 준비하고, 진채봉도 부채에 양소유의 시를 받았으나 자신을 알아보지 못하는 안타까운 마음에 양소유의 시를 받은 부채에 자신의 마음을 적는다. 이로 인해 둘의 관계를 알게 된 천자가 이들을 용서하고 난양공주는 진채봉과 형제의 의를 맺는다.

그때 토번의 오랑캐가 쳐들어오자 양소유는 대원수가 되어 출전하였는데 진중陣中에서 토번왕이 보낸 여자 검객 심요연과 인연을 맺고, 심요연은 자신의 사부에게 돌아가면서 후일을 기약한다. 며칠 뒤 양소유의 군대는 반사곡이라는 골짜기에서 적에게 둘러싸여 오도 가도 못하게 되었는데, 그날 밤 양소유가 잠깐 졸다가 꿈속에서 동정호 용왕의 딸인 백능파를 도와주고 인연을 맺게 된다. 그 후 양소유는 오랑캐를 물리치고 항복을 받아낸다. 그동안 난양공주는 정경패를 비밀리에 만나보고 그 인물됨에 감복하여 의형제를 맺고 제1공주인 영양공주에 봉한다.

토번왕을 물리치고 돌아온 양소유는 위국공에 봉해지고, 영양공주와 난양공주와 혼례식을 올리고, 궁녀 진 씨와 다시 만나 그녀가 진채봉임을 확인한다. 양소유가 고향에서 노모를 모시고 서울로 오다가 낙양에 들러 계섬월과 적경홍을 데리고 오니 심요연과 백능파도 이미 도착해 있다가 만난다. 이에 양소유는 2처 6첩을 거느리고 마음껏 부귀와 영화를 누린다.

그로부터 수십 년의 세월이 흐른 어느 날, 생일을 맞아 종남산에 올라가 여덟 미인과 가무를 즐기던 양소유는 역대 영웅들의 황폐한 무덤을 보고 문득 인생의 무상함을 느껴 장차 불도를 닦아 불생불멸의 도를 구하고자 한다. 그때 노승이 찾아와 문답하는 가운데 긴 꿈에서 비로소 깨어나 육관대사 앞에 있음을 깨달은 성진이 이전에 지은 자신의 죄를 뉘우치고, 육관대사의 후계자가 되어 열심히 불도를 닦아 팔선녀와 함께 극락세계로 돌아간다.

좀 더 생각하기

《구운몽九雲夢》의 구九는 성진과 팔선녀를 가리키고, 운雲은 인간의 삶을 나타났다 사라지는 구름에 비유한 것이다. 즉《구운몽》은 아홉 구름의 꿈, 아홉 사람이 꾼 꿈이라는 의미이며, 우리나라 고전 소설 가운데 문학성이 가장 뛰어난 작품으로 꼽힌다. 이는 주제나 사상의 다양함은 물론이고 조선 시대에 쓰인 것이라고는 믿어지지 않을 만큼 묘사가 탁월하기 때문이고, 뛰어난 상상력으로 꿈과 현실을 넘나들며 자신이 전하고 싶은 주제를 효과적으로 전달하기 때문이다.

김만중은 양소유라는 인물을 통해, 부귀영화를 누리며 절세미인을 부인으로 두고 싶은 양반들의 욕망을 마음껏 표현하고 있다. 그래서《구운몽》은 조선 시대 전형적인 양반 사회의 이상을 반영한 양반 소설의 대표작으로 손꼽히기도 한다. 또한 소설적인 재미도 뛰어나다. 팔선녀가 환생한 여덟 여인들은 각각의 뚜렷한 개성과 서로 다른 아름다움을 지녔으며, 양소유가 이들과 만나고 이별하는 과정을 흥미롭게 묘사해 독자를 사로잡는다. 남녀 간의 사랑을 품위 있는 분체로 묘사한 것도 여느 작품과는 다른 점이다.

팔선녀를 만난 성진이 인간의 세속적인 욕망에 사로잡히지만 결국 인생의 덧없음을 깨닫고 열심히 불도를 닦아 극락세계로 간다는 내용을 통해, 인간으로서 바람직한 삶을 살기 위해서는 욕망과 집착에서 벗어나야 깨달음을 얻을 수 있다는 서포 자신의 생각을 담고 있다.

《구운몽》은 다채로운 구조와 사실적인 경향으로 조선 후기 소설 발전에 큰 영향을 끼쳤다.

《사씨남정기》

줄거리

중국 명나라에 유현이라는 이름난 선비가 살았는데 느지막이 아들 유연수를 얻었으나 부인이 일찍 죽고 만다. 연수는 고모인 두 부인의 보살핌을 받으며 자랐는데 남달리 총명하고 글재주가 뛰어났을 뿐 아니라 인물 또한 훌륭하다.

유연수는 열다섯 살에 과거에 급제하여 어질고 정숙한 사정옥과 혼인했으나, 혼인한 지 십 년 가까이 되도록 아이가 생기지 않자 사 씨 부인은 외모가 빼어난 교채란을 첩으로 들이라고 권하여 결국 연수가 허락한다. 교채란이 아들을 낳자 집안사람들이 모두 축하하며 기뻐하고, 점차 연수의 사랑이 두터워지자 사랑을 독차지하고 싶어진 교 씨는 교묘한 말과 행동으로 사 씨를 참소하지만 연수는 그 말을 믿지 않는다. 그러던 차에 사 씨가 아들을 낳고, 연수는 본부인 사 씨가 낳은 아들 인아를 교 씨가 낳은 아들 장주보다 더 아끼고 사랑한다. 그러자 교 씨는 시기심에 사로잡혀 점점 더 심하게 사 씨를 모함한다.

그러던 어느 날 연수의 집에 잘생긴 얼굴에 말주변과 글재주가 뛰어나나 행실이 나쁜 동청이라는 이가 서사로 들어온다. 동청은 교 씨와 손잡고 사 씨를 내쫓을 궁리를 한다. 교 씨와 동청은 시비를 시켜 교 씨의 큰아들 장주를 교살하고 그 죄를 사 씨에게 덮어씌운다. 이 일로 사 씨는 아들 인아를 남겨둔 채 집에서 쫓겨나고 교 씨는 정실부인이 된다.

쫓겨난 사 씨가 시부모의 묘가 있는 유 씨 묘하에 거처를 정하자 교 씨는 동청과 함께 사 씨를 그곳에서도 몰아낼 음모를 꾸민다. 사 씨는 이를 눈치 채고 먼저 그곳을 떠나 유연수의 고모 두 부인이 있는 장사로 향한다. 하지만 두 부인은 이미 장사를 떠난 후라 사 씨는 절망에 빠져 악양루 강물에 몸을 던지려 하나 다행히 묘혜 스님의 도움으로 동정호 군산사에 있는 수월암에 몸을 의탁한다.

한편 유연수는 동청의 계략으로 유배를 가게 되고, 그 덕에 벼슬을 얻게 된 동청은 유 씨 집안의 재물을 모두 챙긴 교 씨를 데리고 유연수의 집을 떠난다. 교 씨는 하녀 설매를 시켜 사 씨의 아들 인아를 강물에 던지라고 명하지만 설매는 차마 죽이지 못한다. 유연수는 유배지에서 사 씨가 옳았음을 알고 지난 일을 후회하며 지내다가 수토병이 들었는데, 꿈에 노파가 물병을 놓고 간 자리에서 밝은 물이 솟아나 그 물을 마시고 병이 씻은 듯이 낫는다.

한편 동청과 교 씨는 백성들의 재물을 착취하여 엄 승상에게 뇌물로 바치는 등 끝없이 악행을 저지른다. 이 무렵 천자께서 태자를 책봉하는 나라의 큰 경사가 있어 죄인을 풀어주었는데 그 덕에 유연수도 유배에서 풀려난다. 집으로 돌아가는 길에 유연수는 승진하여 부임하는 동청의 행차와 마주치고, 우연히 시비 설매를 만나 그간의 사정을 빠짐없이 알게 된다.

유연수가 유배에서 풀려났다는 소식을 들은 동청은 군사를 풀어 유연수를 죽이려 하므로, 추격을 피해 도망가다 강물에 이르러 더 이상 갈 곳을 잃고 강물에 몸을 던지려는 순간 묘혜 스님과 사 씨가 탄 배가 다가오므로 구원을 요청하여 목숨을 건진다. 그렇게 유연수와 사 씨는 다시 만나게 된다.

그때 냉진이 동청의 소식을 듣고 찾아와 동청이 집을 자주 비우는 사이 교 씨와 정을 통한다. 동청의 뒤를 봐주던 승상 엄숭의 몰락을 알게 된 냉진은 나라에 동청의 죄를 고발하고, 이 일로 동청은 사형을 당한다. 그 후 냉진과 교 씨는 재물을 챙겨 길을 떠났다가 길에서 도적에게 재물을 몽땅 도둑맞는다.

한편 천자는 유연수를 다시 불러 벼슬을 내리고, 집안이 어느 정도 안정되자 사 씨는 그동안 신세졌던 많은 이들에게 보답한다. 또한 계속해서 아들 인아의 행방을 찾았으나 도무지 알 길이 없어 슬픔에 잠겨 세월을 보낸다. 사 씨가 장사로 가던 중 풍랑을 만나 한때 신세를 졌던 임 낭자가 어머니를 여의고 남동생과 함께 산다는 이야기를 듣고는 유연수에게 임 낭자를 첩으로 들이자고 청하니 유연수도 허락한다. 이때 임 낭자가 데려온 남동생이 바로 잃어버린 아들 인아인데, 임 낭자가 버려진 인아를 거두어 동생처럼 키워 왔던 것이다.

재물을 모두 도둑맞은 냉진은 도둑질을 하다 잡혀 죽고, 교 씨가 기생이 되었다는 소식을 들은 유연수는 교 씨를 불러 그 죄를 물어 죽인다.

세월이 흘러 좌승상의 벼슬에 오른 유연수와 사 씨는 여든 살이 되도록 편안한 삶을 누리고, 임 씨도 아들 셋을 낳고 무궁한 복록을 누려 며느리와 여러 손자를 데리고 사 씨를 모시며 안락한 세월을 보낸다. 사 씨가 《내훈》과 《열녀전》을 지어 세상 사람들이 바르게 살도록 가르치니 그 덕행이 오래도록 전해진다.

좀 더 생각하기

《사씨남정기》는 '사 씨가 남쪽으로 쫓겨나게 된 사연에 대한 기록'이라는 뜻이다. 이 작품의 표면적인 내용은 처첩 간의 갈등이다. 하지만 궁극적으로는 임금인 숙종이 희빈 장 씨에게 미혹되어 인현왕후를 내쫓고 희빈 장 씨를 왕비로 맞아들인 것을 바로잡기 위한 목적으로 쓰인 작품이다. 김만중은 이를 반대하다 유배를 가게 되었고 유배지에서 이 소설을 썼다. 그가 유배지에서 세상을 떠난 뒤, 마침내 희빈 장 씨는 사약을 받고 죽음을 맞이하고 인현왕후는 다시 중전의 자리에 오르게 되었다.

김만중이 이 작품을 통해 말하고 싶었던 것은 간교한 희빈 장 씨에게 눈이 멀어서 어진 인현왕후를 내쫓은 숙종의 잘못에 대한 비판이다. 더불어 축첩 제도가 빚은 한 가정의 비극을 통해 사회 제도의 모순과 양반 사대부의 부도덕함도 고발하고 있다.

국가나 사회에서 첩을 두는 것을 허용하는 축첩 제도는 삼국 시대부터 시작되어 일제강점기 초기까지 이어져 온 나쁜 풍습이었다. 조선 시대에 왕은 여러 명의 후궁을 거느렸고 양반이나 돈 많은 지주들은 가난한 집안의 딸이나 집안에서 거느리던 노비, 또는 기생을 첩으로 들였다. 하지만 아내는 남편이 여러 명의 첩을 거느려도 항의할 수 없었으며, 남편을 잃어도 재혼할 수 없었다. 그리고 사회적으로 더욱 큰 문제가 된 것은 축첩 제도에 의해 태어난 서얼을 차별하던 제도였다. 《사씨남정기》는 이러한 축첩 제도의 불합리함과 양반 사대부의 부도덕성에 문제를 제기하며 현실을 비판하는 역할까지도 했다.

3. 마치며

　서포 김만중은 앞에서도 언급했듯이 실로 대단한 집안의 자손이다. 뿐만 아니라 서포 자신도 열여섯 살에 진사시에 급제한 후 도승지, 대제학, 대사헌을 거쳐 예조판서를 역임하였으니 그의 학식과 명예를 가히 짐작할 수 있다. 이런 인물이 어떻게 소설을 집필할 수 있었을까? 당시는 오늘날과 달리 사대부가 소설을 집필하는 것에 대단히 부정적이었으며, 소설 자체가 천대받던 시기였다. 그 모든 비판을 감수하고 소설을 집필한 이유는 어머니에 대한 서포의 지극한 효심과 파란만장했던 자기 삶의 굴곡에서 비롯된 것은 아니었을까.

　서포 김만중은 유복자로 태어났기 때문에 어머니에 대한 효심이 누구보다 각별하였다. 그리고 비록 대단한 가문과 화려한 경력을 지녔지만 조정에 대한 비판으로 인해 여러 차례 유배 생활을 해야만 했다. 《구운몽》을 집필할 당시에도 서포는 평북 선천의 유배지에서 쓸쓸하게 지내고 있었다. 그곳에서 서포는 어머니의 생신을 맞아 한편으로는 어머니를 위로하고 다른 한편으로는 자신의 복잡한 심경을 달래기 위해 일체의 부귀영화가 모두 헛된 꿈에 불과하다는 내용의 작품을 집필한 것이다.

선천에 유배되었다가 이듬해 풀려난 서포는 다시 두어 달도 되지 않은 1689년에 '기사환국己巳換局'(숙종이 희빈 장 씨의 소생인 왕자 균을 세자로 책봉하려 할 때 이를 반대한 서인들에게 가해진 탄압으로, 송시열을 비롯한 80여 명이 파직 또는 유배됨)으로 다시 남해로 유배되어 그곳에서 병으로 생을 마감하였는데, 이때 숙종이 희빈 장 씨에게 미혹되어 인현왕후를 내쫓은 사실을 모티브로 한 《사씨남정기》를 십필한 것이다.

서포 김만중은 우리글에 대한 무한한 애정으로 당시 양반들이 천대하던 한글로 《구운몽》과 《사씨남정기》를 지었다. 우리 문학은 마땅히 한글로 써야 한다고 주장한 서포는 '자기 나라 말을 버려 두고 남의 말로 시문을 짓는다는 것은 앵무새가 사람의 말을 하는 것과 같다.'라고 하며, 그의 작품 속에서 우리말의 다양한 표현미를 살려 인물의 심리와 장면 등을 생생하게 묘사하였다.

또한 서포 김만중은 오로지 한문만을 떠받들던 당시 양반 사대부들과는 달리 한글의 중요성에 대해 잘 알고 있었다. 당시 사대부들은 소설을 써서도, 읽어서도 안 되는 가치 없는 글이라며 멀리했고, 퇴계 이황마저도 '음란하여 족히 이야기할 것이 못 된다.'고 하였지만 서포는 소설을 천시하던 조선 시대에 소설의 가치를 높이 사서, 오늘날까지 빛나는 문학 작품을 창작한 것이다. 이로써 양반 계층이 향유하던 문학이 평민들에게까지 널리 퍼지면서 한글 소설이 꽃을 피우기 시작하였다. 이 때문에 《구운몽》과 《사씨남정기》는 양반 문학에서 평민 문학으로 넘어가는 다리 역할을 해 준 작품으로 평가받고 있다.

어느 나라를 막론하고 모국어에 기초하여 문학을 발전시켜야만 순정한 문학 발전을 가져올 수 있다고 생각한 김만중의 선견지명은 우리 문학의 진정한 가치를 되돌아보는데 시사하는 바가 크다.

작가
연보

1637년(1세)	충렬공 김익겸의 유복자로 태어나다. 본관은 광산, 자는 중숙, 호는 서포이다.
1639년(3세)	어머니 윤 씨 부인이 글을 가르치기 시작하다.
1640년(4세)	4월에 할아버지 김반이 돌아가시다.
1644년(8세)	4월에 외할아버지 윤지가 돌아가시다.
1648년(12세)	처음으로 상시庠試를 치르다.
1650년(14세)	7월에 진사進士 초시에 합격하다.
1652년(16세)	9월에 진사 초시에 급제하다. 연안 이 씨를 아내로 맞이하다.
1653년(17세)	11월에 형 김만기가 별시別試에 뽑히다.
1654년(18세)	고체古體의 여러 시를 짓다.
1655년(19세)	4월에 아들이 태어나다.
1656년(20세)	별시 초시에 합격하다.

1657년(21세)	7월에 딸이 태어나다. 〈정유구월낙제후작丁酉九月落第後作〉을 짓다.
1662년(26세)	증광增廣(나라에 큰 경사가 있을 때 실시하던 임시 과거 시험) 초시에 합격하다.
1665년(29세)	4월에 정시문과庭試文科에 장원급제하다. 전적典籍(성균관의 학생을 지도하는 일을 맡아보던 정육품 벼슬), 예조좌랑禮曹佐郎을 차례로 제수 받고, 12월에 홍문관에 속한 교리校理(문필에 관한 일을 맡아보던 문관으로 정오품 또는 종오품 벼슬)와 수찬修撰(홍문관에 둔 정육품 벼슬)에 뽑히다. 〈단천절부시端川節婦詩〉를 짓다.
1666년(30세)	정언正言(임금에게 글을 올려 일의 옳지 않음을 논박하고, 잘못된 일을 고치도록 간언하는 벼슬)에 제수되었으나 인피引避(공동으로 책임을 지고 일을 피함)하여 군직을 부여받다.
1667년(31세)	지평持平(사헌부의 정오품 벼슬)으로 옮기다. 홍문관의 동료와 함께 소疏(임금에게 올리던 글)를 지어 올리다.
1668년(32세)	〈의상질의儀象質疑〉를 짓다.

1669년(33세)	계를 올려 부정한 관리들의 처벌을 청하다. 11월에 부수찬(홍문관에 속하여 경서와 문필에 관한 일을 맡아 보던 종육품 벼슬)을 제수 받다.
1670년(34세)	홍문관 동료와 왕세자비 간택을 늦출 것을 상소하다. 한학교수漢學敎授와 동학교수東學敎授를 겸직하다.
1671년(35세)	암행어사가 되어 경기와 삼남 지역의 진정賑政(진휼에 관한 행정)을 조사하다.
1672년(36세)	겸문학兼文學(세자시강원에서 왕세자에게 글을 가르치는 일을 맡아보던 정오품 벼슬)과 헌납(임금에게 충언을 올리던 일)을 겸임하다. 동부승지同副承旨(승정원에 속한 정삼품 벼슬)가 되다.
1673년(37세)	영릉寧陵(조선 제17대 왕 효종과 인선왕후 장 씨의 능)에 〈영릉천장만장寧陵遷葬挽章〉 4수를 지어 올리다.
1674년(38세)	인선왕후가 작고하여 자의대비의 복상服喪(상중에 입는 상복) 문제로 서인西人이 패하자, 관직을 삭탈 당하고 정월에 금성金城의 유배지로 가다. 4월에 유배지에서 풀려나와 숙종의 부름을 받아 다시 벼슬길에 오르다. 이 해에 많은 시를 짓다.

1675년(39세)	호조참의, 동부승지 등을 역임하다.
1678년(42세)	《동리집》을 산정刪定(쓸데없는 글자나 구절을 깎고 다듬어서 글을 잘 정리함)하다.
1679년(43세)	예조참의를 제수 받다. 〈비파행琵琶行〉을 차운한 〈차비파행운次琵琶行韻〉을 짓다.
1680년(44세)	홍문관 대제학과 예문관 제학을 겸하고 대사간 등을 역임하다. 거듭 소를 올려 사퇴하고자 하나 임금이 허락하지 않다.
1681년(45세)	예조참판, 부제학 등을 제수 받았으며, 이 해 연화방에 있는 집으로 거처를 옮기다.
1682년(46세)	문간공文簡公 성혼成渾을 문묘에 종사從祀(학덕이 있는 사람의 신주를 문묘나 사당, 서원 등에 모시는 일)하라는 교서를 지어 올리다.
1683년(47세)	공조판서(공조의 으뜸 벼슬로 품계는 정이품)에 이어 대사헌(사헌부의 종이품 벼슬)이 되었으며, 《실록實錄》을 고쳐 편찬한 공로로 자헌대부(정이품 문무관의 품계)에 오르다. 계啓(관청이나 벼슬아치가 임금에게 올리는 말)를 올려 종권제從權制를 청하다. 조지겸 등의 탄핵으로 전직되다.

1684년(48세)	우참찬, 좌참찬 등을 제수 받다. 숭릉崇陵(조선 제18대 왕 현종과 비 명성왕후 김 씨의 능)의 신구릉新舊陵에 친히 제사 지내는 제문을 지어 올리다. * 참찬參贊(의정부에 속한 정이품 벼슬로 좌참찬과 우참찬을 각각 한 명씩 둠)
1685년(49세)	예조판서를 제수 받다. 명을 받아 후릉厚陵(조선 제2대 왕 정종과 정안왕후의 쌍릉)과 순릉順陵(조선 제9대 성종의 원비 공혜왕후 한 씨의 능)을 봉심奉審(임금의 명으로 능이나 묘를 보살피던 일)하다.
1687년(51세)	아들 진화가 진사 시험에 장원급제하다. 지경연사知經筵事(경연청의 정이품 벼슬로, 동지경연사의 위이며 영경연사의 아래)로 있으면서 김수항이 아들 창협의 비위非違까지 도맡아 처벌되는 것이 부당하다고 상소했다가 선천宣川으로 유배되다.
1688년(52세)	영의정 김수흥 등의 간언으로 11월에 유배에서 풀려나다.
1689년(53세)	박진규, 이윤수 등의 탄핵으로 다시 '절도위리안치絕島圍籬安置(육지에서 아주 멀리 떨어져 있는 외딴섬에 유배된 죄인이 거처하는 집 둘레에 가시로 울타리를 치고 그 안에 가두어 두던 일)'의 형을 받고 남해南海에 유배되다. 이어 두 조카도 차례로 유배되다.

1690년(54세)	어머니 윤 씨가 돌아가시다. 유배지에서 날마다 메 (제사 때 신위 앞에 놓는 밥)를 지어 올리다.
1692년(56세)	4월 30일, 56세의 나이로 유배지에서 병으로 생을 마감하다.
1698년	왕명으로 관직과 작위가 추복追復(빼앗았던 벼슬의 등 급 및 이름을 그 사람이 죽은 뒤에 다시 회복하여 줌)되다.
1702년	아들 진화가 목판본, 10권 2책으로 《서포집》을 편집 하여 발표하다.
1706년	효행에 대한 정표旌表(착한 행실을 세상에 드러내어 널 리 알림)가 내려지다. 시호는 문효文孝이다.